梅花三弄

刘庆邦 ◎ 著

MEIHUA SAN NONG

刘庆邦中短篇小说精选

花山文艺出版社
河北·石家庄

图书在版编目（CIP）数据

梅花三弄：刘庆邦中短篇小说精选 / 刘庆邦著.
—石家庄：花山文艺出版社，2020.1
ISBN 978-7-5511-5069-9

Ⅰ．①梅… Ⅱ．①刘… Ⅲ．①中篇小说－小说集－中国－当代②短篇小说－小说集－中国－当代 Ⅳ．①I247.7

中国版本图书馆CIP数据核字（2019）第264861号

书　　名：梅花三弄
　　　　　——刘庆邦中短篇小说精选
著　　者：刘庆邦
选题策划：李　爽
责任编辑：刘燕军
责任校对：李　伟
封面设计：琥珀视觉　秦国娟
美术编辑：陈　淼
出版发行：花山文艺出版社（邮政编码：050061）
　　　　　（河北省石家庄市友谊北大街330号）
销售热线：0311-88643221/29/31/32/26
传　　真：0311-88643225
印　　刷：石家庄燕赵创新印刷有限公司
经　　销：新华书店
开　　本：650×940　1/16
印　　张：19.75
字　　数：230千字
版　　次：2020年1月第1版
　　　　　2020年1月第1次印刷
书　　号：ISBN 978-7-5511-5069-9
定　　价：68.00元

（版权所有　翻印必究·印装有误　负责调换）

目录

到城里去	001
哑炮	071
响器	138
不定嫁给谁	153
八月十五月儿圆	166
冲喜	180
梅花三弄	193

银扣子	219
杏花雨	234
后来者	247
鞋	261
清汤面	274
生人	283
醉酒之后	300

到城里去

一

嫁人之前，宋家银失过身。不然的话，她不会嫁给杨成方。杨成方个子不高，人柴，脸黑。杨成方的牙也不好看，上牙两个门牙之间有一道宽缝子，门牙老也关不上门。这样牙不把门的男人，要是能说会道也好呀，也能填话填话人。杨成方说话也不行，说句话难得跟从老鳖肚里抠砂礓一样。老鳖的肚子里不见得有砂礓，谁也没见过有人从老鳖的肚子里抠出砂礓来。可宋家银在评价杨成方的说话能力时，就是这样比喻的。宋家银之所以在和杨成方相亲之后勉强点了头，因为她对自身心中有数。既然身子被人用过了，价码就不能再定那么高，就得适当往下落落。还有一个原因，听媒人介绍说，杨成方是个工人。宋家银的母亲托人打听过，杨成方在县城一个水泥预制件厂打楼板，不过是个临时工。临时工也是工人，也是领工资的人。打楼板总比打牛腿说起来好听些。那时的人也叫人民公社社员，社员都在生产队里劳动，挣工分，能到外头当工人的极少。一个村顶多有一个两个，有的村甚至连一个当工人的都没有。宋家银却摊到了一个工人，成了工人家属。这样的名义，让宋家银感觉还可以，还说得过去。

宋家银还有附加条件，不答应她的条件，杨家就别打算使媳妇。杨成方弟兄四个。老大已娶妻，生子。杨成方是老二。老三在部队当兵，老四还在初中上学。他们没有分家，一大家子人还在一个锅里耍勺子。宋家银提的第一个条件，是把杨成方从他们家分离出来，她一嫁过去，就与杨成方另垒锅灶，另立门户，过小两口的小日子。第二个条件是，杨家父母要给杨成方单独盖三间屋，至少有两间堂屋，一间灶屋。这第二个条件跟在第一个条件后面，是为第一个条件做保障的，如果没有第二个条件，第一个条件就不能实现。宋家银提条件的主要目的，是为了进门就能当家做主，控制财权，让杨成方把工资交到她手里。结婚后，她不能允许杨成方再把钱交给父母，变成大锅饭吃掉。她要把杨成方挣的钱一点一滴攒起来，派别的用场。宋家银懂得，不管什么条件，必须在结婚之前提出来，拿一把。等你进了人家的门，成了人家的人，再想拿一把恐怕就晚了。说不定什么都拿不到，还会落下一个闹分裂和不贤惠的名声。这些条件，宋家银不必直接跟杨家的人谈，连父母都不用出面，只交给媒人去交涉就行了。反正宋家银把这两个条件咬定了，是板上钉钉，没有丝毫回旋的余地。杨家的人没有那么爽快，他们强调了盖屋的难处，说三间屋不是一口气就能吹起来的，没有檩椽，没有砖瓦，连宅基地都没有，拿什么盖？宋家银躲在幕后，通过父母，再通过媒人，以强硬的措词跟杨家的人传话，说这没有，那没有，凭什么娶儿媳妇，把儿媳妇娶过去，难道让儿媳妇睡到月亮地里！她给了对方一个期限，要求对方在一年之内把屋子盖起来，只要屋子一盖起来，她就是杨家的人了。这种说法虽是最后通牒的意思，也有一些人情味在里头，这叫有硬也有软，软中还是硬。至于一年之内盖不起屋子会怎样，媒人没有问，宋家银也没有说。后面的话不言自明。

宋家银提出这样的条件和期限，她心里也有些打鼓，也有一点冒险的感觉，底气并不是很足。好在对方并不知道她是一个失过身的人，要是知道了她的底情，人家才不吃她这一套呢。宋家银听说过开弓没有回头箭的说法，既然把话说出去了，就不能收回来，就得硬挺着。也许杨家真的盖不起屋，也许她把在县里挣工资的杨成方错过了，那她也认了。还好，宋家银听说，杨家的人开始脱坯，开始备木料。宋家银松了一口气，她觉得自己取得了初步的胜利。三间屋子如期盖好了，只是墙是土坯墙，顶是麦草顶，屋子的质量不太理想。宋家银对屋子的质量没有再挑剔。她当初只提出盖三间屋，并没有要求一定盖成砖瓦屋。在当时普遍贫穷的情况下，她提出盖砖瓦屋也根本不现实。

坯墙是用泥巴糊的。和泥巴时，里面掺了铡碎的麦草，以把泥巴扯拢起来，防止墙皮干后脱落。泥巴糊的墙皮刚干，宋家银就嫁过去了，住进了新房，成了杨成方的新娘。墙皮是没有脱落，但裂开了，裂成不规则的一块一块，有的边沿还翘巴着，如挂了一墙半湿半干的红薯片子。只不过红薯片子是白的，裂成片状的墙皮是黑的。结婚头三天，宋家银穿着衣服，并着腿，没让杨成方动她。她担心过早地露出破绽，刚结婚就闹得不快活。她装成黄花大闺女的样子，杨成方一动她，她就躲，就噘嘴。她对杨成方说，在她回门之前，两个人是不兴有那事的，这是老辈子传下来的规矩，要是坏了规矩，今后的日子就不得好。杨成方问她听谁说的，他怎么没听说过有这规矩。宋家银说："你没听说过的多着呢，你知道什么！"杨成方退了一步，提出把宋家银摸一摸，说摸一摸总可以吧……她说："那不行，你把我摸羞了呢！"杨成方说："摸羞怕什么，又不疼。"杨成方把五个指头撮起来，放在嘴前，喉咙里发出兽物般轻吼的声音。宋家银知道，杨成方所做的是胳肢人之前的预备动作，看来杨成方要胳肢她。她是很怕痒的，要是让杨成方胳肢到她，她会痒得一塌糊涂，头发会弄乱，衣服会弄开，裤腰带也很难保得住。她原以为杨成方老实得不透气，不料这小子在床上还是很灵的，还很会来事。她呼隆从床上坐起来了，对杨成方正色道："不许胳肢我，你要是敢胳肢我，我就跟你恼，骂你八辈儿祖宗。"见杨成方收了架势，她又说，"你顶多只能摸摸我的手。摸不摸？你不摸拉倒！"杨成方摸住了她的手，她仍是很不情愿的样子，说杨成方的手瘦得跟鸡爪子一样，上面都是小刺儿，拉人。她又躺下了，要杨成方也睡好，说："咱们好好说会儿话吧。"杨成方大概只想行动，对说话不感兴趣，他问："说啥呢？"宋家银要他说说工厂里的事情，比如说干活累不累，一个月能拿多少钱，厂里有没有女工人等。杨成方一一做了回答：干活不怎么累；一个月挣二十一块钱；厂里没有女工，只有一个女人，是在伙房里做饭的。宋家银认为一个月能挣二十一块钱很不少。下面就接触到了实质性的问题，问杨成方以前挣的钱是不是都交给他爹。杨成方说是的。"那今后呢？今后挣了钱交给谁？""你让我交给谁，我就交给谁。""我让交给谁？我不说，我让你自己说。说吧，应该交给谁？"杨成方吭哧了一会儿，才说："交给你。"尽管杨成方回答得不够及时，不够痛快，可答案还算正确。为了给杨成方以鼓励，她把杨成方的头抱了一下，给了杨成方一个许诺，说等她到娘家回门后回来，一定好好地跟杨成方好。

宋家银回门去了三天，回来后还是并拢着双腿，不好好地放杨成方进去。她准备好了，准备着杨成方对她的身体提出质疑。床上铺的是一条名叫太平洋的新单子，单子的底色是浅粉，上面还有一些大红的花朵。就算她的身体见了红，跟单子上的红靠了色，红也不会很明显。她的身体不见红呢，有身子下面的红花托着，跟见了红也差不多。要是杨成方不细心观察，也许就蒙过去了。她是按杨成方细心观察准备的。不管如何，她会把过去的事瞒得结结实实，绝不会承认破过身子。反正那个破过她身子的人已跑到天边的新疆去了，她就当那个人已经死了，过去的事就是死无对证。她是进攻的姿态，随时准备掌握主动。她不等杨成方跟她翻脸，要翻脸，她必须抢先翻在杨成方前头。杨成方要是稍稍对她提出一点疑问，稍稍露出一点跟她翻脸的苗头，她马上就会生气，骂杨成方不要脸，是往她身上泼屎盆子，诬蔑她的清白。她甚至还会哭，哭得伤心伤肺，比黄花儿还黄花儿，比处女还处女。这一闹，她估计杨成方该服软了，不敢再追究她的过去了。她还不能罢休，要装作收拾衣物，回娘家去，借此再要挟杨成方一下，要杨成方记住，在这个事情上，以后不许杨成方再说半个不字。

要说充分，宋家银准备得够充分了。然而她白准备了，她准备的每一个步骤都没派上用场。杨成方显然是没有经验，他慌里慌张，不把宋家银夹着的两腿分开，就在腿缝子上弄开了。宋家银吸着牙，好像有些受疼不过。结果，杨成方还没摸着门道，还没入门，就射飞了。完事后，杨成方没有爬起来，没有点灯，更没有在床单上检查是否见了红。宋家银想，也许杨成方不懂这个，这个傻蛋。停了一会儿，杨成方探探摸摸，又骑到宋家银身上去了。这一回，宋家银很有节制地开了一点门户，放杨成方进去了。她也很需要让杨成方进去。

第二天早上，宋家银自己把床单检查了一下，一朵花的花蕊那里脏了一大块，跟涂了一层糨糊差不多。她把脏单子撤下来了。娘家陪送给她的也有一床花单子，她把桐木箱子打开，把新单子拿出来，换上了。这样不行，晚上再睡，不能直接睡在新单子上，要在新单子上垫点别的东西才行。好好的单子，不能这样糟蹋。杨成方出去了，不知到哪里春风得意去了。外面的柳树正发芽，杏树正开花，有些湿意的春风吹在人脸上一荡一荡的。小孩子照例折下柳枝，拧下柳枝绿色的皮筒，做成柳笛吹起来。柳笛粗细不一，长短不一，吹出的声音也各不相同。燕子也飞回来了，它们一回来就是一对。一只燕子落在一棵椿树的枝头，翅膀一张一张的，大概是只母燕子。那只公燕子呢，在母燕子上方若即若离地飞着，还叫着。好比它们这时候是新婚燕尔，等它们在这里过了春天夏天到秋天，就过成一大家子了。宋家银心里有些庆幸。杨成方没发现什么，没计较什么，过去的那一章就算翻过去了。她把撤下来的被单再一洗，过去的一切更是一水为净，了无痕迹。

不过呢，可能因为宋家银把情况估计得比较严重，准备得也太充分了，什么事情都没发生，她觉得有些闪得慌。她把对手估计得过高，原来杨成方根本不是她的对手。看来杨成方的心是简单的心，这个男人太老实了。宋家银从反面得出自己的看法：杨成方对她不挑眼，表明杨成方对她并不是很重视，待她有些粗枝大叶。像杨成方这样的老实男人，能够娶上老婆，有个老婆陪他睡觉，使他的脏东西有地方出，然后再给他生两个孩子，他的一辈子就满足了，满足死了。他才不管什么新不新，旧不旧，也不讲什么感情不感情。吃细米白面是个饱，吃红薯谷糠也是个饱，他只要能吃饱，细粮粗粮对他都无所谓。宋家银认为自己怎么说也是细粮，把细粮嫁给一个不会细细品味的人，是不是有点瞎搭给杨成方了。渐渐地，宋家银心中有些不平。她问杨成方："你回来结婚，跟厂里请假了吗？"杨成方说："请了。""请了多长时间的假？""一个月。"宋家银说："结个婚用不了那么长时间，还是工作要紧。"杨成方没有说话。又过了一天，宋家银问杨成方，厂里怎样开工资，是不是每天都记工。杨成方说是的。"那，你请假回来，人家还给你记工吗？""不记了。""工资呢？扣工资吗？""扣。"宋家银一听说扣工资就有些着急，脸也红了，说:"工人以工为主,请假扣工资,你在家里待这么长时间干什么?"杨成方说:"别人结婚,都是请一个月的假。人一辈子就结这一次婚,在家里待一个月不算长。"杨成方不嫌时间长,宋家银嫌时间长,她说杨成方没出息,要是杨成方不去上班,她就回娘家去。说着,她站起来就去收拾她包衣物的小包袱。妥协的只能是杨成方,杨成方说好好好,我去上班还不行嘛!

二

杨成方的处境不如燕子,燕子一结婚,就你亲我昵,日日夜夜相守在一起。杨成方结婚还不到半个月,就被老婆撵走了,撵到县城的工地去了。

宋家银这样做,是出于一种虚荣。娘家人都知道她嫁的是一个工人,她得赶紧做出证实,证实丈夫的确是个工人。有人问她你女婿呢,她说杨成方上班去了,杨成方的工作很忙。有人建议她也到县城看看,开开眼。这时她愿意把杨成方抬得很高,把自己压得很低,说杨成方没发话让她去,她也不敢去,她啥都不懂,到城里,到厂里,还不够让别人看笑话呢!嫂子跟她开玩笑,说成方把新娘子一个人丢在家里,这样急着往城里跑,别是城里有人拴着他的腿吧。宋家银说她不管,别的女人把杨成方的腿拴断她都不管,只要杨成方有本事,想搞几个搞几个。这样的对话,对宋家银的工人家属身份是一个宣传,让宋家银觉得很有面子。要是杨成方在她面前转来转去,她就会觉得没面子,或者说很丢面子。想想看,杨成方长得那样不足观,嘴又那么笨,简直就是一摊扶不起来、端不出去的泥巴。她呢,虽说不敢自比鲜花,跟鲜花也差不多。把她和杨成方放在一起,就是鲜花插在泥巴上,就是泥巴糊在鲜花上。因了这样的反差,她有些瞧不起杨成方,对杨成方有点烦。眼不见，心不烦。这也是她急着把杨成方撵走的原因之一。更重要的原因，她要让杨成方抓紧时间给她挣钱。工人和农民的区别是什么？农民挣工分，工人挣工钱。农民挣的工分，值不了三文两文，只能分点有限的口粮。工人挣的是现钱。现钱是国家印的，是带彩的，上面有花儿有穗儿，有门楼子，还有人。这样的钱到哪儿都能用，啥东西都能买。能买粮食能买菜，能买油条能买肉，还能买手表洋车缝纫机。宋家银一直渴望过有钱的日子。有一个捡钱的梦，她不知重复做过多少遍了。在梦里，她先是捡到一两个钱，后来钱越捡越多，把她欣喜得不得了。她把钱紧紧地攥在手里，一再对自己说，这一回可不是梦，这是真的。可醒来还是个梦，两只手里还是空的。她结婚，爹娘没有给她钱。按规矩，爹娘要在陪送给她的桐木箱子里放一些压箱子的钱，可爹娘没有放。他们不知从哪里找出四枚生了绿锈的旧铜钱，给她放进箱子的四个角里了。四个角里都放了钱，代表着满箱子都是钱，角角落落里都有钱。这不过是哄人的把戏，如给死人烧纸糊的摇钱树差不多。宋家银是一个大活人，她不是好哄的。她想把早就过了时带窟窿眼的铜钱掏出来扔掉，想想，临走时怕爹娘生气，就算了。做了新娘子的她，身上满打满算只有七毛五分钱，连一块钱都不到。她把这点钱卷成一卷儿，装进贴身的口袋里，暂时还舍不得花。杨成方临去上班，她以为杨成方会给她留点钱。杨成方没留，她也没开口要。毕竟是刚结婚，她还张不开要钱的口。

  杨成方不在家，宋家银过的是一口人的日子。一口人好办，只要有口吃的，饿不死就行了。日子真的一天天过下来，宋家银才体会到，弄口吃的也不容易。她把家里的东西都清点过了。婆婆分给她一口铁锅，两只瓦碗，还有四根发黑的、比不齐的筷子。粮食方面，婆婆只分给她两筐红薯片子和一瓢黄豆。婆婆把红薯片子倒在地上。把筐拿走了。婆婆把黄豆倒在一片废报纸上，把瓢也拿走了。食用的香油，婆婆一滴都没分给她。点灯用的煤油，也就是灯瓶子里那小半瓶，眼看也快用完了。盐呢，婆婆也许只抓过去两把三把，现在一点都没有了。过日子不能老是淡味儿，得有点咸味儿。短时间淡着还可以，时间长了不见咸味儿就不算过日子，日子就没味儿，人就没有劲。宋家银以看望婆婆的名义，到婆婆家里去了，她打算先解决一下盐的问题。婆婆家在村子底部的老宅上，去婆婆家她需要走过一条村街。她是新娘子的面貌，水梳头，粉搽脸，头发又光又鲜，脸又大又白。她穿的衣服都是新的，天蓝的布衫镶着月白的边。她浑身都是新娘子那特有的香气。

　　婆婆见宋家银登门，只高兴了一下，马上就警觉起来。婆婆欢迎人的时候，习惯用一个字的惊叹词，这个惊叹词叫咦。婆婆往往把咦拖得很长，似乎以拖腔的长度表示对来人的欢迎程度，咦得越长，对来人越欢迎。婆婆对宋家银咦得不算短，把宋家银亲切地称为他二嫂。宋家银不习惯这种夸张性的惊叹，她很快就把咦字后面的尾巴斩断了，把虚数去掉了。婆婆还不到五十岁，看上去满脸褶子，已经很显老，像是一个老太婆。不过婆婆的眼睛一点也不呆滞，转得还很活泛。婆婆是有点烂眼角，眼角烂得红红的。这不但不影响婆婆眼睛的明亮程度，还给人一种火眼金睛的感觉。嫁到杨家来，宋家银这是第一次与婆婆正面接触，仅从婆婆眼角的余光看，她就预感到自己遇到对手了。像婆婆这种岁数的人，灾荒年不知经过了多少个，是手捋着刺条子过来的，一根柴火棒从她手里过，她都能从柴火棒里榨出油来，若想从婆婆这里弄走点东西，恐怕不那么容易。宋家银一上来没敢提要盐的话，有新媳妇的身份阻碍着，她还得绕一会儿弯子。婆婆家两间堂屋，两间灶屋。堂屋是北屋，灶屋是西屋。宋家银和婆婆在灶屋里说话，一边说话，一边就把婆婆放在灶台上的盐罐子看到了。盐罐子是黑陶的，看去潮乎乎的，仿佛早被咸盐腌透了。婆婆没有过多地跟她绕弯子，刚说了几句话就切入了正题。婆婆说她来得正好儿，正要去找她呢。为给他们盖那三间屋子，家里借人家不少钱，塌下不少窟窿，那些窟窿大张着眼，正等着他们家去捂呢！这还不算，老三虽说在部队当兵，也得说亲，也得盖屋子。这屋子家里无论如何是盖不起了，就是扒了她的皮，砸了她的骨头也盖不起了，你说愁死人不愁死人。婆婆让他二嫂跟成方说说，挣下的工资攒着点，先还盖屋子欠下的账。宋家银意识到，她和婆婆的较量已经开始了，谁输谁赢还要走着瞧。看来，她当初坚持把杨成方从他们家里拉出来，这一步真是走对了，否则，她一进杨家门就得背上沉重的债务，就会压得她半辈子喘不过气来。现在呢，她和杨成方拍拍屁股从家里出来了，反正她没借人家的钱，家里爱欠多少欠多少，谁借谁还，不关她的事。婆婆说让杨成方还钱，她也不生气。既然是较量，就得讲究点策略，就得笑着来。她对婆婆说："有啥话你跟成方说吧。你儿子那么孝顺，他还不是听你的？你让他向东，他不敢向西。"婆婆承认儿子孝顺是不假，好闺女不胜好女婿，好儿子不胜好媳妇呀。婆婆说这个话，乍一听是给儿媳妇戴高帽，再品却是把责任推给儿媳妇了，她以后从儿子手里剥不出钱来，定是儿媳妇从中作梗。宋家银赶紧把高帽子奉还给婆婆了，说："山高遮不住太阳，你儿子虽说结了婚，家还是你儿子当着。你可不知道，你儿子厉害着呢，你儿子一瞪眼，吓得我一哆嗦。这不，你儿子让我跟你要只鸡，说鸡下了蛋好换点火柴换点盐，我不敢不来。"婆婆一听就慌了，眼往院子里瞅着，说："那可不行，家里一共一只老母鸡，还是你嫂子买的。你要是把鸡抱走，你嫂子不杀吃了我才怪！"宋家银做出让步，说那就先不抱鸡了，让婆婆先借给她一点盐吧，她已经吃了两天淡饭了。和下蛋的母鸡比起来，盐当然是小头，婆婆没有拒绝借给她。婆婆站起来了，说："我给你抓。"宋家银抢在婆婆前头，说我自己来吧。她从裤口袋里掏出一个手绢,铺在灶台上,端起盐罐子就往下倒。盐罐里的盐也不多了,她把盐罐子的小口倾得几乎直上直下,才把盐粒子倒出来。婆婆跟过去,心疼得像盐杀的一样,要宋家银少倒点儿,少倒点儿,宋家银还是倒了一多半出来。宋家银说:"娘,你不用心疼,等成方发了工资,买回盐来,我还你。借你一钱,还你二钱,行了吧!"婆婆不知不觉又使用了那个咦字惊叹词,她叹得又长又无可奈何,好像还带了一点颤音。这次肯定不是欢迎的意思了。宋家银有些窃喜,她抱母鸡是假,包盐是真。直说包盐,她不一定能包到盐。拿抱母鸡的话吓婆婆一家伙,把婆婆吓得愣怔着,包盐的事就成了。和婆婆的第一次较量,她觉得自己取得了一个小小的胜利。

杨成方上班去了三天,就回来了。宋家银回门去了三天,他去县城上班也是三天,时间是对等的,好像他也回了一次门。他是带着馋样子回来的。如同吃某样东西,他尝到了甜头,吃馋了嘴,回来要把那样东西重新尝一尝,解解馋。又如同,他知道了那样东西味道好,好得不得了,可让他凭空想,不再次实践,怎么也想不全那样好东西的好味道。他不光嘴馋,好像眼也馋,鼻子也馋,全身都馋。亏得杨成方不是一条狗,没长尾巴,要是他长着尾巴的话,见着宋家银,他的尾巴不知会摇成什么样呢。杨成方是天黑之后才到家的,大概他计算好了,进家就可以和老婆上床睡觉。在杨成方进家之前,宋家银已顶上了门,准备睡觉。晚上她没有生火做饭,能省一顿是一顿。她也没有点灯,屋里黑灯瞎火。杨成方上班走后,她一次都没点过灯。原来灯瓶子里面的煤油是多少,这会儿还是多少。照这样下去,半年三个月,瓶子里的煤油也用不完。她不是不需要光明,她借用的是自然之光。天刚蒙蒙亮,她就起床了,该干什么干什么。天黑下来了,看不见干活了,她就上床睡觉。她是典型的日出而作,日落而息。她认为睡觉不用点灯，不点灯也睡不到床底下。做那事更不用点灯，老地方，好摸，一摸就摸准了。听见有人敲门，宋家银没想到杨成方会这么快回来，心里小小地吃了一惊。她闪上来的念头是，可能有人在打她的主意，看她是个新崭崭的新娘子，趁杨成方不在家，就来想她的好事。她迅速在脑子里过了一遍，嫁到这个村时间不长，认识的男人还不多，哪个男人这样大胆呢！她把胆子壮了壮，问是谁。杨成方说："我。"宋家银听出了是谁，却继续问："你是谁？我不认识你！我男人没在家，有啥事你明天白天再来吧！"杨成方报上他的名字，宋家银才把门打开了。宋家银说："我还以为是哪个不要脸的肉头呢，原来是你个肉头呀，你怎么这么快就回来了，吓死我了！"肉头的说法，让杨成方感到一种狎昵式的亲切，他满脸都笑了。他同时觉得，老婆一个人在家，把门户看得很紧，对他是忠诚的。回预制厂后，那些工友知道他结婚不到一个月就回厂上班，一再跟他开玩笑，说结婚头一个月，天天都要在老婆身上打记号，记号打够一个月，才算打牢了。打不够一个月，中途就退出来，是危险的，说不定就被别人打上记号了。从老婆今天的表现情况来看，别人给她打记号的可能性不大。杨成方倘是一个会养老婆的人，会讨老婆欢心的人，这时他应当表扬一下宋家银，跟宋家银开开玩笑，说一些亲热的话，并顺势把宋家银抱住，放倒到床上去。可惜杨成方不会这些。宋家银问他怎么回来这么快，他甚至没有说出是因为想宋家银了，他说出来的是："我回来看看。"他又补充了一句，他是下班后才回来的。他的回答不能让宋家银满意，宋家银说："有啥可看的，不看就不是你老婆了，你老婆就跟人家跑了？我还不知道你，就想着干那事，恨不得一口吃成个胖子。我看你只会越吃越瘦，柴得跟狗一样。"杨成方嘿嘿笑着，说宋家银说他是啥，他就是啥，他不跟宋家银抬杠。杨成方对宋家银还是有奉献的，他从随身带的一个提兜里掏出一块馒头大的东西，递给宋家银，让宋家银吃。宋家银以为是一只白馒头，打开纸包一闻，是肉味。杨成方说，县城有一条回民街，那里的咸牛肉特别好吃，特别有名，腌得特别透，里外都是红的。他特地买了一块儿，给宋家银尝尝。宋家银顿时满口生津。男人这还差不多，嘴头子虽说上不去，心里还知道想着她。老实男人并不是一无是处。但宋家银的嘴还是不饶人，说："谁让你花钱买肉的，这样贵的东西能是咱们吃得起的嘛！"她很想吃，也忍着口水不吃，摸黑打开自己的箱子，把牛肉重新包好，锁进箱子里去了。

　　二人上床做完好事，宋家银马上就跟杨成方玩心眼子。她觉得玩心眼子也很有趣，比做那种事还有意思一些。那种事直通通的，是个人就会做。心眼子五花六调，七弯八拐，不是每个人都能玩的。她对杨成方说："千万别让咱娘知道你回来，千万别让那老婆子看见你。要账的把你们家的地坐成井，那老婆子急得上下跳，正等着跟你要钱呢！"杨成方一听就当真了，问那怎么办？是不是他明天藏在屋里不出去。"你明天不去上班了？"宋家银在心里给杨成方画好了圈，想让他明天一早天不亮就往县城赶，就去上班，去挣钱。她不明说。杨成方给她买了那么一块瓷登登的咸牛肉，她不能马上就把人家撵走。她只启发杨成方，让杨成方自己说。杨成方果然走进宋家银为他设定的圈子里去了，他说："要不然，我明天趁天不亮就走吧。"宋家银说："这是你自己说的，我可没撵你走。谁不知道你工作积极？"

三

　　宋家银把杨成方买的咸牛肉尝了一点点，确实很好吃。她那么利的牙，那么好的胃口，若任着她的意儿，她一会儿就把馒头大的咸牛肉吃完了。不过她才舍不得吃呢。她有一个观点，不知什么时候养成的。她认为吃东西不当什么事，再好的东西，也就是从嘴里过一下，再从肠子里过一下，就过去了。有买吃的东西的钱，不如买点穿的，买点用的。买点穿的穿上身，别人都看得见。买点灶具、农具什么的，也能用得长久一些。她还主张，要是得了好吃的东西，自己吃了不如给别人吃，自己吃了什么都落不下，给别人吃了，别人还会说你个好，记你个情。

她把香气四溢的咸牛肉锁进箱子里，被老鼠闻见了，半夜里，老鼠把她的箱子啃得咯嘣咯嘣的。听声音，围在箱子那里的不是一只老鼠，而是许多只老鼠，还没吃到肉，它们已互相打起来了，打得吱吱乱叫。老鼠不是人，她不会让老鼠吃到肉。老鼠那贼东西，你把肉让它们吃完，它们也不会说你一个好。还有她的箱子，箱子是桐木做的，禁不住老鼠持久地啃。她绝不允许老鼠把她唯一的一口箱子啃坏。老鼠啃响第一声，她就觉得跟啃她的心头肉一样。她翻身坐起，大声叱责老鼠，骂了老鼠许多刻薄的难听话。她的箱子放在脚头，本来没有头冲着箱子睡。为了保护箱子和牛肉，她把枕头搬到箱子那头去了。她不敢再睡沉，稍有动静，她就用手拍箱盖子，吓唬老鼠。她和老鼠斗争了一夜，一夜都没睡踏实。既然这样，她把牛肉吃掉算了吧，不，她带上牛肉，到娘家走亲戚去了。

到了娘家，她对娘说，这是杨成方专门给爹娘买的牛肉，是孝敬二老的。这牛肉好吃得很，也贵得很。中午做面条，娘切了几片牛肉放进汤面条的锅里，果然满锅的面条都是肉香味。爹娘吃了宋家银送上的牛肉，宋家银瞄准的交换对象是娘家的鸡。娘家喂有两只母鸡，她打算要走一只。跟婆婆要鸡要不来，她只好跟娘家要。下午临走时，她把要鸡的事提出来了。她没说要鸡是为了让鸡给她下蛋，只说杨成方上班去了，家里连个别的活物都没有，转来转去只有她一个人，怪空得慌。娘说："你这闺女，都出门子了，还回来刮磨你娘。你女婿挣着工资，你不会让他给你买两只鸡嘛！"宋家银说："买的鸡跟我不熟，咱家的老母鸡跟我熟，我喜欢咱家的鸡。"说着，她已经把一只老母鸡捉住，抱在怀里了。她把老母鸡的脸往自己脸上贴了贴，仿佛在说：你看，这只鸡跟我不错吧。

宋家银每次去娘家，返回时都不空手，大到拿一把锄头，小到要一根针头。有时实在没什么可拿了，看到灶屋里有葱，她也会顺便拿上几棵。她拿什么都有理由。比如拿锄头，她说这把锄她用习惯了，用着顺手。比如拿针头，她走娘家还拿着针线活儿，一边跟娘说话，一边纳鞋底子。针鼻子叉了，她要娘给她找一根大针换上，接着纳。宋家银怎么办呢？她和杨成方只有三间空壳屋子，她要一点一点把空壳充填起来，填得五脏俱全，像个居家过日子的样子。宋家银小时候就听人说过，一个闺女半个贼。这个意思是说，当闺女的出嫁后，没有不从娘家刮磨东西的，养闺女没有不赔钱的。既然当闺女的贼名早就坐定了，她不当贼也是白不当。也许爹娘也愿意让她当当贼，仿佛当贼也是当出门子闺女的道理之一。渐渐地，宋家银屋里的东西就多起来了。有了鸡，就有了蛋。有了蛋，离再有小鸡就不远了。

她不把自己混同于普通农民家庭中的农妇，她给自己的定位是工人家属。在家庭建设上，她定的是工人家属的标准，一切在悄悄地向工人家属看齐。她调查过了，这个村除了她家是工人家庭，另外还有一家有人在外面当工人。那家的工人是煤矿工人，当工人当得也比较早，是老牌子的工人。因此，那家积累的东西多一些，家底厚实一些。那家的家庭成分是地主，儿子当工人是在大西南四川的山窝里。据说当时动员村里青年人当工人是一九五八年，那时村里人嚷嚷着共产主义已经实现了，都想在家里过共产主义生活，不想跑得离家那么远。于是，村里就把一个当工人的指标，惩罚性地指定给一个地主家的儿子了。不想那小子捡了个便宜，自己吃得饱穿得暖不说，还时常给家里寄钱。每年一度的探亲假，那小子提着大号的帆布提包回家探亲，更是让全村的人眼气得不行。村里的男人都去他家吸洋烟，小孩儿都去他家吃糖块儿。他回家一趟，村里人简直跟过节一样。那小子呢，身穿蓝色的工装，手脖子上戴着明晃晃的手表，对谁都表示欢迎，一副工人阶级即领导阶级的模样。因为他有了钱，村里人似乎把阶级斗争的观念淡薄了，忘记了他家的家庭成分。也是因为有了钱，他找对象并不难。他娶的是贫农家的闺女，名字叫高兰英。宋家银见过高兰英了，高兰英长得不赖，鼻子高，奶子高，个头儿也不低。高兰英虽说是给地主家的儿子当老婆，因物质条件在那儿明摆着，村里的妇女都不敢小瞧她。相反，她们不知不觉就把高兰英多瞧一眼，高瞧一眼。高兰英一年四季都往脸上搽雪花膏。村里的大闺女小媳妇都搽不起，只有高兰英搽得起。就是那种玉白的小瓶子，里面盛着雪白的香膏子。高兰英洗过脸，用小拇指把香膏子挖出一点，在手心里化匀，先在额上和两个脸蛋子上轻轻沾沾，然后用两个手掌在脸上搓，她一搓，脸就红了，就白了。有的女人说，别看高兰英的脸搽得那么白，他男人在煤窑底下挖煤，脸成天价不知黑成什么样呢！高兰英脸白，还不是她男人用黑脸给她换的。这话宋家银爱听，愿意有人给高兰英脸上抹点黑。不过，这不影响宋家银也买了一瓶雪花膏，也把脸往白了整，往香了整。她挖雪花膏时，也是用小拇指，把小拇指单独伸出来，弯成很艺术的样子，往瓶子里那么浅浅地一挖。她不主张往脸上涂那么多雪花膏，挖雪花膏挖得比较少，有点"雪花"就行了，稍微香香，有那个意思就行了。

她暗暗地向高兰英学习，却又在高兰英面前傲傲的，生怕高兰英不认同她，看不起她。她心里清楚，高兰英的男人是国家正式工人，是长期工。杨成方不过是个临时工。所谓临时工，就是不长远，今天是工人，明天就不一定是工人。从收入上看，听说高兰英的男人一月能开八十多块钱工资。而杨成方上满班，才开二十一块钱。两个人的工作和收入不可同日而语。宋家银不愿和高兰英多接触、多说话，是担心懂行的高兰英指出杨成方临时工的工作性质。还好，据宋家银观察，高兰英没有流露出一点看不起她的迹象。有一天，宋家银和高兰英走碰面，是高兰英先跟宋家银说话。高兰英还没说上几句话，就开始叹气。高兰英说："人家只看咱们有几个钱儿，不知道咱们当工人家属的苦处，干重活儿没个帮手不说，晚上连个说话的人都没有。"高兰英的说法，让宋家银顿时有些感动，她说谁说不是呢，一连附和了高兰英好几句，好像她们一下子就成了知己，成了同一个战壕里的亲密战友。这样，两位工人家属的联系就建立起来了。下雨天气，高兰英去宋家银家串门子，宋家银也到高兰英家进行回访。宋家银每次到高兰英家都很留心，看看高兰英家有什么特别的东西，高兰英家有的，她争取也要有。比如说她注意到高兰英穿了一双花尼龙袜子。这种袜子不像当地用棉线织的线袜子，线袜子穿不了几天底子就破了，还得另外缝上一个硬袜底子。尼龙袜子不仅有花有叶，有红有绿，式样好看，还结实得很，穿到底，底子不会破的。那么，宋家银对杨成方做出指示，让杨成方给她在县城的百货大楼也买一双尼龙袜子。

　　宋家银对杨成方的限制越来越多，小绳子越勒越紧。杨成方回家的次数，由一星期一次延长到十天一次。宋家银怀孕后，一个月她只许杨成方回家一次。这个回家的日期不能再延长了，因为杨成方一月发一次工资。宋家银要求，杨成方一发了工资，必须立即回家。杨成方回家的日期，换一个说法也可以，就是杨成方什么时候发工资，就什么时候回家。这样，杨成方回家的内容就发生了变化，宋家银让他回家，主要不是为夫妻相聚，不是为了亲热，首先是让杨成方向她交钱。杨成方回家交钱时，只能走直线，不许拐弯，走直线，是一直走回家里去。不许拐弯，是不许拐到杨成方的爹娘那里去。杨成方一进家，她所做的第一件事就是让杨成方解裤带。解裤带不是那个意思，而是她在杨成方的裤衩内侧缝了一个小口袋，杨成方往家里拿工资时，都是装进那个小口袋里。杨成方自己不解裤带，他给宋家银拿回了钱，是有功的人。有功的人都会拿拿糖。他抬起两只胳膊，让宋家银给他解。在这个往外掏钱的问题上，宋家银不跟杨成方较劲，愿意俯就一下。宋家银蹲下身子，动手解杨成方的裤带时，杨成方故意把肚子使劲鼓着，鼓得跟气蛤蟆一样，使裤带绷得很紧，不让宋家银把他的裤带顺利解下来。宋家银知道杨成方的想头，她也有办法，遂在杨成方的裤裆前面捞摸了一把。她一捞摸，杨成方喜得把腰一弯，肚子马上收了回去，宋家银就把杨成方的裤带解开了。宋家银把钱掏出来数了数，就把钱收起来了。她问杨成方，别的地方放的还有没有钱。杨成方让她摸。她当真在杨成方身上摸，上上下下、口口袋袋、里里外外都摸遍。她一般在杨成方身上别的地方摸不到钱。只有个别时候，能摸到一两个小钱儿，也就是钢镚子。摸到钢镚子她也收走。杨成方上班走时，她再给杨成方发伙食费。杨成方的伙食费是一个月七块钱，这是杨成方自己定的。杨成方说，他只吃厂里食堂的馒头和稀饭，不吃食堂的炒菜和熬菜，有时顶多吃点咸菜。再吃不饱，他就到街上买点便宜红薯，趁食堂的火蒸着吃。宋家银认为杨成方做得很对，知道顾家。酒，杨成方一滴不沾。更难能可贵的是，杨成方还不吸烟，他从来都不吸烟，一根烟都不吸。回到家来，他口袋里要装一盒烟，那是工人的做派，烟是给别人预备的。见了叔叔大爷，自己不吸烟的杨成方往往忘了掏烟，宋家银就得赶紧提醒他，说，烟，烟。杨成方这才赶紧把烟掏出来了。烟关系到宋家银的面子，她不能失了这个面子。

后来，杨成方每月的伙食费减少到五块。宋家银找到了别的省钱的办法。杨成方每次回家，她都给杨成方蒸一两锅黑红薯片子面馒头，让杨成方背到厂里去吃。她说，白面馒头太暄乎，不挡饿。红薯片子面馒头瓷实，咬一小口，能嚼出一大口。另外，她还给杨成方腌渍了咸菜，用瓶子装好，让杨成方带到厂里去吃。这样，杨成方连厂里一两分钱一份的咸菜也不用花钱买了。杨成方对宋家银的想法配合得很好，宋家银说什么，他愿意顺着宋家银的思路走。宋家银说白面馒头不挡饿，他想想，真的，咬下一大口白面馒头，一嚼就小成一点点了。或许杨成方天生就是一个节俭的人，宋家银让他带到厂里的黑红薯片子面馒头，放得上面都长白毛了，他吃。硬得裂开了，他还吃。他连厂里食堂的稀饭也很少喝了，馏馒头的大锅里有发黄的锅底水，他舀来一碗就喝下去了。就这样，一个月仅仅五块钱的伙食费，他还能省下一块。

四

宋家银在家庭建设上坚持高标准，暗暗地向高兰英家看齐，并不是亦步亦趋，一味模仿。在某些方面，她要超过高兰英家，高兰英家没有的，她先要拥有。一年多后，她人托人，买回一辆自行车。高兰英家有缝纫机，没有自行车。她没有先买缝纫机，而是买了自行车。缝纫机没有能打气的轱辘，只能在家里用，不能推到外面去，别人看不见。自行车的两个轱辘当腿，就是在外面跑的，她把自行车一买回来，在村口一推，全村的人立马就知道了。自行车是男式二八，还是加重型的。宋家银把自行车推回家时，车杠上的包装纸还没撕掉。她不让撕，以证明她的自行车是崭新的，是原装货。其实新自行车的漂亮是包不住的，因为自行车毕竟是大城市出产的，毕竟是从城里来的，好比从城里来的一个女人，不管她穿着什么，戴着什么，都遮不住她那通体的光彩。在宋家银拥有这辆自行车之前，这个村的历史上，从没有哪一家拥有过自行车。别说新自行车了，连旧自行车都没有。可以说宋家银的购车行动是开创性的，她的自行车填补了这个村历史上的一项空白。村里的一些人免不了到宋家银家去看新鲜。人们对锃光瓦亮的自行车发出啧啧赞叹，这正是宋家银所需要的，或者说她预想的就是这种效果。不过她不喜欢别人动手摸她的自行车。有人打打前面的铃，有人摸摸后面的灯。人一摸到自行车，她就觉得像摸自己的皮一样，心疼得直起鸡皮疙瘩。她实在忍不住了，宣布说："兴瞧不兴摸哈，新自行车跟新媳妇一样，摸多了它光害羞。"

　　打扮起自行车来，宋家银要比打扮一个新嫁娘精心得多。她的想象力有限，但为把自行车打扮得花枝招展，她把所有的想象力都发挥出来了。她把自行车的横杠和斜杠上都包上了红色的平绒，等于给自行车穿上了红绒衣。她把车把上密密地缠上了绿线绳，等于给自行车扎上了绿头绳。她给自行车做了一个座套，座套周围垂着金黄的流苏。流苏像嫩花的花蕊一样，是自来颤，在自行车不动的情况下，流苏也乱颤一气。把自行车打扮成这样，够可以了吧？没有什么打扮的余地了吧？不不不，更重要更华丽的打扮还在后头呢。在自行车的横杠和下面两个斜杠之间，不是有一块三角形的余地嘛，宋家银把最精彩的文章做在了那里。她跑遍了全村各家各户，从每家讨来一小块不同颜色的花布，把花布剪成同样大小的三角形，拼接在一起，做成一整块布。然后可着那块三角形的余地，用花布做成一个扁平的袋子，用带子固在自行车中间。远远看去，自行车上像是镶嵌着一幅画，画面五彩斑斓，很有点现代画的味道；又像是一个小孩子，肚子上带了一个花兜肚。这个小孩子当是一个娇孩子，娇孩子才穿百家衣。整体来看，总的来说，宋家银以她的审美眼光，把自行车村俗化了。如果说自行车刚进家门时，还像一个城里女子的话，经宋家银如此这般一包装，就成了一个花红柳绿的村妞。

自行车弄成这样，是给人骑的吗？是呀，是给人骑的，宋家银一个人骑。她去走娘家，或者去赶集，才骑上自行车，像骑凤凰一样，小心翼翼地骑走了。她在村里放出话，她的自行车谁都不借，亲娘老子也不借，谁都别张借车的口，张了口也是白张。杨成方的四弟，也就是宋家银的小叔子，叫着宋家银二嫂，要借二嫂的自行车骑一骑。宋家银说："不是我不让你骑车，把你的腿骨摔断了怎么办！"小叔子说摔不断。"你说摔不断，等摔断就晚了。到时候，是我赔你的腿，还是你赔我的车？"小叔子不知趣，还说："我的腿摔断不让你赔，行了吧！"宋家银说不行，她问小叔子一共有几条腿。这样简单的计算当然难不住初中毕业的小叔子，他说他一共两条腿。宋家银说他两条腿少点，等他长出四条腿来，再借给他车不迟。小叔子想了想，说："哼，骂人。你不借给自行车拉倒，干吗骂人？"宋家银说："小××孩儿，我就是骂你了，你怎么着吧！"小叔子领教了二嫂的厉害，把两条腿中的一条腿朝空气踢了一下，走了。

别说小叔子，宋家银用杨成方的工资买下的自行车，她连杨成方都不让骑。杨成方去县城上班，本可以骑着自行车来回，本可以省下来回坐车的钱，可宋家银不放心，她怕杨成方把自行车放到厂里被人偷走。万一自行车被人偷走了，她不知会心疼成什么样呢。再者，让杨成方把自行车骑走，她就看不见自行车了，村里人也看不见自行车了，她拿什么炫耀呢？在不下雨、不下雪、太阳也不毒的情况下，她愿意把自行车从屋里推出来，在门口晾一晾，如同晾粮食和过冬的衣物一样。自行车是钢铁做成的，不会发霉，不会长虫，不会长芽子，没必要经常晾。她的晾一晾，其意是亮一亮。这才是她的乐趣所在。

　　宋家银建议杨成方买一块手表。杨成方不同意。对给自己买东西，杨成方敢于拒绝，而且拒绝起来很坚决，他拧着脑袋，说他不要。杨成方在宋家银面前顺从惯了，他这么一打别，宋家银不大适应，她说："你敢说不要！哪有当工人不戴手表的！"杨成方不敢否认他是工人，却坚持说，他看戴不戴手表都一样。宋家银说："当然不一样。啥人啥打扮，你戴着手表，走到街上把袖子一捋，人家就认出你是个工人。你啥都不戴，人家看你啥都不是。你是个工（公）人，人家还当你是个母人呢！"杨成方的口气不那么硬了，说："手表那么贵，有买一块手表的钱，能买不少粮食呢！"宋家银骂他是猪脑筋，就知道粮食粮食，粮食会发光吗，会走吗，能戴在手脖子上吗？人活一张脸，树活一张皮，别给你脸你不要脸！她还说："嫌贵，咱不会买便宜一点的呀！"她打听过了，有一种手表，几十块钱一块。杨成方也听说过那种手表，说那种牌子的手表走得不准。宋家银说："你管它准不准呢，只要是手表就行。"

　　应该说宋家银的志向和做法和城里人是有些吻合。当时，城里人的家庭建设正流行"三转一响"。所谓"三转"，指的是自行车、手表、缝纫机。"一响"呢，是收音机。"三转"当中，宋家银已经有了"两转"。要不是形势发生了变化，宋家银也会有"三转一响"，并通过转和响，保持住她的工人家属地位。形势刚变化时，宋家银没觉得对她有什么不利。别人家分到土地高兴，她也很高兴。她家承包的是三个人的土地，她一份，儿子一份，杨成方也有一份。土地历来都是好东西啊，多一份土地，就多打一份粮食。因杨成方的户口还在家里，在承包土地的问题上，宋家银承认了杨成方是个临时工。有人提出过疑问，杨成方在县里当工人，分土地还有他的份儿吗？宋家银站出来了，她说："我×他姐,他的户口都没迁走,算个啥×工人？他一月挣那几个钱儿，还不够猫叼的呢！"他们家三亩多地，分在五下里。宋家银带着儿子，肚子里又怀了孩子。杨成方怕宋家银顾不过来，怕累坏宋家银，提出那个临时工他不干了，回家帮宋家银种地。宋家银是觉得需要一个帮手，但她不同意杨成方辞工，不愿失去工人家属的名分。杨成方的工钱也涨了，由一个月二十多块，一下子涨到四十多块。宋家银说："我不怕累，累死我活该，我也不让你回来。现在种庄稼都靠化肥催，你不挣钱，咱拿啥买化肥！"

在生产队那会儿，土地好像在耍赖，老也不好好打粮食。把土地一分到各家各户，土地仿佛一下子被人揪住了耳朵，它再也没法耍赖了；又好像土地攒足了劲，一分到个人手里，见那些人真心待它好，真心伺候它，产粮食产得呼呼的。只两三年工夫，各家的粮食都是大囤满，小囤流，再也不愁吃的了。他们不再吃黑红薯片子面馒头了，红薯也很少吃了，顿顿都是吃白面馒头白面条。他们把暄腾腾的白面馒头说成是一捏两头放屁。他们把碗里的白面条一挑老高，比比谁家的面条更长。有人在碗里吃出一个荷包蛋来，却装作出乎意料似的说："咦，这鸡啥时候又屙我碗里了！"别看宋家银一个人在家种地，她家打的粮食也不少，光小麦都吃不完。杨成方去上班，她不让杨成方带馒头了，也不给杨成方准备咸菜了，她对杨成方说："白面馒头你随便吃，该吃点肉就吃点肉。"

忽一日，杨成方背着铺盖卷回家来了。宋家银一把把他拉进屋里，关上门，问他怎么回事，是不是人家把他开除了。杨成方说不是，是预制厂黄了。宋家银不信，好好的厂子，怎么说黄就黄了呢！杨成方说，用户嫌他们厂打的预制板质量不好，价钱又贵，就不买他们的产品了。成堆的预制板卖不出去，没钱买原材料，工人的工资也发不出来，厂长只好宣布厂子散伙。出现这种情况，是宋家银没有想到的。她有些泄气，还突然感到很累。男人不在家的日子里，她家里地里，风里雨里，一天忙到晚，也没觉得像今天这样累。她想，这难道就是她的命吗？她命里就不该给工人当老婆吗？人家给她介绍第一个对象，因其父亲在新疆当工人，都说那个对象将来也会去新疆当工人。那个对象人很聪明，也会来事。跟她见过一次面后，就敢于趁赶集的时候，在后面跟踪她，送给她手绢。晚间到镇上看电影，那人也能从人堆里找到她，把她约到黑暗的地方，拉她的手，亲她的嘴。她问过那人，将来能不能当工人。那人说，肯定能。"你当了工人，还能对我好吗？""这要看你对我好不好。""我？怎么对你好，我不知道。""你知道。""我真的不知道。"她说的是不知道，心里隐隐约约是知道的，因为那个人搂住她的时候，下面对她有了暗示。为了让他们的关系确定下来，为了让那个人当了工人后还能对她好，她就把自己的身子给了那个人。那个人果然去了新疆，果然当上了工人。那家伙一当上工人，似乎就把她忘了。她千方百计找到那家伙的地址，给那家伙写了一封信，要那家伙兑现他的承诺。那不要良心的东西回信要她等着，说要是能等他十年，就等，若等不了十年，就自便吧。这显然是一个推托之词，明明是狗东西不要她了，还说让她自便，还把责任推给她。有理跟谁讲去，有苦向谁诉去，她只能吃一个哑巴亏。因为当工人的蹬了她，她才决心再找一个工人，才决定嫁给其貌不扬的杨成方。她不担心杨成方会蹬了她，杨成方没那么多花骨点子，也没那个本事。要说蹬，只能翻过来，她蹬杨成方还差不多。她以为，只要她不起外心，当工人家属是稳了的。临时工也是工。是工就不是农。是工强似农。谁知道呢，杨成方背着铺盖卷儿回来了。他这一回来，就不再是工人了，又变回农民了。这个现实，宋家银不大容易接受，她心里一时还转不过弯儿来。她教给杨成方，不许杨成方说预制厂已经黄了。要是有人问起来，就说是回来休假，休完了假再去上班。她问杨成方记住她的话没有。杨成方疑惑地看看她，没有回答。宋家银拧起眉头，样子有些着恼，说："你看我干什么，说话呀，你哑巴了？"杨成方说："我不会说瞎话。"宋家银骂他放狗屁，说："这是瞎话嘛！要不是看你是个工人，我还不嫁给你呢。你当工人，就得给我当到底，别回来恶心我。我给你生了儿子，还生了闺女，对得起你了，你还想怎么着！还说你不会说瞎话，不会说瞎话有什么值得骄傲的，只能说明你憨，你笨，笨得不透气。人来到世上，哪有不说瞎话的，不会说瞎话，就别在世上混！"杨成方被宋家银吵得像浇了倾盆大雨，他塌下眼皮，几乎捂了耳朵，连说："好好好，别吵了好不好，你说啥就是啥，我听你的还不行嘛！"

五

杨成方家的老三，在部队当兵的那一个，当兵当到年头没有复员。所谓复员，就是重新恢复人民公社社员的身份。其时，人民公社不存在了，社员的叫法也无从依附，复员不叫复员了，改成退伍。老三退伍倒是退了，但他没有退回农村去，没有再当农民。他随着那一批退伍兵，被国家有关部门安排到一处新开发的油田当石油工人去了。老三运气好，他一当就是国家的正式工、长期工、固定工。在高兰英的男人当煤矿工人之后，老三是这个村里第二个正儿八经的工人。老三当兵时，说媒并不好说。好像姑娘们都把当兵的看透了，看到家了，当兵的不过多吃几年军粮，多穿几身黄衣服，到时候还得回到黄土地上，还得从土里刨食。老三这一回不一样了，他从解放军大学校里出来，又走进工人阶级队伍里去了。他去的不是一般的工人阶级队伍，而是有名的石油工人队伍。有两句歌唱得好，石油工人一声吼，地球也要抖三抖。这么说老三也抖起来了。于是给老三说媒的就多了，都想揩点石油工人的油儿。老三挑来挑去，挑到了一个副乡长的闺女，还是一个初中毕业生。老三没有在家里举行婚礼，说是旅行结婚，二人肩并着肩，一块儿到老三所在的油田去了。

　　这对宋家银是一个刺激，也是一个不小的打击。她觉得头有些晕，躺到床上睡觉去了。老三也不见得比杨成方强多少，他凭什么就当上正式工人了呢！还有老三的老婆房明燕，她没费一枪一刀，就跑到正式工人的身子底下去了，就得到了工人家属的位置。和房明燕相比，她哪点也不比房明燕差。她身量比房明燕高，眼睛比房明燕大。要说打架，她一个能打房明燕仨。可她的命怎么就不如人家呢！宋家银差不多想哭了。杨成方站在床前，问她哪儿不舒服，是不是生病了，要不要到医院看一看。宋家银正找不到地方撒气，就把气撒在杨成方身上了，她说："滚，你给我滚远点，滚得越远越好！看见你我就来气！"杨成方没有马上就滚，他说："咋着啦，我又没得罪你，我这是关心你。"宋家银说："你就是得罪我了，你们家的人都得罪我了，我不稀罕你的关心。你滚不滚，你不滚，我一头撞死在你跟前！"杨成方只得滚了。

　　杨成方不敢滚远，在门口一侧靠墙蹲下来。按照宋家银教给他的话，他见人就跟人家解释，他是回来休假，等休完了假，他还要回去上班。解释头两次，人家表示相信，说当工人的都有假日。解释的次数多了，人家似乎就有些怀疑，说他这次休假休得时间不短哪，该去上班了吧。杨成方说该去了，快该去了。这样的解释，对杨成方来说相当费劲，简直有些痛苦。每解释一次，他肚子里就像结下一个疙瘩。他觉得肚子里的疙瘩已经不少了。为避免重复解释，避免肚子里再结疙瘩，他天天躲在家里，很少再到外面去。人躲起来，一般是为了躲债，或是做了什么丑事，没脸出去见人。杨成方，他一没欠人家什么债，二没有做什么见不得人的事，他干吗也要躲起来呢？看来人躲起来的理由不是一个两个。宋家银问过杨成方，现在盖楼的人用的是哪儿的楼板。杨成方说不大清，他说听说是郑州出的。宋家银建议杨成方到郑州的预制厂里去，看看那里的厂子愿不愿要他。这个建议把杨成方难住了，他连想都不敢想。当年，他到县里预制厂当临时工，完全是父亲人托人给他跑下来的。父亲给厂长送小磨香油、送芝麻，还拉着架子车，冒着风雪给人家送红薯，厂长才答应让他进厂当临时工。他相了一次亲又一次亲，人家女方跟他一见面、一说话，就通过媒人把他回绝了。眼看他要拉寡汉，父亲急了，为了给他捐一个工人的名义，父亲才钻窟窿打洞千方百计把他弄到预制厂里去了。他到了预制厂马上见效，就把宋家银这个不错的老婆找到了。仿佛宋家银也是个预制件，也是为他预制的，在他没进预制厂之前，宋家银在那里放着，他一当上工人，宋家银就属于他了。他愿意在家里守着宋家银，一结婚他就不想在预制厂干了。可宋家银不干，他要不在预制厂干，恐怕连老婆都留不住。预制厂如今散摊了，杨成方心里是乐意的，他总算有理由回家守着老婆和孩子了。这不怨他，是怨厂里。不料宋家银还是要往外撵他。这事不能再找父亲了。找父亲，父亲也帮不上忙。他对宋家银说，郑州那地方，他一个人都不认识，预制厂怎么会要他。宋家银问他："原来你认识我吗？不是也不认识嘛！现在我怎么就成你老婆了呢！天底下你不认识的人多着呢，一面生，两面熟，你多找人家几回就认识了。"

杨成方还没有走，他的四弟却走了。四弟跟邻村的一个建筑包工队搭帮，到山东济南给人家盖房子去了。四弟临走前，把消息瞒得死死的，宋家银一点都没听说。还是别人问宋家银，说听说老四到城里给人家打工去了，她知道不知道。宋家银却说知道。

她回家把消息说给杨成方，问杨成方知道不知道。杨成方说不知道。宋家银顿时就生气了。她认为这是公公和婆婆外着他们两口子，有啥好事故意瞒着他两口子。不然的话，连别人都知道老四外出做工去了，他们怎么连个屁都没闻见呢！她对杨成方说："你是个死人哪？你还是他们家的儿子吗？你去问问你爹，问问那老婆子，老四外出做工，为啥不跟咱说一声，是不是怕咱沾了他的光？"杨成方不想去。宋家银立逼着他去。杨成方的小名叫方，宋家银叫了他的小名，还在小名前面加了一个黑字，把他叫成黑方。在他们那里，老婆一叫男人的小名，就等于揭老底，等于骂人。在小名前面再加上别的字呢，等于骂起来更狠一些。宋家银问黑方去不去，黑方不去她就去。杨成方怕老婆跟爹娘吵架，才去了。外面正下秋雨，雨下得还不小，地上积了一窑儿一窑儿的白水。还有风，风一阵子一阵子的，把树叶刮落在泥地上。杨成方没有打伞，就到雨地里去了。杨成方没有直接到爹娘那里去，他缩着脖，踏着泥巴，向村子外面走去。那里有一个废弃的炕烟房，他到炕烟房里待着去了。他倚在门口一侧的泥墙上，茫然地向野地里看着。地里一层雨，一层风，一片烟，一片雾，他什么都看不清。地里有刚发出来的麦苗，还有一丛一丛的坟包，看去都有些模模糊糊。他隐约记起，他们杨家祖祖辈辈都在这些地里耕种，延续下来的差不多有十辈人了吧。一传十，十传百，他们老杨家在这个村已经有了好几百口子人。人一多，摊到人头上的地亩就少了，一个人才合一亩来地。不管地再少，也有他一份，他应该有在这里种地的权利。可宋家银热衷于让他当工人，热衷于撵他到外面去，一开始就剥夺了他种地的权利，同时也剥夺了他在家的权利。人家娶老婆，都是为了有个家，有个在床上做伴儿的，暖心的。他呢，自打他有了老婆，老婆就不好好地让他在家里待，三天两头往外撵他。别说让老婆暖他的心了，还不够他凉心的呢！听着阵阵雨声，杨成方闭了闭眼,有点想哭。然而,他没有掉下泪来。他觉得眼睛是有点发潮,那是雨滴溅在他的眼睛上了,并不是眼泪起的潮。在哭的问题上,杨成方很生自己的气,或者说有点恨自己。别人哭起来是那么容易,一哭就哇哇的,眼泪流得跟下雨一样。他想哭一哭,不知怎么就那么难。有多少次,他想在宋家银面前痛痛快快哭一场。他要是哭成了,也许宋家银会对他另眼相看,起码不会像现在这样嫌弃他。可不知怎么搞的,他老也哭不成,越努力,越哭不出来。他也有过伤感顿生的时候,好比云彩也厚厚的了,眼看要落下雨来。这时不知从哪里刮来一阵风,一下子就把云彩刮散了。刮散的云彩再聚集起来就难了。他欲哭的感觉也找不到了。他有时在宋家银面前哼哼唧唧,声音有点像哭。但因为声音不是从肺腑里发出来的,是从喉咙眼里发出来的,而且没有眼泪的辅佐,他的哭总是不能打动人。甚至他这样的哭比不哭还糟糕,更让宋家银反感。宋家银说他眼里连一滴子蛤蟆尿都挤不出来,装什么洋蒜。这就是杨成方,别人心里有苦,还可以通过哭发泄一下,他心里有说不出的苦处,想哭一下都哭不出来啊!

六

深秋的一天早上,半块月亮还在天上挂着,离天明还得好一会儿,杨成方就踏着如霜的月光和如月光样的白霜上路了。他背的还是在预制厂当临时工时用的铺盖卷儿,提的还是那个用了多少年的破提兜儿。过去他带着这些东西是去县里的预制厂,这一次他不知道是去哪里。他打了一个寒噤,觉得身上有点冷。他相信走走就暖和了。宋家银没有给他做点饭吃,没有送他,躺在床上连起来都没起来。儿子起来对着尿罐子撒尿,见他背着包袱要走,跟他说了一句话。在村里,孩子喊父亲都是喊爹,喊母亲都是喊娘。

到了宋家银这里，她坚持让儿子闺女喊杨成方爸爸，喊她妈妈。她听说城里人喊父母都是喊爸爸妈妈，她要和城里人的喊法接轨。也是与村里人的喊法相区别，以显示他们家是工人家庭。儿子问："爸爸，你去哪儿？"杨成方说，他去上班。他的回答，还是宋家银给他规定的口径，他没有超出这个口径。他把儿子的头摸了摸，嘱咐儿子好好学习。儿子大概还挤着眼，撒出的尿没有对准尿罐子口，撒到地上去了。儿子把尿的方向调整了一下，罐子里才响起来了。宋家银嘟囔着骂了儿子一句，说儿子撒尿都找不准地方。

杨成方走到镇上的长途汽车站，见站门口冷冷清清，一个人都没有，还是遍地的月光。停下来后，他在月光中看见了自己的影子。影子是黑的，比他本人要黑。影子长长的，比他本人要高要瘦。他听人说过，每个人的影子就是每个人的魂，在人活着的时候，影子跟人紧紧相随，一步都不落下。人一旦死了，魂就飞了，影子就消失了。再看自己的影子，他的感觉就不一样，像是真的看见了自己的魂。他的魂从脚那里生出来，与他的脚相连，头不相连。在他不动的情况下，他的黑魂一动不动。他把头偏一下，他的魂也把头偏一下。他的头变成魂的状态时，不见鼻子也不见眼，只是贴在地上的一个扁片子，薄得如一层纸灰。他突然又打了一个较大的寒噤。这次不光是冷，他似乎还有些害怕。

杨成方不走不行了。宋家银成天价对他没有好脸子，没有一天不催他走。在夫妻生活上，别说上宋家银的身，他想摸摸宋家银的奶子，宋家银都不让。有一次，他摸了宋家银的屁股一下，宋家银转身就踢了一脚，把他的腿杆子踢得生疼。他疼得有些恼，问宋家银是不是他老婆。宋家银回答得也干脆："不是你老婆！"宋家银这样回答问题，这样否认业已存在多年的婚姻事实，问题是严重的，也是危险的。杨成方觉得有必要把事实重申一下，他说："我看你就是我老婆。"这种重申相当苍白，一点力度都没有。

杨成方只能做到这样了。宋家银说："是你们家的人把我骗来的，你们一家子都是骗子。你们家的人说你是工人，原来是个臭临时工。"杨成方说："我没有骗你，我跟你第一次见面时就跟你说了，我是临时工。"宋家银说："没说没说就是没说，骗了骗了就是骗了！"宋家银让他看老三，说人家老三才是真正的工人。

老三家的老婆房明燕，在村子外面要了一块宅基地，并开始买砖，买瓦，买木料，准备盖房。别人家想要一块新的宅基地难得很，不知要到支书和村长家送多少礼，说多少好话。房明燕一分钱的礼都不送，张口就把宅基地要来了。她爹当着副乡长，副乡长在村支书和村长面前是鼻子大压嘴，村里不敢不给房明燕宅基地。草坯房，房明燕根本不考虑。她不盖是不盖，一盖就是瓦房，就是浑砖到顶，一排四间，三间堂屋，一间灶屋。这样好的房子，目前来说，在这个村是头一份。当年宋家银买自行车，在这个村拔了头份。在盖房子的事情上，房明燕走在全村人的前面了。不是说这个村历史上没有过砖瓦房，不是的，在明代和清代中期，这个村还有楼房呢，还有青砖铺地、石狮子把门和几进几出的大院落呢。只是几经战乱和不绝的匪患，把村子糟蹋得不成样子了。村里人说，当工人和当农民就是不一样，当农民怎么也烧不起来，一当上工人，马上就烧起来了。他们拿房明燕买的砖和瓦当例子，说砖和瓦都是烧起来的。也有人不明白，说老三当工人时间并不长，他哪里来的那么多钱盖房呢？房明燕解释说，老三有一笔退伍军人安置费，老三又跟工友们借了一些钱。人们明白了，当工人就是在有钱人的人堆里，借钱就有地方借；当农民呢，借钱也没地方借。房明燕的动向，宋家银都看在眼里。房明燕是后来者居上，一上来就把她比下去了，就把她超过去了。倘若房明燕是远门子人家的媳妇，她不一定非要和人家比。可房明燕是她的弟媳妇，是她的亲妯娌，她不比也得比。仿佛比是一个鬼，鬼已附了她的体，按了她的头，一再要她比，她要是不比，鬼就不放过她。她家的屋子还是结婚那年盖的草坯房。经年的风雨剥蚀，墙坯已经酥了，一摸就掉渣儿，不摸也掉渣儿。上面的草顶已变得很薄，鸡上去一挠就漏雨。宋家银请人上去补过好多次了，屋顶的前坡后坡都打了不少补丁。原来苦的麦草变黑了，后来新补的麦草是白的，一块黑，一块白，花狗脸一样，难看死了。屋里用泥巴掺碎麦草糊的墙皮早就开始脱落，露出了里面丑陋的泥坯。墙脚和床底下，都有老鼠打的窝。从老鼠们运出的大堆小堆的废弃渣土来看，它们定是在地底进行了大面积大规模的建设，说不定有楼、有阁、有广场，也有宫殿。老鼠这么干，等于把他们家屋子下面的地掏空了，基础破坏了，遇上下大雨，村里一进水，这样的屋子就会塌掉。宋家银早就想翻盖房子，把坯座翻成砖座，把草顶翻成瓦顶。她的计划比房明燕的计划早得多。可以说在房明燕还没嫁给老三时，她的翻盖房子的蓝图就在心里画好了。宋家银深知房子的重要。在农村，人们看一个家庭过得如何，主要通过看这个家的住房来衡量。房子代表着人的脸面。房子好了，这家的人不用说话，就有脸面。房子不好呢，你说得天花乱坠，也没脸面。要把房子的蓝图变为现实，一个字，得有钱。宋家银是攒了一点钱，但离翻盖房子的所需还差得远。就算她把家里存的小麦、大豆、芝麻等都卖掉，钱还是差很多。宋家银还能卖什么？自行车她一时还舍不得卖。虽说村里已有了好几辆自行车，自行车不再是什么稀罕之物，她还是舍不得卖。自行车曾带给她不少骄傲，她还得把骄傲继续保持着。拆东墙补西墙的事她不干。还有杨成方的一块手表。按说杨成方的手表可以卖掉，因为杨成方不好好戴，老是把手表放在家里。可惜，杨成方的手表早就不走了。把手表的弦上得很足，手表还是不走。手表不走了，等于手表已经死了。死了的东西谁还愿意要。宋家银说："我×他姐，为了翻盖房子，我总不能卖孩子吧！"她这话是对杨成方说的，有一点像说笑话。可杨成方可不敢当笑话听。再可笑的笑话，杨成方也不敢当笑话听，也不敢笑。宋家银是很会说笑话的，她在外头跟人家拉大呱，说笑话，能把人家笑得在地上打扑啦。可宋家银一回到家里，一当了杨成方的面，就把笑话全部收起来了，一个都舍不得给杨成方。杨成方从宋家银的话里听出了对他的威胁，宋家银在拿孩子威胁他。两个孩子都很好，都很有希望。杨成方可不愿让孩子受委屈。活该受委屈的只能是他。想想也是，宋家银还指望什么呢，只能指望他。他正当壮年，能吃能睡，能跑能跳，又不怎么生病，他不出去挣钱，让谁出去挣钱呢！

迫使杨成方盲目外出，不光是为了挣钱翻盖自家的房子，公家也在向他家派钱。村里的小学校年久失修，风雨飘摇，眼看就要塌。为了保证小学生的安全，为了保证正常上课，只得动员大家集资，把小学校翻盖一下。集资是按人头派，不管大人小孩，每人五十块钱，扒拉一个算一个。宋家银家四口人，应该交两百块。宋家银一听说交这么多钱，头轰一下就大了。她藏的是有点钱，二百块钱她交得起。可她不愿意动自己的钱，她愿意一分一分往上加，可不愿意成百块地往下减。这钱她是为翻盖房子预备的，二百块钱，差不多能买一面屋山所用的砖头，要是把钱交出去，她的屋山怎么办？！可这个钱不交又不行。她的一儿一女正在学校里读书，正用得着学校和教室。村长在喇叭上讲，翻盖学校是为了子孙后代。谁家都有子孙后代。要是不痛痛快快交钱，就对不起子孙后代。再者，村里人还不知道杨成方所在的厂子已经黄了，他们的家庭还担着工人家庭的名义。工人家庭都是有钱的，交这个钱应当带头，应当给别人起个示范作用。果然，房明燕捷足先登，第一个把钱交上去了。她家目前只有她一个人，只交五十块钱就够了。接着，高兰英也把钱交上去了。宋家银怎么办？她让杨成方到婆婆那里去借钱。她听说老四从济南寄回了一百五十块钱。杨成方不想去，宋家银拽了他的胳膊，要拉他一块儿去。两个人一块儿去，还不如杨成方一个人去。杨成方刚跟娘说了借钱的话，就挨了娘一顿臭骂。娘骂着骂着还哭了，说杨成方的爹近日得了病，喉咙眼子一天比一天细，吃不下饭，怀疑得的是噎食病。老四寄回的那点钱，都给他爹看病花了。他爹马上还要到县医院去看病，准备让他们弟兄四人每人先拿出一百块钱来。钱要是不够，以后再分摊。杨成方回家，没敢跟宋家银汇报借钱的经过，他说："我走，我明天就出去挣钱去。"

杨成方刚从厂里回家时，还没有什么债务。他在家里躲着，还不是为了躲债。这一次外出，杨成方却有一些逃债的意思了。

这年春节，杨成方没有回家。他给宋家银寄回了五百块钱。他还给宋家银写了信，说他在郑州找到了工作，一切都很好，让宋家银不要挂念他。

宋家银对村里人说，杨成方的厂子搬到郑州去了，郑州是省会，各方面的条件都比县里好。还说他们家杨成方现在是老工人了，老工人不仅比新工人挣钱多，重活儿也不怎么干了，只动动嘴，出出技术就可以了。宋家银哪里知道，就在她到处宣传杨成方只动动嘴就能挣钱的时候，杨成方或许正一手提着一只脏污的蛇皮袋子，一手握着一根铁钩子，穿行于城市的楼群之间，正到处扒垃圾，捡破烂。饿了，他从某个楼下的垃圾口里扒出一块或整个馒头，把上面沾的脏东西捏一捏，就吃起来了。渴了，他拿出随身带的矿泉水瓶子喝一气。瓶里面装的不是矿泉水，是在水龙头下面灌的自来水。连矿泉水的塑料瓶子也是捡来的。里面的自来水喝完了，瓶子他可舍不得扔，一个瓶子能卖五分钱呢。杨成方身上的穿戴，也大都取自垃圾。他脚上穿的皮鞋，腿上穿的绒裤，上身穿的棉袄，都是从垃圾堆里挑拣出来的。他已经用垃圾的可利用部分把自己武装起来了，仿佛他自己也成了一样可以走动的垃圾。对于个人形象，他是不大讲究了。头发太长，胡子拉碴，脸洗得有一把没一把。夜里，他撤出城市，到郊外的农村去住。农村有一些放杂物和养牲畜的房子，他和别的也是从垃圾里讨生活的人合伙把房子租来，打上地铺，几个人住在一间小屋里。不管是刮风下雨，他一天都不歇着，都是天不亮就起来往城里赶，争取能捡到新的垃圾。雨下大时，他往身上裹一块白塑料单，仍在不停地行走和寻觅。他身上裹的塑料布也是捡来的。他每天把捡来的垃圾整理和分类，攒得够卖一次了，就弄到废品收购站卖掉。他给宋家银寄回的五百块钱，就是这样一点一点捡来的。

七

男人长年在外，两个孩子上学，宋家银也有过寂寞难耐的时光。她身体很好，月信正常。她腿长，屁股宽，比一般的女人屁股都要宽。她举着屁股在地里割麦，在只见屁股不见头的情况下，人们宁可把她的屁股看成是一匹母马的屁股。有的男人未免有些感叹，他们说，这样的屁股谁管得够，谁消受得起，最好找一匹公马来对付。嘴痒的人把这话传给宋家银，宋家银一点也不生气，好像还有几分得意，她笑着说："我×他姐，谁在背后说我的坏话，我×死他姐！"宋家银习惯骂×他姐，不管跟谁开玩笑，她都是说要×人家的姐。她这样说，仿佛她不是一匹母马，而是一匹骁勇的公马。宋家银这么一个如饥似渴的女人，谁要是招惹她，估计不难上手。只要以开玩笑的名义，稍微把她的马屁拍一拍，就能把她的浪尿拍得滋出来，一骗腿就把她骑上了，让她怎么颠，她就怎么颠，让她怎么跑，她就怎么跑。村里没人招惹宋家银，因为杨姓是这个村的大姓。杨姓家族一向以门风正为骄傲，各家只许用自家的女人，不许到别家锅里伸勺子。加上杨成方家这一门人丁兴旺，小弟兄们众多，拳头硬，别门的人一般不敢动这个门的女人。这个村有两家外姓人是不错，他们都是外来户，后人发棵又不旺，在村里受憋得很。别说让他们动杨姓家的女人了，碰见杨姓家出来的狗，他们都得赶紧靠边站站。可以说宋家银的寂寞是环境造成的。在如此沉闷的环境里，像宋家银这么好的资源，只能被闲置，被浪费。

也不能说宋家银一点机遇也没有，有的机遇她没有很好地抓住，结果错过去了。村里有一个远门子的堂弟，名字叫杨成军。杨成军不知从哪里搞回一头郎猪，靠用郎猪给别人家的母猪配种赚钱。换句话说，杨成军出卖的是郎猪的精子，他用郎猪的精子换钱。每到镇上双日逢集，杨成军就牵着他的郎猪到镇上去了。郎猪对前去寻求配种的母猪来者不拒，来一个配一个。每配一个，杨成军就收一份钱。杨成军对郎猪也有奖励，每当郎猪从母猪身上下来，他就给郎猪喂一个生鸡蛋。有的母猪的主人，见郎猪刚给别人家的母猪配过种，对郎猪的能力有些信不过，不相信郎猪的种子会成熟那么快。这时杨成军表现得相当自信，他说一配一个准，保证没问题。他打了保票，说："要是配不上，你找我，我再给你配，配不上不要钱！"本来是他的郎猪给人家的母猪配，他说成了他给人家配，围观的人听出了破绽，都笑了，说你给人家配算怎么回事。杨成军承认他说慌了嘴，把有的不该省略的字省略了。其实他是故意说错的，就是要给围观的人添一点笑料。在不逢集的日子，有附近村庄的人上门找杨成军，杨成军也会带上郎猪，及时前往。好比有的乡村医生受人约请是出诊，杨成军和他的郎猪受人约请是出配。郎猪随杨成军从村街上走过时，从来都是大摇大摆，不慌不忙，一副舍我其谁和稳操胜券的模样。宋家银看见过杨成军的郎猪。那头郎猪尖耳朵，长身子，简直就像一匹马。

郎猪的短毛白汪汪的，那一身精壮结实的肉却是粉红的，看去白里透红，真他×的漂亮。宋家银不敢看郎猪的眼睛，她觉得郎猪的目光非常流氓。说它流氓，并不是说它看人的目光多么下作，把女人也误认为是它的服务对象。它的目光是躲避的，你一看见它的眼睛，它的目光马上躲开了。要不是心里有鬼，要不是有流氓般的敏感和想法，它的目光躲什么躲。越躲越表明它不正经。宋家银注意过，郎猪的目光不是一直在躲，在你不注意它的时候，它又在看你，它是偷眼看人，它的眼睛背后仿佛还有眼睛。把坏事干多了，看来这头郎猪快成精了，快变成人了。宋家银把杨成军的郎猪看成流氓，作为流氓的主人，作为流氓的培养者和指使者，宋家银觉得，杨成军也应该是流氓。宋家银爱和杨成军开玩笑，一见杨成军和郎猪从村街走过，她就把杨成军称为流氓他爹，问他们爷儿俩又去哪里耍流氓。杨成军说，他去宋家银的妹子那里去耍。宋家银说："你小心着，回来把郎猪拴好。你一不小心，郎猪要流氓要到你老婆身上就麻烦了，到时候你老婆给你生一窝小郎猪，超过了计划生育指标，上头要罚款的。"杨成军说："没关系，你什么时候想生小猪，我来给你配。你放心，跟别人干要钱，跟你干不要钱，保证不让你倒贴。"杨成军使用的又是省略法，这一省略，就把郎猪和母猪省略掉了，成了他和宋家银的关系。对于杨成军的偷梁换柱，宋家银听得出来，宋家银说："我×你姐，这可是你说的。我正好买了一头小母猪，等小母猪打圈子了，我不找别人，就找你！"杨成军说："对对，你就找我，我保证让你满意。"说着，他把郎猪丢下，向宋家银身边凑去。一边凑，还一边前后左右乱瞅，似乎要背着人，要做什么秘密事情。宋家银不知杨成军要干什么，她不由得用两个胳膊夹住了奶子，把屁股也收紧了，转身要往院子里躲，说："死成军，你要干什么？"杨成军站下了，把手一摊，说："你看，我什么都没干哪。我还没动你一指头呢，就把你吓成这样，我要是真动了家伙，你的门不知道得关多紧呢，恐怕用铁棍都捅不开。"宋家银说："动家伙，你敢？我看你没长动家伙的蛋子儿！"杨成军压低了声音，说："你说我不敢，今天晚上你给我留着门儿，我来会会你，你看我敢不敢！"宋家银脸上红了一下，她还是当笑话说："说话算话，晚上谁要是不来，谁是小舅子。"

两个孩子一放学，她问孩子有没有作业，要是有作业，趁天不黑，抓紧时间写。这时村里已通了电，她家里安上了电灯，照明再也不用煤油灯了。家里虽有了电灯，她很少用，也很少让孩子开灯。孩子若有家庭作业，她都是催孩子利用自然光做作业。她还保持着节省的习惯。点煤油灯时，她要节省煤油。点电灯时，她得节省电费。村里刚拉进电线那会儿，各家也要出钱，也要投资。为此，有的家庭拒绝通电，说祖祖辈辈没点过电灯，生出来的孩子眼睛照样明明亮亮的。在通电的问题上，宋家银表现得相当开明，相当有现代意识。男人在外面工作，她的家庭一直是工人家庭，家里怎么能不通电！就是村里别人家都不通电，她家也要通。她甚至希望别人家都别通电，只有她自家通，这样才能显出她家的光明。通了电，不用，也算有电。好比有了自行车，别管骑不骑，谁都得承认她有自行车。通了电也是一样，为了节省电费，她家不开电灯就是了。

吃过晚饭，她让两个孩子在屋里睡。她说有点热，要到院子里躺一会儿，凉快一会儿。时节到了夏天，天气是有点热了。但还没热到睡院子数星星的地步。实在说来，是宋家银心里有事，是她心里发热，热得都有些发烧了。她放不下杨成军以开玩笑的口气给她留下的话。这地方的人开玩笑是大有学问的。许多真话都是以开玩笑的口气说出来的。真话往往不大好说，说出来容易让人难堪。把真话外面包上一层笑话，说起来就方便多了。特别是在男女偷情的事情上,用笑话铺路搭桥的手段更是被普遍应用。笑话,有搭讪的作用,递话儿的作用,试探的作用,也有调情的作用。所谓递话儿,就是城里人所说的传递信息。比如一个男的看上了一个女的,想跟这个女的好一好,在城里,有可能采取写信的办法,男的通过信件把好感传达给女的。在农村,他们大都不识字,或者识字很少,一般不采用写信的方法,只用说笑话的办法就行了。相比之下,说笑话的方法更狡猾,回旋余地更大。它的特点是进可攻,退可守。如果男女双方都把笑话后面的真意领会到了,又都愿意得到真意趣,那么他们的好事就成真了。如果其中一方觉得对方不是自己想要的人,或者觉得时机尚不成熟,笑话说了也就说了,一笑了之,于你于我都不损失什么。宋家银相信,杨成军在笑话后面递给她的是真话。杨成军说的时间就在今晚,时间是那样具体。她也用笑话给杨成军回了话,等于答应杨成军了。好事就在今晚,宋家银把一切都准备好了。

院子门后的墙根有一片阴影,宋家银在阴影里铺了一张席,躺在席上装作摇扇子。她特意洗了头,往脸上搽了香膏子,还换上了一件比较新的内衣。她本来不想收拾打扮自己,把自己搞得这样香,是不是对杨成军太在意了。杨成军一个牵郎猪的,一个满身骚气的臭小子,凭什么让她像迎接新郎一样迎接他呢!杨成方每次从外面回来,她从来没有这样收拾过自己。她把自己当成一碗剩饭,杨成方要吃,她不愿意把剩饭热一热,让杨成方自己来端,凉着吃好了。杨成方笨手笨脚,笨头笨脑,自己不知道烧把火,给剩饭加点温,炒一炒,再吃。得着了,他上来就吃,一口气吃完为止。杨成方的吃法,从来没有让宋家银满意过。倘是宋家银只经历过杨成方这么一个男人,她也许想着男人都是这种吃法,她就没什么想头。她难免想起第一个和她好过的那个男人,难免把那个男人和杨成方相比较,一比较,就看出杨成方的差距来了,并知道了男人和男人是不一样的。看来女人得到比较的机会是麻烦的,她比较了一个,还想比较两个,三个。大概因为杨成军是一个牵郎猪的人,宋家银认定杨成军是一个会玩儿的男人。想想看,杨成军的郎猪就那么流氓,那么坏,跟着郎猪学郎猪,杨成军能不流氓?能不坏?院子里的门没有上闩,是虚掩的。杨成军来了不用敲门,轻轻一推就进来了。她打算好了,等杨成军进来后,她就装睡,装作睡得沉沉的,对杨成军的到来并不重视,年初一打死一只兔子,有它没它都能过年。她要看看杨成军怎样动她,怎样把她弄醒,是先动她的头,还是先动她的脚。要是先动她的脚,她就踹杨成军一个梦脚。要是先动她的头,她就抓过杨成军的手,把杨成军的手指头在嘴里咬一下。她当然不会把杨成军咬疼,只让杨成军知道她不好惹就行了。

宋家银白准备了,她骚动大半夜,受煎熬也受了大半夜,杨成军始终没有出现。有一次,她贴在地上的耳朵听到外面有点动静,爬起来透过门缝往外一看,站在门外的不是杨成军,是一只狗。她从门缝往外看,狗正好从门缝往里看,她的鼻子差点碰到了狗的鼻子。还有一次,她看见墙头上冒出一个东西。她心里一喜,以为杨成军个狗×的要翻墙进来。定睛一看,立在墙头上的是一只黄鼠狼。在月光下,直立着的黄鼠狼,把两只前爪像人的两只手一样搭在胸前,头也像小人儿的头一样,左瞅瞅,右瞅瞅。黄鼠狼最后不知瞅到了什么,身子一俯就逃遁了。

再见到杨成军,宋家银要是以开玩笑的口气,说她等了杨成军半夜,也没见杨成军去,说不定杨成军真的就去了。宋家银没有再给杨成军机会,也没有再给自己机会,她生气了,肚子气得鼓鼓的。她认为杨成军骗了她,捉弄了她,一个男人家,说话不算话,连放狗屁都不如。宋家银一生气就过头,她有点恨杨成军。这种恨说不出来,只能在心里恨一恨。因此,她没有跟杨成军一笑了之，她不搭理杨成军了，再也不跟杨成军说笑话了。杨成军叫她二嫂，还要跟她说笑话，她把脸子一撂，转身就走了。她在心里把杨成军骂成×娘的。

八

宋家银的心里好像一直不平衡，她心里的恨也好像很多，一恨未平一恨又起似的。心头有了恨，她也没什么有效的表达方式，就是不搭理人家而已。村里妇女解恨的方法很多，说得上五花八门。有的是骂大街，把一样东西，能骂九九八十一遍不重样；有的是到人家门前打滚撒泼，寻死觅活，不达目的，绝不罢休；有的把仇恨对象扎成一个草人，在草人头上安上葫芦，葫芦上画得有鼻子有眼，然后把草人绑在一棵树上，每天用开水在草人头上浇三遍，一边浇，一边对草人进行咒骂；有的手段毒辣一些，她们不声不响，就把毒药下进人家猪圈里去了、羊圈里去了。这些方法，宋家银都没尝试过。她记恨人的方法，就是不理人。不理人，就是蔑视人家，和人家断交，继而否认人家的存在。她觉得不理人的方法是很有力量的，这种力量是持久的力量，也是意志的力量。

近来，她决定不搭理房明燕了。其实房明燕并没有得罪她，对她客客气气的，一点都没有表现出看不起她的意思。可是，宋家银还没盖砖瓦房，房明燕把砖瓦房盖起来了。这跟做文章一样，她虽然早就打好了腹稿，因无纸无笔写出来，文章还停留在肚子里。如今，人家把文章做出来了，写在地上了，题目和内容和她的腹稿都是一样的，她有一种被抄袭和偷窃的感觉。有房明燕的砖瓦房在前，她再盖这样的房子，就显不着她了，就算她抄袭了人家。房明燕的男人当工人的事，也让宋家银越想越不对劲。老三当了正式工，杨成方连个临时工也当不成了，她把这两者看成了因果关系，认为是老三把杨成方的工作顶掉了。最让宋家银看不惯的是房明燕的娘家爹，从乡里到这村不过三四里路，那人来看房明燕还坐着吉普车。说是来看闺女，他却不在闺女家吃饭，在支书家里吃开了，喝开了，猜拳行令，闹得全村的人都听得见。村里的孩子难免把停在支书家门前的吉普车围观一下。在支书家帮着烧火做饭的房明燕一会儿出来一趟，让孩子们都离远点，不许摸车。宋家银的女儿杨金明也在那里看车，宋家银站在远处喊女儿，命令女儿回家，说："那儿又没有玩猴儿的，你在那里看什么，没见过东西怎么着！"女儿不回家，她大步走过去，捉住女儿的手就往回拉，骂女儿眼皮子浅，没志气。她本来没打算拉女儿，见房明燕从灶屋里出来，她就奔过去把女儿拉走了。她一见房明燕就来气，她拉女儿，就是做给房明燕看的，话也是说给房明燕听的。房明燕看出二嫂的行为是针对她，她没有计较，微微一笑就完了。可怜的是宋家银的女儿，女儿被拖得两眼含泪，还不明白妈妈为何生这么大的气呢！

  房明燕的房子盖好后，村里好多人都去看。宋家银坚决不去看。房明燕的房子在村东，为避免看到房明燕的房子，她连村东也很少去。村东有一个出村的路口，到镇上赶集，一般都要从那个路口出村，她去赶集怎么办呢？她宁可从村北的护村坑里翻过去，也不走村东。村北的坑很陡，坑底还有一些稀泥。她侧着身子，一点一点下到坑底，用脚尖点着稀泥，跳到对岸，再抓住坑边露出的树根，攀到岸上去。有上年纪的人不知道她心中的避讳，问她放着好好的大路不走，干吗费劲巴力地翻坑呢？她说翻坑近。嫂子也不理解她，竟到她家约她去看房明燕的房子。宋家银说："你想去你去，我不去。"嫂子说，听说老三家的房子盖得不赖，好多人都去看了。嫂子的意思还是想拉她一块儿去看。宋家银躲着房明燕的房子，是躲着自己心中的痛。嫂子拉她去看房明燕的房子，等于把她的痛处触到了，她说："我干吗去看她的房子，她盖的房子再好，是她的，她再富，也是她的，我不沾她一点光！"嫂子不知道宋家银已经忍无可忍了，她仿佛要与宋家银拉统一战线似的说："人家都去看了，咱俩要是不去，老三家的该有意见了，好像咱们多眼气她似的。""放屁！"宋家银骂道。她骂房明燕放屁，把嫂子也捎带上了。嫂子替房明燕假设，等于嫂子也是放屁。她说："我眼气她？撒泡尿照照她那样子，一把攥住，两头不露，有什么值得让我眼气的！"宋家银最后说的话，几近撵嫂子走，她让嫂子赶快去看人家的房子去吧，别在她这里沾一身穷气。

宋家银对嫂子也快不想搭理了。嫂子的两个儿子初中毕业后，都加入了人家的包工队，到山西的小煤窑挖煤去了。这样一来，杨成方家弟兄四个，家家都有了在外做工的。老二老三老四家，都是一个人在外做工。老大虽然没有出去，可他的两个儿子起来了，一出去就是两个。两个比一个多着一倍。老大毕竟是老大，他利用两个儿子，一下子把三个弟弟都盖过去了。别管出去做什么工，不管是长期工还是临时工，合同工还是包身工，反正出去就是做工，做工就能挣钱。宋家银从高兰英口里知道，挖煤的活是重，是苦，也有危险，可挖煤挣钱也多一些。老大的两个儿子外出挖煤，一年不知能挣回多少钱呢！宋家银看出来了，嫂子说话的底气比过去足多了，屁股似乎也扭起来了，不然的话，嫂子怎敢和她拉统一战线呢，怎敢撺掇她去看房明燕的房子呢！宋家银觉得这样不太好，有点乱套。哪能家家都有人出去做工呢？那样的话，杨成方往哪里摆，她的工人家属地位往哪里摆，他们家不是被淹没了吗？宋家银感到受到了前所未有的挑战，她的地位也受到了威胁。

村里有个叫杨二郎的，不吭不哈，一路摸到北京去了，到北京拾破烂去了。拾了两三年破烂回来，杨二郎发了。杨二郎发财的证据，也是体现在盖房子上。杨二郎不再盖起脊子的瓦房，他认为起脊子的瓦房已经过时了，他盖的是平房。平房上面盖楼板，楼板上面打上防水层、防火层，再用水泥抹平。这样的房顶可以登高望远，可以晒粮食，夏天还可以在上面借风乘凉。平房前面是大出厦，廊厦下面是高起的台阶。有了廊厦的遮蔽，下暴雨也不怕了，从堂屋走到灶屋，不打伞也淋不着雨。房子前面开的不再是小窗，装的也不是传统的木窗棂。他家的窗子开得面积比较大，窗扇可以对开，上面装的是透明的玻璃。杨二郎了不得了，他去北京不光挣回了钱，还开了眼界，长了见识，把北京房子的式样也带回来了。杨二郎的确是那样说的，他说他在北京参观了故宫，看了慈禧太后住的房子。慈禧太后的房子，玻璃窗都是可着房子那么大。他隔着玻璃窗往里面一瞅，就把满屋子的宝物瞅到了。杨二郎举了一个例子，他说别的且不说，如果从慈禧太后屋里拿出一个洗脸盆来，值钱就值老了，恐怕把全村的粮食、房子、牲口和杂七杂八的东西都算上，也买不来慈禧太后的一块盆沿子。有人问，一个洗脸盆那么值钱，难道是金子做的？杨二郎说："这一次可算让你猜对了，那洗脸盆可不就是纯金做的。"听杨二郎说话的人无不发出惊叹。

　　杨二郎从北京回来，还背回一个牛腰粗的蛇皮袋子，里面装的都是他拾回的东西。人们以为那些东西不过是些不值钱的破烂货，谁知道呢，他掏出一样，又掏出一样，每样东西都不破。他像变戏法一样，每掏出一样东西，人们的眼睛就一亮。他掏出来的有毛衣毛裤、皮鞋凉鞋、裙子帽子，无所不有。他还拿回一种裤子，叫牛仔裤。他说牛仔裤，村里人听不懂，以为牛仔的仔是宰牛的宰，就把牛仔裤说成是宰牛裤。村里人还赞叹呢，说北京人就是厉害，就是牛，连宰牛的人都有专门的裤子。宋家银没到杨二郎家里去。外面回来的人，她一般都不去看。她还端着工人家属的架子，表示她对外面回来的人都不稀罕。女儿拽着她的手，让她到杨二郎家去看看。她一下子就把女儿的手甩开了。她知道女儿的心思。杨二郎把带回的那些东西，都以比较便宜的价格处理给村里人了，女儿定是看见别的小姑娘穿了杨二郎带回的式样不错的花裙子，女儿也想让她去挑一件。宋家银对女儿说："我干吗要买他的东西，有钱我还买新的呢！"宋家银已经知道了，杨成方在郑州也是拾破烂。她觉得拾破烂的说法不好听，她不想让人知道杨成方在城里拾破烂。她使用的还是过去的说法，说杨成方在郑州当工人。她说得比较含糊，没有再具体说杨成方是在预制厂当工人。现在的人，去趟郑州跟赶趟集一样，她怕有的人到预制厂去找杨成方，要是一找，杨成方的工作就露馅儿了，就把破烂露出来了。宋家银是想去听听杨二郎说些什么，或许杨二郎在拾破烂方面有什么窍门，她听到了，好跟杨成方说一说，让杨成方跟杨二郎学着点。从目前的情况看，杨二郎比杨成方拾破烂的效果要好得多。但她心里有点别扭，觉得杨二郎的工作跟杨成方的工作雷同了，她一去，好像对杨二郎的工作表示认同似的。后来有人对宋家银说起杨二郎带回来的宰牛裤，说什么宰牛裤、宰猪裤，原来就是劳动布做的裤子，跟杨成方穿的工作裤差不多。这样的口气和说法，显然是笑话杨二郎的意思，笑话杨二郎拿着破布当龙袍，回来糊弄乡亲们。既然是笑话杨二郎，既然是拿杨成方的工作裤拆穿了杨二郎的宰牛裤，宋家银来了兴趣，她宣布她也要去看看，杨二郎带回来的是什么样的宰牛裤。杨二郎把牛仔裤取出来，宋家银差点笑弯了腰，不就是一条劳动布裤子嘛，说什么宰牛裤不宰牛裤，这样的裤子，他们家杨成方都穿烂好几条了。杨二郎表情严肃地纠正宋家银，说劳动裤和牛仔裤可不能比，牛仔裤有形，松紧性强。劳动裤都是大裤裆，也没啥松紧性。穿牛仔裤时髦得很，现在北京城里的年轻人，都是穿牛仔裤。杨二郎问宋家银："你知道牛仔裤是哪里传过来的吗？"宋家银还是笑，说："不是宰牛裤吗，怎么又成牛宰裤了!"杨二郎说:"你不要听别人瞎说,什么宰牛裤、宰人裤的!这个仔不是那个宰,牛仔裤的仔,是人字旁右边搭一个子字。我一说吓你一跳,牛仔裤是从美国传过来的。美国美国,美国人最爱美,全世界的人都在向美国人学习。"

　　杨二郎接着又讲了一些在北京的所见所闻。他说有些事情他原来也不懂,后来才慢慢懂了。有一次,他从垃圾箱里捡出一个圆圆的纸盒子,盒子里有上半盒黄赤歪歪的东西。他以为是小孩子拉的屎,正要把纸盒子扔掉,旁边一个老太太指点他,说那是冰激凌,挺好吃的,让他尝一尝。什么冰激凌,他连听说都没听说过。他有些犹豫,不想尝。他看着还是像屎。穿戴不俗的老太太挺执着,也挺负责任似的,坚持让他尝一尝。在人家的地面讨生活,人家让你干什么,是给你面子,他不要面子也不好。于是,他用手指头抠了一点冰激凌放进嘴里。你别说,那玩意儿冰冰的,甜甜的,还真好吃,吃一口就激灵一下子。杨二郎不光拾破烂,还收破烂。有一回他收回一堆破棉花套子。心说把套子晾晾吧,一抖,从破套子里抖出几张存款单来。存款单都是定期的,上面有名有姓,他不敢冒名去取,生怕人家已挂了失,把他当小偷抓起来。说着,他从屋里拿出一张存款单来给大家看。宋家银他们把存款单接过来一瞅,真的呢,上面填的存款数是三千块。存款单很精美,细看上面也有花纹,跟票子差不多。宋家银从没见过这样的存款单。她想,杨二郎从破套子里抖出来的不知有没有现金,就是有现金,恐怕杨二郎也不会说。得外财的事,人都是藏着掖着,谁愿意说出来呢。杨二郎说,他还捡到过一部手机。一个人从小轿车上下来,手机就掉在车门口的地上了。他过去把手机捡起来,喊住那人,把手机还给了人家。他要是不还给人家,一个手机能卖好几千块呢!他的话别人又没听懂,有的听成了烧鸡,有的听成了熟鸡,心说,一只鸡,不管烧得再熟再烂,也值不了几千块钱哪！心里有疑问，他们没敢马上问。他们本来想笑话杨二郎，现在成了杨二郎笑话他们，杨二郎完全掌握了主动。他们要是一问，杨二郎肯定还会说"你们不懂"。果然，杨二郎笑着看看这个，看看那个，说："我说手机，你们又不懂了吧。手机，可不是咱们家喂的公鸡母鸡。手机是电话机，是拿在手上的电话机。手机跟一副扑克牌大小差不多，上面没有线连着，走到哪里都能接电话，都能打电话。手机一叫好听得很，得儿得儿的，比蛐子叫得都好听。"

杨二郎后来说的话，宋家银没怎么听进去，她有点走神儿。她在心里调兵遣将，准备赶紧通知杨成方，让杨成方也到北京去。既然北京到处都有宝，到处都是钱，出门还能捡到这机那机，既然北京城里看着像屎的东西都好吃，杨成方死脑筋，还待在郑州干什么。

九

老四出事了。建筑队打回电报，说是老四受伤了，让他家里的人速去。宋家银的公爹拿着电报，让大儿子、大儿媳、二儿媳、三儿媳看了一圈，然后由大儿子陪着他，到济南去了。宋家银原以为公爹让各家给他出路费，公爹没张那个口。公爹让这个那个看电报，不知是啥意思。公爹的表情很沉重，沉重得似乎连话都说不出来了。看样子，公爹可能把老四受伤的事估计得过于严重了。宋家银还安慰了公爹几句，说没事，出门在外，磕一下、碰一下，都不算什么事。说不定公爹还没走到地方，老四已经到脚手架上干活儿去了。

老四出的是大事。他钻进搅拌机的大肚子里，清理搅拌机内壁的残渣。别人不知道他正在搅拌机的肚子里面干活儿，有人把搅拌机的电闸合上了。搅拌机隆隆地一转动，老四就变成了搅拌对象，也就是搅拌机大肚子的消化对象。等有人想到老四可能在搅拌机里干活，把搅拌机停下来时，老四已被搅拌得一塌糊涂，分不清哪是沙子，哪是石子，哪是水泥。搅拌好的东西一般都是稠稠的流质。老四几乎也成了流质，扶起来是不可能了。眼看局面不好收拾，公爹给三儿子打电报，让在国家油田工作的老三也去了。经过艰苦谈判，建筑包工队答应赔给公爹一万三千块钱。楼房的业主不赔钱，因为业主和包工头儿事先签订有合同，如果出了工伤或工亡事故，一切后果由建筑包工队承担。公爹本打算给四小子讨一副上等的棺材，用棺材把儿子装回去，见儿子已不成形状，拉回去也没法看，只会让孩子的娘更痛心，就作罢了。结果，爷儿三个只把老四的骨灰盒提回去了。

　　婆婆一抱住骨灰盒就哭开了，仿佛骨灰盒就是她儿子，谁从她手里夺骨灰盒，都夺不下来。婆婆叫着老四的小名，说她儿子出去时是活不拉拉的儿子，回来就成了这样，成了一把骨头渣子。出去，出去，出去能落个啥呢！宋家银劝婆婆别哭了，劝着劝着，她自己倒哭了，眼泪流得啦啦的。公爹拿着电报让她看时，她一点都没吃惊，甚至希望老四出点事，如果老四出点事，不能再出去做工，她心理会平衡一点。老四出了这么大的事，她又觉得自己太过分了，太没人性了。老四没了，老大在家，老三也回来了，只有杨成方没回来。是她不让杨成方回来。她说她只知道杨成方在北京，但不知道具体地址。她怕耽误杨成方挣钱。她正在家里盖房子。房子是包给人家盖的，连盖房子她都没让杨成方回来。她家盖的是平房，基本上模仿杨二郎房子的式样。但她不承认她家的房子跟杨二郎家的房子一样，因为杨二郎家的房子不拐弯儿，没有厢房。她家除了盖四间堂屋，又盖了两间西厢房。她家的房子是超越性的，在全村又拔了头筹。因为没让杨成方回来，她觉得对公公婆婆有点愧，对老四也有点愧。她怎么办？她只有通过哭来弥补一下，来做一个姿态。她要让人知道，她宋家银是很懂事的，也是很重感情的。同时，一个在盖房子的事情上拔了头筹的人，也应该哭一哭。胜利的人都是要流眼泪的。通过哭，她还要让人知道，她盖这么好的房子，不是要成心盖过别人，不是跟任何人过不去，她是跟自己过不去，她天生就是一个和自己过不去的人。别人只知道她盖房子，谁知道她是怎么省的，谁知道她所受的苦处。还有杨成方，谁知道杨成方在外头受的是什么样的罪！宋家银干脆哭出了声。别人叫着"他二嫂"，越是劝她别哭了，越是夸她嫂子比母，她哭得越痛快。她还想起四弟有一次跟她借自行车，她不但没借给四弟，还骂了四弟，她只好请四弟原谅她了。

  婆婆抱着老四的骨灰盒不放，还有一层意思，她拿骨灰盒和棺材比，嫌骨灰盒太小了，太短，也太狭窄。她说她儿子那么高的个儿，睡在这里面，胳膊伸不开，腿伸不开，太憋屈了，太受罪了。宋家银很快理解了婆婆的意思，在这个事情上，也愿意顺从婆婆的意思，她建议，应该给老四买一口好棺材，把骨灰盒放进棺材里。她听说，人死后，棺材在阴间就是人的房子。他们都有了房子，老四也该有一套像样的房子。反正人家赔给了公公婆婆钱，这笔钱应当拿出一部分，花在老四身上。不然的话，钱留在那里干什么！

  对宋家银的建议，全家人都没有反对，也不好反对。于是，公爹从镇上买回带香味的红松，请人做了一口厚重的棺材，把小小的骨灰盒放进大容积的棺材里去了。大概也是因为有了钱，老四的葬礼按常规葬礼举行，一个项目都不少，搞得相当排场。家里请了响器班子，吹打了一番。家里摆了宴席，待了好几桌客。还是宋家银的提议，家里请人给老四扎了收音机、电视机、自行车等新鲜东西。还让人给老四扎了一个跟真人一样高的闺女。闺女脸上画了眉眼，点了樱桃口，涂了红脸蛋，俊俏得很。因为老四没有结婚,有了这个闺女陪伴,老四就不寂寞了。

打工这个词已经很流行了,它像种麦、过年一样流行,人人都会说,都说得很顺嘴,而且知道它的内容。你若问谁谁到哪里去了,连八十岁的老太太也会告诉你,打工去了。老四的死,一点也没让人们感到有什么了不起,一点也不影响人们外出打工的积极性。村里祖祖辈辈死了多少人了,人们的死法大同小异,不能给人留下什么印象。而老四的死法是独特的是(史)无前例的,人们一下子就记住了。和老四的死几乎是同步,该村外出打工的年轻人,在武汉也死了一个。年轻人没挣到钱,他见商店里东西很多,起了偷窃之心。趁商店关门时,他在一个角落里躲起来了。夜深人静之后,他正从柜台里往外拿东西,被一个值夜的老头儿发现了。老头儿叫了一声好啊,刚要打电话报警,他扑上去,掐住老头儿的脖子,活活把老头儿掐死了。年轻人的死也不算好死,他是被人家武汉的人枪毙掉的。年轻人死得不够光彩,村里人对他不表示同情。大家认为他的手伸得太长了,是自己送死。死人没让外出打工的人感到害怕,相反,有更多的人冲出去了,踏上了打工的征程。这劲头有点像当年闹革命,一个人倒下了,更多的人站起来,前仆后继似的。

这个村一百多户将近二百户人家,几乎家家都有人外出打工。有的家庭不止出去一个,出去两个,甚至三个。城市的大门好像一下子敞开了,农村人进去一个,它们吸收一个。过去城市的门槛高得很,门也关得很严,不许乡下人随便进去。你硬着头皮进去了,说不定它抓你一个流窜犯,把你五花大绑地送回原地。这下好了,条条溪流归大海,城市真的像一个大海,什么人都可以进去扑腾了。让人始料不及的是,不仅男孩子出去打工,女孩子也把不住劲了,也开始收拾行囊,外出打工。这村有一户姓孙的,是独门独户的一家外来户。他们家想多生儿子,以便在这个村壮大队伍，站稳脚跟。谁知孙家老婆的肚子不争气，皮囊子里女孩儿多男孩儿少，老婆连着生下五个闺女，才勉强生了一个儿子。生孩子多，挨罚就多，这家的日子穷得像掉了底子的水罐子，提都没法提了。孙家的日子转机之日，是在孙家的大闺女二闺女结伴出去打工之后，第一次，两个闺女给家里寄回三千块钱。第二次，两个闺女给家里寄回六千块钱。这种大额汇款，乡邮电局的邮递员都是开着大篷车，直接给收款人送到家里，每送一千块钱收取十块钱的送款费。这是邮电局新增加的服务项目，据说是为了保证取款人的安全，也是服务上门。这种服务带来一个毛病，就是保密功能差一些，大篷车咚咚一响，一开到谁家门口，全村的人都知道了。大篷车的响声如同放炮，人们像拾炮的一样，就到姓孙的家门口去了。人们当然拾不到什么炮，但去过的人眼神都有些惊诧，心里眼气得有些疼，疼得跟炮崩的一样。×死他祖宗吧，老孙家的闺女打啥工去了，挣这么多钱！难道城里的工都是公的，男孩子上去打不败它，只有女孩子上去才能制服它，打败它。两个闺女寄回这么多钱，老孙不敢把钱放在家里，他怕招贼惹祸。他也没把钱往信用社里存，他还没有存钱的习惯。他的办法是马上把现金换成砖，把红砖头垛得一垛一垛的。就是贼来了，顶多偷几块砖，偷不走他的钱。买砖的目的，当然是盖房子。老孙说了，他不盖砖瓦房，也不盖平房，他要盖一座两层的楼房，来他个一步到位。村里人没听错，外来户老孙要在以杨姓为大户的村庄盖楼房了，羊群里长出骆驼来了。因为两个闺女的本事，老孙要往高处走了，要上天了。老孙在人前不敢翘尾巴，跟人说话时，他还是夹着尾巴，还是一脸苦相。不过他说话的内容变了，他说，以前在这个村，没人看得起他，看见他跟看见要饭的差不多。家里穷得闺女连条裤子都穿不起，他难受得不知道哭过多少回。他哭，也不敢在外面哭，怕人家看见笑话。他都是半夜在家里偷偷地哭。人家说他现在行了，要盖楼了。老孙眼里的得意憋不住了，变粗的尾巴根子似乎再也夹不住，他说："十年河东转河西，老天爷总算开眼了。"对于老孙家的崛起，村里人无论如何不大好接受，他们说，老孙家的闺女到城里不知干什么去了呢，那么多钱，肯定不是正当渠道挣来的。老孙听到了风言风语，一点也不生气。他好像早就料到了人们会说闲话。他说，他的两个闺女在一家鞋厂里给人家做鞋。因为那个鞋厂做的鞋好，是出口到国外，给外国人穿，挣的是洋钱，所以厂里给工人发的工资就高些。有人说，噢，给人家做鞋，这就对了，听说外国人的脚可是大呀！也有人不明白给人家做鞋怎么就对了，说再好还能好到哪里去，不过是皮鞋呗。难道皮鞋不是猪皮羊皮牛皮做的，是人皮做的？

别管人们怎么议论，村里的女孩子都有些蠢蠢欲动，也想出去打工。杨金明对妈妈说，她也想出去打工。妈妈老是在家里说，人家老孙家养闺女真是养值了。她家两个闺女出去就挣那么多钱，要是五个闺女都长大，都出去挣钱，不知能挣多少钱呢！现在人家要盖楼，说不定以后盖树塔了。过去都是说养闺女是赔钱货，现在世道变了，养闺女比养儿子强。宋家银不反对女儿出去打工，她说："等你初中毕了业，你想去哪儿就去哪儿，妈不拦你。"

是不是可以这样判断？宋家银当初热衷于把丈夫杨成方往城里攥，是为了要工人家属的面子，是出于虚荣之心。这是第一阶段。到了第二阶段，宋家银受利益驱动，就到了物质层面。也就是说，她让杨成方出去，主要是为了让杨成方挣钱。杨成方挣回了钱，垫高了家里的物质基础，她才能踩着基础和别家攀比。到了第三阶段，宋家银的指导思想就不太明确了，就是随大流，跟着感觉走了。这时候，外出打工，或者说农村人往城里涌，已经形成了浪潮，浪潮波涛汹涌，一浪更比一浪高。这样的浪潮，谁都挡不住了，谁都得被推动、被裹挟，稀里糊涂地就被卷走了。有一年夏末，他们这里发过一次大洪水。洪水是从西边过来的，浪头有屋山高。洪水一过来就不得了，沟满河平、房倒屋塌不说，洪水一路欢呼着，把房子的草顶、屋子里的木床、村头的麦秸垛等，都顺手牵羊似的捎走了。在强大的洪水面前，人是脆弱的，人被洪水追得屁滚尿流，无处躲，无处藏，只能跟着洪水走。和洪水不同的是，水往低处流，而打工的浪潮是往城里走。乡下人历来认为，城市是高处。往高处走，是人类共同的心愿。既然有了千载难逢的好机会，谁不愿意到城里插一脚呢！

十

宋家银也要到城里去了，她不是主动去的，是被动去的。她不是去打工，也不是去观光。

在此之前，宋家银还没想过一定要到城里去。杨成方长年在外，家里总得有人守摊。在夫妻的分工上，宋家银遵守的还是传统的分工方法。杨成方是外线人，是打外的。她给自己的定位是家里人，是主内的。两个孩子正上学，她每天要给孩子做饭吃。家里喂的有猪有羊，有鸡有鸭，有狗有猫。一个活物一张嘴，每张嘴都会叫唤。一张嘴打发不好，能叫唤成十张嘴。这些都离不开她。她辛辛苦苦建设这个家，为了比别人强，为了让别人看得起，她的荣耀在家里。她要是到了外头，谁会认识她呢，谁会知道她的荣耀呢！她总不能像蜗牛一样，走一步就把房子背在自己身上吧。就算她把房子背进城里，城里人谁会看得上蜗牛的壳子呢，说不定一脚就把壳子踩碎了。宋家银把家看成是她家的根据地，把根据地建设好了，保卫好了，进城的人干着才放心，回到家才有一个稳定和温暖的窝儿。城里是挣钱的地方，也是花钱的地方。人还没进城，就得先花一笔车费。宋家银不想花那个车费。可这一次，宋家银不进城是不行了。

高音喇叭在村长家院子里的杨树上响，村长的老婆在喇叭里喊："金光家妈，来接电话，北京来的电话！"村长家的杨树很高，树上的喇叭居高临下。喇叭的嘴巴很大，嗓门也很高，喇叭一响，全村的人都听见了。这表明村里通电话了。因为电话的线路少，只有村长家安了电话。外出的人来了电话，都是打到村长家里，由村长家里的人通过大喇叭喊人去接。用大喇叭喊人带有传呼性质，是收费的，传呼一次，收一块钱。村里外出的人多，打回的电话也不少，几乎每天都有人往村里打电话。电话来自全国各地，有北京上海深圳，也有山西新疆内蒙古。一部电话，把全国的大城市都连起来了，把各地的消息都接收到了。听到村长的老婆在大喇叭里喊她时，宋家银正在厕所里撒尿，刚撒了一半。金光家妈，肯定是她，她儿子叫杨金光。让孩子把娘喊成妈的，也只有她家。电话是北京来的，这也很对，因为杨成方在北京工作。杨成方从来没往家打过电话，这一次怎么想起来打个电话呢？宋家银激灵了一下，没等把剩下的一半尿撒完，就边提裤子，边向村长家跑去。电话不是杨成方打来的，是杨二郎打来的，杨二郎告诉宋家银，杨成方让人家给抓起来了，弄走了，关在哪里，他也不知道。宋家银的脸一下子白了，连嘴唇都白了，一点血色都没有。同时，她身上不由自主地哆嗦起来，拿电话的手哆嗦得像拿着一件小型振动器。别看她对杨成方那么厉害，其实这个女人的胆子是很小的，事情一到她头上，她就吓坏了，她就蒙了，六神无主了。村长老婆就在她身边，一直瞅着她的脸，她的嘴。杨二郎说话的声音很大，不用说，村长老婆也听见了。村长老婆见她拿着电话的嘴，找不到自己的嘴，就教她说话，让她问为啥。那么她就问："为啥？"她问得小声小气，像是被谁掐住了脖子，脖子变得像电话筒子一样细。杨二郎说，他也说不清楚，听说是拿人家的东西了。

偷人家的东西，说得好听一点，就是拿人家的东西。这种说法宋家银明白。村长老婆继续让她问，拿人家啥东西了。这一次宋家银没有听村长老婆的，她大概记起自己的面子了，替杨成方辩护说："杨成方那么老实，胆小得跟虱子一样，他怎么敢动人家的东西！不会吧？"杨二郎没有跟她多说，最后跟她说的是："反正我跟你说了，你赶快来吧！"放下电话，那些话还在她脑子里轰轰作响，还没有放下，她忘了交钱。村长老婆提醒她，把钱交了，一块钱。她低着头已经走到门口，只得又站下了。她喊村长的老婆喊婶子，说今天来得匆忙，身上没带钱，改天再送来。她像是又想了什么，对婶子说："电话里边的事别跟别人说。我不相信金光家爸会动人家的东西。"村长老婆没有承诺不对别人说，她说的还是交钱的事，说有的人说的是改天送来，改着改着就没影了。宋家银听出来了，她今天若不及时交上一块钱，杨成方被抓走的事马上会传遍全村。她说："我再看看，兜里有没有赶集买东西剩下的钱。"其实她身上带的有钱，有一卷子零钱呢，她嫌村长老婆要钱太多，不想掏这个钱。作为要村长老婆替她保密所付出的代价，她才把一块钱从钱卷子里剥出来了。她说："巧了，兜里正好有一块钱。"

宋家银怎么办？她从小就听说过关于"北京的声音"这个词，这个词似乎和最新的消息最好的消息联系着，北京的声音近乎神圣，一听说是北京的声音，人们马上就得肃然起敬，同时要做好激动和幸福的准备。宋家银这次接到的电话，不能说不是从北京传过来的声音，但这个声音没给她带来什么好消息，也没让她觉得幸福无比，而是一下子把她击垮了。从村长家回到她家不算远，但她的腿软得如同被人抽去了大筋，像是走过了千里万里。回到家里，她往床上一栽，一口气才出来了，她说："我的娘啊，倒霉事咋都跑到我头上了呢！"她听见了自己的哭腔，眼泪随即也下来了。老四出事时，她估计得轻。杨成方被抓，她估计得重。

她估计，杨成方一被人家抓起来，就得判徒刑。要是杨成方被判个十年八年的，谁给这个家挣钱？她家的日子怎么过？村里人知道她男人成了罪犯，她的脸往哪儿搁？她今后怎么出门？还有她的一双儿女，一说他们的爸爸进了监狱，孩子怎么受得了？孩子的名誉怎么办？孩子的路怎么走？宋家银没有哭长，她爬起来找公爹去了。杨成方是她的男人，也是公爹的儿子，她认为公爹有责任搭救儿子。公爹也没有什么好办法，公爹带她到乡政府找房明燕的爹去了。房明燕的爹已从副乡长升到乡长，又升成了乡党委书记，成了全乡的一把手。宋家银没有拒绝去找房明燕的爹。事情既然到了这般地步，救男人要紧，谁的手大抓谁的，谁的腿粗抱谁的。他们找房明燕的爹，没有通过房明燕。房明燕不在家，到油田找老三去了。房明燕生了孩子，孩子才一岁多，她就带着孩子到城里去了。油田已经建成了一座石油城。据说房明燕已给孩子在石油城里买下了户口，孩子算是城里人了，以后孩子上学、工作，都是在城里。房明燕在村里盖的砖瓦房还在那里，院子的门上锁着一把起了锈的铁锁。前几天，宋家银路过房明燕的家门口，还推开门缝往里张望过，只见院子里的地上长满了蒲公英，开了一层小黄花。宋家银认为，家里还是不能没人，如果人都走了，野草就把院子占了，院子就废了。天长日久，房子也会生病，倒塌。

　　公爹没有敢跟房明燕的爹拉亲戚关系，把亲家叫成房书记。宋家银也只好跟着叫房书记。房书记听宋家银说了杨成方的情况，说这没办法，谁都没办法。房书记的观点是，在哪儿犯事也不能在北京犯哪！北京那是啥地方，一草一木都连着国家的心脏，你动一棵草，心脏就得跳几下，警察就得出动，人家不抓你抓谁！有些事，放在咱们这儿，也许不算什么事，放在北京，那就是大事。公爹问，能不能花点钱，把看守杨成方的人买通一下，把杨成方的罪减轻一点。要是能把杨成方放出来，更好。房书记笑了，说：

"我怕你们拿着钱送不出去。北京的人都是见过大钱的主儿,你们递几个小钱儿,人家根本看不上,说不定连用眼看都不看。你们想多花点钱也麻烦,如果送钱送错了人,碰上一个铁面无私的,人家把你的钱没收了,再拿你一个行贿罪,你就得吃不了兜着走。"公爹和宋家银都被房书记的话吓住了,还没去北京,好像已经领教了北京的厉害。房书记大概念及亲戚情面,最后总算没让公爹和宋家银失望。房书记说,他认识一个人,在北京一家报社当记者。他把记者的地址抄给宋家银,让宋家银去找找那个记者,先打听一下情况。

十一

宋家银把家托给公爹看管,只身到北京去了。她没有把家托给婆婆,她怕婆婆趁机挖她家的麦,卖她家的粮食。尽管如此,她还是在麦穴子里埋了几个鸡蛋,给麦子做了记号。她想到了,她外出期间,婆婆难免会到她家去,须知公爹和婆婆穿的是连裆裤,婆婆挖她家的小麦,公爹不会干涉。

从未进过大城市的宋家银,一来就来到了首都北京。一路上她惶恐得很,心里一点底都没有。到北京,她当然要先找杨二郎。杨二郎打电话让她来,她不找杨二郎找谁!杨二郎在北京拾破烂的年头比杨成方长得多,人家不抓杨二郎,却把杨成方抓起来了,这不合理。她乘坐的火车是一大早进北京城的,她找了一天,直到天快黑了,才找到杨二郎住的地方。她进了城,还得从城里退出来。她退了一程又一程,问问,离她要找的地方还很远。她原来想着,北京城会比他们的村庄大些,十来个村庄合起来,就大得不得了啦。不料想北京会这么大,恐怕一百个村庄合起来,也抵不上北京城的一个角,天哪!后来宋家银退到了城外,退过一片庄稼地，又退过一块菜园，才在一片垃圾场的旁边把杨二郎找到了。杨二郎住的是一间烂砖和油毡搭建的小棚子，棚子顶上压的还有塑料布和砖头。杨二郎说，这房子是当地人建的，租给他们这些拾破烂的人住。他和杨成方，还有另外两个人，合租这一间房。宋家银低下头进了棚子，见棚子的地上打着一个地铺，地铺上胡乱扔着几团被子。宋家银一眼就把杨成方的被子认出来了。尽管杨成方的被子旧得不能再旧，脏得不能再脏，烂得不能再烂，宋家银还是认出来了。那是一床粗布里粗布表的印花被子，杨成方在县城当临时工时，盖它；杨成方在郑州拾破烂时，盖它；来到北京，杨成方还是盖它。杨成方给家里寄回那么多钱，她用杨成方挣的钱盖了宽敞明亮的六间房。她还买了软床，床上的被子，铺一双，盖一双。可杨成方连床新被子都舍不得给自己买，杨成方太苦自己了。听说北方的天气到冬天是很冷的，在数九寒天，杨成方盖着这样一条渔网样的破被子，不知是怎样熬过来的。宋家银鼻子发酸，她有些心疼杨成方了。

　　杨二郎告诉宋家银，杨成方没拿人家什么值钱的东西，就是一个铝合金的梯子。人家用完梯子，把梯子暂时放在墙边。杨成方大概以为人家不要梯子了，就把梯子扛走了。谁知杨成方还没走出多远，就被戴红袖箍的治安联防队员看见了，联防队员就把杨成方扭送到派出所去了。杨二郎说，这些情况原来他也不知道，有一个老乡，那天跟杨成方一块儿出去拾破烂，抓走杨成方时他都看见了。宋家银问杨二郎，杨成方现在在哪儿。杨二郎说不知道。在那里拾破烂的也有女人。宋家银跟几个女人在一屋挤了一夜，第二天，她让杨二郎跟她一块儿去找那个记者。杨二郎不想去，他说他今天还有事儿，还要出去。杨二郎的事无非是拾破烂，无非是怕耽误他拾破烂。按辈数，宋家银应该喊杨二郎二叔，她说："二叔，北京这么大，我到这里两眼一抹黑，你不带我去，我到哪儿摸去?"杨二郎说北京这么多公共汽车,宋家银可以坐车。杨二郎还是想让宋家银自己去。宋家银有些生气,说:"二叔,俺的人不知是死是活,让你帮助找个人打听,你推三推四的,有点说不过去呀!"杨二郎说,不是他不想去,他对北京也不熟,见了记者他也害怕,还有一个问题,坐车谁掏钱。宋家银明白了,原来船在这儿湾着。杨二郎每次回家都穿得人五人六,吹得七个八个,都以为他肥得流油了,原来这么小气,村里人来找他,他连个车票钱都不愿掏。宋家银说:"坐车我掏钱,行了吧!"杨二郎说:"谁掏钱问题不大,我是把丑话说在前头。"

他们坐汽车跑了很远的路,又换了两路汽车,七拐八拐,才来到那个记者所在的报社。报社门口有人把门,不让他们进。他们说了记者的名字,把门的人给记者打了电话,记者从楼上下来了。记者是个年轻人,穿着西装,打着领带,很板正的样子。他对宋家银和杨二郎说:"我不认识你们哪。"宋家银赶快抬出房书记的牌子,说是房书记让找他的。记者点点头,说房书记,他知道。他问宋家银有什么事,说吧。记者没有带他们上楼,也没让他们去楼下的会客室,带他们到门外一侧站着去了。杨二郎果然拘谨得很,连话都不敢说。宋家银跟记者说了杨成方的事。记者认为不好办,人进去容易,出来难,他也没什么办法。他顶多帮助打听一下,杨成方关在哪里,所犯的是什么事,严重不严重。宋家银从兜里掏出一卷儿大票子,递向记者,让记者帮他打点。说她知道的,现在求人都得花钱。记者躲着身子,说:"我怎么会要你的钱,我一分钱都不要。就这样吧,你们后天再来,我打听到什么情况,就告诉你们。"记者又说:"其实你们不来也可以,给我打个电话就行。"他掏出一张名片,递给宋家银,说上面有他的电话。

往回走时,他们没有马上坐汽车,杨二郎带着宋家银走一些小街。杨二郎说是带宋家银看看北京的街,其实是为了替宋家银省点车票钱。他见宋家银攥着一卷儿钱,这样坐车也很危险,要是被小偷盯上就麻烦了。他一再对宋家银说:"把钱放好。"宋家银把攥钱的拳头握紧再握紧,说放好了。走在小街上和住宅区,他们不时地能看见一个拾破烂的人。那些人都是一手提着特大号的蛇皮袋子,一手拿着一只钢筋窝成的小钩子。因为那些人只拾破烂,不拾人,所以他们一般不看人,只看墙脚、地面和垃圾道的出口。一旦发现有人注意他们,他们匆匆地就躲开了。他们显然是这个城市的另类,这从他们的穿戴和面目上都看得出来。他们穿的衣服都不讲究,都很廉价,还有些脏污。他们的面目不是发黄,就是发黑,一个一个都显得很老相。他们不刷牙,也很少洗头。他们一张嘴牙还是黄的,头发还是黏的。所以他们尽量不张嘴,也尽量不抬头。那些人当中,有男的,也有女的。宋家银一看见那些女的,就认出跟她是同一个地方的人。只有她那地方的人,头上才包着一块带蓝道儿的毛巾,包头才是那样的包法;主要标志还是那些女人的脸形。宋家银也说不清那种脸形有什么特别的地方,她只觉得那种脸形有不少相同的地方,像是你模仿我,我模仿你,模仿成了一种带有标志性的模式。宋家银看见两个妇女在地上坐着啃干馒头。这种直接把屁股坐在地上的坐法,也是她们那地方所特有的。宋家银不敢多看那两个妇女,那两个妇女好像是两面镜子,她一看就从镜子里照见自己了。那两个妇女大概也认出了宋家银跟她们是同一个地方的人,并对宋家银跟一个男的同行有些疑问,就把两面"镜子"举起来,对着宋家银。宋家银不敢回头,赶紧走了。

又往前走了一段,他们看见一个老头儿拖着一个妇女,不知往哪里拖。老头儿着装整齐,显然是城里人。而那个妇女,一看就是在城里拾破烂的农村人。妇女突然往地上一坐,坐在那里不走了。老头儿认为妇女耍赖,使劲拉着妇女的一只胳膊往起拉,却拉不起来。妇女的垃圾包还在肩膀上挎着,铁钩子还在手里拿着,面色苍白,恐惧得很。老头儿拉着妇女的胳膊不撒手,他说:"大天白日,你敢偷东西,不行,跟我去派出所!"这时有人凑过去了,问怎么回事。老头儿说:"人家单身职工在院子里晾的秋裤,被风吹得掉在地上了,她跳进栅栏,就把秋裤偷走了。她以为我看不见,我是干什么的!这座单身职工楼已经丢了好几件衣服了。"那妇女说:"我不是偷的,我是在地上拾的。我还给你了。"老头儿说:"还给我也不行,今天非得让派出所的民警好好教训教训你。说不定以前丢的衣服都是你偷的。"说着,老头儿又使劲拽妇女的胳膊,把妇女的胳膊拽得像一根拴羊的绳子一样。那妇女身子往上一长,两只膝盖冲老头儿跪下了,喊老头儿大爷,哀求老头儿,让老头儿放了她。老头儿大概没料到妇女会来这一手,会对他下跪,他不由得把手松开了。妇女以为她的下跪生效了,老头儿对她开恩了,不料,她爬起来要逃时,老头儿又一把将她逮住了。说来这老头儿真够负责的,无论那妇女怎样求饶,甚至冲他磕头,他就是不放人家走。老头儿一拉,妇女就下跪。停一会儿,老头儿又一拉,妇女又跪下去。宋家银和杨二郎不敢靠前,只在旁边看着这一幕。杨二郎几次小声催宋家银快走,宋家银没有走,他想看看事情最终会有什么结果。老头儿耍猴儿一样让妇女跪来跪去,事情老也不见结果,他们只好走了。宋家银想到了杨二郎带回家的那些衣服,不知杨二郎是不是使用和那妇女同样的方法拾来的。宋家银还想到了杨成方,杨成方也许就是这样被人家送到派出所去的。就是不知道杨成方给人家下跪没有。北京的地硬,不是石头地就是水泥地,膝盖跪在地上是很疼的。宋家银不知道那妇女的膝盖疼成什么样,她还没有下跪,就似乎觉得自己的膝盖已有些隐隐的疼了。她原以为城里千般都是好的,没想到农村人到城里这样低搭，是跪着讨生活的。

　　第二天，宋家银就给记者打电话询问情况。记者没让宋家银失望，他告诉宋家银，他打听过了，杨成方是治安拘留十五天，到了天数，人家就会把杨成方放出来。宋家银和杨二郎算了算，杨成方已进去十三天，如果记者打听到的消息是真的，再过两天，杨成方就该放出来了。等到第三天中午，宋家银总算把杨成方等回来了。杨成方拾破烂大概拾习惯了，人家刚把他放出来，他还没有走回驻地，就开始了重操旧业。他拾到的有空矿泉水瓶子，有废报纸，还有一些硬纸壳子。由于没带拾破烂的蛇皮袋子，他就把拾到的破烂抱在怀里。杨成方见到宋家银，未免吃了一惊，问："你怎么来了？"这几天，宋家银想的都是杨成方对家里的好处和杨成方在外面所受的苦，酝酿了一些感情。她打算，等杨成方出来后，她要把感情使出一些，把杨成方安慰一下。她在电视上看见过，一些久别的亲人重逢后，都要互相拥抱一下，哭一鼻子。如果可能，她也要跟电视上的做法学一学。一见到杨成方，她所酝酿的一股子温和的感情不知跑到哪里去了，好像很快转化成一种不良的气体，气体脱口而出，她反问："你说我怎么来了？这都是你干的好事！"杨成方抱着的破烂脱落在地上，人一时像傻了一样。这时候的杨成方，怎么也应该哭一哭。从哪个角度讲，他也应该哭一哭。才四十来岁的人，杨成方的头发已白了大半。杨成方很瘦，脖子显得很细，人也越发的黑。杨成方额头上皱纹很深，眼角的皱纹也成了撮。杨成方的门牙掉了一颗，不知是自己跌落的，还是被人家打落的。他的两个门牙之间的牙缝子本来就宽，本来就关不上门，门牙这一掉，等于门掉了一扇，看去更简陋了，甚至有些破败。谢天谢地，杨成方这一次总算掉了眼泪。他这次并没有怎么努力，没有挤眼，也没有撇嘴，眼睛只是那么眨了眨，他的眼睛就湿了，眼泪就流下来了。杨成方的眼睛早得太久了，老天爷是该赏给一点眼泪了。不然的话，一个人想哭哭都哭不成，未免太可怜了。宋家银看见了杨成方的眼泪，杨成方的眼泪是金贵的，一见杨成方终于落了泪，宋家银的态度就转变了，刚才消散的温和感情回来了一些。她劝杨成方："好了，别难受了，只要人回来了就好。你不知道，这些天我的日子是咋过的，我的心一天到晚揪巴着，想哭都哭不出来。"这样说着，宋家银的鼻子一吸溜，眼泪流了一大串。她问杨成方："人家打你了吗？"杨成方摇摇头，说没有。杨成方问宋家银，他被人家抓走的事是谁告诉宋家银的。宋家银说是杨二郎。杨成方顿时有些生气，他的头拧着，咬了牙，嘴角有些哆嗦，几乎骂了杨二郎。他埋怨杨二郎多嘴，谁让他告诉家里人的。宋家银没见过杨成方生这么大的气，看来杨成方锻炼得可以了，不但会流眼泪，脾气也见长了。宋家银说："你不能埋怨杨二郎，人家也是一番好意。"

　　宋家银让杨成方去理发店理理发，刮刮脸，马上跟他一块儿回家。杨成方说："回家干啥，我不回去！"宋家银说："叫你回去，你就得回去。"杨成方不敢再犟嘴，但他说，离麦子成熟还早着呢，到收麦时他再回去也不晚。宋家银说："你以为我让你回去收麦子呀，我是让村里人看看你，你还活着呢！你知道不知道，村里人一听说你让人家抓起来了，说什么的都有。有的说你至少得蹲十年大牢，有的人说要枪毙你。"杨成方眉头皱了一会儿，像是费力思索了一下，同意回去。

十二

　　跟宋家银估计到的情况差不多，杨成方被抓的消息在村里一传开，加上宋家银到北京去找丈夫，村里的确议论得沸沸扬扬。几乎一致的意见是，杨成方这一回是犯下大案了，不杀头也得坐监。不知是谁说的，宋家银这次上北京，里面的衣服上缝了好多口袋，把家里所有的钱都带上了，她去北京是花钱托人，想从监里扒回杨成方的一条命。人们都愿意相信这话，相信宋家银确实负有那样的使命。同时人们认为，宋家银平时抠唆得很，连一根汗毛都舍不得出，这一次不是出汗毛的事，恐怕要出血了。杨成方为宋家银挣了那么多的钱，宋家银别说为杨成方花钱了，她把杨成方撵得成天价不着家，恐怕连杨成方的身子都没给搂热过。这一回，宋家银该在杨成方身上花点钱了。由此，村里人还议论当地人在城里拾破烂的事。他们说，光靠拾破烂，挣不到什么钱，发财更谈不上。说是拾破烂，主要靠偷。拾破烂的人夜里都不睡觉，白天瞄好哪里有建筑工地，工地哪个角放的有建筑材料和脚手架子，后半夜就潜过去，偷人家的东西。逮什么偷什么。他们还制有挑竿子，见人家阳台上晾的有衣物，就用挑竿子给人家挑下来。过春节时，见人家窗外的窗台上放有鸡鸭鱼肉，也给人家挑下来。他们偷红了眼，白天也敢偷，连人家正做饭的铝锅都不放过。因偷铝锅的细节比较生动，在村里传得最为广泛。说是他们拾破烂路过一家人家门口，拿眼往门里一瞥，见煤火炉上坐着一口铝锅，锅里正煮着面条。须知铝锅是可以当废品卖钱的。趁锅前无人，他们以最快的速度，拐进屋里，拎起铝锅，把里面的面条倒掉，把铝锅放在地上踩巴踩巴，踩扁，放在垃圾袋子里，走人。他们走出好远，还听见那家煮面条的人满屋子找锅呢。

　　宋家银和杨成方，是以衣锦还乡的面貌在村头出现的。脸上的表情，是树上的鸟儿成双对，夫妻双双把家还的表情。宋家银花了几十块钱，给杨成方买了一身化纤布的灰西装，还给杨成方买了一根红领带。杨成方从未穿过西装，更没系过领带，他因祸得福，鸟枪换炮了。可杨成方不愿穿西装，系领带。宋家银把他身上的烂脏衣服扯巴下来，就把西装给他套上了。宋家银说："你以为我打扮你呢，你哪一点值得打扮！我是为着两个孩子，借一下你的身子用用。"系领带时，宋家银把杨成方折腾得龇牙咧嘴，怎么系都不像那么回事。宋家银说："我看人家系领带，脖子里都系成一个大疙瘩，我怎么系不成大疙瘩呢！"杨成方说："我看别往脖子里系了，当裤腰带系算了！"宋家银说："放屁，系在裤腰上谁看得见！"杨成方吭吭哧哧，说："你干脆把我勒死吧。"宋家银毫不妥协，说："勒死你，你也得给我系上！"后来，还是杨二郎找到房东，请房东把领带系成一个套子，把套子给杨成方拿回来了。宋家银让杨成方把脑袋伸进套子里。上吊似的把活扣儿一拉，杨成方才算把领带系上了。为了和杨成方相配套，宋家银给自己也买了一件花格子上衣。

　　两口子赶到家时天还不黑，这很好。一路上，宋家银怕到家时天黑下来，那样，村里人就不能及时看到杨成方，她也没法开展宣传。她催着杨成方紧赶慢赶，到村头时总算拉住了太阳的一点尾巴。看见一个人，宋家银就笑着，朗声朗气地跟人家打招呼，让杨成方给人家敬烟，给人家点烟。人们看见装扮一新的杨成方，未免有些惊奇，未免多打量杨成方几眼。但他们把惊奇掩盖着，问宋家银和杨成方，这是从哪里回来。宋家银等的就是这种提问，她说："北京，我到北京去了几天。成方说北京多好多好，打电话非让我去看看。"问话的人对杨成方有些称赞，说成方行了，抖起来了。杨成方把脖子里拴的领带摸了摸，他觉得有些出不来气。问话的人对宋家银也有恭维，说："你也行呀，跟着成方，光落个享福了。"宋家银不否认她跟着杨成方享福，她说北京就是好，能到北京看看，这一辈子死了就不亏了。宋家银就这样一路走，一路重复宣传这一套话。她要让人们相信，杨成方没有被人抓过，她此次进京，也不是为了花钱从监里往外扒杨成方，她是应杨成方的热情邀请，到北京游览观光。也有人向宋家银提出疑问，不是听说……宋家银不等人家把话说完，就说那是造谣言，是杨成方怕她不去，才让杨二郎给她打电话，才编了瞎话。她当众转向指责杨成方，说："什么样的瞎话不能编呢，非要编那样的瞎话，不知道的，还真以为你犯了什么事呢！"杨成方无话可说。他能说什么呢？

去了一趟北京，宋家银对城市有了新的认识，那就是，城市是城里人的。你去城里打工，不管你受多少苦，出多大力，也不管你在城里干多少年，城市也不承认你，不接纳你。除非你当了官，调到城里去了，或者上了大学，分配到城里去了，在城里有了户口，有了工作，有了房子，再有了老婆孩子，你才真正算是一个城里人了。宋家银很明白，当城里人，她这一辈子是别想了。当工人家属，也不过是个虚名。现在工人多了，有没有这个虚名，已经不重要了。杨成方也指望不上。杨成方从县城，到省城，到北京城，现在又到了广州城，前前后后，他在城里混了二十多年。他混了个啥呢，到如今还不是一个拾破烂的。拾了半辈子破烂，杨成方自己差不多也快成了破烂，成了蝇子不舍蚊子不叮的破烂。总会有那么一天，城里人会以影响市容为理由，把杨成方清理走，像清理一团破烂一样。女儿杨金明初中毕业后，也到城里打工去了。女儿跟一帮小姑娘一起，去的是天津，是在天津一家不锈钢制勺厂给人家打磨勺子。对于女儿将来能不能成为城里人，宋家银觉得希望也不大。女儿文化水平不高，心眼子不多，长得也不出众，哪会轮到她当城里人。女儿每月的工资有限，吃吃住住，再买点衣服和洗头搽脸描眉毛的东西，所剩就不多了。宋家银对女儿说，她不要女儿的钱。但是有一条，以后女儿出嫁，她也不给女儿钱，女儿的嫁妆女儿自己买。说下这个话，她是要女儿学着攒钱，别花光吃光，到出嫁时还得吃家里的大锅饭。女儿在攒钱方面继承了她的传统，每隔一月两月，女儿都会寄回一百二百块钱。女儿还知道顾家，春节回来时，女儿从天津捎回一大坨炼好的猪油。宋家银一看就乐了，说："你这个傻孩子，千里迢迢带这沉东西。如今芝麻榨的香油都吃不完，哪里吃得完这么多猪油！你在厂里造勺子，带回来几个小勺也好呀！"女儿也乐，让妈把猪油放进锅里，烧把火化化吧。宋家银把成坨子的猪油放进锅里化开，准备把猪油舀进一个罐子里。她用勺子在油锅里一搅，下面怎么哗啦哗啦响呢？兜底一捞，宋家银眼前一亮，捞上来的不是别的，正是不锈钢的小勺子。小勺子沉甸甸的，通体闪着比银子还要亮的银光，甚是精致，喜人。宋家银把小勺子捞出一把，又一把，一共捞出了十六把。勺子捞多了，宋家银喜过了，心上也有些沉。她想起杨成方被人抓走的事，对女儿说："以后别再拿厂里的勺子了，让人家检查出来就不好了。"

　　宋家银只有把全部希望寄托在儿子杨金光身上了。儿子的学习成绩还可以，第一次参加高考，只差二十来分够不到大学的录取分数线。宋家银让儿子回学校复习一年，来年再考。她有她的算法，通过复习，就算每个月补上两分，一年下来，二十多分就补上了。儿子不想再复习了，就是再复习一年，他也不能保证自己一定能考得上。儿子说，他要出去打工。为了教育儿子，宋家银哭了，哭得一把鼻涕一把泪，很伤心的样子。她数落儿子没志气，没出息。"打工，打工，你到城里打工打一百圈子，也变不成城里人，到头来还得回农村。"她拿拉磨的驴作比方，说驴也成天价走，走的路也不算少，摘下驴罩眼一看，驴还是在磨道里。她对儿子说，现在没别的路了，只有上大学这一条路。儿子只有上了大学，才能转户口，当干部，真正成为城里人。宋家银不知听谁说的，进城打工的人，不管挣多少钱，都不算有功名，只有拿到大学文凭，再评上职称，才是有功名的人，才称得上是公家人。宋家银说，她这一辈子没别的指望了，就指望儿子能考上大学，给她争一口气。

就是砸锅卖铁，她也要供儿子上大学。胳膊拗不过大腿，杨金光只得回学校复读去了。

在村里，宋家银不承认儿子没考上大学，她对别人说，杨金光考上大学了，只是录取杨金光的学校不够有名，不太理想，杨金光想考一个更好一些的大学。"现在的孩子，真是没办法。"杨金光上学住校，只有星期六星期天才回家来。儿子一回家，宋家银就把儿子圈羊一样圈起来，不让儿子出门，让儿子在家集中精力复习功课。天热时，她不让儿子开电扇，说怕电扇的风吹着了儿子的作业本子，影响儿子写作业。电扇本身也有声音，一开动吱吱呀呀的，对学习也不好。儿子不听她的，她刚一离开，儿子就把电扇打开了。一听见她的脚步声，儿子就把电扇关上了。宋家银说儿子是跟她打游击，说："一点热都受不了，你能学习好吗？"儿子顶了她，说："什么学习学习，你还不是怕费电，怕多交电费。"宋家银说："怕交电费怎么了？我就是怕交电费！家里的一分钱来得都不容易。为给你交学费，你不知道你爸在外边受的那是啥罪。等你爸回来你问问他，在外边几十年了，他舍得吃过一根冰棍吗？你要是考不上大学，首先就对不起你爸爸！"杨金光把书本作业本一推，站起来出去了。宋家银问他去哪儿，他不说话。该吃晚饭了，儿子也不回家。宋家银这里找，那里找，原来儿子到老孙家看电视去了。她家只有一台很小的黑白电视机，是杨成方拾破烂从广州拾回来的。电视机的接收效果很不好，老是闪。就是这样的电视机，宋家银也不让儿子多看。而老孙家的电视机是大块头的彩色电视机，要好看得多。宋家银一见杨金光在老孙家看电视，电视上都是一些乱蹦乱跳的女人，她忽地一下子就生了一肚子的气。这些气不知在哪里藏着，说生就生出来了。好比单裤子湿了水，把裤腿扎上，用裤腰凭空一兜，就装满了一裤裆两裤腿的空气。宋家银不能不生气，一方面，儿子看电视耽误学习；另一方面，老孙家有彩电，她家没彩电，儿子到老孙家看彩电，也显得儿子太没志气。宋家银把满肚子的气按捺着，没有发作，没有吵儿子。在这里吵儿子，她怕老孙家的人看笑话。她装作温和地说："金光，吃饭了。"杨金光说："我看完这一点，你先回去吧。"又停了一会儿，宋家银说："这有啥看头，走吧金光，回去吃饭。"杨金光的口气又生硬，又不耐烦，说："我现在不饿，不想吃。"宋家银几乎忍不住了，好像装了一裤子的气，几乎要把裤子撑破。但她在肚子里咬了咬牙，还是忍住了，她说："那我先回去了。"

当晚，宋家银和儿子都没吃饭。宋家银又哭了。儿子大了，她打不动儿子了。对儿子骂多了也不好，她的办法只有哭。她说："你要是不好好学习，别说对不起你爸爸，连你妹妹都对不起。"杨金光回学校复习一年，需要向学校交两千块钱的复读费。宋家银拿不出那么多钱，就把女儿杨金明寄回的钱拿出来添上了。她跟女儿说的是不动女儿的钱，把女儿寄回的钱都攒下来，以后给女儿置办嫁妆。手里一急，她只好把女儿的钱拿出来救急。杨金光大概没想到，他一个当哥哥的，花的竟是妹妹外出打工挣的钱。他的眼睛湿了，看样子像是受了触动。

有人给杨金光介绍对象，女方是杨金光初中时的同学。据说是女同学看上杨金光了，托人从中牵线。宋家银一口把人家回绝了。她对媒人说，杨金光不准备在农村找对象，杨金光上了大学，在城里工作以后，要在城里找对象，在城里安家。宋家银设计得很远，她说等她有了孙子，孙子自然就是城里人了。宋家银这样做是破釜沉舟的意思，等于把儿子的退路给堵死了，儿子只能前进，不能后退。

杨金光复读完了，却没有参加高考。高考前夜，他离校走了。临走前，他留给同学一封信，托同学把信寄给他妈妈宋家银。儿子说，他考虑再三，决定不参加高考了。万一今年再考不上，妈妈会受不了的。他决定还是出去打工，不混出个人样儿就不回家。他要妈妈不要找他，也不要挂念他。找他，也找不着。到该回去的时候，他一定会回去的。

宋家银把儿子的信收好，果然没张罗着去寻找儿子。有人劝她赶快到报社到电视台，去登寻人启事，去发广告，她都没去。她不想让别人知道儿子的事，也不想花那个钱。她相信儿子能混好。

哑炮

一

乔新枝下山打水，水还没有打进桶里，雪已经下大了。冬天下雪不像夏天下雨。夏天的雨到来之前，总是把声势造得很足，又是刮风，又是打闪打雷，清扫街面如鸣锣开道似的。雪没有那么大的派头，也不需要任何人迎接，它不声不响，素面素裙，说下来就洋洋洒洒地下来了。别看夏天的雨提前把动静搞得很大，有时并不见得下一星半点，只折腾一阵就过去了，让人失望。悄然而至的大雪却往往能给人们带来欣喜。一个背书包的小姑娘正在路上走，怎么觉得耳朵上凉了一下呢？仰脸看，哦，下雪了。在小姑娘仰脸的工夫，已有几朵雪花落在她的睫毛上，沾得小姑娘眼窝子有些湿。一位矿工的老婆正在小屋门口给丈夫绣鞋垫，她绣的不是鸳鸯鸟，是平安字。刚才光线有点儿暗，这会儿怎么有点明呢？往门外一瞅，我的老天爷，雪下得真大。她没有接着绣鞋垫，就那么不回眼地望着漫天大雪。只望了一会儿，她的目光就有些迷离，好像走神儿走到别处去了。从井下出来的矿工对下雪更喜欢些。井下一团漆黑，井上一片雪白。他们浑身上下都是黑的，大雪从天到地都是白的。他们往雪地里一站，一幅两色木刻画就出来了，黑色凸显的是矿工，雪地部分是留白。可挖煤的人从来无意把自己变成画，他们一到雪地里就比较兴奋、活跃，一边吟诗一样嚷着好雪，好雪，一边用大胶靴把积雪踢得飞扬起来。乔新枝也不反对下雪。这里是山区，从春季到秋季，雨水总是很少。只有到了冬天，人们才能望盼到两三场雪。这是入冬后的第二场雪。头一场雪下得比较小，只盖了盖地皮就停了，孩子想团一个雪球都搜集不够。这场雪一上来就铺天盖地，总算像个样子。

提着水桶下山时，乔新枝只见天气有些阴，没料到大雪说来就来，下得这么大。她穿的衣服不算厚，那块红围巾也没有顶在头上。好在下雪时总有一些绵绵的暖意，她并不觉得冷。没戴围巾也没关系，她留的是剪发头，任大朵的雪花戴满一头就是了。乔新枝不是一下来就能打到水，她每次打水都要排一会儿队。南山和北山的山坡上都住有不少矿工和他们的家属，两山之间的山脚处只有一只水龙头，山上的人们用水只能到水龙头下面接。他们不排队不行吗？不行。因为矿上一天只供两次水，上午是八点到十点，下午是从五点到七点，过了这两个时间，水龙头的龙嘴就闭得紧紧地，一滴水都不出。排在乔新枝前面的人还有好几个，三个和她年龄相仿的矿工老婆，一个老奶奶，用木棍合抬一只水桶的兄妹，还有一个挂着单拐的小伙子。乔新枝很有些替小伙子担心，好天好地时，小伙子提一桶水上山都很费劲，下雪路滑，不知小伙子能不能把水提到山上去。水龙头高出地面三尺余，为了防冻，铁水管从脚到头缠了厚厚的谷草绳。这样一来，水管和水龙头显得有些臃肿，它不像一条龙，倒像一只挺立着的大鸟。雪花落在谷草绳的绒毛上，使"大鸟"变成了白色鸟。水龙头一拧开，就不再关闭。眼看前面一只水桶快要满了，几乎在满水桶提开的同时，后面一只空水桶遂迎接上去。前后快速衔接不会浪费水，却让打水人节省了排队时间。不管桶大桶小，他们提的都是铁皮桶。水注进桶里时，由浅到深，发出的响声是不同的。先是叮叮咚咚，如击铁鼓。再是水花激扬，笑语喧哗。最后水将满时，水声却小了下来，有点小心谨慎和收敛的意思。每一个前来取水的人眼睛不必盯着水龙头，他们只听水声，就知道桶里的水到了什么程度。雪幕把取水的小小队伍变得有些模糊，他们都没有说话，只有水流在不断独语。或许是大雪来得有些突然，他们还没有做出防备，一时无话可说。或许是笼罩性的大雪让他们有所迷失，他们要想一想，自己这会儿在哪里。

乔新枝把铁桶提在手里，一直没有放在地上。大雪花子纷纷飞进桶里去了，她似乎听见雪花如粉蝶子一样扇动翅膀的嗡嗡声。桶底是湿的，先落底的雪花吱地就化了。耐不住雪花前仆后继，层层铺垫，后来的雪花就在桶底攒住了，并把桶底覆盖。这时她有了一个想法，倘是雪花落满一桶，她就不接水了，化雪代水算了。她为自己的想法感到可笑，微笑一下就把想法否定掉了。雪花是水变成的不假，可雪花把水夸大了，几桶雪才能化一桶水呢！再说雪化成的水是浑白的，毕竟不能代替从地底下抽出来的清水。她手中的铁桶是大号的，每天又要洗菜，又要做饭，又要刷锅，还要给儿子小火炭洗尿布，一大桶水必不可少。因儿子在床上放着，她回头往山上自家的小屋望了好几回。小屋是丈夫在工友们的帮助下，在山上就地采石头垒成的，屋顶上盖的也是石头片子。由于动态如静态般的大雪层层遮挡，也是由于大雪很快把石头小屋变成白色，她几乎望不到自家的屋子了。她不害怕，她相信不管雪下得再大，都不会把屋子压垮。尽管大雪把屋子变得跟雪一样白，屋子也不会随雪飘走。还有儿子，她不用担心灰狼闯进小屋，把儿子叼跑。据说以前这山里狼是很多，自从开矿的炮声一响，狼就不见了，连一根狼毛都没有了。别说狼了，山上连黄蚂蚁都很难见到几只。她的儿子刚过半岁，还不会翻身，不会爬，她也不用担心儿子会从床上掉下来。她出门时把儿子平仰着放在床上，儿子只能一直平仰着。儿子不高兴了，顶多哭几声，或把握不紧的小拳头摇几下，把小脚丫蹬几下。

　　拄单拐的小伙子把水桶接满后，乔新枝让小伙子等一下，等她把水桶也接满，他们两个一块儿上山。乔新枝家和小伙子家都是住在北山的南山坡，小伙子的家比乔新枝的屋子位置还要低一些，乔新枝的意思，要顺便帮小伙子把水桶捎上山去。小伙子明白了乔新枝的意思，他说不用，并说谢谢嫂子。乔新枝没有坚持让小伙子等她，受过伤的人都格外要强，她想小伙子可能有意锻炼一下自己。小伙子提的水桶要小一些，也许他自己真的能把水提上去。小伙子的情况乔新枝知道一些，他叫张海亮，今年不过二十七八岁。张海亮原来在开拓队打岩巷，被石头砸断一条小腿后，老婆就离他而去，不知去向。现在只有张海亮一人住在北山上的石头小屋里。乔新枝一把水桶接满，提起水桶快步向北山的山脚赶去。她腿壮胳膊粗，力气不算小，别说提一桶水，提两桶水都不成问题。她走得再快，桶里的水也不会洒出来。她事先在桶里放了两根截短的玉米秆，水一满，玉米秆就漂浮在水面上。人走动时，水面难免晃荡，有玉米秆起着阻挡作用，水就荡不出来。爱惜水的人都是这么做的。快行带风，她打乱了雪的阵脚。雪片子先是一阵快速缭绕，像是为她让开一条道。她刚冲过去，成群的雪片子却又紧紧跟上，似乎要看看她走这么快干什么。乔新枝快步走是为了赶上张海亮，她见张海亮雪天提水上山果然很难。张海亮刚上山坡，拐下一滑，身子一晃，差点儿摔倒。要是张海亮摔倒了，不仅一桶水保不住，整个人也会滚下山坡。张海亮把水桶放在地上，像是要歇一下，定一定神儿，再接着上。乔新枝走到张海亮身边，二话不说，低手提起张海亮的水桶，往山上走去。这次张海亮没有拒绝嫂子帮他提水。人要强是有条件的，条件不允许，想要强也要不起。

张海亮的小屋门前有一块小小地坪，乔新枝一口气把水桶提到小屋门口，放在地坪上，才回头对张海亮说，大兄弟，水给你放在门口了！在丝毫不见减弱的大雪之中，张海亮正一步一拐地往山上登。听见嫂子跟他说话，他才停下来，望着高处嫂子的身影说，嫂子，你是个好人哪！

好人？她不过帮人家提了一桶水，不过做了一点举手之劳的小事儿，就算是一个好人吗？她一时不知说什么好，人家说她是个好人，她没敢承认，也不愿否认，只笑了一下，就继续登高，回家去了。不过她把人家的话记住了，心里还是挺受用的。这种受用像是从心底深处发出来的，并很快传遍全部身心，有一种弥漫性的愉悦效果。下大雪真好！

二

乔新枝还没走到家门口，就听到儿子小火炭在哭。儿子哭得直腔扯嗓，好像被狼咬着了一样。她推开屋门，水桶未及放下，就直奔床前。屋里没有狼，什么动物都没有，原来是她给儿子戴在头上的老虎头帽子不知怎么搞的抹脱下来，不仅盖住了儿子的双眼，而且把儿子的整个小脸都罩在了"老虎头"下面。儿子一定是睁着小眼睛看屋顶正看得高兴，举着舞动的双手不知怎么碰到了有些宽松的帽子，帽子就滑下来，遮住了他的双眼。儿子突然间陷入黑暗之中，一定很不适应，当然要着急，要哭。他不明白怎么回事，又不会把帽子掀开，只能哭。他越是手舞脚蹬，着急乱动，帽子下滑越快，把他的脸盖得越严实。乔新枝喊着我的儿，我的乖，我的小火炭，我的小宝贝儿，这才一手把水桶放在地上，一手把扣在儿子脸上的帽子拿开。儿子哭得一头汗，汗水把儿子的头发都浸湿了。儿子哭得脸色有些发紫，两个眼角的泪水流成了串。乔新枝心疼坏了，赶紧把儿子抱在怀里晃着说，妈回来了，宝贝儿不哭。都怨妈，妈替儿子打那个臭老虎。说着伸巴掌在床头的老虎头帽子上虚打了一下。"老虎头"上的两只圆眼睛大睁着，眼皮眨都不眨，一副无辜的样子。她摸到兜在儿子屁股和小鸡鸡上的尿布湿了，三层尿布都湿得透透的。儿子真是哭狠了，把撒尿的劲都使了出来，在她去提一桶水的工夫，不知儿子撒了几泡尿呢。湿尿布渍着儿子的屁股，儿子也不好受。她把儿子重新放回床上，为儿子扯下湿尿布，换上干尿布。扯下湿尿布的当儿，她见儿子的屁股蛋子都渍红了，小鸡鸡下面的蛋皮也被渍得耷拉着，薄得像吸空柿肉之后贴在一起的烘柿子皮。她找了找儿子的蛋子儿，还好，儿子的两颗蛋子还在。只要儿子的蛋子儿在皮囊里存在着，儿子就还是儿子。为儿子换上了热乎乎的干爽尿布，儿子的哭还是刹不住车。看来不把奶头子塞进儿子嘴里，儿子的哭就止不住。

儿子吃到了奶，像得到了最大的实惠和安慰，果然不哭了。小家伙流了泪，出了汗，还撒了尿，大概渴坏了，饿坏了，也累坏了，一逮到奶就大口大口吃起来，吃得咕咚咕咚的。奶汁子在嘴角打着漩，几乎溢出来。小家伙嘴里吃着一只奶，一只手还伸到妈妈的衣服下面，摸着另一只奶。乔新枝的两只奶子都很饱满，奶水充足得很。这样的两只奶子很难比喻，说它像两只盛满水的陶罐，陶罐的皮有些厚；拿它与一种被称为面坛子的香瓜作比，大香瓜里面的水不够丰富。真的，这位矿工婆娘的两只奶子出类拔萃，无与伦比。特别是在哺乳期间，她的两只奶子是胀的，硬的，浑圆的，连表面的绿色筋脉都隐约可见。奶水一直充盈到奶头子顶端，奶头子不再羞羞答答，无事就龟缩在奶盘子里，而是昂首挺立，呈现出的是舍我其谁的良好状态。乔新枝随便把奶头子一捏，一股奶汁子就滋出来，恐怕比童子尿滋得都远。是不是可以这样说，乔新枝两只奶子闪耀的是初升太阳一样的光辉，展示的是大地丰收一样的景象。

小火炭吃着一只奶，另一只奶被惊动了，奶汁子漉漉地流了出来。如果不把衣服撩开，奶汁子会把衣服弄湿。如果不把奶子端出来，奶汁子会顺着奶瓜子流向她的肚皮，并顺着肚皮流进裤腰里。乔新枝是坐在一个石头墩子上给儿子喂奶，石头墩子上垫的是一块黑色的胶面风筒布。她把奶子露出来，身子前倾，让奶汁子滴在地上。浆白的奶汁子涌泉一样滴答不止，地上一会儿就汇成一片。可能因为奶汁子太稠，汇成一片的奶汁子并不往地下洇，像是在层层积累，有着固体一样的形态。上个月，乔新枝身上的月信没有按时来，她担心自己又怀上了孩子。如果怀上了孩子，奶水就得中断，小火炭吃什么？因此她对丈夫宋春来有些小小埋怨，埋怨丈夫天天都跟她来，太馋嘴，太不知道节制。有些愧疚的丈夫，大概是为了向她表示歉意，一天下班时，买回一只五斤多重的黄老母鸡，让她熬汤喝。她把肥得浮着一层黄油的老母鸡汤连着喝了三天，不但月信来了，奶水也更加旺盛。眼见奶汁子白白流在地上，乔新枝觉得非常可惜。如此充沛的奶水，别说一个小火炭，就是再添一个两个小火炭也吃不赢啊！

小火炭吃了一会儿奶，睡着了。大雪还在下着，门口的积雪大约已达两寸深。乔新枝看看放在床头的马蹄表，该给丈夫做饭了。丈夫这段时间上的是夜班，说是半夜十二点接班，他一般十点钟就要出门，赶到队里开班前会。按规定是早上八点下班，等他们从长长的巷道里走出来，交了灯，洗了澡，再回到家，时间就到了十点多。这样算下来，丈夫每天出门在外的时间不是八个钟头，比十二个钟头还要多一些。这里把矿工下井说成下苦。一年三百六十五日，不管春夏秋冬，丈夫一个班都不愿意落下。丈夫是一个很能下苦的人。乔新枝给丈夫馏好了馒头，炒好了菜，还要下半锅汤面条。面条已擀好了，锅里的水也沸腾着，单等丈夫一进门就往锅里下面条。汤面条须现吃现下，下早了面条容易朽，条不成条，变成一锅糊涂。一听见丈夫的脚步声，乔新枝就把门打开了。她家的屋门是用几块板皮钉成的，看上去很简陋。好在对缝不严的板皮外面又钉了一层胶面风筒布，风雪总算钻不进来。她开门猛了些，把雪花吸进屋里好几朵。丈夫头上顶着一块包单，手里提着一只帆布兜，浑身上下几乎成了一个雪人。包单是丈夫每天下井前包干净衣服用的，丈夫倒不傻，下雪天给包单派上了新用场。帆布提兜是装煤用的，丈夫每天下班回来，都不忘顺便捎回三两块晶亮的煤。嫁给煤矿工人当老婆，起码有这点好处，烧的不会缺。乔新枝跟丈夫打招呼，当家的回来了！丈夫说回来了，雪下得真大。乔新枝问，冷吧，快进来暖暖。伸手把提兜接过去，放在门内墙边。丈夫说下雪不冷化雪冷，揪住包单的两角往后一掀，把落在身上的雪块子掀落在门外。丈夫还把两只钉了雪的鞋底子交替在门外的地上震了震，才跨进屋里。

　　乔新枝把两只手掌快速搓了几下，搓热，分别捂在丈夫两只耳朵上，说狗耳朵真凉。老婆把宋春来的人耳朵说成狗耳朵，宋春来没有辩驳，没有说狗耳朵上有毛，人耳朵上没毛。他也不认为老婆把他说成狗，是故意占他的便宜。相反，这让他觉得亲热，觉得开心。好比老婆两只温热的小手不仅暖在他的耳朵上，还通过他的耳朵，一直温暖到他心里。家里有个老婆真好，天底下有什么能比得上家里有个好老婆呢！老婆给他暖耳朵，他就把两手伸进老婆的棉袄下面的棉裤腰上，在那里暖手。宋春来的个头不算高，两口子都站直，乔新枝还比他高出一点点。这样宋春来摸老婆的裤腰很方便，不用踮脚，也不用叉腿，两手一环，就把老婆后面的棉裤腰摸到了，同时也把老婆搂住了。棉裤腰那里可真热乎。只摸到棉裤腰，宋春来不会满足，他的手还要往上走。上面就是老婆的光脊梁板。老婆棉袄里面套的有一件秋衣，但老婆为了掏奶喂孩子方便，从不把秋衣往棉裤腰里扎。宋春来的两手往上一走，就把老婆的光脊梁摸到了。他说，我的手可是有点凉。老婆说，没事儿，不怕。老婆的光脊梁不只是热乎，简直有些烫烫的，那是一种软和的烫，一种滑溜溜的烫。老母鸡刚刚下出的鸡蛋，就是这样烫手和光滑，可鸡蛋却没有这样软和。

老婆把手从宋春来耳朵上拿开，说好了，我去给你下面条，你该饿了。宋春来的肚子是有些饿了。他在井下干了十来个钟头，只吃了一顿矿上安排的班中餐。所谓班中餐，也就是啃两个干火烧，口噙着铁壶嘴子喝一气温开水。可宋春来还有另一种饿，这种饿和肚子有点关系，又没有关系，它来自肚子下面。和这种饿相比，他宁可把肚子的饿暂时压一压，先把肚子下面的饿满足一下。所以他没有松开老婆，反而把老婆的背搂得更紧些。他两腿紧绷，把自己的前面往老婆的前面贴。不贴还没什么，一贴那样东西就跳了出来。老婆背上有个沟，他的手指顺着沟往下走，越往下面沟越深。然而走到在沟上横担着的裤腰带那里，他的手被挡住了。老婆的裤腰带是用一些碎布条搓成的，像一根绳索，挺结实的。他捏住后面的裤腰带往下拉，对老婆做出了明显的示意。老婆明白丈夫的意思，丈夫每天从井下回来，都是急着先吃这一口。她愿意让丈夫先吃饭。老婆什么时候都是热乎的，馏好的馒头不吃就凉了。再说吃饱了肚子才好干事情，空着肚子就用力，对身体终归不是很好。她说，不许这么没出息，先吃饭，吃了饭再说。两手往外推丈夫。丈夫说不，不，我不用吃饭也有劲。丈夫的样子像是在撒娇，又像是在耍赖。老婆越推他，他把老婆搂得越紧。

宋春来挤住了老婆膨胀的奶,老婆惊讶了一声,他才把老婆松开了。他问老婆怎么了?老婆说,你把我的奶水挤出来了。她解开扣子,往上撩起衣服,果见一只奶子在滴奶水。她虽然站着,奶珠子掉在地上竟摔不碎,可见她的奶水质量有多高。她见丈夫有些发愣,对丈夫说,快,快来吃几口。老婆的奶水是给儿子吃的,或者说老婆的奶水是儿子的口粮,他怎么能吃呢!当丈夫的吃老婆的奶水,这事可从来没听说过。他犹豫着,脸上有些不好意思。老婆催他快点,奶水滴在地上,都浪费了。老婆还说,反正别人又看不见,你怕什么!老婆把门掩上了。宋春来说,你把奶水挤在碗里,你自己喝吧,你喝了奶,还可以生奶。乔新枝说,我喝了奶,再生奶,那不是回锅饭嘛!我不想让我儿子吃回锅饭,吃就吃新鲜的。她的胳膊一拐,拐住丈夫的脖子,把硬枣一样的奶头子擩在丈夫嘴上,说你尝尝嘛,试试嘛。我看你还会不会吃奶!宋春来羞红着脸,只得把老婆的奶头子噙住了。他吃得不是很大方,只把嘴张开一点点,只叼到奶枣儿。在他没有叼住奶枣儿时,奶枣儿在一珠一珠地滴奶水,他一叼住奶枣儿,奶枣儿反而不出水了。他把嘴松开了,说他吃不出来。老婆不松开他,要他张大嘴,多噙点,使劲吸,并说,笨蛋,你还不如你儿子会吃呢!按照老婆的指点,他一下吸到老婆的奶晕子那里,果然吸出了奶。老婆摸着他的头,夸他真听话,真乖。他不敢看老婆的眼睛。一个大男人,像儿子一样吃自己老婆的奶,要是让别人知道了,岂不把人家的好嘴笑歪。他只吃了几口就不吃了,说不好吃。老婆问他怎么不好吃?甜不甜?他说不太甜,淡淡的,还有一点面儿面儿的。老婆说他不懂,人奶是最有营养的东西。她把自己的奶盖住了。乔新枝让丈夫吃奶,其实是她的一个小计谋,她的目的还是让丈夫先吃饭。

下好了汤面条,乔新枝陪丈夫一块儿吃。她用细葱花给丈夫炒了两个鸡蛋，把盛在碗里的鸡蛋端在丈夫面前，只让丈夫一个人吃，她一口都不尝。丈夫用筷子点着鸡蛋，让她也吃一点。她让丈夫趁热快吃，她不吃，她只吃面条就行了。丈夫说，你吃了鸡蛋，还可以给儿子下奶。鸡蛋给我一个人吃了当什么，我什么都不会下。乔新枝说，谁说你什么都不会下，我看你也会下奶。丈夫说，开玩笑，我拿什么下奶？乔新枝抿着嘴乐，不说。丈夫问她乐什么，她才禁不住说，拿什么下奶你知道……宋春来像是想了一下，才明白了。他一明白就春心荡漾，高兴得不得了。他说，你浪，你浪，你光逗我，我受不了啦！他推开饭碗，站起来，一下子把老婆抱住。老婆在床边靠着，手里还端着饭碗，她把碗举高，说慢点儿，让我吃了这两口。两口并一口把面条喝了下去。这次她没有拒绝丈夫的要求，只说丈夫真是个紧嘴猴儿。

三

半下午时，雪下得小了，只有一些零零星星的雪花漫不经心地洒落着。丈夫和儿子在床上睡觉，乔新枝系上红围巾到门口扫雪。丈夫上的是夜班，白天必须把觉睡足。她不能陪丈夫一块儿睡，要是睡颠倒了，她夜里就睡不着了。她得给自己找点活儿干。她把儿子的尿布洗过了，也在煤火上烤干了，这会儿正好可以腾出手扫雪。扫雪得趁早。雪还新鲜着，虚蓬着，不但好扫，雪下的路面还干着，最能体现扫雪的效果。等雪一落实，或人脚上去把雪踩扁，扫起来就难了，得用铁锨铲。不把路面清理出来会怎样呢，太阳一出，雪一化，就麻烦了，雪面上会结下一层冰，滑得人脚羊脚都站不住。特别是山坡上的小路，如果结了冰，跟路断了也差不多，山下的人上不来，山上的人也下不去。那样的话，住在山上的人怎么上下班呢，她怎么下山取水呢！她先扫自家门前的雪。门前有一块平地，不过三四尺宽。平地的边沿，就是一个断崖。断崖不是很深，也就一两丈的样子。可断崖很陡，石壁直上直下。她把雪扫到断崖下面去了。积雪有半尺来深，扫起来并不难，她一会儿就把门前那点平地扫了出来。她用的扫帚不是买的，不是用竹梢和竹身做成的，是她到山沟里采回一种叫扫帚苗子的野生植物，自己捆扎成的。不管日常用什么东西，圆的如高粱莛子纳成的锅盖，长的如野麻匹子合成的晾衣绳子，能自己做的，都是自己做；能不花钱买的，她绝不多花一分钱。作为一个矿工家属，她的户口不在矿上。她没有粮票，也不能挣钱。一家人吃饭穿衣，全靠丈夫一个人的粮票和工资。她深知丈夫挣钱不容易，哪一分钱不是成身的汗水和成车的煤换来的！

　　扫完了门前的雪，她就顺着平地一侧的山路往坡下扫。听见小孩子的欢呼声，乔新枝往上往下看了看，见不少矿工的家属都出来了，都在扫门前的雪。高处的一个平台上，有两个孩子在玩雪，一个男孩，一个女孩。他们把雪团成球，举过头顶往坡下扔，看谁扔得更远一些。每扔下一个雪球，他们就欢呼一声。乔新枝想到了自己的儿子，等扫完了雪，她也把儿子抱出来，给儿子团一个雪球玩。说不定她还要把几个大小雪球组合在一起，做成一个白胖的小雪人，给小雪人的脸上安一只红辣椒当鼻子。她还想到，等儿子小火炭稍大一点儿，他们就再要一个女儿，到那时候，她和丈夫就是儿女双全的人了。这样想着，她不知不觉地笑了一下，嘴角眉梢都是由心底生发而出的笑意。女人不知自己笑的时候是最美的，好比开在山沟里的花，那是自然的开放，自然的美。乔新枝头上顶的是红围巾，在红围巾的映衬下，她的笑面不只是美，还有些光彩照人的意思。那些在山上扫雪的矿工的老婆，头上顶红围巾的只有乔新枝一个。人们从山脚走过，不经意间往山上一望，就把那雪白中的一点红看到了。人们望第一眼时往往会产生幻觉，以为山上开了一枝红梅或一簇桃花。回头再望，才认出那是一个顶着红围巾的女人。路过的人心里不免会问，谁家的老婆这么俏呢？红围巾是宋春来给她买的。宋春来回老家探亲，在媒人的引导下，她和宋春来第一次见面，宋春来送给她一件用草纸包着的礼物，就是这条红围巾。她很喜欢这条红围巾，在她眼里，红围巾不光是她和宋春来的定情之物，红围巾还代表着红火和喜气。和宋春来照结婚照的时候，她戴的是红围巾。和宋春来拜天地的时候，她没有顶红盖头，戴的也是这条红围巾。到矿上来，她当然要把红围巾带在身边。她愿意红围巾一直鲜鲜亮亮的，永远都戴不坏。

下山的小路曲曲弯弯，乔新枝快从山上扫到山下时，江水君踏着雪从山下上来了。江水君是宋春来的工友，也是宋春来的老乡，他们同一天来到矿上参加工作。江水君跟宋春来走得很近，时常到宋春来家的小屋里坐一坐。江水君比宋春来年龄小，把乔新枝叫嫂子。那么乔新枝就随着丈夫把江水君叫水君。按说江水君可以跟乔新枝开玩笑。嫂子嫂子，吃楝枣子，楝枣子苦，生个小孩儿叫我叔。他们老家的歌谣就是这么唱的。在他们老家，当弟弟的跟嫂子逗趣或动手动脚仿佛天经地义，嫂子一不小心，弟弟有可能在她奶馒头上摸一把。嫂子也不愿吃亏，在寡不敌众的情况下，嫂子们发一声喊，会把某个弟弟的裤子扒下来，给他晒蛋。可江水君从不和乔新枝开玩笑，他一见乔新枝就局促得很，手无处放，脚无处放，好像连话都说不好了。今天也是如此。他问，嫂子，扫雪呢？嫂子答，扫雪。一问一答都是正经话，或者说都是淡话，连一点开玩笑的意思都没有，问了，答了，跟不问不答也差不多。当嫂子的本来可以跟江水君开个玩笑，比如她说，把雪扫干净好迎接你呀，不然把你摔个大屁蹲怎么办呢！因知道江水君不爱开玩笑，她的玩笑就没有开出来。火镰子碰火石，玩笑要两个人开，才能碰出火花来。只有火镰子,没有火石,单方面开玩笑,怎么也开不起来。她见江水君一只胳膊下夹着一件衣服,问,有事儿吗?江水君答,我的裤子开线了,扣子也掉了一个,想请嫂子帮我缝上。嫂子说,那容易。春来在家呢,你先上去吧。我扫完了这一点就上去。乔新枝额头上出了细汗,一说话口里哈出团团热气。江水君往山上看了看,像是不愿意一个人上去。他说,嫂子,你累了,我来扫一会儿吧。说着把腋下的裤子递给嫂子,并从嫂子手里接过扫帚把。江水君扫雪扫得很快,他手中的扫帚如破浪的船,把雪浪扫得飞扬着就让开了。他扫几下就回头看嫂子一眼,像是要在嫂子面前表现一下自己,又像是不想让嫂子先走。乔新枝似乎看出了江水君的心思,就原地站在路边等他。不知为何,和江水君在一起,乔新枝也觉得有些拘谨,不知说什么话才合适。在丈夫面前她不是这样,想说什么张口就来,说轻了说重了都没关系。跟江水君,她也不是无话可说,只是说话前要想一想,哪些话该说,哪些话不该说。好些话经不起想,一想就不想说了。说了还不如不说。她不知道自己是否应该团一个雪球,朝远处扔一下试试。她没有团雪球,把戴在头上的红围巾取下来,抖了抖沾在围巾上的少许雪花,然后把围巾披在肩上,两角系在脖子里。

扫完了雪,江水君跟乔新枝一块儿往山上走。冬季天黑得早,有的人家已经开了灯。灯光从窗口透出来,洒在雪面上,雪面上反映的是橘黄的颜色。山上没有路灯,在灯光照不到的地方,雪的颜色有些发青,是月光一样的清辉。走着走着,乔新枝站下了,江水君也站下了,他们听到了琴声。琴声是从张海亮的小屋传出来的。张海亮的琴弹拨得一点都不连贯,像是一下一下迸出来的。每一下都横空出世,出人意料,又像是琴弦崩断了,再也不能弹下去。然而琴弦毕竟没有断,就那么一个音一个音地迸下去。连起来听，张海亮的弹奏是有谱的，也是有曲调的，只不过节奏慢一些。而正是这样声声断断的节奏，听来才有些惊心，还有一些旷远的凄凉。如果不是大雪铺地，琴声不一定会这样动人，不一定会引起人们驻足倾听。有了雪夜这个寂静而清洁的灵境，琴声的魅力才显现出来。乔新枝往张海亮的小屋看了看，小屋的门是关着的，里面也没有灯光透出来。在通向张海亮小屋的岔道上，积雪还没有清扫。张海亮比不得正常人，坡路上的雪要是不扫去，恐怕他就无法出门。乔新枝和江水君互相看了一眼，乔新枝说，她还要帮张海亮把坡路上的雪扫一扫。江水君说他扫吧。乔新枝不容商量，只管把扫帚要过来，把裤子递给江水君。

　　回到小屋，天已黑透了。乔新枝一进门就对丈夫说，水君来了，让我帮他缝缝裤子。没听见丈夫应声，她知道丈夫和儿子还在睡觉。搁往日，若丈夫还没睡醒，她不会开灯。江水君来了，她只好把灯打开。灯一亮，丈夫醒了，问，到点了吗？乔新枝说没有，是水君来了，让我帮他缝裤子。丈夫抬头看了看，又躺下了。丈夫十点多吃了饭，中午就不再吃饭，一直睡觉，睡到晚上九点半才起来吃饭，吃完饭就又该拿起包单和提兜去上班。这会儿还不到七点，丈夫不该起床。江水君和丈夫是同一个采煤队，上的是同一个班。江水君还没有结婚，住的是矿上的单身宿舍，四个人住一间屋。乔新枝问江水君，你睡够了吗？江水君说睡够了，又说，他瞌睡少，一天睡五六个钟头就够了。乔新枝指石头墩子让江水君坐，自己靠在床边，拿出针线为江水君缝裤子。家里没有凳子，只有一个石头墩子，江水君若坐了石头墩子，乔新枝就没什么可坐，只能站着。江水君说，嫂子你坐吧。乔新枝说，你只管坐吧，到这里还客气什么，我和你春来哥从来没把你当外人。江水君笑了笑，说我知道。但他到底没有坐，到煤火台边烤手去了。嫂子不坐，他怎么能坐呢！他要让嫂子知道，他是一个看重嫂子胜于看重自己的人，嫂子站着，他宁可陪嫂子站着。小屋极小，大约只有五六平方米。一张小床就差不多占去了三分之一，一台煤火又占去四分之一，加上锅碗瓢盆、油盐酱醋、面袋子、米袋子、擀面板、擀面杖，还有一只盛衣服的旧纸箱，屋里几乎没有剩下什么活动的余地。迎门口放石头墩子的那个地方，就是屋子里最大的活动空间。这么说吧，屋里的床边离煤火台只有半步的距离，乔新枝和江水君稍一伸胳膊，或稍一活动腿，就把对方碰到了。江水君不止一次对乔新枝说过，这间小屋搭得太小了，面积至少再扩大一倍，就好多了。每次说这个话，江水君显得很自责，仿佛对不住嫂子似的。乔新枝从江水君的话里听出来，这间小屋是江水君等几个工友帮助宋春来建的，从选址，到采石头，运石头，垒墙，盖顶，江水君都是参与者。这就是说，在乔新枝还没到来之前，江水君对这间小屋已经很熟悉。比如说，宋春来是一只雄鸟，江水君也是一只雄鸟。为了吸引和迎接雌鸟的到来，一只雄鸟帮助另一只雄鸟搭窝。窝搭好了，雌鸟飞来了，其中一只雄鸟就离开了。

　　江水君的裤子是裤裆下面开线了，裤子前开门的扣子掉了一颗。给江水君缝着裤裆，乔新枝想起一个玩笑，这都是没结婚的小伙子，劲无处使，力无处掏，才把裤裆里的线撑开了，把裤子前门的扣子顶掉了。要是换一个人，她的玩笑就开出来了。面前站着的是江水君，玩笑就憋在了肚子里。她能觉出来，在她低着头穿针引线的时候，江水君一直在看着她。江水君的双手虽然在煤火上伸着，两手有时还搓来搓去，但江水君根本无意于烤手，侧着脸，一门心思地看着她。江水君的目光是热的，恐怕比燃烧得正旺的煤火还要热一些。这时她尽量不看江水君，她要是一看，江水君就会把目光躲开。多少次都是这样，她干着活儿时，江水君不转眼珠地看她。她一旦看江水君一眼，江水君的眼珠就一阵慌乱，像是不知往哪个方向转。一个鼻子两个眼，她又没什么出色的地方，不知江水君有什么可看的！这样老被人盯着，乔新枝也不自在，还得找一点话说。前段时间，乔新枝听说江水君回老家相亲去了，她问江水君相亲相得怎么样，把亲定了没有。江水君说没有。乔新枝问为什么。江水君说不为什么。乔新枝说，总得为点什么。你看了人家的大闺女，不说出点为什么就没了下文，无论如何是说不过去的。你以为人家的大闺女是让你白看的？江水君才说，那个女的个头太低了。还有什么？乔新枝问。江水君说，那个女的还太瘦，瘦得像旱地里蚂蚱一样。乔新枝把旱地里的黄蚂蚱想象了一下，禁不住笑了。她一笑，屋里的气氛总算活跃一些。乔新枝说，个头低点没关系，说不定还会长呢！闺女家瘦点也不怕，没结婚都瘦，一结婚就吃胖了。江水君说，反正那个女的不行，没有发展前途。乔新枝说，我看你还怪挑眼呢，你到底想要什么样的，跟嫂子说说，嫂子再回老家时帮你找一个。江水君说，我也不知道。说了不知道，两眼却看着乔新枝。这一次他看得比较大胆，乔新枝看他时，他也不躲避。他眼里的话分明在说，要找就找一个像嫂子这样的。乔新枝看出了江水君眼里的话意，话中有话地说，天下的好女人多的是，该定亲的时候我劝你还是抓紧时间定一个，挑花了眼就不好了。

　　缝好了裤裆，乔新枝往两个裤口袋里掏了掏，没掏到扣子。他问江水君：扣子呢？江水君往上衣口袋里摸，摸了这个口袋摸那个口袋，好像忘记把扣子放哪里了，又好像压根儿没带扣子来，让嫂子缝扣子只不过是一个借口。其实扣子不是自己掉下来的，他见缀扣子的线有点松，就把扣子拆下来。拆扣子时他只顾想着让嫂子缀扣子，只想着又可以和嫂子见面，对扣子本身的去向却没有很在意。乔新枝见江水君的手慌得有些乱，似乎也把江水君的真正来意猜出了七八分。这扣子不是那扣子，江水君心里有一个扣子解不开，就一次一次到她这里来。到她这里能怎么样呢？

自己扣的扣子还得自己解，这个忙她实在帮不上。她说，不带扣子来，我拿什么给你缀呢！我这里扣子倒是有两个，不是黑扣子，是红扣子。你要是不怕别人笑话，我就给你缀上一个红扣子，来它个开门见喜。话说出口，她听见自己还是跟江水君开了一个玩笑。心说不跟江水君开玩笑，一时没防备，现成的笑话就脱口而出。这时江水君在身上穿的裤子口袋里把那颗黑色的塑料扣子摸到了，心里一阵欣喜。有扣子在手，就表明他来让嫂子帮着缀扣子是真有其事，而不是有别的什么目的。江水君对开玩笑也不缺乏应对能力，扣子已经攥在手心里，他却不把扣子递给嫂子，而是接过嫂子的笑话说，好吧，你给我缀个红扣子吧，我正想开门见喜呢！从江水君轻松下来的表情上，乔新枝看出江水君把扣子找到了，她说，你想见喜，见喜不想你，快，把扣子给我。向江水君伸出了手。江水君没有把扣子放在嫂子手里，他把攥着的拳头伸开，把卧在手心里的扣子露出来，意思让嫂子从他手心里把小小的扣子捏走。可是，当嫂子从他手心里捏扣子时，他朝上平伸着的手掌倏地一收，把扣子连嫂子的两根手指头都握住了。他收手的速度极快，恐怕螳螂捕蝉都没有那么快。他的手握得也很紧，乔新枝抽了两下都没抽脱。这是干什么？如果拿扣子钓手也算一个玩笑，这玩笑开得是不是有点过头？乔新枝脸上红了一阵。她没有把红扣子拿出来，脸上却红得跟红扣子的颜色差不多。她不能着恼，也不敢说让江水君把手松开。丈夫宋春来就在她身边的床上睡着，只要她说话声音稍高一点，丈夫就会听见。丈夫一听见，就会睁眼看见眼前的一幕，那样就尴尬了。江水君也许正是利用了她不敢声张这一点，在丈夫的鼻子底下做小动作。这不好，很不好，对谁来说都不是尊重的做法。乔新枝用下巴把睡在床上的丈夫指了指，意思是说，我丈夫在这儿呢，你干什么呀！示意江水君赶快松开她。江水君这才把她的手指头松开了。

乔新枝的示意也给江水君造成了一点误会，宋春来在家的情况下，他不能拉嫂子的手；倘是宋春来不在家，他是不是可以把嫂子的手拉一拉呢？几天之后，江水君的手指在井下被柱子挤破了一块皮，他提前升井到医院包扎了一下，就到嫂子家去了。不到下班时间，宋春来还在井下没出来，只有嫂子和她儿子在家里。嫂子正靠在床边给儿子喂奶，见江水君进来，她就不喂了，拉衣服襟子把奶子盖住。她对儿子说，你看你看，叔叔来了。她看见了江水君右手大拇指上缠着白纱布，哟了一声说，你的手受伤了？江水君说只破了一层皮，没伤到骨头，没事儿。乔新枝说，那也得注意点儿，伤口别见风，别见水。江水君说，谢谢嫂子对我的关心。停了一会儿，他又说，嫂子，你得帮帮我。乔新枝以为是受伤手指的事，说，你的手指头不是已经包好了吗？她想起江水君上次使劲攥她的手指头，她的手指头好好的，江水君的手指头却挂了彩。江水君说，不是手指头的事。不是手指之事，乔新枝就不问他了。江水君眼睛亮亮的，不用问，是冲她而来。乔新枝不问，江水君也要说，他说，嫂子把我的心占得满满的，我睁眼闭眼都是你，我看我快要完了。嫂子你说我该怎么办呢？乔新枝说，你没有必要这样，我也不值得你这样。江水君说，我也知道这样不好，可是我管不住自己。嫂子咱俩好吧。乔新枝担心江水君说出这样的话，江水君还是把话说了出来。她正色道，这不可能！我是有丈夫的人，也是做了母亲的人，我得对得起我的丈夫和我的儿子。说到做了母亲，乔新枝心中似乎升起一种神圣感。抱在她怀里的儿子向下歪斜着身子，像是对妈妈中断他吃奶很不理解，还要继续吃奶。乔新枝把儿子的身子抱正，并把儿子抱得高一些，哄着儿子说，好乖乖，妈妈一会儿抱你出去玩。江水君没有把希望放弃，说，你跟春来哥该怎么过，还怎么过，我只是背地里跟你好好，还不行吗？！乔新枝说，那不行！一个人来到世上得凭良心，得自己管住自己。你和宋春来成天价也是兄弟相称，说出这样的话，你怎么对得起宋春来！她又对儿子说，好好，咱去接你爸爸，看你爸爸回来没有。江水君听出了嫂子话里的意思，嫂子不想让他在嫂子家里待着了，跟下了逐客令也差不多。嫂子没有明说让他走，没抱着孩子马上出去，就算给他留了面子。他叹了口气，低下了头，眼睛要湿的样子。按他原来的想法，今天不但要拉嫂子的手，如果一切顺利的话，他还可以把嫂子抱一抱，把嫂子的嘴亲一下。因他想象得太丰富，期望值过高，连最低的设想都没实现，未免觉得失望，像是受到了打击，自卑也涌上心头。他低沉地问，嫂子，你认为我是一个坏人吗？嫂子说，这话怎么说的，我从来没说过你是一个坏人。一个人怎么样，他自己心里最清楚。问谁都不如问自己，问他自己的心。江水君说，嫂子，我明白了，我说了不该说的话，都怪我一时糊涂，嫂子别往心里去。

四

江水君管住了自己，好长时间没到乔新枝家里去。到了春节期间的一天，宋春来请几个老乡到家里喝酒，江水君才跟几个老乡一块儿去了。江水君提了一瓶白酒，一瓶葡萄酒，还给宋春来的儿子买了一支用高粱莛子和红纸耳朵扎成的风车，做得礼仪周全。那时过春节矿上都不放假，说的是过革命化春节。也是当时缺煤缺得厉害，越是天寒地冻，对煤的需求量越大。过春节矿工不但不能休息，还要出满勤，干满点，出大力，流大汗，多贡献，夺高产。这都是矿上那时候的流行语，说出来一串儿一串儿的。矿工大都是从农村来的，都有过春节的习惯，好像大长一年都不算，盼的就是过春节那几天。过春节不能回老家点蜡烛，放鞭炮，与家人团圆，似乎一年前面的日子都白过了，心里缺了好大一块儿。为有所弥补，过春节时多少也热闹一下，老乡们提前好几天就撺掇宋春来请客。这些老乡，不管是结过婚的还是没结过婚的，他们在矿上都没有自己的房子和自己的家。有一间小屋，老婆在矿上住着的，只有宋春来。宋春来似乎责无旁贷，他说一定请，到时候大家好好喝一顿。从一个公社里被招工来到这个矿上的老乡有五六个，别人都说过去宋春来家喝酒，只有江水君没开过口。他想让宋春来知道，他和宋春来的关系更近些，不会让宋春来为难。宋春来家的石头小屋就那么一点点地方，没有小桌，也没有板凳，喝酒在哪里喝呢？当然江水君使的是自己的志气，他得让乔新枝知道，他是一个有记性的人，不能让乔新枝看不起他。可是，别的老乡都答应了去宋春来家喝酒，江水君一个人不去也不好，那样的话，乔新枝会认为他心胸窄，肚量小，不是有记性，而是好记仇。

乔新枝有办法，家里没有餐桌，她把床腾出来了，以床板代替餐桌。这张小床是宋春来从单身宿舍搬上来的，说是床，不过是两条木凳支起一块木板。家里没有坐的，她从邻居那里借了几只小马扎。另外，她还从山上的邻居家借了碗筷和酒盅，完全像在老家过年时请客的样子。乔新枝两天前就开始准备。老乡们一到齐，她做的凉菜热菜差不多也齐了。凉菜方面，有猪肝、猪耳朵、粉皮儿、豆腐丝、糖醋生白菜心儿，还有油炸花生米。热菜方面，鸡鱼肉蛋全有，光扣碗儿就蒸了好几个。这些好吃的，年三十初一她和宋春来都没舍得吃，等老乡们来了才拿出来。乔新枝还给儿子小火炭穿了新罩衣，头上戴了举着红缨子的尖顶红绒帽，把儿子收拾得像马戏班子里的小演员。小火炭十个月大了，已经会叫妈妈爸爸。那些老乡就轮流把小火炭抱来抱去，在小火炭脸上亲一下又亲一下，教小火炭喊爸爸。不管小火炭管谁叫了爸爸，大家都很高兴。酒还没有开始喝，小屋里的气氛已经很热烈。

几盅酒下肚，老乡们的耳朵和脸就开始发热发红，面貌和刚才大不一样，好像每个人都换了一个自己，又好像这才是他们的真实面貌。露出真实面貌的表现之一，是他们都把目光对准了乔新枝。他们的年龄有的比乔新枝小，有的比乔新枝大，但他们借酒盖脸，一律把乔新枝叫嫂子。一叫嫂子，他们就等于处在弟弟的地位，就可以和嫂子开玩笑。他们开玩笑的突破口是拉嫂子一块儿喝酒。男人们都喝，嫂子不喝，众人皆醉她独醒，玩笑就开不起来。乔新枝一开始不喝，说她不会喝，一喝就晕。她要是喝晕了，就没人做菜，没人看孩子。无奈有的老乡不依不饶，非得让她喝，说春节春节，女人代表的就是春。如果春不喝酒，这个春节就没有一点儿味道了。乔新枝看了看丈夫，丈夫说，那你就走一圈儿吧。走一圈儿的意思是让她给每人敬一盅酒，再碰一盅酒，取好事成双之意。

　　原来乔新枝是能喝酒的，她喝了酒仍站得稳稳地，不见有任何晕态。把乔新枝拉进来喝酒真是对了，她喝了酒效果特别好。一圈儿酒她才走了一个开头，就花树临风，神采飞扬起来。比如枝头上原来没有花，她一喝了酒，枝头就有了花苞。再比如原来花苞没有开，是含苞欲放的状态。她两盅酒用过，如春风拂来，花朵霎时就开得红艳艳的。这样一个女人跟你站得近近地，举着酒盅跟你碰杯，喝酒，并笑意盈盈，嘴里说着祝福的话，哪一个男人不是云里雾里，五迷三道。酒不醉人人自醉，才用了三分酒，人已醉了六七分。人把酒喝高了，表现千姿百态，各不相同。但有一点是相同的，那就是亢奋，逞强，忘形，喝高了还想往更高处喝。宋春来事先对乔新枝有交代，不管老乡们喝了酒怎样闹，乔新枝都不要介意，大过年的，以让大家高兴为目的。乔新枝认为丈夫的交代有点多余，她难道连这点人情世故都不懂嘛！她说，不用你说，我知道。

江水君比较节制，不怎么活跃。但他并不低沉，绝不会让老乡看出他心里的障碍。别人抱小火炭，他也把小火炭抱了抱，只不过没让小火炭喊他爸爸。有人说了笑话，老乡们笑，他也跟着笑。他的笑虽然有一点勉强，还有那么一点拿捏，别人不会看出来。趁别人都在看乔新枝，他也看。每次看乔新枝，都能与乔新枝的目光相碰。或者说乔新枝不管转到哪里，不管站在什么角度，目光总是像对他有所关照。比如乔新枝刚才跟一个老乡碰杯时，眼睛没有看那个老乡，看的却是他江水君。乔新枝看得很快，只一闪就过去了。这一闪，也被江水君收到了。江水君看出来了，上次他跟嫂子说了要跟嫂子好的话，嫂子没有跟他计较，没表示看不起他。相反，因为他对嫂子说了心里话，他们之间似乎有了一点秘密，关系也比别人深了一层。越是这样，他对嫂子得尊重点，得把自己和别的老乡区别开。

乔新枝转到江水君跟前，江水君马上端着酒盅站了起来，说嫂子，谢谢你！一下把酒盅里的酒喝干了。别人都说不算不算，嫂子还没给你端起来呢，你怎么能喝？他们老家酒场上的规矩，嫂子敬酒敬到谁面前，须嫂子把你面前的酒双手端起来，你双手接过，才能喝。这个规矩江水君是懂的，不知怎么，他心里一激动，一紧张就把规矩忘了。江水君正不知如何是好，乔新枝对起哄的人说，我这个老弟喝酒实在，嫂子不能让他多喝。她把江水君的酒满上，说，咱俩碰了这一盅就算过了。喝酒实在的说法像是一下子说到了江水君的心坎上，也说到了他的脆弱处，他的眼泪忽地就涌了上来。是的，他今天没少喝酒，别人喝多少，他也喝多少，一点儿都没有偷奸耍滑。嫂子说的是喝酒实在，仅仅是喝酒吗？肯定不是的。江水君使劲忍着，才没让眼泪流出来，说，嫂子，你让我喝多少，我就喝多少。他的话里潜台词是：嫂子我一切听你的，你让我干什么，我就干什么。你让我一口气把一瓶白酒都喝完，我都在所不辞啊！江水君的话又让别的老乡拿到了把柄，有的说让他喝三盅，有的说让他喝九盅，还有人从旁边又抄起一瓶整瓶的酒，啃开瓶盖，等着往江水君的酒盅里倒。这时全在乔新枝一句话，就看乔新枝让江水君怎么喝了。乔新枝只跟江水君说，我知道你，我只跟你碰这一盅。咱什么都不说了，啊！说罢，把陶瓷酒盅跟江水君手中的酒盅轻轻碰了一下，率先一饮而尽。

宋春来和江水君由夜班倒成了白天班，早上六点出门，下午五点升井。在春节期间下井挖煤，从大年初一到正月十五，矿工的精神头都不是很高。他们虽然身在井下，心思却在井上，或飞回老家去了。井上有声声爆竹，有插在草把子上的糖葫芦，有打扮一新的矿区姑娘，赶巧了还会看见附近的农民到矿上俱乐部门前擂大鼓，舞狮子。老家更不用说，大红的对联，闪闪的蜡烛，乡亲们起五更互相拜年，父母给儿孙们压岁钱，在老家过年才叫真正过年。井下有什么呢，一点过年的气氛都没有，只有生硬、阴冷和黑乎乎的一片。有人心说这是何苦呢，甚至有一些伤怀。宋春来因头天晚上和老乡们喝酒喝得有些晚，没有休息好，精力不够集中。加上喝酒时难免兴奋，第二天就有些压抑，手软脚软，干活儿不够有力。结果宋春来支柱子支得有点虚，造成局部冒顶后，宋春来差点被冒落的碎煤和碎矸石埋了进去。宋春来的性命是保住了，但天顶呼呼噜噜漏得很厉害，以致把运煤的溜子压死了。运行中的金属溜子，被称为采煤工作面的动脉，动脉一不动，整个工作面就算死了。要想让工作面复活，就得补天一样把漏洞补住，再把"动脉"上面的冒落物清理出来。且不说清理冒落物，恐怕光补漏洞就得花半个班的时间。这样一耽误，完成当班的任务就吹了，别说按矿上的要求夺高产，连低产都保不住。

班长李玉山很恼火，对惊魂未定的宋春来一点儿都不顾惜，把宋春来训得鼻子不是鼻子，脸不是脸。他质问宋春来跑那么快干什么，你是出来了，煤出不来，我怎么跟队里交差！言外之意，好像宋春来不应该跑出来。李玉山对宋春来一向不是很待见，总爱挑宋春来的毛病。从井下卸料场往工作面拖运木梁木柱时，李玉山发现宋春来老是挑细的和干的，由此他认定宋春来是一个惜力的人。有一次在井下休息时，宋春来和工友们说笑话说漏了嘴，让别人知道了他天天都和老婆干那事。他还承认，他一看见自己老婆就把不住劲，不吃饭不睡觉可以，不干那事就过不去。这本是工友之间在黑暗的无聊中说的一些趣话，可一传到班长李玉山耳朵里就无趣了。他以前不大清楚自己为什么不喜欢宋春来，现在原因找到了。怪不得宋春来在井下干活这么面呢，原来他的力气都下在他老婆那一亩二分地里了。人的精力是有限的，谁天天在床上折腾都不行。别说人了，哪怕是一匹优良种马，让它每天给母马配一次种，种子的成活率不但不能保证，让它拉车它也没劲。班长在工作面就是大爷，他盯住谁了，谁就不会有多少好果子吃。他以工作的名义治你，你受了治，还有嘴说不出，只能伸伸脖子咽下去。每天的活儿都是由班长分派，谁采哪一段，不采哪一段，班长说了算。比如每天派活儿前，班长先到工作面踏看一遍，见哪一段压力比较大，煤层里有夹矸，或者头顶哩哩啦啦地淋水，班长就喊宋春来的名字，派宋春来采其中的一段。在工作面采煤都是两个人一个场子，因江水君和宋春来是一个场子，班长把他俩一勺烩，江水君也吃了不少连累。别人都不愿和宋春来搭档，江水君和宋春来是近老乡，一拃没有四指近，他不和宋春来搭档，谁跟宋春来搭档呢！

  班长也知道宋春来头一晚上在家里请老乡们喝了酒，他不是宋春来的老乡，就被排除在外。因此他比平日里火气更大，话说得也更难听。他把矿灯的光柱直接指在宋春来的胸口上，说你他

×的不要以为你的老婆一直是你的，你今天要是出不来，过不了多长时间，你老婆就跟别人跑了，就成了别人的老婆……我说这话你信不信？宋春来没有说话，不管班长怎样训他，骂他，羞辱他，他只能听着，忍着。冒顶的确是他造成的，他在班长面前理亏。人怕输理，狗怕夹尾，人输了理，就无话可讲。他要是和班长无理犟三分，班长只会熊他熊得更厉害，说不定当班还取消给他记工。矿上实行的是日工资，上一个班，记一个工，到月底按工数发工资。如果这个班不给记工，就会少一个工日的工资。一个工日合一块多钱呢，一块多钱买盐盐咸，买糖糖甜，还是不被扣掉的好一些。不过当着那么多工友的面，宋春来脸上也很下不来，也是恼样子，带有不服气的意思。他在生产中有了失误，一切责任由他承担，牵涉他老婆干什么？他老婆天天在井上，一次井都没下过，招了哪个？惹了哪个？

江水君有些看不过去，想帮宋春来说句话，劝班长算了算了，冒顶的事他来处理。他试了两次，只咳了咳喉咙，话没有说出来。他怕班长指责他跟宋春来拉老乡关系。当时上面正反对拉帮结派，拉老乡关系似乎也是拉帮结派之一种，是不允许的。江水君意识到了，班长不愿看到他和宋春来走得太近，他们的关系密切了，好像会威胁到班长的地位似的。他要是公开站出来帮宋春来说话，只会增加班长对他的疑忌。他把矿灯拧灭，退到一边去了。江水君也悄悄分析过班长李玉山不喜欢宋春来的原因，分析的结果，他认为真正的原因不在宋春来本身，而是因为宋春来的老婆；不在宋春来在井下干活儿多少，出力大小，是因为宋春来的老婆乔新枝过于漂亮一些。班长的农村老婆来矿上看过病，班里的工人都见过班长的老婆。班长生得这般虎背熊腰，力壮如牛，他的老婆却身瘦如柴，脸黄如饼，出气像拉风箱一样，实在让人不敢恭维。人人都说宋春来的老婆长得好，据说班长也曾找借口到宋春来家里看过。班长对宋春来的老婆评价不是很高，认为乔新枝的两个奶子太大了，像刚生过牛犊子的母牛的奶子一样。江水君觉得班长说的不是实话。男人往往都是这样，越是看见哪个女人长得好，越不愿意附和别人，故意给那个女人挑点毛病，以掩盖真实的想法。班长一定会想，同样是男人，他的工龄比宋春来长，拿的工资比宋春来多，他还是个班长，他没有娶到好老婆，宋春来凭什么娶到那么好的老婆！他的老婆成天病病歪歪，别说与宋春来的老婆比好了，连健康都说不上，真他×的不公平，太不公平。在老婆的问题上心理不平衡，他就把气撒在宋春来身上，从宋春来那里找补一下。事情就是这样，甘蔗没有两头甜，天下的好事不能一个人都占全。宋春来娶到了一个好老婆，在女人方面占尽风光和实惠，在别的方面就得付出一些代价，吃一点亏。俗话怎么说的，一个人情场上得意，在别的场就有可能失意。这个场也应包括采煤场。

五

春节很快过去，向阳坡上的冰雪一点一点化尽，春天来了。江水君还是和宋春来一个场子采煤。春节，顾名思义，是春天的节日。节日以春命名，其实离春天还远，真正到了春暖花开，两三个月已经过去了。井下还是老样子，一块结结实实的黑，从头黑到底，一千年一万年都不会改变。矿上的技术员说，煤炭是由亿万年前的原始森林变成的。按技术员的说法，他们是在采煤，也是在伐木。他们伐的是变成了煤的木头。他们愿意沿着伐木的思路想一下，在想象中，他们仿佛来到了一眼望不到边的树林里。树林里有参天树，也有常青藤，分不清是树连藤，还是藤缠树。树林里鸟也有，花也有。长尾巴的大鸟翩翩地飞过去了，眼前的各色野花一采就是一大把。花丛中还有一股一股的活水，活水一明一明的，如打碎的月亮的碎片。亏得他们不乏想象的能力，有了想象的展开，他们才觉得井下的劳作不那么单调和沉闷了，漫漫长夜般时间也稍微好熬一些。

这天放炮员放过炮之后，江水君和宋春来就一块儿来到班长分给他们的采煤场子里。江水君用矿灯把整个采煤场子检查了一遍，顶板完整，压力不大，没有淋水。煤墙如整块墨玉一般，上下连贯，中间没有夹矸。今天的劳动条件总算不错。有条件不好的地段，班长才会分给他们。整个工作面条件都不错，没什么骨头，班长也没办法，只得让他们也吃一顿好肉。溜子启动了，宋春来用大斗子锨往溜子里攉煤，江水君拿镐头清理煤墙和底板，准备支柱子。他们两个对采煤技术都掌握得挺好，称得上是熟练工。每天干什么，两个人并不固定，常常是轮换着来。比如今天我支柱子，明天就攉煤；你今天攉煤，明天就支柱子。毕竟是老乡，又是长期合作，谁多干一点，谁少干一点，他们从不计较。江水君用镐头刨煤，镐下一绊，刨出了一根炮线。炮线是明黄色，如迎春花的颜色一样，灯光一照，在煤窝里格外显眼。炮线是雷管里面伸出来的线，一枚雷管的线是两根，长约一米五。炮线是柔韧的金属丝做成的，外面包着一层塑料皮。金属丝一律银白，塑料包皮却五颜六色，有黄有绿，有红有紫。炮线是导电用的，炮响过之后，炮线就没用了。放炮员在检查崩煤效果时，常常会顺手把浮在表面的炮线捡走，变废为宝，或送给喜欢炮线的人做人情。因炮线的颜色鲜艳，有人用它缠刀柄，有人用它缠自行车的车杠，有人用它编小鱼小鸟，还有手巧的人用炮线编成小小花篮。江水君看见过一位矿工哥子用炮线编成的花篮，真称得上五彩斑斓，巧夺天工。江水君自己不搜集炮线，每每刨出放炮员未能捡走的、埋在煤里面的炮线，他就随手丢到一边去了。镐头没有把明黄色的炮线完全刨出来，他去扯。扯了一下，他觉得有些沉，像是钓鱼时鱼钩挂着了芦苇的根。这里当然没有什么芦苇根，只有煤块子和碎煤。他以为下面的煤块子把炮线压住了，便使劲拽了一下，这一拽他觉出来了，下面有一个未响的哑炮。他把炮线拽断了，哑炮留在了下面。如同人间有聋子，有哑巴，工作面出现哑炮一点儿都不稀奇。放炮员有时连线连得不好，或炮线本身有断裂的地方，都有可能出现哑炮。哑炮当然是一个危险的存在，如果刨煤的人不小心，把镐尖刨在哑炮上，就会把哑炮刨响。哑炮一响，人如同踩到了地雷，肯定不会有什么好结果。江水君听说过，这个矿因刨响哑炮被炸身亡的例子是有的。拽断炮线的一刹那，江水君的脑袋轰地一下冒了几朵金花，仿佛哑炮已经响了。他拔腿欲跑，身子趔趄了一下，差点绊倒。他回头看了看，见宋春来还在下面擂煤，证明哑炮并没有响，自己还完好地存在着。为什么说宋春来还在下面擂煤呢？外行有所不知，工作面不是平的，一般都是倾斜的，像山坡一样。到工作面走一遭，等于爬一次山。因此，工作面上头叫上山，下头叫下山。这是煤矿的行话，不宜多说。且说江水君原地犹豫了一会儿，没有再接着刨煤，更没有支柱子。他从采煤场子里撤出来，到工作面下头去了。他跟宋春来打了招呼，说他肚子不太舒服，出去埋个地雷。埋个地雷的说法使他暗自吃了一惊，仿佛说者说时还无意，听者一听就有了意。说者是他自己，听者也是他自己。改口是不行的，倘是换一个说法，只会使意义加深，越描越黑。埋地雷的说法矿上的人都懂，人人都免不了埋地雷。那不是真的埋地雷，是解大手的代称。埋地雷的典故是从一个很普及的电影片里来的，在那个电影里，中国的民兵游击队在地雷坑里埋进了真地雷，也埋进了假地雷，着实把不可一世的日本鬼子恶心了一回。这个说法不是他们首创，是借用。他们首创的说法是把撒尿说成点滚儿。饺子下进锅里，锅里的水滚了起来，饺子也漂浮起来，这时需要用水点一次滚儿，到两次滚儿，延长一些饺子在锅里的时间，饺子才会真正煮熟。撒尿又不是煮饺子，为何说成点滚儿呢！这个说法的来历不是很明确，比喻似乎也牵强一些。可是，如同某种小范围内的黑话，一说点滚儿，这里的矿工都明白是什么意思。点滚儿不必出工作面，甚至连采煤场子都不用出，一转身，掏出家伙，点在溜子里就行了。溜子正运行着，里面的煤奔腾向前，这样可以把尿撒得远一些，点滚儿也比较有动感。而埋地雷不行，不能就地埋，必须走出工作面，到稍远一点的地方去。江水君跟宋春来说了他去埋个地雷，这话准确无误。宋春来嗯了一声，表示知道了。江水君没有安排宋春来去刨煤，去支柱子。宋春来把松散的煤攉完后，他想刨煤就刨，想支柱子就支。他不想刨就不刨，不想支就不支。一切由他自己。然而江水君却没有告诉宋春来，就在他们的煤场子靠近煤墙墙根处，有一枚哑炮。事情的玄机就在这里。

井下没有公共厕所，需要埋地雷时，都是工人自己临时找地方。之所以不能把地雷埋在工作面，因为工作面空间狭小，地雷能量太大，加上有流动的风不断送进来，一人埋地雷，全工作面的人都得掩鼻。就是到远离工作面的地方埋雷，也得像猫盖屎一样，弄些浮煤真正把地雷掩埋起来，使地雷的能量释放得小一些。江水君来到一处运煤巷的巷道边，解开裤带，褪下裤子，屁股朝里，脸朝外，蹲下了。他把矿灯的灯头从柳条编的安全帽上取了下来，拿在手里。他把巷道左右两边都照了照，巷道里没有别的人，安静得很。不必担心会有女的走过来，因为矿上不允许女的下井，井下全是清一色的男人。他把矿灯熄灭了，这样可以省一些电。埋地雷又不是拍电影，不用一直亮着灯。江水君吃不准自己能不能拉出地雷，经过他的努力，哪怕拉出一点点都行。他一边向下努力，一边听着工作面的动静。工作面的那枚哑炮，才真正有着与地雷类似的性质。哑炮能不能炸响，他也吃不准。要是哑炮响了，他在这里会听得见。那天班长训斥宋春来，有几句话江水君记住了。班长说，要是宋春来埋在冒顶下面出不来，过不了多长时间，宋春来的老婆就会变成别人的老婆。以前江水君没想过这个问题，班长毕竟是一班之长，看问题就是看得远，说话也比较尖锐。班长的话仿佛在江水君的脑子里打开了一扇门，他从这扇门进去，走神儿走得深一些，也远一些。矿上每年都出事故，都死人……死的多是年轻矿工，他们的老婆也都年轻着。没错儿，矿工死后，那些年轻的老婆守不住寡，几乎都另嫁他人。如班长所说，如果宋春来出了万一，他的老婆乔新枝也可能会再找一个丈夫。那么乔新枝会找一个什么样的人呢？会嫁给谁呢？乔新枝也许不会再找工人了，会找一个矿上的干部。干部不怎么下井，人身安全会有保障一些。凭乔新枝的长相，对那些岁数稍大一些的干部会有一定的吸引力。班长李玉山也许会抓住机会，让乔新枝嫁给他。班长对宋春来嫉妒已久，对乔新枝也垂涎已久，他不会放过千载难逢的好机会。班长家里有老婆，这好像关系不大，他可以提出跟老婆离婚，也可以先跟乔新枝拉扯上，等他病得不轻的老婆病死后，再和乔新枝正式结婚。当然了，江水君本人也不是没有机会，只要他拿出足够的诚意，付出足够的耐心，不信感动不了乔新枝。他相信，他和乔新枝是建立了一定感情基础的。春节期间在宋春来家里喝酒，他从乔新枝频频递给他的眼波里看得出来，乔新枝对他高看一眼，还是很青睐的。特别是乔新枝跟他碰杯时说的那句话，让他觉得大有深意，越想越有回味的余地。乔新枝说，咱什么都不说了。后面还"啊"了一声，在只可意会的"啊"声里，江水君听出了一种难言的亲切。乔新枝说什么都不说了，表明她对他有话说。之所以不说，她大概觉得场合不合适，不愿被别人听了去，也是尽在不言中的意思。江水君还回味出了乔新枝对他的谅解，以及达成永久和解的愿望，乔新枝仿佛在说，过去的事就过去了，不要再放在心上。过去的事可以过去，那现在的事呢，是不是可以重新开始？

灯光晃了一下，有人从巷道一头走过来。江水君的努力还没成果，便把身子蹲得更低些。来人的矿灯照到了他，问，埋地雷呢？这次他没有承认自己在埋地雷，说，乱照什么！他把矿灯打开，和来人对着照。他照出来了，来人是班里的一个工友。他用矿灯干扰了工友的视线，工友就看不见他屁股下面到底有没有地雷。工友的灯光移开了，跟江水君开了一个玩笑：小心别蹲在地雷上，自己埋的地雷把自己的屁股炸烂。江水君愿意接受这样的玩笑，这时候是玩笑，换一个时间，玩笑有可能会变成证明，证明他当时的确没在工作面。于是他添了一点内容，说，地雷是给鬼子预备的，我是不见鬼子不挂弦。他问工友，你也要埋地雷吗？工友说，他的地雷还没造好，暂时没有地雷可埋。他到下面拉一根坑木。工友的矿灯为自己指引着方向，从他面前走了过去。

没听见工作面传来爆炸的声响，江水君还要再坚持一会儿。他估计，宋春来把煤攉得差不多了。煤一攉完，宋春来就该放下斗锨，拿起镐头，开始刨煤和支柱子。支柱子之前，必须用镐头把煤墙和底板的硬煤刨一下，因为煤墙被炮崩得参差不齐，底板也高低不平，不用镐头刨一刨，加以整理，柱子就没法支。只要宋春来拿起镐头刨煤，就有可能把哑炮刨响。没有听到炮响，他却听到自己头颅里有一种声音在响。声音很低，却连续不断。像是宿舍里灯管上的整流器发出的电流声，又像是巷道里的风吹到坑木上长出的毒蘑菇发出的声音。他闭上眼睛听，声音似乎大些。他睁开眼睛，声音似乎小些。这声音不是耳鸣，要是耳鸣的话，他自己能判断出来。他断定这声音的确是从自己的头颅里发出来的。自己的头还会发出声音，这让他觉得神秘，还有一点紧张。他突然站起来，一手提裤子，一手把矿灯安在安全帽上。还好，他到底拉出了一点地雷，还点了一次滚儿。尽管他拉出的地雷很小，还不及一颗地雷的十分之一，但他还是用脚驱了一些浮煤，把地雷埋上了。他埋的煤堆有些大，有些夸张，与地雷的体积不成正比，成反比。他站起得这么快，仓促到连找一个煤块擦擦屁股都没擦，是因他看到那个去拉坑木的工友已经转了回来。工友若是看见他还蹲在这里，人家就会觉得他蹲的时间太长了，怀疑他不是在埋地雷，是在制造地雷。为避免回来的工友看到他，他没有跟工友走同一条路线。他朝前走了一段，拐进了另一条巷道，准备绕一个弯子，再回工作面。

对宋春来能不能把哑炮刨响，江水君并没有多大把握，别说七分八分，连三分五分的把握都没有。哑炮的存在是一回事，能否变哑炮为不哑又是一回事。应该说把一枚哑炮刨响的概率不是很高，须几个条件全部凑齐，哑炮才会开口说话。比如说，宋春来必须动手刨煤，刨煤时必须没发现哑炮，尖利的镐尖必须刨在雷管的敏感部位，才能引发哑炮爆炸。缺任何一个条件，差一分一厘一毫，都不行。走在回工作面的路上，江水君想到，也许宋春来把煤攉完就歇手了。今天轮到他刨煤，支柱子，宋春来不一定会替他干这两样活儿。这两样活儿是技术活儿，相比之下，攉煤的活儿要重一些，不出一两身汗，煤就攉不完。宋春来攉完了煤，当然还要喘口气。宋春来不替他干活儿，他无话可说。结合班长对宋春来的评价来看，江水君对宋春来的评价虽说不像班长打的分那么低，但也高不到哪里去。这样想着，江水君对宋春来刨响哑炮几乎不抱什么希望了。

江水君是从工作面下头出去的，回来时从工作面上头回来。工作面的倾斜长度有一百多米，分为一二十个采煤场子。江水君回到工作面，没有立即回到他和宋春来所负责的采煤场子，隔着别人的采煤场子，他要先观察一下宋春来到底开始刨煤没有。这一观察不要紧，江水君不由得打了一个寒战，心头大跳起来。宋春来没有偷懒，他在刨煤。是的，用镐头刨煤的的确是宋春来，不是他江水君。如果江水君这会儿过去制止宋春来继续刨煤，还来得及。但他没有过去，而是悄悄转身，原路退了回去。有名言说，人生的道路看似很长，其实在关键的时刻只有几步。一步迈对了，则海阔天空。一步迈错了，有可能走进死胡同。在几百米深的井下采煤工作面，在一个不易为人们所察觉的黑暗角落，这关键的一步，江水君无疑是迈错了，沉疴般的疾患从此在他心里种下。这次他给自己找的理由不再是埋地雷，是到卸料场拉一根坑木。其实工作面的人各忙各的，没有人注意到他，也没人问他出去干什么。即使这样，他也要为自己找一个理由，欺骗一下自己。

　　直到这时，江水君仍不能肯定宋春来能把哑炮刨响。他给宋春来打了一个赌，也给自己打了一个赌。他给宋春来打的赌是，如果宋春来把哑炮刨响了，怪不得别人，是宋春来命该如此，是窑神爷的安排。他给自己打的赌是，如果宋春来出了事，合该乔新枝成为他的老婆。这事也不是由哪个人说了算，同样完全听从窑神爷的安排。井上的事归老天爷管，井下的事归窑神爷管，在井下打赌，必须请无所不在的窑神爷裁决。打赌的好处，在于可以把事情推出去，不管是输是赢，他都可以不负责。这次如果赌输了，他从此不到宋春来家里去，对乔新枝再也不抱任何妄想。他相信他有这样的志气。他没有往赢的方面多加设想，十赌九输，他小时候在农村老家时就听过这样的话。这一次他赢了。他胳膊下抱着一根粗大的坑木，坑木一头拖着地往工作面走。刚走到工作面的入口，他就听到了爆炸声。

六

矿上出了人身事故，总要开一两个事故分析会，分析造成事故的原因。弄清原因有三个目的：一是给事故确定性质；二是分清责任，该处分谁就处分谁；三是把事故过程记录在案，作为一个案例以警示后人。分析的结果，放炮员没有责任。两个放炮员，一次放几十炮，出现个别哑炮属于正常现象。排炮响过之后，他们到工作面检查过，但工作面崩下来的煤很多，个别埋在下面的哑炮不可能全都检查出来。班长没有责任。放炮之后，采煤工进入工作面之前，班长确实提醒过大家，要大家注意安全。班长解释说，他虽然没有特别提醒大家注意发现哑炮，但注意安全里面包括这一项。开分析会时，全班的矿工都参加了。矿上安全监察科科长向与会的矿工发问，谁能证明班长说过要大家注意安全的话？有几个矿工先后举手，说他们能证明。举手的人包括江水君。江水君并不记得班长说过那样的话，出于一种相当微妙和相当复杂的心理，他站出来帮班长说了话。每个作证的人必须报出自己的姓名，由记录员记在本子上。科长问江水君，你叫什么？江水君说，我叫江水君。科长又问，是姜太公的姜，还是长江的江？江水君把自己姓名的每一个字都说了一遍。江水君脸色发黄，眼泡有些浮肿。这可以理解为他夜里没休息好，或为死去的兄弟掉过眼泪。江水君跟宋春来一个场子采煤，他也是被分析的对象之一。分析到江水君时，他手脚冰凉，如同掉进了冰窖。他的头还有些晕，像是随时都会晕倒。他把右手插进裤子口袋里，用大拇指的指甲使劲掐食指的指头尖，听人说过这样可以使自己保持清醒头脑。他暗暗告诫自己，千万不要晕倒，一晕倒表明他心里有鬼，只会引起科长等人对他的怀疑。江水君说，他出去解了一个手，顺便到卸料场拉回一根坑木，回到工作面时，就听见工作面里响了一声。他没有把解手说成埋地雷，在如此严肃的场合，任何不严肃和容易产生歧义的话都不能说。他还说，他要不是出去解手，也会被炸死。那样的话，这次事故死的人就不是一个，而是两个，他就不能和大家一起坐在这里说话了。说着，他自我作悲似的，眼泪在眼眶里打转转。科长像是抓到一点破绽，问，你们在井下解手不都是说埋地雷吗？会场上有人笑了一下。江水君说，那是说笑话。科长又问，你说你去解手，谁看见了？谁能给你证明？江水君的眼睛找到了那个工友，那个工友为他做了证明。那个工友证明时提到了他们两个当时的对话，只得使用埋地雷的说法。这样的说法使会场的气氛轻松了许多。可科长的表情仍严肃着，继续像庭审一样对江水君发问，去解手之前，你发现哑炮了吗？江水君说没有。科长追问，真的没发现吗？江水君说真的没发现。江水君很害怕科长接着往下问，要是科长问他当天的任务是什么，攉煤还是刨煤？他就得撒谎，回答是攉煤。要是科长问谁能证明，事情恐怕就有些糟糕。他的脊梁沟在冒凉汗，脸上的黄色都不能保持，变得比苍白还苍白，心理防线几近崩溃。谢天谢地，科长没有再接着问，把他放过了。

  责任由谁来负呢？总不能让死者宋春来负吧！说来哑炮真是恶毒之极，它的哑是装出来的，像是在积蓄力量。它装哑的目的不只要炸煤，还要炸人。它把个子不太高的宋春来炸到采空区里去了。采空区里都是放顶放下来的石头，那些石头犬牙交错，层层叠加，每一块石头都比一盘石磨大。哑炮巨大的冲击力把宋春来贴到了石头上，班里的人都不敢进采空区去揭。等矿上的救护队员赶来，才把可怜的宋春来揭了下来。

  分析来，分析去，谁都没有责任。死人不用负责，活人也不用负责。矿上给这次死亡事故定的性质不是人为责任事故，是意外工亡事故。所谓意外，就是超出了人们的想象，出乎人们的意料。所谓工亡，就是因工作而死亡，好比打仗的士兵死在战场上。也有的文件表述为公亡，强调是因公死亡，不是因私死亡。因公和因私大不一样，可以说有天壤之别。因公死亡是光荣的，夸成万丈光芒都没关系。因私死亡是可耻的，不但得不到人们的同情，恐怕还要受到批判。在物质利益方面，对因公死亡的矿工家属，矿上可给予一定的补偿。要是因私死亡，死了白死，死亡者家属可能什么都得不到。

开事故分析会的当天，科长并没有当场宣布结论，没有给事故明确定性，说还要跟矿领导研究一下再定。江水君理解，科长等人像法官一样把他们审问过了，只是没有当庭宣判。在等待"宣判"期间，江水君的心锤子一直像在半空中吊着，忽悠来，忽悠去，什么都靠不到。心锤子偶尔碰壁，砰砰砰就是好几下，像是要把心锤子和心壁同时碰碎。他想去看望乔新枝，又不敢去。受到这样塌天般的沉重打击，乔新枝一定悲痛欲绝，哭得昏天黑地，他不知怎样安慰乔新枝。见到乔新枝，他也会陪着乔新枝哭，不哭说不过去。可是，他哭了，又能怎么样呢！这会儿他在宿舍里就想哭，一时又哭不出来，好像还不到时候。至于什么时候算到时候，他自己也说不清楚。俗话说，不见棺材不落泪，不到黄河心不死。他不知棺材指的是什么，也不知道黄河在哪里。宋春来出事后，江水君把宋春来的一件遗物捎了回来，是那只被煤染成黑色的帆布提兜。宋春来每天下井升井都提着它，江水君对提兜很熟悉。江水君在工具房一角找到提兜时，里面还是空的，宋春来还没有往里装煤。他替宋春来挑了几块煤，装进提兜里，并把提兜带上了井。他知道，乔新枝每天在家所烧的煤，都是宋春来一兜一兜提回去的。宋春来不在了，以后他得帮乔新枝提煤，不能让乔新枝缺烧的。如果说提兜是宋春来留下的衣钵，他必须把衣钵继承下来。装了煤的提兜就在床底下放着，他想是不是现在就把煤给乔新枝送去。宋春来去世已经三天，没人往家里捎煤，乔新枝断了烧的可不行。他起身下床，伸手从床下把提兜提了出来。提兜在手上一沉，他心里也一沉。乔新枝若看见丈夫过去天天提的提兜，睹物思人，又会伤心落泪。同时，他这么急着去乔新枝家恐怕也不太好，事故的性质尚未确定，有人发现他去乔新枝家，只会增加人家对他的怀疑。他犹豫了一会儿，把提兜放回床下，重新躺到床上。他闭上眼，希望自己早点儿睡着。人说熟睡如小死，就让自己尽快地小死一回吧。小死上几回，也许事情就明朗了。到那时，该他大死，他就去大死，无所谓。然而小死不是那么容易的，他越是想小死，脑子越倔强得很，七想八想，小死不成。这时他的脑子谈不上清醒、有条理，想什么，不想什么，不是他所能当家。别看他脑子里翻江倒海，翻起的都是沉沙，什么都看不清。不过他脑子也说不上糊涂，手在哪里，脚在哪里，他脑子里都有数。手往哪里放，脚往哪里走，还是靠脑子掌控。有那么一刻，他脑子里明了一下，像突然照进一道亮光。宋春来是他的近老乡，他把宋春来叫哥，如今哥死了，撇下嫂子和侄子，他不去看望嫂子和侄子，谁去看！春来哥人都死了，他还活着，他犹犹豫豫，连嫂子家都不敢去，岂不是太没人心了！去，一定要去，什么都不怕，别人想说什么，就让他说去。

　　江水君提着煤来到山下，仰脸找嫂子家的小屋。山上黑乎乎的，只有少数几家的屋子透出一点亮光。亮光在高处，几乎和天上的星光接壤。嫂子家的小屋没有一点灯光透出来，嫂子和侄子大概睡了。既然到了这里，还是要上山看一看。来到半山腰，他又听见张海亮弹琴的声音。张海亮还是那样的弹法，一个音一个音往外迸，每迸一声都像琴弦断了一样。江水君听不惯张海亮这样弹琴，他觉得这样的琴声不太吉利。特别是在山上的黑夜里，张海亮弹得像断魂的曲子一样，简直有些瘆人。你看你看，张海亮的琴弦没有断，宋春来家的琴弦却断了一根。宋春来家原来是两根琴弦，宋春来一根，乔新枝一根。宋春来那根琴弦一断，只剩下乔新枝一根，恐怕就没法弹了。来到小屋门前，江水君静了静气，轻轻叩门，轻轻叫嫂子。他听见自己的声音有些变异，有些陌生，不像是从自己嘴里发出来的。屋里没有应声。他又叫了两声，屋里还是没有应声。这是为什么，难道嫂子不愿理他了，从此跟他断绝往来。嫂子也知道他和宋春来一个场子采煤，宋春来被炮崩坏了，他一点事都没有，难道嫂子对他产生了怀疑。要是那样的话，就糟糕透了，恐怕他跟嫂子怎样解释都解释不清。他往天上看看，天上是星空。他在山下看见星星时，星星并不是很高，似乎就在山顶。等他到了山上，发现星星原来还是很高，跟他拉开着很远的距离。山上有风，阵阵凉意随风袭来。季节虽说到了春天，凉意却不见明显减弱。春天的凉和秋天的凉不同，秋天，人们准备着凉，凉来了，那是应该的；春天，人们准备着暖，凉迟迟不走，凉就显得格外凉。嫂子不答应，再叫也不好。事情有再一再二，不能有再三再四。当他准备离开时，回头再看，他才发现嫂子门上落着锁。他伸手把铁锁摸了摸，往下拉一拉，锁的确锁得严丝合缝。怪不得叫嫂子，嫂子不答应，嫂子不在屋里，怎么能答应呢！

他想起来了，嫂子和侄子一定被矿上的人接走了，被安排住在矿上的招待所里，或条件更好一些的矿务局招待所里。和嫂子住在一起的，应该还有嫂子的娘家人，以及宋春来的父母和兄弟姐妹。江水君听工友们说过，矿上有几个人，组成一个班子，专门处理工亡矿工的善后事宜。班子里有男有女，有科级干部，有一般干部，还有医生。他们分工明确，有的唱红脸，有的唱黑脸。唱红脸的负责对工亡矿工家属进行抚慰，陪着掉掉眼泪。有矿工的母亲和妻子哭得昏死过去，医生马上投入抢救。唱黑脸的负责对矿工家属讲政策，双方就善后问题进行谈判。往往是红脸唱罢黑脸唱，你方唱罢我登场。不管红脸黑脸，他们的经验都很丰富，配合相当默契。这期间，矿上还会拨出一笔经费，用以招待工亡矿工家属。除了让家属们住招待所，洗热水澡，每天的午餐都有鸡肉、鱼肉、猪肉、牛肉。每个工亡矿工生前都不曾受过这样的招待，都没吃过如此丰盛的午餐。他们死了，这是矿上给他们的亲人们的特殊待遇。矿上的意思，人家的父母死了儿子，妻子死了丈夫，儿子死了父亲，给人家的家庭造成多么大的痛苦，矿上花点钱算什么！而矿工的家属们都害怕得到这样的待遇，这样的待遇是牺牲儿子或丈夫的宝贵生命为代价的啊！嫂子不在家，江水君在小屋门前站了一会儿，只好下山。回到宿舍，他才发现那一提兜煤还在他手上提着，几乎骂了自己。嫂子不在家没关系，他可以把煤倒在门口一侧的墙边，明天再提回一兜子嘛！看来他还是有些糊涂了。

给宋春来工亡事故的定性，是采煤队的一个副队长在班前会上宣布的。副队长说得一点都不郑重，有点轻描淡写。他说队长让他跟大家说一下，他就说一下，宋春来的事就算过去了。副队长还说，他早就知道，这次事故属于意外工亡事故。矿上出哑炮事故不是一回两回了，哪回定的不都是意外事故？不意外怎么着，谁还故意埋下哑炮崩人不成！哑炮不长眼，崩住谁该谁倒霉，话只能这么说。人要想不倒霉，就得多长点眼色，到工作面把眼睛瞪得大大的。副队长的话，别人也许听得不认真，可江水君一字一句都没落下，都记到心里去了。他还很年轻，还没有结婚，前面的路还很长。副队长的话关系到他今后的路怎么走，关系到他的命运，他不能不格外重视。这下好了，他没事了，他的心不用再吊着了，可以回到原位。打个比方，一个人被怀疑与一桩人命案有牵连，这个人被看起来了，在对他进行调查和审问。这个人心里明白，他的确与人命案有脱不开的干系，所以成天提心吊胆，惶惶不可终日。然而调查结果出来了，没发现他与人命案有特别的干系，他是无罪的人，即刻获得释放。江水君此刻的心情和比方中的人心情是一样的，深感万幸，如同从此得到解脱，获得新生。采煤队的班前会议室很小，只有两间屋。会议室里没有座椅，只有几排粗糙生硬的水泥条凳。参加班前会的职工挨挨挤挤地坐在水泥条凳上。矿工差不多都抽烟，会议室总是烟雾腾腾。有人舍不得买烟卷，就自己用废报纸卷生烟抽。江水君不抽烟，他每次开会都嫌浓烟呛人。这天他没觉得烟味不好闻，似乎觉得烟味还有些香。副队长从煤矿技术学校毕业，据说以前在科室当科长。因他犯了男女关系方面的错误，矿上就把他下放到采煤队当副队长以改造他。以前江水君不爱听副队长讲话，他一讲话老是充满怨气。这次不一样，不管副队长所讲内容的意思，还是说话的口气，他听来都很对味。他产生了一点错觉，以为副队长的话都是为他讲的，都是为他开脱，他对犯过错误的副队长产生了一种类似感恩的情感。

七

江水君轻装上阵，每天下班之后都给乔新枝提去一兜子煤。煤都是江水君挑选出来的，看着明，掂着轻，擦一根火柴都点得着。不是说煤是树变成的吗，拿树作比，他给乔新枝拿去的不是树根，也不是树枝和树叶，都是树的中段，是中段里面的心。煤矿工人有什么，煤里爬，煤里滚，不就是烧煤方便嘛！广播里说，煤代表着温暖。那么，他给乔新枝送去的就是温暖。连着去了三四次，江水君仍没有看见乔新枝。每次提着煤走在路上，他都想，乔新枝该回来了，这次应该能见到乔新枝。来到小屋门口，他再次失望。

门还是关着，锁还是锁着，屋前屋后连个人影都没有。他每次来，都把煤倒在门口一侧的墙根，煤越积越多。到了第九天的晚上，煤已积攒成了一堆，仍不见乔新枝回来。乔新枝住招待所，也不会住这么长时间吧？和矿上签订完善后事宜之后，乔新枝是不是带着孩子回老家去了呢？

　　他马上找老乡去打听，一打听就证实了他的猜测，乔新枝果然回老家去了。按照宋春来父母亲的要求，矿上的坑木加工厂为宋春来打制了一口厚重的红松木棺材，把经过整理的宋春来的尸体装进棺材里，派一辆车，直接把宋春来送回老家去了。矿上派车时，矿领导特意安排装了半车好煤，和宋春来的遗体一块儿送回宋春来老家。卡车的车斗子里，下面装的是煤，煤上放的是白茬子棺材。乔新枝要回老家为丈夫送葬，当然还要带儿子跟车回去。江水君还听老乡说，宋春来死后，按政策规定，宋春来家可以有一名直系亲属顶替宋春来到矿上参加工作，这个人可以是宋春来的妻子，也可以是宋春来的弟弟。这种政策是抚恤政策之一种，被称为顶工抚恤。如果家里有人顶上来参加工作，每月可以领到工资，别的抚恤项目就不再考虑。工亡矿工的亲属一般都会选择顶工。家里好不容易有一个参加了工作，拿到了国家的工资，吃到了国家供应的商品粮，这个人不在了，家里一定得派一个人顶上去。这样不但可以把工人阶级的名誉继承下来，还可以长期领到工资，比一次性领几百块钱的抚恤金合算得多。乔新枝倘若能顶替丈夫宋春来参加工作，不但每个月都可以领一份工资，她的儿子也可以随母亲转成非农业户口。然而乔新枝没有和宋春来的弟弟宋春宝争，她把唯一一个参加工作的指标让给宋春宝了。这一让，乔新枝什么都没有了，没有了丈夫，没有了工作，也没有了抚恤金，她和儿子的生活随之没有了经济来源。知道了这些情况，江水君差点哭了。他想马上回到老家去，把乔新枝母子接回来。

每个矿工每年只有十二天探亲假，江水君去年的探亲假已经用过了，今年的探亲假还不到时间，矿上不会批准他回老家。他还得耐心等待乔新枝回来。乔新枝的一些东西还在山上的小屋里放着，他相信乔新枝一定会回来。

又过了两天，乔新枝终于带着孩子回到矿上来了。江水君看到乔新枝家的小屋里有透出的灯光，他像是见到久违的光明，心里跳得厉害。他准备好了，见到嫂子，要好好流一回泪，为嫂子，也为自己。他敲门进屋，见屋里已来了一个人，是拄拐棍的张海亮。张海亮坐在门口的石头墩子上，单拐在地上放着，怀里抱着他的琴。江水君说，嫂子，你回来了。乔新枝说回来了。江水君问，什么时候回来的？乔新枝说今天下午。问了这两句，嫂子答应了这两句，江水君似乎就不知道说什么了。他准备的有满腹的话，也有满腔的感情，因张海亮在这里坐着，他心里像是遇到了障碍，话一时说不出，感情也用不上。说话，办事，两人为私，三人为公。他的话是准备说给嫂子听的，他的感情都是准备流露给嫂子一个人的，让别人听见，看见，就不合适了。嫂子素袄素裤、素鞋素袜，人瘦了许多，也憔悴许多。才十几天时间，却恍若隔世，江水君几乎不敢相信，眼前这个嫂子就是原来那个嫂子。原来那个嫂子流光溢彩，顾盼生辉。眼前这个嫂子暗淡无光，眼神呆滞，好像换了一个人。这十几天里是嫂子大悲大痛的十几天，嫂子一定还在悲痛中沉浸着，没有缓过神来。

江水君一时说不出话，坐在石头墩子上的张海亮，也沉默着，像石头一样，不说话。在江水君进屋之前，张海亮一定在跟嫂子说话，在安慰嫂子。因为他看见张海亮和嫂子的眼圈都有些红，心情都很沉重。张海亮被砸断了腿，老婆离他而去。嫂子的丈夫遇到了不测，现在只剩下无依无靠的母子二人。他们的命运有相似之处，对彼此的处境容易互相理解。琴一直抱在怀里，张海亮大概还准备为嫂子弹琴。琴弦绷得紧紧地，已处在相当敏感的状态，张海亮只轻轻一拨，琴即时就会发出声来。张海亮暂时没有弹琴，因为小火炭正在床上睡觉，他定是怕惊醒了小火炭。江水君以为，张海亮不弹琴也好，他所弹的都是那种凄凉的、催人泪下的调子。嫂子的心本来已经够伤悲的，秋风秋雨秋不尽，哪堪琴声再助伤悲！江水君看出来了，张海亮对他半道插进来不甚满意，张海亮仿佛在说，我正跟嫂子说话，你来干什么？张海亮之所以沉默下来，是想让他离开，他离开后，张海亮可以接着和嫂子说话。江水君心说，我干吗离开，我才不离开呢！我跟嫂子是近老乡，我来看嫂子是应该的。我不光今天来看嫂子，以后天天都会来。三个人都缄着口，二弦琴也缄着口，局面就这样僵住了。远处有压风机的声音传过来，那是安在风井口的巨大的压风机在日夜向井下送风。压风机实际上是在向自然界借风，借了东风借西风，借了秋风借春风，井上有什么风，它就借什么风。这天天上升起了月亮，门口的地上洒有一些月光，外面不怎么黑。还是嫂子把僵局打破了，她问江水君：那一堆煤是不是你送来的？江水君说是。他这才意识到，自从进得门来，那装满煤的帆布兜子一直在他手里提着，没有放下来。嫂子问到了煤，显然看到了他手里的提兜，他赶紧把提兜放在地上。嫂子说，你以后别再往这里送煤了，过一段时间，我跟孩子回老家去，烧不着煤了。这是江水君没有想到的，嫂子回老家去，他怎么办？他说，不，我一定要给你送！他的口气非常坚决，像是在发誓。他没说出来的话还有：春来哥不在了，你和小火炭眼看就没有吃的，没有烧的，我不管谁管！你要是不让我管，还不如让我去死。我死了也比现在好受些。后面的话虽然没说出来，但管得了嘴，管不住眼，那些话一字一句变成热泪，顿时涌满眼眶。他想用眼眶把眼泪框住，但终究框不住，潲潲地涌了出来。眼泪有眼泪的逻辑，管不住，就不管它，让它流去。

嫂子的眼泪还没有流干，相反，她流眼泪像是流出了惯性，越流眼泪越多，泪窝子越浅。见江水君的眼泪无声长流，她的眼泪也流了出来。她回身帮儿子把被子掖了掖，不易被人察觉地用衣袖把眼泪擦去。她回过脸来，勉强平静一下，说，别这样，各人有各人的命。江水君说，嫂子，我要给你送煤送一辈子！说到一辈子，江水君的眼泪流得更汹涌些。人有几个一辈子呢，一个人一生只有一个一辈子，江水君拿送煤说事，总算把一辈子的心愿说了出来。

　　张海亮把江水君的眼泪看到了，要说对嫂子的感情浓，看来他浓不过江水君。他把拐棍抓在手里，说，嫂子，你们说话吧，我改天再来。嫂子说，再坐一会儿吧。张海亮说不坐了。嫂子伸开两手，欲扶他一把。他说不用，拐棍拄地，一用力就站了起来。他的琴上有一个背带，他把背带斜挎进脖子里，把琴背在身后。往身后背琴时，不知哪里触到了琴弦，琴叮咚响了一下，并发出殷殷的余声。嫂子把张海亮送到门外，一再嘱咐张海亮小心，慢点儿。张海亮下坡时，她还是伸手扶了一把。张海亮说，有月亮，没事儿。嫂子你回屋吧！月光洒满了山坡，山坡上一片白花花的。连接各家门前的小路更白，宛如一道道泉水。乔新枝往天上看了看，月亮是半个。她一时记不起来，这半个月亮是新月还是残月。不管新月、残月、还是圆月，都是给准备团圆的人预备的。像她这样的人，对月亮还能有什么寄托呢！

　　回到屋里，乔新枝没有关门。她指着空出来的石头墩子，让江水君坐。江水君摇头不坐，只站着。江水君说，嫂子，我都知道了。你一定要保重身体。乔新枝没说话，她不知道江水君都知道了什么。江水君说，嫂子，我对不起你，都怨我没照顾好春来哥。乔新枝说，谁都不怨，他的命赶到那儿了，谁都没办法。要说怨，只能怨他自己，怨他自己的命不好。我的命也不好。江水君说那天我要不去解手就好了，要死，我们兄弟俩一块儿死。一块儿死了，到那边也好互相有个照应。这样说着，江水君心中波澜又起，眼泪再次流出来。乔新枝说，你这样一说，春来就听见了，你就算对得起你春来哥了。伤痛未平的乔新枝提不得宋春来，一提宋春来，万般伤痛重新聚拢，喉头哽都哽不住，转身趴在床上啜泣起来。她压抑着自己的哭声，显然是怕惊醒了儿子。连日来，尚不满周岁的儿子都是在哭声中度过的，受的惊吓还少嘛！江水君却没有压抑住自己，他跪倒在地，哭出声来。他肯定要给嫂子下跪，这是一个下跪的机会。只有他自己心里明白，屈膝下跪里包含着多么深痛的忏悔。他边哭边说，嫂子，你千万不要走，千万要给我一个机会。春来哥不在了，还有我呢，我一定照顾好你们娘儿俩。江水君一哭，小火炭果然被惊醒了，小火炭一醒，就哇哇大哭，两手乱抓。乔新枝赶紧把儿子抱起来，说，噢，噢，好儿子不哭，妈妈在这儿呢！她对江水君说，你这是干什么，赶快起来。江水君不起来，说，从这个月起，等发了工资，我就把工资全部交给你。你给我一分，我就花一分。你不给我，我一分都不花。我这个要求嫂子得答应我，嫂子要是不答应，我就不起来。乔新枝明白江水君的意思，她没有答应江水君，说，这是哪里话，我怎么能花你的钱？我是结过婚、有孩子的人，岁数也比你大，你不怕别人笑话，我还怕别人笑话呢！再说，我男人走了还不到一个月，也不兴说这个话。咱老家的规矩我想你应该知道。江水君说，规矩我知道，我没有别的想法。你答应我住在矿上不走，还不行吗？你要是走了，我也没法活。乔新枝说，这是何苦呢！我暂时不走，好了，起来吧。江水君这才站起来。

第二天下班后，江水君去给乔新枝送煤，只把煤倒在门外的煤堆上，没进家就走了。乔新枝听见了江水君往煤堆上倒煤的声音，让江水君到屋里歇歇。江水君说不歇了，嫂子歇着吧，就提着空兜下山去了。

江水君刚走了一会儿，班长李玉山到乔新枝家里来了。李玉山穿得整整齐齐，手脖子上戴着明晃晃的手表。李玉山提来一盒点心，还给乔新枝的儿子买了一件衣服。李玉山连连叹气，一上来说的话跟江水君差不多。他说宋春来在他手下干活，他没有照顾好宋春来的安全，以致出了这么大的祸，给乔新枝造成了这么大的痛苦，他觉得很对不起乔新枝，特地向乔新枝表示慰问。乔新枝说，谢谢李师傅。李玉山说不用谢，宋春来不在了，还有我们大家呢，以后你有什么困难只管说。说到困难，李玉山把小屋环顾了一下，说小屋的面积太小了，等小孩子会走了，屋里连个玩儿的地方都没有。至少把小屋的面积扩大三倍，才稍稍像个家的样子。李玉山还说，屋里连个吃饭的小桌都没有，要是来个亲戚朋友啥的，菜盘子都没地方放。不说多么齐全吧，家里至少应该有一张小桌，四个小凳子。他毕竟是当班长的人，行使过一些权力，说话的气魄与江水君不同些。他说，这样吧，做小桌和凳子的事我来解决。我有一个哥们儿在坑木加工厂上班，让他弄出几块板皮小菜一碟。乔新枝说，不麻烦李师傅了，过一段时间，我们就回老家去。李玉山问，回老家干什么？乔新枝说，回老家种地呗。李玉山把两只手都竖起来摇了摇，说，乔新枝，听我的，你不要走！他把话切入了正题，让乔新枝跟他过。说了让乔新枝跟他过，他两眼看着乔新枝，一副满怀渴望的样子。乔新枝知道李玉山是有老婆孩子的人，还见过李玉山的老婆，李玉山这样说不太合适。乔新枝把态度硬住，说，你不是跟嫂子过得好好的吗？我看嫂子是个很贤惠的人。李玉山说，我老婆人是不错，不过她的病已经很重，恐怕连今年都熬不过去。你等等我吧。我知道矿上喜欢你的人可能不少，我还是把这个话先递给你，希望你能等等我，可以吗？乔新枝没有给李玉山留希望，她说，李师傅，我觉得你这个想法不合适。要吃还是家常饭，要好还是结发妻，你还是好好给嫂子治病吧。把嫂子的病治好，比什么都强。在井下采煤工作面，李玉山习惯了说一不二，不知不觉中，他把这个习惯带到了井上。听乔新枝指出他的想法不太合适，他稍稍有些着急，眉头皱成了疙瘩。他说，我是实事求是，有些病能治，有些病谁都不能治。我们这些干粗活儿的人，说话可能有些粗，可是，话粗理不粗。有一句话，我不知道当问不当问，是不是有人向你求过婚了，比如说你的老乡江水君？乔新枝说没有。李玉山说，不管有没有，我不得不提醒你，对江水君，你一定要小心，我觉得这个人不太正道，是个危险的人。话只能说到这儿，不能再往下说了。乔新枝说，在短时间内，我不会考虑自己的事。

八

乔新枝住在山上的石头小屋里没有走，六七个月之后，她和江水君才成了一家人。这时春天过去了，夏天也过去了，秋天已经来临。山根处生有一些酸枣树，树上的叶子开始变黄，一粒粒没摘去的酸枣显现出来。酸枣是丹红色，在黄叶的衬托下，宛如一颗颗南国的红豆。乔新枝的儿子已经会走，会跑，上山时不用抱他，只领着他的小手，他就一步一步登到山上去了。每次登到家门口，他都回头向山下望着，一副颇有成就的样子。乔新枝还是每天下山打水，每天在家看孩子，做饭。只不过，她以前等的是宋春来，现在等的是江水君；以前她给宋春来做饭吃，现在是给江水君做饭吃。乔新枝的生活好比矿井口的小轨道上跑的矿车，跑着跑着，在道岔前掉了一次道。如今道岔扳好了，矿车又走上了正轨。

江水君和乔新枝的结合，并不那么容易。江水君天天坚持给乔新枝送煤；每月坚持把工资留给乔新枝，自己吃饭只花以前的积蓄；一抱住小火炭就舍不得放手，眼里老是泪汪汪的。还有两件事，从反面促进了乔新枝和江水君的结合。先说第一件事。不知是谁告发的，矿上保卫科知道了乔新枝门前有一堆煤，恐怕有上千斤，而且都是优质煤。这天，江水君刚把一兜子煤倒在煤堆上，保卫科的两个人就出现在他面前。证实这一堆煤都是江水君从井下带上来的，保卫科的人认为，带一点煤自己烧是可以的，把煤积攒这么多，就有拿煤卖钱的嫌疑，就是侵占国家财产。保卫科的人对江水君提出两条处理意见：一是命江水君把这堆煤全部送还矿上，当然不是送还井下，是送到矿上的职工食堂；二是责成江水君在队里的班后学习会上做出深刻检查。江水君不敢违抗，把煤送到了食堂，也做了检查。第二天江水君自己花钱买了一推车煤，把煤卸在山下，又用乔新枝提水用的铁桶，一桶一桶提到乔新枝家里。江水君不再用帆布提兜给乔新枝提煤了，他把帆布提兜洗下净，晾干，叠起来，送还给乔新枝。他说，嫂子，这是我春来哥用过的提兜，你收起来吧，也算是一件纪念物。乔新枝接过提兜，一手托着，一手在上面抚了抚，像是一下子想起许多往事，眼里便起了雾。她说，水君，让你受委屈了。江水君的委屈是有的，说他侵占国家财产，让他把煤送到食堂，是一重委屈；让他在工友面前做检查，说他拿国家的煤，到一个寡妇家里买好，又是一重委屈。受的委屈再多，江水君都准备自己包着，不在乔新枝面前流露出来。不料委屈是脆弱的，经不起点，乔新枝一点，他的委屈就满了，差点顺着眼角子流下来。他赶紧把委屈控制住，说他受点委屈没什么，只要嫂子不受委屈就行了。第二件事，也是保卫科的人"听到群众反映"，找到江水君头上，使江水君受到了更大的委屈。一天晚上，江水君跟乔新枝说话说得晚了点，保卫科的两个人突然就推门进来。他们把江水君和乔新枝审视着，问二人是什么关系。乔新枝答话，什么关系？老乡关系！她对保卫科的人突然闯进来很不满。不用说，保卫科的人是来捉他们的，想让他们丢脸。他们什么都没做，所以什么都不怕。保卫科的一个人说，老乡关系？恐怕不仅仅是老乡关系吧！一个男的，一个女的，老在一块儿干什么？还是乔新枝回答，什么都没干，说话。怎么，一个男的，一个女的，就不能在一块儿说说话了？保卫科的人说，你说什么都没干不行，我们还要调查。他们把江水君带走了。保卫科的人通知江水君所在的采煤队，让江水君停止工作，写检查。检查内容包括：什么时候开始和乔新枝发生男女关系的？一共发生了几次关系？乱搞男女关系的思想根源是什么？在山上的小屋，保卫科的一个男干事也在对乔新枝进行调查。男干事问得拐弯抹角，目的还是问江水君跟乔新枝的关系到了哪一步，发生关系没有。乔新枝做了保证，说他保证江水君是一个好人，老实人。江水君见她死了丈夫，只是同情她，才时常到她这里坐坐，跟她说说话。江水君规矩得很，从来没做什么不规矩的事。男干事不相信，说乔新枝的条件这么好，江水君对她不可能不动心。他退一步问乔新枝，江水君调戏过她没有，比如说是不是摸过她的乳房？乔新枝的脸红过一阵，恼了，说，有这样说话的吗，你们把屎盆子往一个好人头上扣，难道就不怕亏良心！她抱起孩子到门外去了。停了一会儿，见保卫科的人走了，她也锁上门，带着孩子下山，到矿上的单身宿舍找江水君去了。

　　江水君写不出检查，队里又不让他上班，他只能躺在床上蒙头睡觉。乔新枝找到他，见他眼泡肿得老高，头发乱得像一蓬老鸹窝，对他说，水君，起来吧，去洗洗头，洗洗脸。你要是实在不嫌弃我们娘儿俩，咱们就去登记，结婚。

　　跟乔新枝结婚，江水君没敢让在老家的父母知道；父母若知道，一定不会同意。他也没告诉矿上的老乡，老乡们若是知道了，会让他请客。请客倒没什么，老乡们来了，他怕的是老乡们跟乔新枝瞎闹。春节期间宋春来请客时，小屋的主人还是宋春来。有宋春来在，别人怎么闹都没关系。现在宋春来不在了，乔新枝的心成了破碎的心，哪里都碰不得。江水君也没有请婚假，队里已停了他三天工，扣了他三个班的工资，如果他再请假，耽误的班会更多。这天下班后，趁夜幕已拉下来，他只把自己的一套被褥抱到山上的小屋，就算和乔新枝正式结婚了。结婚的日期是他俩事先商量好的，乔新枝已做好了四个菜，等他回来吃饭。江水君来了，她呀了一声，说，忘了买酒。江水君说没关系，不喝酒了。乔新枝说，这会儿商店肯定关门了，不然我到别人家借一瓶吧，明天买了再还给人家。江水君笑笑问，你很想喝吗？乔新枝说，不是我想喝，我想让你喝点儿。江水君说，喝酒的机会有的是，今天就不喝了。江水君显得有些拘谨，站也不是，坐也不是，手脚都放不开。乔新枝指着黄焖鸡块让他吃，他说好，他自己来。说了自己来，却不动筷子夹。乔新枝只好挑了一块鸡腿肉，放在他碗里。乔新枝说，你真像个害羞的新娘子啊！江水君刚想说是吗，忽然想起，他怎么能是新娘子呢，便说，你不要弄错了，你才是新娘子呢！

吃完了饭，乔新枝该铺床了，问江水君怎么睡。江水君说，你每天怎么睡，还怎么睡，不要管我。乔新枝极力把气氛弄得轻松些，说，总不能让你睡床底下吧！不料江水君说，让我睡床底下也可以。乔新枝说，那好吧，你就睡床底下吧，让小火炭尿你一身。她在床上铺了两个被窝，给江水君铺了一个被窝，她仍搂着小火炭睡一个被窝。乔新枝给江水君留的被口跟她一头，可江水君没跟她睡一头，到另一头睡去了。睡下之后，两个人暂时都没说话，各人想各人的心事。外面起了秋风，沙尘打在门上啪啪响。屋里很黑，煤火的灶口下面有一点微光。坐在火炉上方的铁皮水壶咝咝作响，响声若有若无，如秋虫的低吟。江水君想的是，他和乔新枝睡在同一张床上了，乔新枝已经是他的老婆了，这就行了。至于别的，他一定得管住自己。不能让乔新枝认为，他和乔新枝结婚，就是为了做那事。他得尊重乔新枝，不能让乔新枝小瞧他。矿上保卫科的人诬蔑他找乔新枝就是为了和乔新枝发生关系，他要以自己的实际行动向自己表明，就是和乔新枝结了婚，他也不急着和乔新枝发生实质性的关系。长到二十多岁，江水君还没有跟任何一个女人有过肌肤之亲，他把那件事情看得非常重大，重大到有些害怕，如夜半临深池一般。如果掉进深池里，他不知会怎么样，很可能就不是他了。乔新枝想的是，看来江水君真是一个青头厮，没跟女人那个过，他还不好意思呢，还把自己的东西当宝贝，攥着宝贝不撒手呢！也许青头厮和处女一样，第一次做那样的事，都像是过一个关口，都比较艰难。而只要过了关口，就没什么难的了，跟吃家常便饭一样了。江水君不会到这头来找她，她得主动些，到那头去找江水君。她毕竟是过来人，得帮助江水君通过关口，把江水君拉过来。

　　儿子睡着后，乔新枝来到江水君这头，睡进了江水君的被窝。她只穿一件裤衩。江水君的秋衣秋裤都没脱。乔新枝轻声问，睡着了吗？江水君说没有。是不是等着我呢？乔新枝又问，同时把江水君搂住了。这一次江水君没有回答，也把乔新枝搂住了，脸埋在乔新枝胸前。不知怎么回事，江水君身上有些抖，从里到外都抖，打摆子一样。乔新枝身上呼呼冒着热气，按说江水君应该觉得温暖，不会觉得冷，不应该发抖。江水君意识到了自己的抖，他想把抖禁住，竟禁不住。何止是发抖，他还有点儿想哭。乔新枝知道江水君的抖不是因冷所起，但她说，我好好给你暖暖，我的火力大。遂把江水君搂得更紧些，还像母鸡勾蛋一样，把江水君的头勾在自己下巴下面。江水君果然抖得小了些，他喊嫂子，嫂子。乔新枝说，谁是你嫂子？我是你老婆。以后不要再叫我嫂子，想叫我，就叫我的名字。于是江水君就叫了声，新枝。乔新枝答应了，说这就对了。得到鼓励，江水君又叫了两声新枝。乔新枝说，你老叫我干什么？江水君说，我听听是不是你。是我吗？是你。是我怎样？不是我怎样？怎样也不怎样，是你就行。你应该找一个黄花大闺女。你就是黄花大闺女。你是个傻子，连是不是黄花大闺女都分不清。乔新枝把江水君背后的衣服揪了揪，问，你以前睡觉都不脱秋衣秋裤吗？江水君说脱。乔新枝又问，那你今天为啥不脱？江水君吭哧一下，说再等等。乔新枝说，还等什么，你不是说过想跟我好吗，现在可以好了，想怎么好，就怎么好。来，我看你会不会。江水君仍把乔新枝搂着不撒手，说，我觉得这样就很好，能搂着你，我就很满足。乔新枝说，你满足，我不满足。他摸到江水君的裤腰，示意江水君把秋裤脱下来。这时江水君又说了一句话，使乔新枝顿时凉了半截。江水君说的什么呢？他说，我怕对不起春来哥！这句话有些突然，像是充满寒意，打消了乔新枝的热情。是的，在这间小屋里，原来和她同床共枕的是宋春来，现在变成了另外一个男人。据说死者的灵魂无处不在，说不定宋春来正在黑暗的空中向她眨眼呢！江水君的话像一把双刃剑，既毁掉了乔新枝的好意，也对他自己构成了打击，他心头一颤，几乎又抖起来。其实，他所打击的目标不是乔新枝，正是他自己。不错，他实现了打击自己的目的。

乔新枝没有再说话，停了一会儿，听见儿子在睡梦中叫妈妈，就起身回到儿子那头去了。说起新婚之夜，人们总是想到冉冉红烛映双喜，香纱帐里卧鸳鸯，总愿意和喜气浪漫联系起来。然而在秋风阵阵的某个夜晚，江水君的新婚之夜，一个人一生只有一次的新婚之夜，就是这样度过的。他的新婚之夜，与人们的美好想象是多么不同啊！悲哀的人儿啊！

九

江水君在井下的日子不是很好过。宋春来出事后,班长李玉山应该给江水君的采煤场子再配一个人。可是,班长没有给他配帮手,让他一个人包一个场子,攉煤,支柱子,都是他。这就是说,江水君一个人干的是两个人的活儿。宋春来活着时,班长是看宋春来不顺眼。现在宋春来死了,班长变成看江水君不顺眼,仿佛江水君成了宋春来的接班人。除了把难干的活儿分给江水君,除了把死去的宋春来的活儿也让江水君承担,工作面每次放过排炮后,班长都点着江水君的名字,命江水君到工作面上下查看一遍,有没有哑炮。查看哑炮本是放炮员的事,可班长点到他了,是"看得起"他,他不敢不去。须知此时的工作面煤尘弥漫,煤尘密度非常之高,似乎伸手一抓就是一把。矿灯一照,煤尘如紧密团结的黑色蚊蠓在空中飞舞,扇动的却是闪光的翅膀,使矿灯的能照度不足一米。还有浓浓的硝烟味夹杂其间,仿佛整个工作面没有了空气,只剩下物质。在这样的条件下,江水君几乎不敢张嘴,一张嘴就涌进一口细煤。可由于空气稀薄,仅靠鼻子呼吸又不行,只能用嘴和鼻子同时呼吸。如此一来,江水君不仅把煤尘吃进了胃里,还把煤尘吸进了肺里。

班长这样"优待"江水君,江水君没有怨言,都默默地承受下来。也有工友看不过,让江水君不要听班长的。江水君笑了一下就过去了。他心里认为,自己受点罪是应该的。他不受罪谁受罪呢!自己受的罪再大,恐怕也换不回宋春来的一条命。班长再分活儿时,看到有难干的活儿,班长还没发话,江水君就主动上前,说,我在这儿干吧。工作面刚放过炮,班长不用再喊江水君,江水君已钻进煤尘滚滚的工作面去了。江水君检查是否留下了哑炮，查得很仔细，对每一根炮线都追根求源，对每一个疑点都不放过。这时的工作面不光煤尘大，安全状况也不好，危险比较多。因为炸药崩塌了煤墙，有时也摧倒了棚子，工作面变得非常狭窄，要四肢着地，像爬虫一样爬着才能通过。一不小心，就有可能被残余的冒落物砸到。江水君不避艰险，照样查得很认真、很细心。有一天，他真的查到了一个哑炮，马上向班长做了报告。班长这次表扬了他，说他避免了一次哑炮事故，很好。得到班长的表扬，江水君竟有些感动。

这天班长李玉山参加全矿的一个班组长会，没有下井。下午散会后，他又找乔新枝去了。这时李玉山的老婆已经病死了，他还没有找到新的老婆。他把老婆死的消息告给乔新枝，样子略略有些伤感。伤感之后，他问乔新枝，你说我该怎么办呢？乔新枝说不出让李玉山怎么办，只是劝他不要太难过。李玉山说，你看，我说过让你等等我，你也不等我，把一个机会错过去了。乔新枝说，这不是等不等的问题，天下的女人千千万，谁也不必单等哪一个。李玉山说，你说的千千万我没看见，我就看见你了，我就看着你好。不怕你笑话，我在梦里都梦见你好几回了。乔新枝，干脆咱俩好吧，我亲一下可以吗？李玉山说着，眼里的光焰已经起来了，嘴唇也蠢蠢欲动。乔新枝说，不可以。李玉山说，咱俩只偷偷好好，别让江水君知道。你跟江水君该怎么过，还怎么过，我不干涉你们的生活，还不行吗？乔新枝说，那也不行！李师傅我很尊重你，你不该说这样的话。李玉山的话让乔新枝深感惊异。她不是惊异李玉山说了出格的话，而是想起宋春来在世时江水君对她说过的话，李玉山说的话跟江水君说的话竟有着惊人的一致。从李玉山一开始说的他该怎么办，到说到老是梦见她，再提出跟她偷好，甚至连说话的口气和表情，都简直和江水君如出一辙。她几乎产生了错觉，以为时间倒流回去，跟她说话的不是李玉山，而是江水君。这给乔新枝的感觉很不好,难道事情转了一个圈子,又转回来了。她显得有些焦躁,问李玉山怎么没下井。李玉山说,他今天开会,所以没下井。乔新枝说,听江水君说,你对他很不错,工作上很照顾他。李玉山不知乔新枝说的是正话,还是反话,应付说,都是弟兄们,谈不上照顾。乔新枝又说,我听你们班里的人说,别人都是两个人一个场子采煤,只有江水君是一个人包一个场子,不知是怎么回事?李玉山这回听出来了,乔新枝刚才说的是反话。以前他没有看出来,原来这个女人心上是很有力量的,是在拿反话讽刺他。李玉山不吃这个,说,不是别人让他包一个场子,是他自己愿意包一个场子,这没办法。上次我跟你说话没说完,今天话赶到这儿了,我想我还是对你说出来,不说出来对不起你,也对不起宋春来。我总觉得,宋春来是死在了江水君手里。他停了一下,吸了一口烟,看了看乔新枝的反应,接着说,我分析江水君发现了哑炮,没有告诉宋春来,宋春来才把哑炮刨响了。你想想看,江水君早不去解手,晚不去解手,偏偏他去解手那会儿,哑炮就响了,事情哪会那么巧!再往深里分析,江水君见宋春来娶了一个好老婆,心存妒忌,就借助哑炮,把宋春来除掉了。宋春来一死,江水君就达到了目的,把老乡的老婆变成了自己的老婆。李玉山以为,听了他的分析,乔新枝一定很吃惊,说不定乔新枝还会懊悔自己没看透江水君。然而乔新枝没有显得吃惊,更没有表现出明显的懊悔,她只是低了一下眉,把儿子掉在地上的一个玩具给拾起来,才说道,李师傅,你把话说重了,人命关天的事,说话得有凭据,没有凭据不能瞎说,瞎说是亏心的。你这话说到我这儿就算了,不要再跟别人说了,说多了对谁都不好,别人会认为你有别的想法。反正我认为我丈夫江水君是个好人,伤天害理的事他不会干。李玉山在井下叱咤风云,说话总是压人一头。在这里,他的话被一个女人的话压住了。他一时想不出更有力的话反驳乔新枝，把烟把子吐在地上，用大脚踩灭，站起来出门去了。走到门外才说了一句——女人见识！

李玉山走后，乔新枝也领着儿子下山去了。她买了菠菜白菜、豆芽豆腐，还买了一瓶白酒。井下湿气重，下井的人都爱喝口酒，家里不备瓶白酒说不过去。回到家里看看表，估计丈夫快回来了，她开始做饭，炒菜。饭做好了，菜炒熟了，她看了一次表，又看了一次表，迟迟不见丈夫回来。表还是那只马蹄表。宋春来出事后，表停了一段时间，还是江水君给表上了弦，表才继续走。表走得还算准，每天的快慢误差超不过两分钟。每天这个时候，丈夫都快吃完饭了，今天怎么还没回来呢？她不敢多想，又禁不住多想，心一点一点揪起来。她不是不明白，给煤矿工人当老婆，就得准备着等，准备着揪心。因为井下的不可知因素太多，凶险也太多，运气稍差一点儿，男人就有可能隔在阴界回不来。可以说煤矿工人老婆的日子就是等的日子、揪心的日子。她们几乎每天都在等，应该很有耐心了吧？不是的，她们的耐心不是越来越强，而是越来越弱。乔新枝终于等不下去，对儿子说，走，咱们去接你爸爸，看看他到哪儿打牛圈去了，怎么还不回来。江水君的意思，不必让小火炭叫他爸爸，叫他叔叔就行了。可乔新枝坚持教小火炭把江水君喊爸爸。乔新枝的理由是，小火炭只会喊爸爸，不会喊叔叔。江水君想起，那次过春节喝酒，别的老乡都让小火炭喊自己爸爸，只有他没好意思当小火炭的爸爸。嘴上占了便宜的没当上爸爸，没好意思让小火炭喊作爸爸的他，却真的成了小火炭的爸爸。不过有一点江水君坚决不退让，那就是不给小火炭改姓，还让小火炭姓他亲爸爸宋春来的姓。

山上的小屋离井口二里多路，乔新枝抱着孩子还没走到井口，就见江水君迎面回来了。不，不是看见，天已黑透了，她还没看见江水君，先听到了江水君的咳嗽。江水君咳得声音很大，老远就听得见。江水君这样的年龄，不应该咳得这样厉害，她不知江水君是怎么了，不会是气管和肺里有什么毛病吧。一听见江水君咳嗽，乔新枝站下了，等江水君走近些，她让儿子喊爸爸。江水君听见小火炭喊爸爸欣喜得很，他接过小火炭，又是亲，又是举高高，把小火炭逗得直乐。乔新枝没有再问丈夫为啥回来得这样晚，晚，肯定有晚的原因。既然丈夫平安回来了，她心里就踏实了。一问可能又不踏实。趁丈夫在亲儿子，趁天黑别人看不见，她也在丈夫脸一侧亲了一口。儿子看见了，要妈妈也亲他。乔新枝说好，妈妈亲你。她和丈夫分别亲住儿子的两个脸蛋，一家三口搂在一处，亲在一处。这个情景应该用一个剪影来表现，剪影是一个侧面，画面是黑，背景是白，那将是一幅多么其乐融融的景象！

因丈夫回来得晚一些，乔新枝等丈夫也等得时间长一些，他们像是经历了一个小小的离别。为了"离别"之后的重逢，乔新枝建议丈夫喝一点酒。丈夫喝，她陪着丈夫也喝。她喝得吱儿咂吱儿咂的，故意喝得很香。还跟丈夫碰杯，目的让丈夫多喝两杯。两口子都喝了酒，喝得热血有些沸腾，乔新枝就不许江水君再穿着内衣睡觉，三下两下，就把江水君的秋衣秋裤和裤衩脱了下来。江水君有些被动。他愿意被动。江水君处于下风，他感觉处于下风挺好的。他的头蒙蒙的，似乎在膨胀着。他的思维还在工作，知道重大的事情要发生了。他突然对乔新枝说，等等。说着坐起来，从床边拉自己的裤子。这是干什么，把他的秋衣秋裤和裤衩脱下来了，难道他要穿上外面的裤子不成。江水君没有把腿往裤腿里装，他从裤子口袋里掏出一个纸包，打开纸包，从里面拿出一只炮皮。他说，别怀了孩子，我戴上这个吧。炮皮，是在井下放炮时保护炸药卷用的。一般来说，炸药卷外面包的是一层蜡纸。蜡纸容易破损，黄色的炸药容易从破损处流出来。特别是遇到炮眼里有水，水一冲，炮药更容易流失。往炮眼里装炸药之前，在圆柱体的炸药外面套上炮皮，等于给炸药穿上了保护装置。炮皮是用橡胶制成的，弹性好，柔韧性好，也比较皮实，不易弄破，对炸药可以起到很好的保护和防水作用。那时避孕套尚未普及，还是稀罕之物，使用避孕套是极少数人的奢侈行为。因炮皮与避孕套比较相似，能接触到炮皮的矿工就把炮皮当避孕套用。与避孕套相比，炮皮不是高级物品，是低级物品。避孕套是乳白色，透明，比较薄，顶端有一个储精囊。炮皮是黑色，比较厚，不透明，顶端一通到底，其直径也大一些。炮皮有炮皮的特色，用黑色炮皮武装起来的阳物显得比较另类，好像还有一种霸气。矿工中不乏想象力丰富的人，既然使用了炮皮，他们愿意将那件事情与炸药、放炮和爆炸联系起来，或干脆把做那种事情说成放炮。如同埋地雷，点滚儿，他们一说放炮，老婆就明白怎么回事。见江水君拿出炮皮，乔新枝一点儿都不惊奇。她生过儿子后，宋春来为了避孕，为了保证儿子有奶吃，也曾使用过炮皮。宋春来拿回的炮皮多，他们用不完，还曾拿炮皮给儿子当气球吹。乔新枝没反对江水君使用炮皮。江水君一再跟她说过，他们不再要孩子了，只集中力量把小火炭养大就行了。要是再生一个孩子，两个孩子，他们难免分心，就不会一心一意照顾小火炭了。乔新枝帮江水君戴好了炮皮，说好了，来吧！

十

　　乔新枝还是想为江水君生一个孩子，江水君娶她一场，对她这么好，她如果不给江水君生一个孩子，于江水君，于己，似乎都交代不过去。度探亲假时，江水君带她和儿子回了老家一趟。在江水君的周旋下，江水君的父母好像也认可她了。从她是江家的儿媳妇这个角度讲，她也应该给江家生一个孩子，不然的话，她拿什么回报江家呢！就算生的孩子不一定是男孩，生个女孩也是好的。有一天又来到床上，欲行房事之前，乔新枝态度不是很积极。江水君很能体察到乔新枝的心情，问乔新枝怎么了，哪儿不舒服吗？乔新枝说没有不舒服，说，你别戴那东西了。江水君已经把炮皮准备好了，他把炮皮扯了扯，恐怕有一尺长，问，你是嫌炮皮的皮太厚了吗？说罢，一只手松开，扯长的炮皮自动缩了回去。炮皮缩回去时，啪地响了一下，如同打了一个响指。乔新枝低下眉，欲言又止似的犹豫了一会儿，才说，我不能看见跟炮有关联的东西，一看见我心里就不是味儿。江水君一听就明白了，宋春来死于炮，乔新枝的心伤于炮，乔新枝对炮是忌讳的。炮皮和炮的联系那么紧密，看见炮皮就想起炮，想起由炮酿成的惨剧，乔新枝心里不知有多难受呢！江水君懊悔极了，他没有埋怨乔新枝为啥不早说，只恨自己没人心，没有早一点想到乔新枝的忌讳。他说，新枝，都怨我，我真该死！他把炮皮攥成一团，扔在地上，又说，新枝，我对不起你，我再也不敢了！炮皮扔在地上犹不解恨，他跳下床，捡起炮皮，扔进火炉下面的口里去了。不一会儿，屋里就飘起了烧橡胶的气味。江水君说的再也不敢了，包括再也不使用炮皮作避孕工具，也包括不再做那件事。重新躺进被窝里，他只把乔新枝虚虚地搂着，一点儿动作都没有。乔新枝没想到江水君的反应这么强烈。她的目的是让江水君给她一个孩子，不用避孕工具就是了。江水君可好，正如别人说的，他泼脏水，把孩子也泼掉了。乔新枝还得把江水君往回扳。她装作比江水君还生气，说怎么，我只说那么一句，你就不理我了？江水君说不是，我在心里骂自己呢。乔新枝说，你说骂自己，谁知道你骂谁！你今天要是不理我，一辈子都别理我，谁离开谁都能过。江水君说，不是我不理你，怀了孕怎么办？乔新枝说，你以为怀孕是那么容易的？十次八次都不一定会怀孕。真的？江水君问。乔新枝说，当然是真的。怀孩子的事你得听我的,你个大傻瓜。江水君情绪好转,愿意听乔新枝的,也愿意当傻瓜。江水君"当傻瓜"当了几回,乔新枝就怀了孕。转过年,乔新枝为江水君生下了一个白白胖胖的女儿。女儿当然要姓江,江水君给女儿起了个名字叫江梅英。

　　日子过下来,可以说江水君和乔新枝越过越好。一座煤矿的矿工有好几千,年年都有因公死亡的,有退休的,也有新工人不断补充进来。那些新工人不知底细,看到江水君和乔新枝儿女双全,夫妻和美,像是看到了榜样,以为他们以后能过到这样就很不错。班长李玉山调走了,调回老家的县城发电厂去了。李玉山一调走,江水君的处境很快改变。他先是当上了矿上的劳模,接着当上了矿务局的劳模,后来又当上了省级劳动模范。什么叫一步一层天,江水君的处境就是一步一层天。江水君的主要事迹是一个人干两个人的活。以此为基准,有人给他算出来,他一年干了两年的活,十年干了二十年的活。他的事迹出现在报纸上,他就成了走在时代前面的人。前面说过,江水君所在的采煤队有一个犯过男女关系方面错误的副队长,副队长后来升为队长,还兼着队里的党支部书记。让江水君当劳模,主要是他的主意。一开始,江水君说什么也不当,说他不够当劳模的资格。他不会忘记宋春来是怎么死的,他在内心深处一直把自己看成一个有罪的人。一个有罪的人,怎么可以当劳模呢!可队长执意让他当,队长说,你为国家做出了贡献,你不当劳模谁当!江水君说了让这个当,让那个当,他自己还是不愿意当。不当劳模,他心里还平衡些;一当劳模,他的心又得倾斜。队长后来向他交了底:让你当劳模,对你有好处,对我也有好处。你的好处是,可以披红戴花,涨工资。我的好处是,劳模出在我这个队,就是我培养出来的,就是我的成绩。我有了成绩,就可以调出采煤队,重新回到科室去。这个话我只能跟你一个人说,你得配合我,不能拆我的台。话说到这个份上,江水君只得把当劳模的事承担下来。

　　当了劳模，江水君就得接受记者的采访，就得允许人家挖掘他的内心世界。江水君有没有内心世界？有，只是他把内心世界隐藏着，谁都挖掘不出来。他准备了一套假的内心世界，应付人家的挖掘。他说他做的贡献并不大，国家却给了他这么大的荣誉。为了对得起国家给他的荣誉，为了不辜负各级领导对他的期望，他没有别的，只有拼命干活儿。他心里就是这么想的。有人想多挖掘一点，比如问他，当劳模之前怎么想的呢？他的回答还是那一套话。人家强调，问的是他在当劳模之前怎么想的。他一时有些慌乱，不知怎样回答。江水君绝不会提到宋春来，不会承认他拼命干活儿是在进行自我惩罚、自我虐待、自我救赎，连想到一点点他都赶快回避。他的办法是按劳模的标准要求自己，更加拼命地干活儿。工作面冒顶了，需要有一个人登着柱子，钻到高处的空洞里去堵冒顶，他说我来。煤墙根发现了一枚哑炮，别人都不敢处理，他说我来。接班的人来了，别人都走了，他不走。他听说接班的人手不够，主动要求留下来，接着再干一班。于是他又有了新事迹，不是一个人干两个人的活儿，而是一个人干四个人的活儿。

　　江水君回避不开的是他的梦。有一个梦，他不知做过多少次了，内容大同小异。说是他做梦，其实是梦在做他，因为他当不了梦的家，梦什么时候袭来，做到什么程度，都是梦说了算。每次做这个梦，他都梦见自己曾经害死过一个人。害死人家的动机不是很明确，反正是他把人家害死了。害死的手段也很模糊，不知是药死的，还是掐死的。害死的对象像是一个男孩子，又像是宋春来。把人害死后，他掘地三尺，把尸体埋起来了。那地方原是一个粪坑，土很肥，细菌很多，对人的尸体有着很强的分解和消化能力。他想，要不了多长时间，少则三个月，多则半年，被他埋掉的人就会化为泥土，消失得无影无踪。但他心里不是很踏实，每次走到那个地方，都要看上几眼，估计一下尸体分解的程度。他还有些担心，担心这地方被人刨开。被他害死的人像是他们村里的。对于一个人突然失踪，那个人的家里人一直没有放弃寻找。他们已刨了许多地方，迟早要刨到他埋死人的地方。人们看他时，眼神不大一样，似乎早就对他有了怀疑，只待刨出证据，他就无话可说。怕什么就有什么，一个偶然的机会，人家还是把那块地方刨开了。他希望刨开后什么都没有，那样他害死人的事就成了永远的谜。人家在那边刨地，这边他的心提到了嗓子眼儿。他不能阻止人家刨地，也不能逃跑，只能硬撑着，存在着侥幸心理。他稍有反常举动，只会加重人们对他的怀疑。然而事实真让人恐惧至极，若干年过去了，那人的骨头没有化掉，衣服没有化掉，头盖骨上似乎还贴着一层脸皮。因为有脸皮，人们很快辨认出来，这个人就是若干年前突然失踪的那个人。有人说，快去打一盆清水，把死人脸皮上的泥巴洗一下，死人就会开口说话，死人一说话，就知道是谁把他害死的了。未等死人开口，江水君已吓醒了。醒后，他心口仍咚咚大跳，喘息不止，脊梁沟儿在呼呼冒凉汗。他在黑暗中眨眨眼睛，让眼底的金光冒了冒，意识到刚才是做了一个噩梦。他敢肯定，他没有害死过人，更没有把人埋在地底下，不管从地下扒出多少人，都与他无关。他难免想到宋春来，宋春来能算是他害死的吗？不能算吧。宋春来是自己刨到哑炮崩死的，哑炮也不是他埋下的，宋春来的死怎么能算到他头上呢！就算他发现了哑炮，没有告诉宋春来，宋春来可以自己发现嘛！宋春来自己发现不了哑炮，只能怪他没眼力，命不济。

　　江水君在黑暗中把自己宽慰了一会儿，翻了个身刚睡着，噩梦卷土重来。这个梦和上一个梦差不多，两个梦之间有重复性、连贯性，也有加重性。梦里着重指出，地下埋的人就是他害死的，他怎么赖都赖不掉。场景不知怎么转换到采煤场子里,两个人一个采煤场子采煤,而且整个工作面只有两个人,其中一个是他,另一个人像是宋春来,又不确定。到头来,两个人只有他剩下了,另一个人不见了。矿上的人怀疑,是他把另一个人害死,埋进采空区里去了。于是矿上动员了许多人向采空区掘进,要把失踪的人找回来。一掘进不当紧,结果掘出了许多冤死的人,可以说白骨累累,像万人坑一样。他有些庆幸,采空区里这么多死人,谁是谁害死的,恐怕分不清了。可是,上面派来的刑侦人员有办法,他们让全班的人排成队,每人把自己的手指扎破,扎出血来,往那些骨头棒子上滴血,如果红血被白骨吸收了,就可以证明死者是滴血的人害死的。轮到江水君滴血,他把手指扎了一下,又扎了一下,却一滴血都没有。他扎得很用力,手指头也不疼,只有点木木的。他把刑侦人员看了看,似乎找到了不参与滴血的理由,仿佛在说,手指头扎不出血来,他也没办法。人家指出,他的手指头盖着盖儿呢,当然放不出血来。他把手看了看,不知手指头的盖儿在哪儿。人家认为他是装作不知道,在故意拖延时间,决定帮他把手指头上的盖儿打开。手指头的盖儿是什么呢,原来是他的手指甲,人家要用老虎头钳子把他的手指甲揭下来。十指连心,据说揭指甲是很疼的。人家捉住他的手,他有些挣扎,还啊了一声,才从梦魇中挣脱出来。醒来后才发现,握住他手的不是别人,是自己的妻子乔新枝。他又挣又叫,把乔新枝也惊醒了。

乔新枝拥住他,让他醒醒,问他是不是又做梦了。他像是重新回到人间,回到亲人的怀抱,紧紧地搂着乔新枝,把头埋在乔新枝胸前,再也舍不得离开。他说,是做了一个梦。乔新枝没有问他做的什么梦。不管他把乔新枝惊醒过多少回,乔新枝从不问他梦的内容是什么。梦这种东西,他愿意讲,就讲。他不讲,最好不要问。做梦随便,说梦不随便。不过这晚乔新枝说了一句话,让江水君吃惊不小。乔新枝说，有些事情过去就算了，不要老放在心上，不要老是跟自己过不去，自己折磨自己。江水君不知乔新枝所说的有些事情指的是什么。听乔新枝的话意，像是有所指，比如宋春来的事情。难道他说了梦话，将把哑炮留给宋春来的事说了出来，被乔新枝听去了？他没有问乔新枝，只说没事儿，可能是他睡得不得劲儿，压住心脏了。

十一

江水君后来死于尘肺病，他死的时候年纪不算老，还不到五十岁。此时他们家不在山上的石头小屋住了，搬进了山下居住区的楼房。在山上住的矿工还不少，比如爱弹琴的张海亮，就一直在山上住着。不知张海亮弹断了多少根琴弦，但他弹断一根，又续上一根，琴声却没有中断过。当工人的要分到一套房子很难，因江水君是省级劳动模范，矿上就给了他和采煤队长一样的待遇，分给他一套两室一厅的住房。有了建在平地上的住房，乔新枝就不用每天下山提水了。水龙头一拧开，清水就哗哗地流进水池子里。虽然矿上仍是每天供应两次水，但她每次都把水池子里的水蓄得满满的，用起来方便多了。山下有了房子，江水君每天下班后也不用往山上爬了。后来他往山上爬已成了一种沉重的负担，一抬脚往山上登就气喘吁吁，上气不接下气。不是他的腿有多沉，而是觉得气不够使，如同一只无形的手掐住了肺管子一样。山不算高，和乔新枝刚结婚那会儿，他一口气可以跑上跑下，如履平地。后来他爬爬停停，需要歇上两三次，才能回到家里。现在有了新房，他不必望山生畏。两口子有了单独的房间后，乔新枝特意买了一张双人床，她和江水君天天都睡在一头儿，亲热起来方便多了。可是有些遗憾，江水君的身体不行了，上一次乔新枝的身，比爬一座高山都难。乔新枝的身体本来就是丰满型的，过了四十岁后，更显得丰满有加。一个女人的身体再肥硕，也不能拿高山作比吧。然而在江水君看来，乔新枝的确像一座高山。站着像山，躺着也像山。往往是，他还没爬到位，已经咳成一团。等他爬到了位呢，早已累得大汗淋漓，动弹不得。说实话，江水君还是挺想的，只是力不从心了。毛病出在哪里呢，出在江水君呼吸困难气不足上。气力，气力，气跟得上，力才跟得上。那件事本来就是大喘气的事，喘得像牛，劲头也像牛。江水君连小喘气都喘不均匀，还能有什么像样的作为呢！

乔新枝多次劝江水君到医院看一看，江水君不去。矿上就有医院，看病又不用花钱，何必不去呢？江水君说他自己最了解自己，他没有什么病。乔新枝说，你的气都快出不来了，还说自己没有病，你哄谁呢！江水君说，我能吃能喝，一顿饭吃两个馒头，喝一碗汤，能有什么病！乔新枝跟他急了，说，你不为自己，不为我，只为着两个孩子，也得到医院看看。江水君这时候才说，他知道自己得的什么病。乔新枝说他能得不轻，要是谁都知道自己有什么病，还要医生干什么。江水君说，他就是喝煤面子喝多了，煤面子在肺里积攒下来，所以呼吸才有些不畅。乔新枝说，那赶快想办法把煤面子弄出来呀！江水君说，你以为人的肺是一只布口袋呢，可以把煤装进去，也可以把煤倒出来。我听人说了，吸进肺里的煤面子细得很，比最细的面粉都细，细煤面子一吸进肺里，就贴在那里了。尘肺病是煤矿工人的职业病，成天在煤窝里滚，谁的肺里不装几两煤面子，得尘肺病的多了去了，不值得大惊小怪。乔新枝说，你这样说，干等着煤面子把肺灌满就完了。江水君说没关系，再过几年，等他一退休就好了。

直到有一天，江水君患感冒感染了肺部，晕倒在井下，人们才把他送到医院做了检查。检查出结果后，医生就安排他住院，没再让他出来。结果表明，江水君的自我判断是对的，他确实得了尘肺病。只不过，他的判断比较轻，诊断得出的结果比较严重，严重得到了一个最高的级别。用医生的话说，积存在江水君肺泡里面的煤不是粉末状态，而是完全纤维化了。换句话说，他的两叶肺已不是正常人的人肺，基本失去了呼吸的功能，肺被异化成了两块沉沉甸甸的煤。把这样的肺拍成胶片，迎光一照，可见两块肺是乌黑的。把这样的肺制成剖面标本，横断处如起伏着道道蕴煤的山脉。这样的肺经不起任何合并性炎症，炎症一起，十有八九会危及生命。

江水君临死之前，趁只有乔新枝一个人在身边时，他要跟乔新枝说件事，这件事在他心里压了二十多年了，要是不说出来，他死了也不得安宁。这时他呼吸已经非常困难，每说一句话就得张着嘴喘半天。病房里备有大容积的氧气钢瓶，输氧管也插在他的鼻孔里，可他就是吸不进去。乔新枝紧紧握住他的一只手，要他什么事都不要说了，留着那口气，还不如多活一会儿呢！江水君把他的手从乔新枝手里抽了回去，两手抓自己的胸口，似乎要把胸腔抓破，把肺或者心掏出来。乔新枝赶紧把他的两只手都夺住，说，水君，水君，你这是干什么！乔新枝流了泪，江水君也流了泪。到底，江水君还是把那件事说了出来。他说，他看见了哑炮，没有告诉宋春来，自己躲了起来。他对不起宋春来，也对不起乔新枝。

听了江水君拼出最后一丝力气说出的话，乔新枝平平静静，一点都不惊讶。她拿起毛巾给江水君擦泪，擦汗，说，这下你踏实了吧，你真是个孩子！

响器

庄上死了人，照例要请响器班子吹一吹。他们这里生孩子不吹，娶新娘不吹，只有死了人才吹打张扬一番。

大笛刚吹响第一声，高妮就听见了。她以为有人大哭，惊异于是谁哭得这般响亮！当她听清响遏行云的歌哭是著名的大笛发出来的，就忘了手中正干着的活儿，把活儿一丢，快步向院子外面走去。节令到了秋后，她手上编的是玉米辫子，她一撒手，未及打结的玉米辫子又散开了，熟金般的玉米穗子滚了一地。母亲问她到哪里去，命她回来。这时她的耳朵像是已被大笛拉长了，听觉有了一定的方向性，母亲的声音从相反的方向传来，她当然听不进去。

大笛不可抗拒的召唤力是显而易见的，不光高妮，庄上的人循着大笛的声响纷纷向死了人的那家院子走去。他们明知去了也捡不到什么，不像参加婚礼，碰巧了可以捡到喜钱、喜糖和红枣，但他们还是不由自主地去了。他们是冲着大笛吹奏出的音响去的。这种靠空气传播的无形的音响，似乎比那些物质性的东西更让他们热情高涨和着迷。高妮的母亲本打算一直把玉米辫子编下去，编完了高高挂在树杈子上，给女儿做一个榜样。可大笛的音响老是贴着树梢子掠来掠去，她编着编着就走了神，把玉米辫子当成了女儿的头发辫子。她还纳闷儿呢，高妮滑溜溜的头发什么时候变得像玉米皮子一样涩手呢！做母亲的哑然笑了一下，很快为自己找到一个听大笛的借口：去把高妮找回来。

院子里已经站满了人，高妮的母亲进不去了，只能站在大门口往里看看。响器班子在院子一角，集体坐在一条长板凳上吹奏。他们一共是三个人，一个老头儿，一个中年人，还有一个小伙子。吹大笛的小伙子坐在中间，老头儿和中年人分别在两边捧笙。他们面前置有一张方桌，上面有暖水瓶、茶碗和纸烟。高妮的母亲认出来了，这是镇上崔豁子的响器班子，那个老头儿就是四乡闻名的崔豁子。据说从崔豁子的曾祖父那一辈起就开始吹响器，到崔豁子的儿子这一辈，他们家已吹了五代。换句话说，周围村庄祖祖辈辈的许多人最终都是由他们送走的。他们用高亢的大笛，加上轻曼的笙管，织成一种类似祥云一样的东西，悠悠地就把人的魂灵超度到传说中的天国去了。吹奏者塌蒙着眼皮，表情是职业化的。他们像是只对死者负责，或者说只用音乐和死者对话，对还在站立着的听众并不怎么注意。他们吹奏出的曲调一点儿也不现代和复杂，有着古朴单纯的风格。不消说曲调代表的是人类悲痛的哭声，并分成接引、送别和安魂等不同的段落，以哭出不同的内容来。它又绝不模仿任何哭声，要说取材的话，它更接近旷野里万众的欢呼，天地间隆隆滚动的春雷。人们静默地听着，只一会儿就不知身在何处了。有人不甘心自我迷失，就仰起头往天上找。天空深远无比，太阳还在，风里带了一点苍凉的霜意。极高处还有一只孤鸟，眨眼间就不见了。应该说这个人死的时机不错，你看，庄稼收割了，粮食入仓了，大地沉静了，他就老了，死了。他的死是顺乎自然的。

大笛连续发出几个直冲霄汉的强音，节奏也突然加快。笙管紧紧地附和着，以它密集的复合音，把大笛的强音接过来，再烘托上去。原来死者的女儿哭着奔丧来了，响器在做呼应的工作。响器推动了死者女儿的悲痛，使女儿家悲上加悲，哭得更加惊天动地。这时响器的声响仿佛是抽象的、统摄性的，对女儿家的哭声既不覆盖，也不吹捧，只是不露痕迹地给予升华，使其成为全人类共享的幸福的悲痛。从高空垂洒的阳光给每一位听众脸上都镀上了金辉，他们的表情显得庄严而神圣。庄民的感觉是共同的，世间有了这样的乐声相伴，死亡就不再是可怕的事情了。

有人碰了高妮的母亲一下，示意让她看一个人，那个人是她的女儿高妮。高妮的母亲这才看见了，高妮站在离响器班子很近的地方，满脸的泪水已流得不成样子。死者是别人的祖父，又不是高妮的祖父，两家连姓氏都不相同，可以说没有任何血缘和亲戚关系，高妮不该这样痛心。再说，一个十四五岁的闺女家，当着这么多人流眼泪是不好看的，是丢丑的。高妮的母亲生气了，她生高妮的气，也生自己的气。双重的气愤促使她挤过人群，捉住高妮的胳膊，不由分说就往外拉。

沉浸在乐声中的高妮吃惊不小，好像她在梦境中正自由地飞翔，被外力一拽，突然就跌落在真实的硬地上了，就被摔醒了。还不知道拽她的人是谁，她就恼了，本能地夺着胳膊，做出反抗。当知道了拉住她的翅膀、破坏了她飞翔的不是别人，而是她的母亲时，她就更恼怒了，几乎踢了母亲。母亲强有力的手仍不放松她，一股劲把她拉到院子外头去了。母亲说，你娘还没死，你哭什么哭！

高妮不承认她哭了。

没哭你脸上是什么？是蛤蟆尿吗？母亲松开她，让她用自己的手摸摸自己的脸。

高妮还没摸自己的脸，嘴里浓浓的咸味已做出证实，她确实在不知不觉的情况下流泪了，泪水通过分水岭般的鼻梁两侧，流进嘴角里去了。她用手背自我惩罚似的把眼睛抹了一下，脸上掠过一阵羞赧，辩解说，她不是为死人而哭。

那你为什么哭？母亲问。

高妮说她也不知道。

母亲说好了，回家吧。她往后退着，说不，就不，转身又钻进举丧人家的院子里去了。母亲狠狠地骂了她，可她没听清母亲骂的是什么。或许母亲的骂只是大笛的一个修饰音，轻轻一滑就过去了。让高妮感到失落的是，当她重新挤到响器班子的桌案前时，乐手们停止了吹奏，手指间夹进了点燃的纸烟，送到嘴边的是粗瓷茶碗。有那么一瞬间，高妮没想到乐手们的吹奏告一段落，需要休息一会儿，以为高明的乐手们要换一个吹奏法，把纸烟的细烟棒和大口径的茶碗也会弄出美妙的声音来。停了一会儿，见纸烟和茶碗上升起的只有缕缕细烟，她才意识到都是由于母亲的干扰，她有可能把最好听最动人的部分错过了。这个当娘的可真是的，天上打雷地上雨，别人流泪不流泪关你什么事！好在死者还没有出殡，等不了多大一会儿，响器还会重新吹奏起来。怀着期待的心情，她难免多看了几眼那个吹大笛的小伙子的嘴巴，想听听小伙子说话的声音是怎样的。在她的想象里，小伙子说话的声音应该和大笛是同一类型，一开口便是鸿鹄般的长鸣。然而小伙子没有说话。不说话也不要紧，在高妮看来，小伙子的嘴巴本身就很特殊，而且漂亮。大概由于嘴唇长期努力的缘故，小伙子唇肌发达，唇面红艳，整个嘴唇饱满结实而富有弹性。如果把这样的嘴唇用指头按一下，说不定唇面在压下和弹起的时候本身就会发出音响。

高妮看人家，人家也注意到她了。她被母亲强行拉回去，又自己跑回来，这一点在场的人都看到了。别看小伙子崔孩儿在吹大笛时不怎么抬眼，院子里的一切他仍能尽收眼底。他欢迎这样忠实的听者。崔孩儿以艺人的欢迎方式，把烟盒拿起来，盒口对着高妮伸了一下，意思问高妮要不要吸一支烟。高妮长这么大还从没有人给她让过烟，这个陌生而崭新的方式把高妮吓住了，她满脸通红，脑子里轰轰作响。她身后站着不少人，有小伙子，也有大姑娘，那些人喜欢逢场作趣，都往前推她。高妮感到有人推她，就使劲坐着身子往后退，她越是往后退，别人越是往前推。毕竟寡不敌众，高妮到底被后面的人推到崔孩儿面前去了，要不是有桌案挡着，那些人或许会一直把高妮推送到崔孩儿的怀里去。在响器班子暂歇期间，一个小姑娘被捉弄，这无疑是一个不错的插曲，于是听众的嘴巴都毫无例外地咧开了，有的嘴巴还迸发出短促的被称为喝彩的声音。这样的欢乐气氛跟院子正面灵堂里的气氛并不矛盾，说不定死者的后人所追求的正是这种效果。我们的高妮小脸红得可是更厉害了，因为她无意间看见大笛手正对她微笑，并把嘴唇嘬起来，做出了一个类似吹的姿势。天哪，他难道要吹我吗？！人们面对突如其来的荣幸，第一个反应往往不是接受，而是躲避。高妮也是这样，她转过了身，张着双手戗着膀子与推她的人相抵抗。就在这时，响器又吹奏起来。响器一响，人们顿时肃静下来，不把逗高妮当回事了。高妮很快就后悔了，后悔没有接过大笛手递向她的纸烟。不会吸烟怕什么，什么事情都有一个开头，都是从不会到会。高妮还有一个后悔……

死者出殡时，响器班子是在行进中吹奏。送殡队伍可谓浩浩荡荡，络绎不绝。走在前面开道的是两位放三眼枪的枪手，其次才是响器班子，紧随其后的是八人抬的棺木，最后白花花的举哀队伍是死者的孝子贤孙及其他亲属。围观的人们不在秩序之内，这些人黑压压的，要比秩序内的人多得多。他们有着较大的自由度，喜欢看什么听什么就选择什么。比如高妮喜欢听响器，她就跟定响器班子，寸步不离。响器在旷野里吹奏，跟在庭院里吹奏给人的感觉又不同些。收去庄稼的千里大平原显得格外宽广，麦苗长起来了，给人间最隆重的仪式铺展开无边无际的绿色地毯。在长风的吹拂下，麦苗又是起伏的，一浪连着一浪。高妮不认为麦苗涌起的波浪是风的作用，而是响器的作用，是麦苗在随着响器的韵律大面积起舞。不仅是生性敏感的麦苗，连河水、河堤外烧砖用的土窑、坟园里一向老成持重的柏树等等，仿佛都在以大笛为首的响器的感召下舞蹈起来。响器的鸣奏对举哀队伍的帮助更不用说，它与众多的哭声形成联动，你中有我，我中有你，浑然天成，不分彼此。关键在于，如果没有响器的归纳和提炼，哭，只能是哭，有了响器的点化，哭就变成了对生死离别的歌咏，就有了诵经的性质，并成为人类世代相袭的不朽的声音。高妮走在响器班子左侧前面一点，为了听得真切，看得真切，她不惜倒退着走路。高妮心中热浪翻滚着，她再次不可避免地流泪了。麦地里腾起的尘土刚黏附在她的泪痕上，后续的更加汹涌的泪水就把前面的泥土冲刷掉了。这样反复几次，高妮差不多成了一个土妮子了。

　　死者入土后，响器班子没有再进庄，他们各自把响器收到布褡裢里，从地里拐上大路，直接向镇上走去。他们走了，高妮怎么办？高妮有些不由自主，也尾随着他们上了大路。他们看见她了，崔豁子扬扬手让她回去。她没有回去，站在了原地。崔豁子他们往前走时，她又尾随过去。他们像是简单商议了一下，崔豁子和大儿子先走，由小儿子崔孩儿站下来等她。按他们通常的理解，这个不难看的小姑娘大概是被崔孩儿迷住了，有一段情缘需要了结。崔孩儿问，你跟着我们干什么？高妮的回答连她自己事先也没想到，她说，我想跟你学吹大笛。崔孩儿眨了眨眼皮说，就你，想学吹大笛，你不是说梦话吧。高妮肯定地说，她不是说梦话。

崔孩儿没有从正面答复她，说，那，我让你吸烟，你为什么不吸？高妮说，我吸，你现在给我吧！崔孩儿抽出一支烟，没交到她手里，直接杵进她嘴里，打火为她点燃。高妮真的不会吸烟，她鼓着嘴，像吹大笛那样吹起来了。崔孩儿让她吸，往里吸，吸深点儿，指了指她的肚子。她这才把烟吸进去了。烟的味道很硬，有点噎人，还有点呛人，但她使劲忍着，没让自己咳嗽出来。她把人家让她吸烟当成一场考试了。她吸着烟，眼巴巴地望着崔孩儿。崔孩儿仍没有答复她，说，你的嘴是不是太小了？高妮心想，这又是关乎能不能让她学吹大笛的大问题，赶紧说，我的嘴不小，你看，你看！她把嘴尽量张圆，凑上去让崔孩儿检验。崔孩儿闻到了她嘴里哈出的少女才有的香气，看到了她灯笼一样的口腔里那粉红的内壁，就微笑着抓自己的脖梗子。高妮注意到了崔孩儿的笑，问，你同意收我当徒弟了？崔孩儿说，这事还得问我爹。他让高妮等等，抢了几步，追上了父亲和哥哥，把高妮的要求向父亲讲了。高妮没有站在原地等，跟着崔孩儿就追过去了。崔豁子回头把高妮上下打量了一下，说，回去请你爹来找我吧！高妮大喜过望，两眼顿时开满泪花，说，那我给您磕头吧！崔豁子制止了她，还是说，让你爹带上你来找我吧。他又补充了一句，告诉你爹，去见我不用带礼物了。高妮一路小跑回去了。崔豁子却对他的两个儿子说，她爹不会同意。

崔孩儿问，要是她爹同意呢？

崔豁子颇有意味地对小儿子笑了笑，说，那就看你小子愿意不愿意教她了。

崔孩儿脸上红了一下。

跟崔豁子估计的一样，高妮家的人不同意高妮去学吹大笛。高妮的父亲外出做工去了，不在家。母亲听了她的想法，直着眼看了她好半天，断定女儿是中魔了。母亲捉过她的手，用做衣服的大针，在她大拇指的指尖上扎了一下，挤出一粒血珠，说好了，睡觉去吧，睡一觉就好了。高妮不去睡觉，告诉母亲，崔师傅都同意收她为徒了。驱魔没收到应有的实效，母亲不会相信中魔人的一派胡言，她进一步把吹大笛和死画了等号，说，我看你是作死啊！高妮听母亲说到了死，她说是的，哪儿死了人就到哪儿去吹。高妮第一次找到了自以为正确的人生方向，她的心情相当愉快，脸上挂满了轻松活泼的笑容。高家的小姑娘笑起来可真灿烂，可真干净！可这些都被母亲看成是高妮着魔的表现，看来可怕的魔已钻进高妮身体里去了，钻得还不浅。母亲说，我可就你这么一个闺女啊！母亲说着眼泪就流下来了。母亲流泪是有用意的，她试试能不能用这种方法把女儿感化过来。无论怎么说，母亲流泪还是值得重视的，高妮反过来做母亲的工作，说等她学成了，就回来给母亲开一个专场，母亲想听什么，她就吹什么。母亲登时大怒，使出了最后的撒手锏：你敢去学吹大笛，我马上把你的腿棒骨打断！

母亲一方面对高妮采取了控制措施，不让高妮走出院门；另一方面紧急给高妮的父亲捎信，让真正的家长回来处理这件棘手的事情。母亲的控制措施就是让高妮干活儿，用活儿占领高妮的手脚。她让高妮接着编玉米辫子，编完玉米辫子准备让她穿辣椒串子，穿完辣椒串子再教她学绣花，反正以打消高妮学吹大笛的念头为原则。

高妮提出不愿意编玉米辫子，愿意穿辣椒串子。母亲做出让步，同意她先穿辣椒串子，辣椒有满满一竹筐，够高妮穿半天的。辣椒是通红的，辣椒的把儿还是绿的，看上去很是美丽。高妮捏起一个辣椒欣赏了一下，穿在线绳上了。辣椒穿在一起像一挂鞭炮。"鞭炮"穿到半截儿，她的手哆嗦了一下，把头直起来了。她听见起风了，风呼呼的，一路吹荡过来。在劲风的吹荡下，麦苗拔着节子往上长，很快就变成了葱绿的海洋。风再吹，麦子抽出穗来，开始扬花。乳白色的花粉挂在麦芒上，老是颤颤悠悠的，让人怜惜。当风变成热风时，麦子就成熟了。登上河堤放眼望去，麦浪连天波涌，真是满地麦子满地金啊！母亲问她不好好干活儿愣着干什么？她回过神来才听清不是起风，空气中隐隐传来的是大笛的声响。她看了一下母亲，相信母亲没有听到，母亲似乎没长听大笛的耳朵。据高妮判断，大笛声像是从北边的庄子传过来的，离他们的庄子不过四五里。从远处听大笛，大笛的声响不是很连贯，有点断断续续，梦幻一般。它走过河水，走过大路，走过原野，走过树林，是从高空的云端下来的。撩开云幕下来的音乐就不是人歌，而是天歌，或者说是仙乐。这样梦幻般的仙乐听来别有一番韵味，更能牵动人的思绪，让人想到哪里就到哪里，想看什么就有什么。高妮这会儿又看到了一大片荞麦地，荞麦花开得正盛，满地里都是白的。她想这些花朵也许是蝴蝶吧。这样想着，荞麦花果然变成了蝴蝶。亿万只白色的蝴蝶翩翩起舞，煞是壮观。高妮怎么也坐不住了，她借口去趟茅房，攀上茅房里的一棵桐树，登上茅房的墙头，轻轻一跳，就摆脱了母亲的监控。

高妮来到北面的庄子，果然看见是崔家的响器班子在那里吹奏。崔家名义上是在镇上开理发店，拾掇活人的头发，可周围庄子里老是有死人，他们家就老是有生意做，老是有得吹。也许在他们看来，打发死人比伺候活人更重要。高妮把崔豁子喊成爷爷，说爷爷我来了。崔豁子的嘴正接在笙管上，腾不出嘴跟她说话。好在吹笙者的脑袋总是一点一点的，高妮理解为爷爷对她的到来点头了。正吹大笛的崔孩儿，两边的腮帮子鼓得像分别塞了鸡蛋，也没法跟她说话。当她目不转睛地向崔孩儿报到时，崔孩儿也用眼睛跟她交流。崔孩儿的眼睛光闪闪的，很亮。这表明崔孩儿的话也说得很亮，让高妮感到欣喜。响器暂歇时，崔豁子问高妮，你爹怎么没来？高妮撒了谎，说她爹在外地打工，还没回来。她母亲不敢见人，就让她自己来了。崔豁子问，你没说谎吧？高妮摇头。崔豁子还有问题——要是你爹用绳子把你绑回去，你还来不来？高妮说，来。崔豁子说那好，你先学敲梆子吧。崔豁子弯腰从搭在长条板凳上的褡裢里取出一副梆子。梆子是两件套，一圆一扁，一瘦一胖。梆子乍一看是黑色的，再看黑里却透着红，闪耀着厚实的暗光。高妮没料到梆子会如此光滑，她刚把梆子接到手里，出溜一下子，那只椭圆微扁的梆子就从手里滑脱了，比一条鱼儿窜得还快。高妮赶紧把梆子捡起来，抱歉似的对爷爷笑了一下。爷爷说，我看你是喜阳不喜阴。这句话高妮没有听懂。

两个儿子都明白老爷子的心思。三月里，邻镇逢庙会，他们的响器班子应邀去和另一支响器班子比赛。比赛难解难分之际，对方突然使出一件秘密武器，让一个女子担纲吹起大笛来了。女大笛手一上阵，他们这边的听众很快被吸引过去了。尽管女子吹得不是很好，中间出了不少漏洞；尽管他们爷儿三个使出了浑身解数，但原本属于他们的听众还是没有回头，一边倒的形势到底未能扭转。那场比赛对老爷子是一个打击，也是一个刺激，他说，现在的人爱听母鸡打鸣，谁也没办法。看来老爷子也要培养一名女将了。

高妮不知道梆子怎么敲。爷爷让高妮看他的脚，手跟着他的脚走，他的脚板子往地上轻合一下，高妮手中的梆子就敲一下。高妮敲响梆子的第一声几乎把自己吓了一跳，梆子声这般脆朗清俊，哪像是木头发出的，简直是金玉之音。这么好的梆子不是好敲的，敲响容易，敲到点子上难。爷爷让她看着他的脚敲，她倒是看了爷爷的脚，可她不是敲晚了就是敲早了，敲晚了如同敲在了爷爷脚下的空地上，敲早了呢，就如同敲在爷爷的脚踝骨上。爷爷皱起了眉头，样子像是有些痛。她想可能是自己敲慢了，敲得不够勤快，于是加快了速度。这下更不得了，对于爷爷来说，她这么干等于沿着爷爷的腿杆子一路敲上去，一直敲到膝盖骨那里。爷爷脚板合地的力量加重了，跟用脚跺地差不多。爷爷还瞪了她一眼，这一眼瞪得好厉害哟，高妮头上出汗了。

高妮的父亲是在镇上崔家的理发店找到高妮的，其时高妮正对着整面墙一样宽的镜子在梳理头发。父亲对她表现得和颜悦色，没有露出任何恼怒的迹象。父亲说给她买了一身衣服，让她回家穿上试试。走到街上，父亲给她买了一串冰糖葫芦，还把人家找回的零钱给了高妮。高妮长这么大了，父亲还从没给过她这么高的待遇，她差不多有些感动了。回到家，父亲把自己的做法总结了一下，对女儿说，你想穿什么，爹给你买；你想吃什么，爹给你买；你想花钱，爹给你；不管你想要什么，爹都尽量想法达到你的要求，只是千万别再去学吹大笛了，吹大笛不是女孩子家干的事。高妮没有说话。父亲用现实的观点对高妮晓以利害，说现在外面的男人都不好，高妮到了男人堆里，也会变得不好，那样的话，以后嫁人就难了，就嫁不出去了。

高妮说，嫁不出去就不嫁。

父亲让她再说一遍，她果真又说了一遍。那么父亲只好拿她的皮肉说事。父亲下手很重，把她打哭了。她听见了自己的哭声，哇哇的，通畅而嘹亮，像是从肺腑里发出来的，底气相当足，跟大笛的声音也差不多吧。父亲不许她哭，命她憋住，憋住！这就是父亲的权利，把她打疼，又不许她哭喊。从她很小起，父亲就对她行使这种权利。过去父亲让她憋住她就憋住，憋得眼珠子都疼了，这一次她不打算听父亲的话了。特别是当她听见自己的嗓门潜力这么大，声音器官这么好，几乎可以和翻卷着金属嘴唇的大笛相提并论，心中一阵狂喜，决定这次放开算了。于是她往大里调整了一下口型，哭得更充分些。好比哭丧的来了，大笛要掀起一个高潮，她配合父亲的猛揍，也试着给自己的哭喊掀起一个小小的高潮。父亲像是忽略了她的人体本身同时又是一个发声体，对她突然爆发出的洪亮哭声显得有些出乎意料，还有那么一点惊慌。父亲的办法是拿过一块毛巾，塞进她嘴里去了。说来高妮的警惕性还是不够高，见父亲抓起一块毛巾，她还以为父亲动了恻隐之心，要为女儿擦一擦眼泪。毛巾的运行方向大致上是对的，只是具体落实时，没落实在眼睛上，而是落实在她洞开着的嘴巴里去了。这一下事情变得比较糟糕，毛巾吐不出来，咽不下去，她哭喊不成了。

鼓着腮帮子貌似吹大笛的高妮，只能在脑子的记忆里重温大笛的音响。大笛响起来了，满地的高粱霎时红遍，它与天边的红霞相衔接，谁也分不清哪是高粱，哪是红霞，哪是天上，哪是人间。然而好景不长，地上刮起了狂风，天上下起了暴雨。那风是呼啸着过来的，显示出无比强大的吹奏力。地上的一切，不管是有孔的或是无孔的，疾风都能使它们发出声响。屋顶的茅草被卷向空中，发出像是雨燕的叫声。枯枝打着尖厉的口哨。石磙发出的声音闷声闷气。土地的声响跌宕起伏，把历代刀兵水火的灾变性声响都包括进去了。大风把成熟的高粱一遍又一遍压下去，倔强的高粱梗着脖子，一次又一次弹起来。高粱对陡起的大风始终持欢迎态度，高粱叶子不断哗哗地鼓掌。红头涨脸的高粱穗子是把酒临风的诗人风度，一再欢呼：好啊！好啊！暴雨显示的是快速打击的力量，谁敲梆子也比不上暴雨敲得快，再密集的鼓点也不及雨点密集度的千万分之一。这还不算，暴雨的声响带有上苍的意志，唯我独尊，是覆盖性的，它一下来，地上的万物只得附和它。暴雨下了几天几夜，红薯被淹没了，谷子被淹没了，地里白水浸浸，成了一片汪洋。这时候，高粱仍有上佳表现，高出水面的高粱如熊熊燃烧的火炬，暴雨不但浇不灭它，经过暴雨的洗礼，大片的高粱简直成了火的海洋。可是，人们吃不住劲了，纷纷扎起木筏子，一边饮泣，一边从水里捞谷子，捞豆子……高妮脑子里的大笛响到这里，眼泪又禁不住滚落下来。

等到高妮脑子里的大笛响到下一个乐章，漫天的大雪就下来了。大雪虽然也是水变成的，但它是固体，而不是液体，它落在哪里，就在哪里积累下来了。坟成倍地扩大着。草垛上面像是又增加了一个草垛。树枝上的雪越积越厚，白色鸟般栖满一树。枝条越压越低，终于承受不住，"白色鸟"乱纷纷落地。树枝刚恢复到原来的位置，后来的"白色鸟"又争先恐后地落在上面。地里的清水井被称为大地的眼睛，雪在井沿边神工般地往中间砌着，井口越收越小，后来终于连大地的眼睛也给遮盖住了。不用看了，天地间满满当当，都被大雪充塞了，整个世界都是白的。你想看什么也看不到了，世界上仿佛什么都没有了，一种被称为白色或者无色的颜色轻轻一涂，整个世界就变成了空白。可大雪还在下着。谁要以为落雪无声那就错了，它是无声胜有声，在人们心上隆隆轰鸣。在轰鸣声中，人们退回来，垂下头，真的无话可说了，只有流泪的份儿。高妮的眼泪流得可真痛快，她的双眼就那么张着，眼泪无遮无拦，汹涌而下。

母亲把她嘴里的毛巾掏出来时，是让她吃饭。她咬紧牙关，当然不会吃。母亲解开捆她的绳子，她还是不吃。她不光不吃饭，连话也不说了。

父亲请来了一位亲戚，帮着做高妮的说服工作。这位亲戚是一位慈善的老太太，老太太的三个儿子都进入了上流社会，她因此被当地尊为教子有方的人。老太太用历史的观点，说吹大笛属于下九流里面的一个行业，一个人如果选择了吹大笛，一辈子就被人看不起了，死了也不能埋进老坟里。老太太说得苦口婆心，高妮仍坚持绝食，拒绝说话。后来老太太说了一句话，这句话让高妮感恩戴德。老太太对高妮的父亲说，人各有志，算了，给孩子一条活路吧！

高妮实现了自己的诺言，父亲打了她，绑了她，都没能改变她学吹大笛的决心。她也有不明白的地方，崔爷爷怎么就料到父亲要绑她呢？看来人一老就跟神仙差不多了。崔爷爷说，行，我看你这孩子能学出来。他指定崔孩儿当高妮的师傅。

崔孩儿一开始并没有教高妮学吹大笛，高妮刚把大笛摸住，他就不让高妮动。高妮说，师傅，你教我吧。师傅说，你过来。高妮走到他跟前，他却努起自己的嘴去找高妮的嘴。高妮对师傅这样做不大适应，还是说，你教我学吹大笛吧。师傅说，你不要犯傻，我这不是正在教你嘛！他拿起大笛，让高妮数数大笛上有几个孔。高妮数了。师傅说，你再数数你自己身上有几个孔。高妮仰着脸在心里数了一下，不错，她身上的孔和大笛身上的孔一样多。既然如此，她愿意听凭小师傅从她嘴上教起。崔孩儿小师傅不愧是一个吹家，他一会儿就把高妮身上的孔全吹遍了。当吹到关键的孔时，高妮就响起来了。之后，高妮趁机向师傅提了一个问题，爷爷为什么说她喜阳不喜阴。师傅解答道，那对梆子，圆的为阳，椭圆的为阴。你把圆的抓在手里，椭圆的掉在地上，不是喜阳不喜阴是什么。师傅还说，你喜欢我就是喜欢阳。高妮没有否认。

没人会关心高妮为练习吹大笛吃了多少苦，受了多少罪。一个人来到世上，要干成一件事，吃苦受罪是不言而喻的。两三年后，高妮吹出来了，成气候了，大笛仿佛成了她身体的一部分，与她有了共同的呼吸和命运。人们对她的传说有些神化，说大笛被她驯服了，很害怕她，她捏起笛管刚要往嘴边送，大笛自己就响起来了。还说她的大笛能呼风唤雨，要雷有雷，要闪有闪；能让阳光铺满地，能让星星布满天。反正只要一听说高妮在哪里吹大笛，人们像赶庙会一样，蜂拥着就去了。

　　消息传到外省，有人给正吹大笛的高妮拍了一张照片，登在京城一家大开本的画报上了。照片是彩色的，连同听众占了画报整整一面。有点可惜的是，高妮在画报上没能露脸儿，她的上身下身胳膊腿儿连脚都露出来了，脸却被正面的大笛的喇叭口完全遮住了。照片的题目也没提高妮的名字，只有两个字——响器。

不定嫁给谁

故事的序幕

　　为避免过多的回叙,以前作者在交代故事情节时,往往是把起因部分打碎,打成一些会发光的精彩的碎片,装成不经意的样子,分散在故事的关键处或衔接点。这样,读者只有看完全篇,才能搞清故事的来龙去脉,才能得到一个完整的印象。当然,这是出于技术上的需要。

　　写这篇故事时,作者不想考虑什么技术了,一上来就以序幕的形式,把故事情节的来龙部分和盘端给读者。

　　有个长成的姑娘叫小文儿,人家给她介绍了一个对象是田老庄的,名字叫田庆友。二人见面了,交谈了,小文儿对田庆友的印象还算可以。小文儿问田庆友有什么意见。田庆友嘿嘿笑着,满脸通红,说他没什么意见。那么田庆友就问小文儿有什么意见。如果小文儿也说没什么意见,两个人的婚姻大事就算敲定了,可以建立起长期合作的关系。小文儿本来是想说她也没什么意见来着，可话到嘴边又咽回去了。她后来说出的是，她还要回去想一想，还要征求一下父母的意见。

征求父母意见的说法是一个借口，小文儿主要是想自己想一想。世上好多事是无须想的，不想还好，往往是一想就想差了。好姑娘小文儿也是如此。田庆友是媒人给小文儿介绍的第一个对象，小文儿就想了，作为一个姑娘家，在相亲的问题上应该拿一点劲，按书面的说法，应当矜持一些，哪能第一次相亲就答应下来。和小文儿同村的一个姑娘，相亲相了八九个，最后才挑中一个。她相亲不一定非要达到这个数目，但相五六个总不算多吧？倘若相第一个就认可，是不是显得价值定位不够高？在别人看来，是否太着急一些？在小文儿犹豫之间，媒人向她讨准话儿。她没说出什么肯定性的准话儿，和田庆友的事儿就算吹了。

接着又有人给小文儿介绍对象。几年下来，小文儿相看的对象比预想的数目超额不少，超过了十位数。从方位上看，她把东西南北四面八方村庄上的小伙子差不多都见过了。从距离上看，她相看的对象，近的离她家只有二里，远的有六十多里。这些都不能说明什么，别人也无可非议。因为当地有个由来已久的说法：一家有女百家问。这个说法像是一个不成文的规定，规定了女孩子相亲次数的上限。与这个说法相配套的还有一句话，叫"百里挑一"。这些说法为女孩子们挑选对象提供了很大的余地，在舆论上也提供了保护。对照这些说法，小文儿相看对象的次数离上限的规定且远着呢。让小文儿不解的是，她所相看的对象，从各方面的条件看，一路呈下降趋势。用综合打分衡量，每个人的分数是递减的。好像从田庆友那儿开始定下了一个标高，后来者不但跳不过标高，有的连摸到标高都不能。甚为可笑的是，有人竟把一个大字不识的文盲介绍给她了。别看文盲不识字，相亲时口袋里却别着圆珠笔。小文儿让文盲写几个字给她看。文盲谦虚着，说他的字写得不好，问小文儿让他写什么字。小文儿说就写文盲两个字吧。文盲低头仰脸想了半天，说小文儿骂人不是这个骂法，脸子一恼就走了。

回过头来，小文儿想起了田庆友，觉得还是田庆友好一些。有心托人给田庆友带话，她和田庆友再谈谈，不料田庆友已经有了对象。也就是说，田庆友身边只有一个岗位，当初她没定下这个岗位，别人定下了。等她回头再找这个岗位时，岗位已被另一个女的牢牢占住。一念之差，她永远失去了做田庆友妻子的机会。

像小文儿这样各方面条件都不错的姑娘，嫁人是不愁的。后来小文儿终于找到了一个对象，名字叫田均平。田均平有一个特点，下巴上留胡子。因胡子的缘故，相亲时不少姑娘嫌他老相，嫌他怪，都离他而去。等小文儿跟他订下百年之好时，他的岁数不算小了。据小文儿观察，要是去掉胡子，田均平的长相还是挺好的。

二人第一次见面，田均平就对小文儿讲了他留胡子的原因。在村里搞排房化时，村支书硬把他家从老宅上排挤出来了，在村外的路边上给他家另划了一块宅基地。为了表示对村支书的抗议，他就留了胡子。田均平虚心听取小文儿的意见，要是小文儿不喜欢胡子，他就把胡子剃掉。小文儿就说，那你就剃掉吧！决定和田均平结合时，小文儿还是犹豫过，因为田均平和田庆友同属一个村，都是田老庄。庄子就磨盘那么大一块地方，盘不转磨转，她和田庆友总会有碰面的时候，回首往事，恐怕双方都会有些不好意思。不过小文儿顾不得许多了。这时她开始用命来解释自己的走向和归宿，觉得自己命里就该给田老庄的男人做老婆，这是没办法的事。

故事这才开始了

　　故事真正开始，虚构就开始了。如果说前面的序幕部分还有那么一点真凭实据，后面的一系列情节和细节都是作者根据故事需要想象和设计出来的。都是老朋友了，作者愿意向朋友们交这个底。到了这个时候，作者的心才提起来了，他做得格外小心，生怕出一点纰漏，让亲爱的读者失望，好了，放松一下，慢慢道来吧。

　　他们这里新人结婚有闹洞房的传统，而且三天之内不分老少。这个意思是说，在规定的时间内，全村人不管男女老少，不管辈高辈低，都可以和新婚之人放开手脚闹一闹，哪怕闹得人仰马翻，新人都不许着恼。田均平和小文儿这对新郎新娘难免被人轮番地闹闹，闹得一潮未平，一潮又起。来闹房的人很多，小文儿都不认识，有一个小文儿应该认识，她就留意，看这个人来不来。这个人不是别人，是田庆友。小文儿已经知道了，田庆友和田均平是出了五服的平辈兄弟，田均平年长为兄，田庆友为弟。有人家同宗兄弟在前，作为后来者，不管小文儿愿意不愿意承认，田庆友都得叫她嫂子。而弟弟闹嫂子的洞房，无论怎样闹都属于正常。甚至可以说是应尽的义务。如果不闹就不正常。小文儿反复想过了，田庆友如果来闹房，她就装作不曾认识田庆友，田庆友随便闹好了。小文儿隐隐地希望田庆友来闹闹，一闹热脸子就变成皮脸子，那一章就算掀过去了。以后各人过各人的日子，井水不犯河水。然而小文儿留意了半天，没看见田庆友。白天光线太亮，也许田庆友晚上才会来。新房里的花烛燃起来了，一闪一闪的，照着一张张兴奋的脸。新房床上床下，窗里窗外，闹房的人挤得满满的。在摇曳的光影里，人们动手动脚，闹得更加肆无忌惮。趁人们把小文儿搓来揉去、推来搡去的工夫，小文儿把每个略显昏暗的角落都看到了,始终没看到田庆友出现。这样小文儿的心就沉下来了。她和田庆友相亲不成,夫妻不成,却仍然跑到田老庄,给另外一个人做了新娘,田庆友一定是有想法了,说不定心头结下芥蒂了。在闹房的最后阶段,小文儿与闹房的人们配合得不是很好,流露出烦躁和反抗的情绪。当人们指责她不该有这样的情绪时,她伤感顿生,委屈顿生,差点哭了。

小文儿在婚后最初的一段日子里,做到了与田庆友形同陌路,相安无事。小文儿是个争强的人,她拉开的是创业的架势。她和田均平名下的田地不算多,但她愿意在田地里投下足够的力量,决心从有限的田地里获取最大限度的产出。她很快完成了从新娘到庄稼人的过渡,去娘家回门回来之后,脱下嫁衣就到田里去了。她把庄稼地整得四角四正,畦是畦埂是埂的。她不许自家田里有一棵杂草,草一冒尖儿就被她揪掉了。麦叶上刚爬出两个虫芽芽,她就发现了,从娘家借来喷药的器械,挽起裤腿,在麦田里来回喷药。在黄灿灿的油菜花前,在绿油油的麦田里,人们一天到晚都能看见她那高挑勤劳的身影。人们对她的评价是,田均平娶的这个媳妇儿可真能干哪!小文儿对人们的评价反应是,不能干行吗?!

小文儿家在村外,田庆友家在村内,在没有要紧事的情况下,小文儿极少到村内去。小文儿意识到田庆友有意跟她拉开距离,她也得跟田庆友保持着距离。距离有了,不等于小文儿不了解田庆友的情况。在村东的河堤下面,田庆友种有一块菜园,小文儿只要往那里一望,就把田庆友看到了。村里人还说她能干,比起田庆友来,她差多了。谁都知道,蔬菜都是水膘,是靠水养的,伺候蔬菜比种庄稼费力多了。小文儿时常看见,田庆友挑着两个水桶,一趟一趟地从河里挑水。河堤是相当高的,田庆友一拱一拱地攀上了河堤,等到了河堤最高处,他就沿着河堤的内坡下到河里去了。不一会儿,田庆友又从河堤下面冒出来了,先是冒出一顶草帽，后来越冒越高，荷着重水桶的人就立在河堤上了。田庆友到底是上过高中的人，连最热的天，他也从不光膀子，都是穿着白汗衫。到了下雨天，田庆友总该歇歇了吧，可是，在一派水蒙蒙的烟雨里，小文儿远远地看到的田庆友还是不闲着，田庆友一手打着一把红油纸伞，蹲在地里一手提菜苗子。镇上是双日逢集，一到逢集，田庆友就到集上卖菜。一辆载重自行车后面驮两只大荆条筐，那些水灵灵的鲜菜就放在荆条筐里，一边筐里是黄瓜、茄子、辣椒，另一边筐里是韭菜、包菜、荆芥。田庆友去集上卖菜，每次必从小文儿家大门前经过，只要小文儿不关大门，就把一大早去赶集卖菜的田庆友看到了。别的且不说，田庆友种出的菜可真漂亮！听人说田庆友卖菜已赚了不少钱，他要把赚到的钱攒下来，盖一座两层小楼。从别人口里，小文儿知道了田庆友这个男人的心有多高，比楼还高。由此她还明白了一个道理，一个人要想盖楼，心就得比楼高。

既然别人能赚钱，小文儿也得想办法赚钱。她把从娘家带来的陪嫁的私房钱拿出来了，在大门口的路边搭了一间小房，办成了一个小卖铺，卖糖烟酒，卖酱醋盐。丈夫田均平种庄稼不太热心，她就让田均平在小卖铺里守着。她承认自己做的是小本买卖，但她私下里对田均平说，人怕懒，钱怕攒，一天攒下一颗豆儿，十年就能盖个瓦门楼儿。她没有明确提出盖楼，暗暗上的却是和田庆友比赛的心。

一日午后，小文儿在路边扫出一块地晒小麦，见田庆友卖完菜从镇上回来了，她没有躲避。离她还有好远，田庆友就从自行车上下来了，推着自行车走过来。她没有先跟田庆友说话，等着田庆友跟她说话。田庆友说，均平嫂子，晒粮食呢！

小文儿说出的话连她自己也感到意外，她说，谁是你嫂子，我不是你嫂子！

田庆友窘迫地笑笑，说，怎么，我叫错了吗？

小文儿说，嫂子就嫂子吧，前面还加一个别人的名字干什么？！

田庆友说，那不是别人的名字，是我均平哥的名字，你跟我均平哥成了一家子，我们这儿就是这个叫法。

小文儿看看，路上前后都没人，只有他们两个。太阳烤得路面烫烫的，把鞋底都烫透了，让人觉得脚心热乎乎的。小文儿说，那，我要是跟别人成了一家子呢？说的是别人，她却给了田庆友一眼。这话是够敏感的，小文儿的脸先就红了。

田庆友听出小文儿话后面的话，看到小文儿的眼神儿也不对劲，他的脸比小文儿的脸红得还厉害，他像当初和小文儿相亲时那样嘿嘿笑着，说，你要是跟别人成了一家子，那就另说着，你不是没跟别人成一家子嘛！田庆友不敢久停，说，嫂子，你忙着，我走了。说罢，踏上自行车的脚踏子紧走两步，一条腿平着一摆，跨上自行车就走了。

小文儿注意到了，田庆友这次没喊她均平嫂子，把前面的均平去掉了，只喊她嫂子。细微之处见人心，从称呼的改变上，她看出田庆友这个人多么有耳性，多么长心。相应地，她想把田庆友喊一声庆友，或者叫一声大兄弟，但她觉得有些碍口似的。两样称呼都没叫出来，她只把田庆友叫成了哎，说，哎，哎，有空来家坐坐！

田庆友已经骑车走远了，小文儿看见田庆友回了一下头，没听见田庆友说什么。田庆友走后，小文儿站在路边走了一会儿神。路边有一道洼坑，坑里开了一片丝瓜花。丝瓜花的花朵呈金黄色，一朵是一朵。小文儿看着看着，眼前就成了一片不分朵的黄晕。

和田庆友相比之下，她的丈夫田均平就不那么有耳性，也不够听话。小卖铺开张不久，田均平就招了一些人在小卖铺里打纸牌。他们不光论个输赢就完了，还联系实际，来钱。来的钱虽然不大，不过三毛两毛的，钱再少也是赌呀。人一沾赌字就容易上瘾，就没个好儿。世上只听说赌博败家的，没听说有赌博发财的。小文儿劝丈夫别再来纸牌了，耽误做生意。丈夫的意见跟她正相反，丈夫说，他正是通过打牌招徕人，招徕生意。丈夫说了一句很时髦的话，说他这是娱乐搭台，经济唱戏。丈夫打牌果然上了瘾。有人要买一盒烟，他人不离座，眼不离牌，让人家到柜台里自己拿吧，别忘了给钱就行了。另外，小文儿劝丈夫卖东西不要赊账，丈夫也不听。丈夫说，都是乡里乡亲的，人家张开口了，他拉不下那个脸皮。货拿走了，钱收不回来，时间一长，周转金就转不动了。小文儿要去镇上进些货，跟丈夫要钱。丈夫把两手一摊。小文儿有些生气，说，小卖铺不赚钱，还往里搭钱，这买卖还做个什么劲呢，算了，不做了！

丈夫说，不做就不做，我还觉得拴得慌呢，我到外面打工去，靠打工挣钱。

小文儿说，田均平，你总算说了一句有志气的话，你走吧，明天就走，我不拦你！

听小文儿这么一说，丈夫又改变主意了。丈夫像不认识小文儿似的把小文儿看了一会儿，说，什么意思？你是想撵我走吗？告诉你，你撵我走，我反而不走了。我好不容易找到了一个好老婆，我还舍不得离开她呢！

小文儿说，谁稀罕你，没人稀罕你！

田庆友不种菜园了。随着城里的大电送过来，全镇所属的各个村庄也要通电。办电需要一批电管员和电工，镇上决定在全镇有文化的青年中招聘。田庆友的文化水平在那儿放着，他一考就考上了，当上了镇里的电管员。田庆友不用吭吭哧哧给菜园浇水了，不用掂秤杆收小钱了，他成了拿工资的人。各村都急着用电，各村的干部都得巴结管电的人，田庆友成天吃香的，喝辣的，一下子就吃开了。田庆友的脸经常喝得红着。村里人问他，又喝酒了？他显得有些不好意思，说，是喝了一点儿。田庆友的自行车换成了电动摩托车，电门一开，他的双脚一点儿也不用倒腾，摩托就蹿出去了。田庆友每天早出晚归，摩托车跑了这儿，又跑那儿，有点一日千里的意思，田老庄的人不容易看见他了。越是看不到哪一个，越容易说到哪一个。村里人提到田庆友的时候多一些。人们大致相同的看法是，人不管到啥时候，身上还得有本事，有本事就是条龙，遇到龙门才能跳过去。你看人家田庆友，说抖就抖起来了。

小文儿多次听到村里的妇女们说起田庆友，妇女们说田庆友，当然是从妇女的角度，她们说，谁嫁给田庆友，这一辈子算是烧了高香，算是掉进福窝里去了。说这话时妇女都装作无意，小文儿认为人家是有意的。她跟田庆友失之交臂，村里那些妇女肯定是知道的，所以人家就拿话敲打她。这让小文儿心里很不是滋味，酸甜苦辣都有。但小文儿又不能跟人家犯恼，人家说的是实话。天不怨，地不怨，只怨自己当时多了一个要面子的念头，把一桩好姻缘错过了。要是她当时什么都不想，什么都不说，只须轻轻点一下头，她就是田庆友的人了，烧高香的是她，掉进福窝里的也是她。现在呢，做了田庆友妻子的是另外一个女人，这个女人在娘家时当小学老师，嫁到田老庄还是当老师。小文儿拿自己和人家反复比较过了，论文化水平，她俩都是初中毕业。可是论身量呢，她比那个女人高；论长相，她比那个女人好；论皮肤，她比那个女人白；就说胸前的两块东西吧，她的一摸一大把，那个女人的是平不塌……每次比完了，小文儿都禁不住暗暗叹气，都这般时候了，比来比去还有什么用呢！换一个方法想想，她对田庆友也有点小小的意见，倘是田庆友当时盯她盯得紧一些，让媒人再催问一次，也许她就吐口了。说到底，小文儿还是不甘心哪！

小文儿让田庆友到镇上文化馆给她借一本杂志看，田庆友答应了。晚饭时分，大门外摩托车一响，田庆友果然把杂志借回来了。田庆友没喊嫂子，却喊，均平哥，均平哥，这是我嫂子让我给她借的杂志。田均平把杂志接过去了。小文儿把杂志看得很细，也很快，两天就把一本看完了。看完一本，她让田庆友给她再借一本。通过看杂志，她想提请田庆友注意，她也是有文化的人，她和田庆友在一些文化层面上是可以交流的。还杂志时，她问田庆友看了没有，并把杂志上的一些内容讲给田庆友听。田庆友不插言，不跟她讨论，只嘿嘿笑笑就过去了。有一天，小文儿终于在杂志里给田庆友夹了一张纸条，等于给田庆友写了一封信。要说是信吧，前面没有台头，后面也没落款，内容也简单些，纸条上写道：我的命难道就这么苦吗？你难道就不能给我一次机会吗？

田均平的小卖铺最后只剩下半坛子盐。有人买糖，他说暂时无货。有人买酒，他也说暂时无货。买家问，你这里到底还有什么货？他说有盐。话一传开，田均平的小卖铺为当地贡献了一条不错的歇后语：田均平的小卖铺——盐（严）字当家。小卖铺开成了笑料铺，关张肯定无疑了。关张指的是生意，小卖铺的门并没有关。田均平在小卖铺里干什么呢？不打纸牌了，改搓麻将。据说麻将是用骨头制成的，骨头擦骨头，一会儿就哗啦一阵子。深更半夜，那些人还要鸡要饼地乱叫。除了搓麻将的，还有看搓麻将的，看家比搓家还多，小卖铺几乎成了村里闲散人员的俱乐部。小文儿忍无可忍，指着田均平说，嫁给你这个没出息的东西，算我瞎了眼，我算倒了八辈子的黑霉！

田均平对小文儿说，你并没有看错人，我一不偷，二不抢，三不搞女人，就算不错了。他劝小文儿不要吃后悔药，世上没有卖后悔药的。就算有卖后悔药的，肯定也是假药，只能越吃越后悔。

田均平又把胡子蓄起来了。他的胡子真是他的一个长处，又黑又密又飘逸，称得上美髯。小文儿让他把胡子剃掉。他没说不剃，但就是不剃。小文儿要揪他的胡子，他把胡子护得很紧，要小文儿放尊重点儿，尊重一位公民保留胡子的权利。小文儿问他，你现在又不向村支书抗议了，还留胡子干什么？

田均平说他有了新的抗议对象。

小文儿问是谁。

田均平摇头不语。

一个在土里刨食的人，这样把自己的胡子当回事，让小文儿感到甚为可笑。小文儿说，你当你的胡子是什么，放在马屁股上，连一条马尾巴都不如。马尾巴还能甩起来赶赶蝇子，你的胡子屁事不当。

田均平不许小文儿这样贬低他的胡子，说，有人这山看着那山高，小心把眼看花！什么这杂志，那杂志，谁肚里长着什么样的杂碎，田均平心里清楚得很！

这话等于说得很明白了，着实让小文儿吃惊不小。她忍着耐着，一心一意地跟田均平过日子，没想到羊皮贴不到猪身上，田均平竟这样看她。小文儿恼了，让田均平给她说清楚，我怎么这山看着那山高了？我看看杂志难道有什么罪过吗？你说吧，今天你不说清楚我跟你没完。小文儿说着说着就哭起来了。

田均平没有说清楚，也没有劝小文儿别哭，他手捋胡须对小文儿说，怎么样，打到你的痛处了吧，好好反省反省吧！

这天镇上逢集，小文儿趁赶集的机会拐到电管所的办公室找田庆友去了。田庆友赶紧站起来跟她打招呼，嫂子，你怎么来了？有事吗？

小文儿不说话，目光里有些怨艾。

办公室里有两个找田庆友办事的人，田庆友抓紧跟人家说了几句，让人家先走了。这给小文儿造成了一个误会，她觉得田庆友对她还是存有私心的，田庆友把别人支走，是为了好好跟她说话。她心里感动了一下，问，我给你写的……你看到了吗？

田庆友像是想了一下，嘿嘿笑了，说，噢。

笑什么？你到底看到没有？

田庆友这才说，看到了。

你怎么理解？

怎么理解？怎么理解呢？我觉得嫂子是个很重感情的人。

小文儿认为田庆友理解得很对，她看着田庆友，眼睛一下子就红了，湿了。她小声地把田庆友叫成庆友，说，你知道我为什么非要嫁到田老庄吗？这都是为着你呀！

田庆友的脸红得很厉害，说，嫂子，话不能这么说，千万不能这么说，兄弟我担当不起。

这时外面又来了两三个人找田庆友，田庆友遂对小文儿说，这儿人多，说话不方便，嫂子，你先去赶集，咱改日再说。

改日再说的说法给小文儿造成了又一个误会，使她心中充满期待。

小文儿挑了一个尚好的月夜，到村外的一座桥头等田庆友。这是田庆友每天回村的必经之路。小文儿果然把田庆友等到了，她说她回娘家有点急事，让田庆友送她一趟。

田庆友没有拒绝，说上车吧。小文儿跨上摩托车的后座，田庆友把车打了回头，朝小文儿娘家所在村庄的方向开过去。秋庄稼收完了，地里刚种上小麦，月光照得满地都花花的。这条路是顺河堤而建，摩托走，河也走。摩托走多快，银道似的河也走多快。还有月亮，水中的月亮也追着摩托车飞跑。车行带风，把小文儿的衣服吹得鼓荡起来，她想，这才是我应有的位置啊！这才是真正人间的生活啊！她试着揪住田庆友的衣服，又试着扶住田庆友的背，再试着抱住了田庆友的腰。她两手碰头，并扣接起来，把田庆友抱得很紧。

　　写到这里，作者微笑着提请读者注意，故事的高潮就这样到来了。随着高潮到来，故事的行进速度也像开足马力的摩托车一样明显加快。故事一到高潮，离结束就不远了。

　　路边有一个很大的场院，场院里至少有两个麦秸垛，一个大些，一个小些。摩托车开到场院边，小文儿让田庆友停一下。田庆友以为小文儿要小解什么的，就把摩托停住了。小文儿说，庆友，你看月亮多好，咱们到场院里待一会儿吧。

　　田庆友说，你不是有急事吗？还是赶快回家吧。

　　有急事也不在乎这一会儿，你知不知道我多想跟你待一会儿。庆友，跟我说实话，你喜欢我吗？说着拉住了田庆友的双手。

　　田庆友没说喜欢不喜欢，只说，以前的事就让它过去吧。

　　小文儿说，不，你让它过去，我过不去，今天晚上我要做一回你的妻子。

　　田庆友慢慢地把他的手从小文儿手里抽出来了，说，嫂子，我觉得这不太好。

　　小文儿说，这有什么不好的，我又不影响你和你老婆的生活，你们该怎么过还怎么过。

　　田庆友说，我不喜欢这样。好了，上车吧，我送你回去。

　　别提小文儿的心有多凉了，她呆呆地站了一会儿，重重地叹了一口气。她不坐田庆友的摩托车了，坚持步行回她娘家去。

　　田庆友说，反正离你娘家也不远了，那我就不送你了。

　　小文儿一个人拐到场院麦秸垛下面的阴影去了，看来她要好好想一想，下一步该怎么走。

八月十五月儿圆

丈夫李春和四年多没回过家了，田桂花面子上有些挂不住。现在的年月和和平平，丈夫没有从军征战，没有关山阻隔，哪能连着几年不回家看看呢！丈夫没有提出过跟她离婚，她和丈夫的关系仍是两口儿的关系。你一口，我一口，加到一块儿才是两口儿。南一个，北一个，老不往一块儿加，算什么两口儿呢！不错，丈夫每年都给她往家里寄钱，春节寄，端午节寄，中秋节还要寄，每次寄的钱数都不算少。虽说钱也是好东西，可以买蜡烛、买粽子、买月饼，但钱毕竟是用纸做成的，不能代替丈夫的功能。她身上月月都来，说明她还不老，对丈夫是需要的。需要怎么样呢，丈夫不回来，她只能把需要压抑着，跟守活寡也差不多。

村里风言一阵，风语一阵，说李春和在外面混发了，腰比老水牛的腰都粗，腰缠万贯、十万贯都不止。还说李春和不仅买了房，买了小轿车，还包养了一个嫩得一掐一股水儿的小老婆。每天晚上，李春和都不在煤窑上住，他驾驶小轿车，车屁股上的红灯黄灯眨了几下眼，七拐八拐，就进城去了，找他的小老婆去了。田桂花不相信这些传言，不但不相信，她还有些生气。她认为这是有人故意造她丈夫的谣言，损害她丈夫的名誉。她恼着脸子说，你们不要瞎说，我们家春和老实本分，不是那样的人。说了这些话，田桂花的气恼半分都不能减轻，她的脸都白了，手都抖了。准确地说，田桂花对那些传言不是不相信，是她不愿意相信，是她的意志不许她相信。丈夫有老婆有孩子，如果再在外头搞女人，那成什么人了！倘若像别人说的那样，丈夫在外头养了小老婆，把她往哪里搁？她还算不算李春和的老婆？还有，国家的法律有规定，一个男人只许娶一个老婆，丈夫要是养了小老婆，岂不是成了犯法的人！说来说去还得怨自己的丈夫，要是丈夫像五年前那样，一年回来一两趟，那些风言风语根本站不住脚，早就被刮跑了。丈夫一年两年三年四年都不回来，情况就不一样了，那些传言就不再是风，而像是结结实实的砖头。丈夫一天不回来，砖头就压上一块。一个月不回来，砖头就压上三十块。一年不回来呢，砖头增加得就更多。砖头不承认她的意志，不以她的意志为转移。越积越多的砖头不仅压在她的院子里，还压在她的心上，把她压得快喘不过气来了。不行，田桂花一定得让丈夫回来一趟。她不说为了自己，说是为了女儿。丈夫上次回来，女儿小静还不满一周岁，还不会叫爸爸，走路也走不稳。如今女儿都五岁多了，却记不起爸爸是什么样，是高还是矮，是胖还是瘦。村里人说，小静长得像她爸爸李春和。可是，爸爸的样子她还是想不出来，她是个女孩子，爸爸总不能也是个女孩子吧！

田桂花到村长家给丈夫打电话，问丈夫今年春节到底回来不回来？丈夫说离春节还有好几个月呢，到时候再说。她说，到时候你又说有这事儿那事儿的，还是现在就说好，我和小静好盼着，也好提前有个准备。丈夫说，回家过春节不是不可以，只是……这样吧，等确定下来，我给你打电话。田桂花说，你说得好听，都是我给你打电话，你啥时候给我打过电话？头两年你也说过到时候给我打电话，我从小年等到大年，从初一等到十五，到底没等到你的电话。我想问问你，你心里还有没有你这个老婆？还有没有这个家？她低着头，头发盖着话筒，不由得抽泣起来。丈夫要她不要说傻话，说，我每年逢年过节不都给你寄钱嘛，而且一年比一年寄得多，你还要我怎么样？田桂花说，今年我不要你的钱，就要你回来。你要是不回来，我就领着小静去找你。你不知道，人家把你说成啥了。丈夫问，说我啥？有啥可说的？田桂花说，那些话我都说不出口，我替你害臊。丈夫停了一会儿说，好吧，今年春节我回去。你听着，我回去的事儿不要对别人说，你自己知道就行了。别人知道我回去，该一拨儿一拨儿去找我了，让我帮着办这个办那个。咱们那儿的人麻烦事儿太多。田桂花说，你放心吧，我知道。

过了几天，丈夫通过安在村长家的收费传呼电话找到田桂花，说他春节不打算回去了。田桂花正要着急，正要说丈夫说话不算数，丈夫说他打算提前回去，回去过中秋节。丈夫说出的原因是，春节期间农村太冷了，屋里像冰窖一样，让人受不了。中秋节不热不冷，气候要好得多。田桂花说，你吓我一跳，我以为你今年又不回来呢。不管啥时候回来，只要回来就好。丈夫问，你是不是想我了？口气里有些许笑意。田桂花脸上红了一下，说谁想你，没人稀罕你！

这天是农历八月十二，再过三天就是中秋节。田桂花晚上到院子里把月亮看了看，月亮只差一小块，补上那一小块，月亮就圆满了。丈夫代表的就是那一小块，等丈夫一回来，他们家的月亮就团圆了。丈夫是个能吃苦的人，也是个有头脑、有本事的人。一开始，丈夫在别人的包工队里挖煤。后来，丈夫把挖煤的全套手艺都学会了，就拉出一帮人，扩充一些人，自己组建了一个包工队。当了几年包工头儿，攒下一些钱，再后来，就盘下一座煤窑，自己当窑主，也就是人们所说的煤老板。当上煤老板之后，就再没有回来过。毕竟已经和丈夫做了十七八年的夫妻，毕竟四年多没见过自己的丈夫了，田桂花的激动之情是不可避免的。为了迎接丈夫的归来，她到集上买了月饼、石榴、葡萄、脆梨，还买了猪肉、羊肉、鲤鱼和笋鸡。她把院子里的地扫了一遍又一遍，把桌椅板凳擦了一回又一回，忽然想起，应该带女儿到镇上的澡堂洗个澡。镇上前年就开了澡堂，有男浴室，也有女浴室，花两块钱就可以洗一个热水澡。听说澡堂内还设有单间，你如果愿意花四块钱，就可以开一个单间，从里面把门一插，一个人或者是两口子，想怎么洗就怎么洗。村里不少男人女人都去洗过澡了，她一次也没去过。她对女儿说，走，咱也去洗个澡。你爸爸快回来了，别让你爸爸嫌弃咱。她是用自行车带着女儿到澡堂去的，母女俩包了一个单间。洗完澡出来，她从澡堂门口的大镜子里看到了自己洗得发红的脸、发红的脖颈和耳朵，还有未干的漆黑的头发，浑身感到一种从未有过的轻松。骑上自行车，看着路边的绿庄稼，她不知不觉就骑快了，快得像飞一样。坐在后车座上的女儿害怕了，嚷着慢点儿，慢点儿！她停止踩踏板，让车速自行放慢，笑着对女儿说，我试试你的胆子大不大，看来你的胆子还不如一个羊屎蛋儿大。说不定你爸爸还带你坐汽车呢，汽车跑得更快，看你怎么办？女儿答得很干脆：我不坐汽车。

　　丈夫这次没有食言，八月十四傍晚，丈夫回来了。丈夫是自己开着轿车回来的，车的颜色是麻金色。丈夫对村里的路还算熟悉，有好几条南北长的村街，他一直开到自己所住的那条街的南口。

他本来还想往村街里开，一直开到院子门口。可他刚拐进去一点，又退了回去。村街的路坑坑洼洼不说，很窄的路两边还堆着一些柴草，码着准备盖房用的砖头，开过去是不可能的。他没有鸣喇叭，但人们还是听见了汽车发动机的声音，看见有一辆小汽车开进了村里。这是谁呢？是不是那个在外面发了大财的李春和呢？李春和只好把车停在那条东西长的铺了砖头的路上，开门从车上下来。他一下车人们就认出来了，果然是李春和。有腿快的小孩子飞跑着向田桂花报告，小刚他爸爸回来了，开着小黄汽车。田桂花说，是吗，这么快呀！她快步往院子门口走，忘了把小静带上。听见小静着急地喊妈妈，妈妈，她才回过身，拉上小静的手。田桂花一出院子门口，就把站在车边的丈夫看见了。丈夫吃胖了，肚子鼓得高高的，像怀孕七八个月的孕妇的肚子。丈夫本来个子就矮，腿就短，肚子这么一鼓，显得腿更短了。丈夫的脸也吃大了，半个头顶都扩成了脸，油光闪亮的。田桂花只看了丈夫一眼，就没有再看，低着眉向丈夫走去。走到丈夫身边，她才又抬起眼来，说，回来了？丈夫说回来了。这几年村里没什么变化嘛，路这么糟糕，也没人修一修，连车都开不进去。田桂花说，谁修呢？没人修。这车是你自己的吗？丈夫反问，你说呢？丈夫一反问，田桂花就知道了丈夫确实买了小轿车，看来村里人没有瞎说。田桂花说，好了，回家吧。跑这么远的路，该累了。

　　这时，车里好像有人说话。丈夫答应着来了来了，赶快来到小车右侧，拉开右侧的车门。右侧副驾驶的座位上放着一个儿童坐的小座位，小座位上坐着一个小男孩，小男孩身上系着安全带。丈夫解开安全带，把小男孩抱了出来。小男孩两三岁的样子，卷曲的头发，白胖的脸，很是洋气、喜人。小男孩大概在车上睡着了，这会儿还在揉眼睛。丈夫说到站了，下来吧，欲把小男孩放在地上。小男孩抱着丈夫的脖子，蜷着腿，双脚不愿沾地，说抱抱。田桂花未免惊奇，问，这是谁家的孩子？丈夫没有从正面做出回答，只说，等回到家我慢慢跟你说。田桂花看看小男孩的脸，再看看丈夫的脸，心中明白了八九分，惊得脸都黄了。她问，小刚呢？你怎么没让小刚跟你一块儿回来？小刚是他们的儿子，小刚刚上到小学五年级，丈夫就把小刚接走，送到城里的贵族学校读书去了。丈夫说，中秋节学校不放假，小刚不能回来。田桂花和丈夫说话时，小静扯着妈妈的手，躲在妈妈身后，想看爸爸又不敢大看，看一眼，躲起来；再看一眼，又躲起来。没人注意她，小静好像有些不甘心，晃着妈妈的手，大声喊妈。小静喊妈提醒了田桂花，她把小静拉到前面说，你不是成天价想你爸爸吗，这就是你爸爸，快喊爸爸。小静把爸爸看了看，嘴动了动，还没喊出口，小男孩说话了。小男孩说，这不是你爸爸，是我爸爸！小男孩说得声音很大，近乎嚷嚷，像是拒绝着什么，又像是维护着什么。既然这样，小静就不必喊爸爸了，遂又躲到妈妈身后。小静不明白这是怎么回事。丈夫板起脸对小男孩说，哎，源源，不许这样说话，爸爸是你的爸爸，也是你姐姐的爸爸。

　　一切都被证实了，一切都明白了，丈夫不但在外面买了房子，养了小老婆，还让小老婆给他生了儿子。丈夫的小老婆虽然没有跟车回来，但小老婆生的孩子回来了，证明小老婆的确存在。好比丈夫带回了一只羊羔子，羊羔子不会从天上掉下来，也不会从地下钻出来，只能是从母羊的肚子里生出来。丈夫没带回的母羊，就是他留在城里的小老婆。丈夫又添了儿子的事，她可一点儿都没听说。以前的事，都是传言比真事大，真事有一个两个，传言能传出七个八个。现在翻过来了，真事比传言都大，传言刚传到有小老婆，真事一拿出来，私生的孩子都两三岁了。丈夫这是怎么了，胆子怎么这么大呢，脸面怎么一点都不顾了呢！人一有了钱，难道什么都不怕了？钱皮都盖到脸皮上了？田桂花看见，村里已悄悄围过来不少人，那些人都朝丈夫怀里的小男孩看着，还有人夸小男孩长得真好看，像个洋娃娃。一时间，小男孩成了所有人眼中的焦点。田桂花有些难堪，不知说什么好。丈夫打开了轿车的后备厢，说来，把车里的东西往家里拿吧。后备厢里装得满满的，有好几个纸箱，还有一只皮箱。纸箱里装的有月饼、糖果、好烟好酒，还有一箱子玩具。后备箱一打开，源源就斜着身子伸着手，嚷着要枪，要马，要怪兽，要蝙蝠侠。丈夫说别着急，到家再给你拿。

田桂花从车里往家里搬东西，一些邻居也过来帮着搬。田桂花被东西占了手，不能再扯着小静。小静没叫成爸爸，爸爸好像被别人抢走了，她一副很憋屈的样子。扯不成妈妈的手，她就扯着妈妈的衣襟。妈妈走一步，她跟一步。妈妈说，让你叫爸爸，你不叫，就会缠着我。小静说，就缠着你！一个帮着搬东西的妇女一边走一边对田桂花说，大嫂，你算捡个大便宜，你连一天窝都没抱，大哥就给你领回来一只大公鸡娃子。田桂花没有说话，只是笑了一下。东西刚搬进家，源源就把其中一个纸箱子打开了，很炫耀似的一件一件往外掏玩具，一会儿就把玩具摆满一地。这些玩具，有的是电动的，有的是声控的。小汽车会跑，怪兽会吼叫，还有一个娃娃会撒尿。源源把橡皮娃娃放在地上，在娃娃身边一跺脚，娃娃就哈哈笑，笑够了就滋出一股尿。每当娃娃滋出一股尿，源源就乐。围观的人也跟着乐。来的多是一些妇女和孩子，丈夫让田桂花给大家发糖果，每人一把。田桂花才发了两把糖果，源源大概发现大家都把注意力转移到糖果上去了，便不玩儿玩具了，说我发，我发糖果。田桂花说，咱俩一块儿发。源源把她推开了，说，不让你发。田桂花说好好，你自己发。源源先给大人发。每个妇女接到糖果，都夸这小孩儿真乖。有人问，你叫什么名字呀？我叫源源。不是原来的原，是源源不断的源。你爸爸叫什么名字呀？我爸爸叫李春和。真对，真聪明。那你妈妈呢，你妈妈叫什么名字呀？这个问题提出后，那些妇女都看着源源的嘴，眼神儿都很有兴趣。源源毫不避讳，说，我妈妈叫高天美。噢，你妈妈叫高天美。一个妇女指着田桂花说，你知道这是谁吗？这是你大妈妈。田桂花赶紧对那妇女摆手摇头，说，别跟孩子说这个。她弯下腰对源源说，你叫我阿姨吧。不料源源说，不，你不是阿姨，你太老了！一屋子人都笑了。田桂花看了一眼丈夫，见丈夫也在笑。她说是的，我是老了。

丈夫拿出一盒烟，拆了封，却一支也没让出去。因为一个吸烟的成年男人都没来。他问一个妇女，男的是不是都外出打工去了？妇女说是的。这时丈夫腰里的手机响了，他拿出手机，一边接电话，一边往院子里走。来到院子里，丈夫说，已经到家一会儿了，很顺利。来了一屋子人，正在说话，还没顾上给你打电话。源源乖得很，正在给大家发糖果，你放心吧。没事儿，跟着我，你还有什么不放心的。什么？久别什么？开玩笑……

屋里，源源发糖果轮到了小静。小静说，我才不吃你的糖呢，这是我们家，不是你的家，你走吧！说着一巴掌打在源源抓糖果的手上，花花绿绿的糖果撒在地上。源源大约没受到过这样的打击，嘴一撇一撇，哭了，转着身子喊爸爸。田桂花扬起巴掌吓唬小静，你这孩子，咋能这样呢，咋能这样对待小弟弟呢！去，把地上的糖捡起来。小静不捡糖，也哭了，说，这就不是他的家，就不是他的家！眼看局面不好收拾，田桂花只好拉住小静的手，把小静拉走，说走，咱去灶屋做饭去。接完电话的丈夫往屋里走，问，怎么了？怎么了？田桂花说，两个孩子闹气，你去哄源源吧。你想吃点什么，我去给你做。丈夫问家里有什么。她说，猪肉羊肉鸡肉鱼肉都有。丈夫说，我正在减肥，不吃肉了。这样吧，做点疙瘩汤吧。好久没喝你做的疙瘩汤了。

尽管丈夫说了不吃肉，田桂花还是按原计划给丈夫馏了几个扣碗儿。那些扣碗儿有黄焖鸡、黄焖鱼，还有小酥肉。丈夫以前说过，他不喜欢吃炒菜，就爱吃老家的扣碗儿。这几种扣碗儿都是丈夫爱吃的。在大锅里馏好了扣碗儿和馒头，她才开始给丈夫做疙瘩汤。做疙瘩汤并不难，往碗里取少许面，添少许水，不可太稀，也不可太稠，以筷子能搅动面团为合适。面团搅匀了，放在那里醒着。醒的意思是让面团里面的面筋苏醒过来，伸展开来。醒一会儿，再搅，再醒，直到面团紧密团结，用筷子一夹能脱离碗底，就可以往开水锅里下了。当然也不是一下子把面团下进开水里，那样的话面团就会结成一坨，不是疙瘩汤，成面坨汤了。下之前须在碗里兑水，把面团里面的淀粉洗出来，余下面筋。如此洗三次，把淀粉水倒进沸水锅里三次。最后一次才把面筋倒进锅里，用筷子快速搅动。这样做出的疙瘩汤，汤子清亮，利口；疙瘩筋道，有嚼头。疙瘩汤是最好的醒酒汤，人酒喝多了，胃里正闹腾着，喝上一碗不热不凉的疙瘩汤，胃里很快就舒服了。丈夫跟着别人挖煤那会儿，每年春节都回来，每次回来都跟人喝酒。丈夫每次喝了酒，她都会及时给丈夫端上疙瘩汤解酒。丈夫今晚点了疙瘩汤，是不是他自己要喝酒呢？说起她和丈夫的婚姻，她当初并不是太乐意。她嫌丈夫的个头太矮，弟兄们太多，家里太穷。可丈夫托媒人一次次找她，说一定要让家里富起来，保证一辈子对她好。还说，她如果不愿意嫁给他，他就不想活了。丈夫现在确实富了，可丈夫的心也变了。她不会跟丈夫闹，闹起来只会让村里人看笑话。好比她自己搅的疙瘩汤，丈夫能把疙瘩喝下去，她也能把疙瘩喝下去。她做饭时，小静也在灶屋里待着。小静坐在灶前的柴草上，头偏着趴在一只荆条筐上，一副不开心的样子。田桂花看得出来，小静受委屈了。成天价念叨爸爸，爸爸好不容易回来了，却成了别人的爸爸。别说小静，换成哪个孩子，都会觉得委屈。田桂花想劝劝小静，一时不知从哪里劝起。她说，小静，你困了吗？要是困了，到大床上去睡吧，到吃饭的时候我叫你。小静没有说话，也没有抬起头来，只摇摇手，表示不困。

　　饭做好了，月亮出来了。田桂花到堂屋对丈夫说，准备吃饭吧。她一说吃饭，那些来看源源的人就走了，屋里院里一下子安静下来。月亮一出来就很大，大得仿佛一伸手就能摸到月亮的脸庞。月亮也很亮，树与树之间哪怕只有一点缝，月光也会透过缝隙，洒在地上。院子一角有一个小菜园，秋虫在菜园里叫起来。秋虫叫得断断续续，声音有些发颤。丈夫没有马上吃饭，到院子里指月亮给源源看。源源还是让丈夫抱着，不愿站在地上。丈夫说，你看你看，这就是咱老家的月亮，你看咱老家的月亮大不大？源源对看月亮似乎并不感兴趣，乱扭着身子说，找妈妈，找妈妈！丈夫说，来，爸爸把月亮给你掰下来一块怎么样，让你闻闻月亮香不香。也许源源觉得掰月亮的事值得考虑，同意爸爸给他掰。丈夫朝月亮升起的地方抓了一把，对源源说，给，月亮掰下来了。源源没拿到月亮，说，你骗人，你骗人，你是坏爸爸！又嚷着找妈妈。丈夫说，想找你妈妈容易，我教给你一个办法，你吃了饭就睡觉，等你一睡着，一做梦，你妈妈就来了。

　　吃饭时，两个孩子都不好好吃。源源指着小静说，她光看我。丈夫说，她是你姐姐，看看你怕什么，快吃快吃。小静趁大人不注意时的确在看源源。她不是看，是拿眼睃。睃的办法是把眼白挤向眼角，并把眼白向上斜翻着，狠狠地瞪着源源。他们这里两个小孩之间若闹了矛盾，就是用这种办法表示抗议、敌视和示威。小静不仅用眼睃，源源看她时，她还对源源咬牙，仿佛在说，这是我妈妈做的饭，不让你吃，你滚蛋！小静这样睃源源，源源别看小静就是了，可源源不，小静越是睃他，他越是要看小静。他看一下，害怕似的转过脸。转过脸还没吃饭，眼睛又找小静。他把小勺遮在一只眼上，另一只眼仍在偷偷地瞄小静。瞄的结果，源源更加不得安宁，他说，她还在看我呢！田桂花发现了小静在睃源源，说，小静，别看你弟弟了，让弟弟吃饭。小静说，他不是我弟弟，我不知道他是谁！田桂花和丈夫互相看了看，田桂花对小静说，走，咱俩到院子里去吃，外面月亮亮着呢。把小静拉到院子里去了。

丈夫的父母都不在了，吃过晚饭，丈夫让田桂花把月饼烟酒收拾出两份，他分别给村支书和村长送去。田桂花让丈夫把源源放在家里，她替丈夫看着。源源不干，非要跟着爸爸一块儿去。丈夫说，我带着他吧，没关系。田桂花说，我怕人家问你这是谁的孩子，你有嘴张不开。丈夫说，这有什么，我的孩子就是我的孩子，我光明正大，实事求是。

丈夫送完礼回来。田桂花已经把床铺好了。她让丈夫和源源睡东间屋的大床，她另外收拾出一张小床，和小静睡西间屋。丈夫看见了西间屋的小床，笑问，怎么，和我分居了？田桂花说，我怕两个孩子不愿意睡一个床。丈夫说，不是吧。

把源源哄睡着，丈夫又到西间屋来了。丈夫见田桂花没脱衣服，小静还抱着妈妈的脖子，没往小床上挤，在床边的一张条凳上坐下了。他问，小静睡着了吗？田桂花，不知道。丈夫说，看来你真的生气了。田桂花说，我有什么气可生的，有的人脸面都不要了，我生气有什么用！丈夫说，话不能这么说，你这话说重了。田桂花说，你养了小老婆，养了也就养了；让小老婆给你生了孩子，生了也就生了，还把孩子带回来显摆什么，不显摆人家不知道你有几个臭钱是不是？丈夫说，这不是显摆的问题，这跟有钱没钱也没什么关系。孩子的老家在这里，老根儿在这里，我总得让孩子认认他的老根儿吧。你以前也跟我说过，咱们只有小刚一个儿子，有点儿少。咱们原来打算要四个孩子，两个男孩儿，两个女孩儿。结果只生了两个孩子，人家就不让生了。现在有人愿意给咱们再生一个儿子，咱总不能不要吧。田桂花说，你就不怕人家治你的重婚罪。丈夫说，什么重婚，我又没跟她办登记手续，我老婆还是你……田桂花说，我看你们还是钱多了烧的，要不是钱多烧昏了头，你们就不会胡作非为……

丈夫起身到东间屋去了，打开皮箱，拿出一沓尚未拆封的钱，又来到西间屋，对田桂花说，给你，这是一万块钱，留着你在家里花。田桂花没有伸手接钱，说我不要，在家里花不着多少钱。你以前给我寄的钱我还没花完呢。丈夫说，你可以买一台彩色电视机嘛，没事多看看电视，对你开阔眼界、接受新思想有好处。你的思想之所以跟不上形势，跟你不看电视有直接关系。现如今的人，哪有家里不安电视机的，城里人都离不开电视机。不瞒你说，在我新买的房子里，我安了三台电视机，客厅里一台，卧室里两台，坐着躺着都可以看。一天不看电视，我都有点受不了。比方说吧，屋里有了电视，就等于墙上开了窗户；屋里没有电视呢，屋子就是铁板一块的小黑屋，住这样的屋子跟住监狱也差不多。田桂花还是不接钱，说，俺哪能跟你比呢，你是高级人，俺是老农民。你只管住你的高楼大厦，俺还住俺的监狱。丈夫掀开床席一角，把钱压在床席下面。丈夫有些不悦，说，你傻吗？你怎么这么傻呢！田桂花说，我当然傻了，要是不傻，我也不会替你守着这个家。她鼻子一酸，眼角涌出泪水，丈夫说，别这样，你对我好，我一辈子都不会忘记。要不是当初你同意嫁给我，我也不会有今天。咱俩是结发夫妻，白头偕老的还是咱们两个，别人都是临时性的，这一点你放心。说着，丈夫把一只手抚在田桂花胳膊的上部。田桂花把胳膊动了一下说，孩子还没睡着呢。小静果然睁开了眼，并把妈妈的脖子搂得更紧些，说，我还没睡着呢，你走吧。丈夫笑了，说，真是我的闺女，这闺女真像我。小静却说，我不像你，你学坏了。田桂花赶紧制止女儿说，不许这样说爸爸。丈夫自我解嘲似的甩着两只手说，完了完了，我算是把我闺女得罪了。田桂花说，你累了一天了，早点休息吧。丈夫往东间屋走，走到堂屋又停下来说，不行，我要把我闺女带走，培养培养和我的感情。田桂花说，那不行！小静也说，那不行！

第二天中秋节，来家里找丈夫的人不像丈夫想象得那么多。上午来了一个瘸腿的人，那人看着源源问丈夫：这是你的孩子吗？丈夫说是的。那人说，乖乖，这孩子长得真齐整！说罢，有些自惭形秽似的，拄着拐走了。下午四奶奶来了，丈夫对四奶奶很热情，请四奶奶快到屋里坐。原来四奶奶是来找鸡的，说她昨天赶集买了一只公鸡，没拴好，不知跑到哪里去了。丈夫抱着源源到村里转了一圈，也几乎没碰见人。丈夫很是感慨，说现在的农村跟以前在农村时真是不一样了。

十五的月亮升起来了，田桂花把月饼摆在盘子里，一家人还没开始吃，源源突然又哭起来。他哭的声音很大，喊着回家，回家，找妈妈！田桂花问小静，你怎么招惹小弟弟了？小静的脸使劲往旁边一扭，不做任何回答。这时源源的妈妈又来了电话，丈夫的手机一接，源源的妈妈大概听到了源源的哭声，丈夫怎么解释都没用。丈夫说，没人欺负他，都对他好着呢，他就是想妈妈。这有什么可隐瞒的，好好好，叫你儿子跟你说话。丈夫把手机放在儿子耳朵上，儿子听到了妈妈的声音，哭得更加痛心：妈妈，他们要吃我，你快来救救我吧！丈夫说，这孩子真能瞎说。把手机从源源嘴边拿开，继续跟源源的妈妈通话：什么，让我们现在就回去，我们明天再回去不行吗？算了算了，你不要往这儿赶了，我们现在就往回赶，还不行吗？

田桂花听得明白，问丈夫，现在就走吗？吃了月饼再走吧？丈夫说，走吧，不吃了。田桂花没有阻拦丈夫，去东间屋帮丈夫收拾东西。

月光洒在村街的地上，地上一片白花花。田桂花拿着东西，领着小静，一直把丈夫送到车边。田桂花对丈夫说，你以后要是不想回来，就别回来了。

丈夫说，没办法，看情况再说吧。

田桂花又说，你要是想离婚，我也不会赖着你。

这大概是丈夫没有想到的，他说，这可是你自己说的。

我自己说的。

你不要后悔。

我不后悔。

冲喜

阴天。有雨意。妻子背负着一捆玉米秸往家走。玉米秸干透了，秆子、叶子、花穗儿，都焦黄焦黄，正好烧锅。玉米秸捆子有些大，压得她低头弓腰，一走一顿。每顿一下，玉米秸就响一声。天若落了雨，把玉米秸淋湿就不好了，恐怕十天半月都晒不干。下雨起泥，泥巴吸脚，路就不好走，不如趁早把柴火背回家。秋已深了，杨树的叶子落得没剩下几片，东一片，西一片，谁都扯不上谁的手。夏天丝瓜秧子爬到树冠上结的丝瓜，此时显现出来。丝瓜是三个，个个又粗又长，如高悬在院子上方的棒槌一样。一阵风吹过，"棒槌"有些晃悠，像是随时会砸下来。然而，丝瓜秧子坚韧得很，直到冬天下大雪，它都会将"棒槌"保持着大头朝下的悬挂状态。来到院子大门口，妻子没有把玉米秸捆子放下来，想一直背进院子里。可人是竖的，玉米秸捆子是横的，她的双脚迈进了门槛，有些长的玉米秸却卡在了门框外面。这问题其实很好解决，她把玉米秸放在门外的地上，稍微调整一下，顺长着抱进门就是了。对于一个居家过日子的妇女来说，这是最起码的智慧。她不，这个妇女别得很，她像是不承认门的限度，也不顺从门的宽度，硬要横着把玉米秸往门里拽。她梗着脖子，伸着脑袋，死死拽着捆玉米秸的绳子不放，仿佛在说，我就要来横的，我就不信横着进不来。不知她是和玉米秸打别，和门框打别，还是和自己打别。由于过分较劲，她的脸憋得都有些发白。

她家的黑狗迎上来了，黑狗帮不上她的忙，伸着嘴闻她的裤裆。狗的嘴伸得很长，顶得很近，像牛犊儿吃奶的样子。她的两手抓着绳子，无法阻止黑狗，黑狗大概认为这是一个不错的机会，可以向女主人献媚。哪里不好闻，偏偏闻她的裤裆，这个狗娘养的，不知跟谁学的这样不要脸！她退后一步，抬脚朝狗嘴踢了一下。黑狗被踢得下牙磕了上牙，连个屁都没敢放，趔趄着身子把路让开了。黑狗边让着，还回过头来似敢似不敢地看着女主人，似乎在说，你不想让闻，俺就不闻，你踢人家干什么！踢得怪疼的。

丈夫从堂屋里出来了，对妻子说，谁让你去背柴火的！一趟一趟背，你不嫌费劲吗？我跟你说过，哪天我借辆架子车，一车两车就拉回来了，你就是记不住。

妻子不说话，背上的玉米秸也不放下来，就那么堵着门口，两眼盯着丈夫。她盯得有些狠，像是要盯穿丈夫的骨头。她不能看见丈夫进堂屋，一见丈夫从堂屋出来，她就来气。堂屋就是北屋。她家的北屋是四间，其中三间是通连的，只用箔篱子隔开，一间东屋，一间中堂，一间西屋。最西头一间屋，是灶屋。原先，她和丈夫住在东间屋，住了二十多年，女儿和儿子都是在东间屋出生的。儿子结婚时，他们两口子从东间屋搬出来了，打扫之后，布置成了洞房，让儿子和儿媳住。他们住哪里呢？他们没住西间屋，西间屋是存放各种粮食和杂物的地方。院子东边搭盖了两间东屋，两口子住在东屋里。儿子死后，住房的格局没有改变，他们还住东屋，儿媳仍住堂屋。只是和儿媳同住堂屋的不再是儿子，变成了孙子。孙子还不满一周岁。大门开着，大白天的，一个当公爹的，不好好在东屋待着，老往儿媳住的堂屋钻什么！

丈夫让妻子把玉米秸扔在门外头，一会儿他往灶屋里抱。丈夫还说，卖竹竿的进城，只知道横着拿竹竿，不知道把竹竿顺过来，一根竹竿就把自己挡在城外头了。

不听丈夫说进城卖竹竿还好，一听丈夫说横着拿竹竿，她就更来劲，非要横着把玉米秸从门口拽进来不可。犟牛拉车就是这样，你不让它往哪里拉，它拉断套绳都不回头。她就是用这种办法与丈夫赌气，让丈夫知道，她还是一个活人，还有一口气。儿子死了，她还没死。结果，她把玉米秸捆子的梢头拽断了，噼里啪啦一阵响，硬是横着将玉米秸拽进了门框。她像是取得了一个胜利，哗地把"战利品"扔在院子中央的地上。

丈夫说，好好，算你厉害。

玉米秸捆子一扔到地上，就散成若干个小捆。每个小捆，都是玉米秆子自己捆自己。丈夫弯腰抱起两捆，准备分批往灶屋里抱。妻子不让丈夫抱，她抢前一脚把丈夫准备抱起的玉米秸踩住了。好像玉米秸本来干干净净，丈夫一沾手，就把玉米秸弄脏了。丈夫不抱这两捆了，去抱另外两捆。哪一捆她都不让丈夫抱，见丈夫准备抱哪一捆，她就上脚把哪一捆踩住。这两口子像是在做一个游戏，比比到底是你的手快，还是我的脚快。丈夫的样子有些无奈，说，你这是干什么？你累了，我让你歇会儿还不行吗？！

妻子说，我就是不让你管。累死我，我该死。你想干啥干啥去！

天上没有太阳，院子里没有阳光，丈夫不知自己该干啥。

妻子的脸色有所变化，是儿媳从堂屋里出来了。儿媳怀里抱着孙子小根。妻子的表情变得有些快，说变就变，眨眼就像换了另一副面孔。比如说刚才还波涛汹涌，怒气冲冲，这会儿已经风平浪静，和颜悦色。背柴火时头发弄得有些乱，她以手代梳，把头发整了整，把两鬓的头发别到耳后。她不能让儿媳看出她对丈夫不满，更不能让儿媳知道她对丈夫的怀疑。去年春节过后，儿媳来给病重的儿子冲喜。冲喜没有冲走儿子的病，儿子的病情反而加重了。儿媳和儿子结婚不到两个月，贴在门楣上的红双喜签子尚未褪色，儿子就去世了。然而儿媳怀孕了，生下了孙子小根。冲喜总算没有白冲，总算取得了一定成果。无论如何，他们要留住儿媳。留住了儿媳，就留住了孙子，等于留下了根。倘是留不住儿媳，儿媳把孙子带走，他们就什么都没有了，这一辈子算是白活。她不敢对儿媳使气，有儿媳在场，她得看儿媳的脸色，她的脸色得随着儿媳的脸色而转移。儿媳二十出头，还很年轻。儿媳胸前两头涨满奶水的大奶，充分证明儿媳的青春是多么旺盛。儿媳的年轻，对她构成了一种压力，甚至是一种威胁。自从儿媳来到他们家，她心里没有一天安宁过。她自己也是从年轻时候过来的，稀里糊涂就过来了。那时身在年轻中，她没想过年轻是怎么回事，年轻人需要什么。现在她才明白了，火对水，水对火，年轻不是那么好对付的。如果对付不好，水火就会无情，就会成灾。她放弃了踩玉米秸，对孙子笑着，两手一拍，一张，伸着手向儿媳身边走去，说，根根，来，让奶奶抱，奶奶可喜欢俺的小孙子了。

孙子把她看了看，似乎没认出她是谁，小身子突然一转，趴在儿媳肩膀上。

儿媳对小根说，去吧，让奶奶抱，跟奶奶去玩，奶奶带你去童童家看电视。

小孙子还是不转过身来。

丈夫也过来了，转到儿媳身后，伸出一根手指，逗孙子的脸蛋儿，教孙子说，根根，喊奶奶，并翘着舌尖给孙子做示范：奶奶、奶奶。

妻子不愿看见丈夫在儿媳身后站得这么近，一见这么近就产生联想，就顿生反感。丈夫和儿媳一定在背后近惯了，在人前就忘了保持距离。她也不愿听见丈夫教小根喊她奶奶，奶奶好像是丈夫强加给她的，也是强加给小根的。怎么，小根一喊她奶奶，就肯定小根是儿子的种了？不见得吧！这些想法她不能流露出来，伸手摸摸小根的屁股。小根不给她脸，她就摸小根的屁股。小根穿着开裆裤，红得有些发紫的屁股露在外面。小根一边的屁股蛋子上还有一块绿色的胎记。她不记得儿子小时候有这样的胎记。

小根没喊奶奶，却喊了爷爷。他喊爷爷也喊不清楚，喊的是"鸭鸭、鸭鸭"。

妻子心说，小东西，就认识你爷爷。

儿媳把小根塞到她怀里去了。

儿媳已经给她指出了一个方向，让她带小根到别人家看电视。也就是说，儿媳以让她带孙子的名义把她支使开，不让她待在家里。她要是抱着小根走开，家里又是只剩下丈夫和儿媳两个人，他们到一块儿又方便了。家里房子有六间，大床有两张，一个四十多岁的男人，一个年轻的女人，还不是想干什么就干什么；想怎么干，就怎么干。想想看，那是多么混乱，多么难以让人接受的事啊！可是，她不走开又不行，她不能违背儿媳的意志，不能碍儿媳的眼。她明明知道，自己的离开等于给丈夫和儿媳的方便创造了条件，尽管她心里一千个不愿意，一万个不愿意，这个恶心的条件她还是要创造。忍字头上一把刀，把刀插进去不是，拔掉也不是。这就是她的痛，也是她的恨。日子，这就是人世间的日子。这样的日子何时才是尽头啊！

她抱着小孙子出了院门，那只黑狗也跟着她的脚出来了。黑狗不是人，但也长有两只眼。有两只狗眼看着那两个人，那两个人就得硌硬点儿。狗眼不看着，人就变成了狗。她把气撒在黑狗身上了，跺着脚威慑黑狗说，回去，不要脸的东西！敢再跟着我，我杀吃了你！黑狗塌了一下眼皮，像是把女主人的话掂量一下，慢慢转过身子，回去了。黑狗是一条成年公狗，公狗肚皮下面，两条后腿前面，那根露出在皮毛里的器具一走一摆，老是一副跃跃欲试的样子。

童童是邻居家的一个小男孩，小男孩已到了上学年龄，上学去了。白天停电，童童家没有开电视。童童的娘，还有三个妇女，一人一张小凳子，坐在院子里说闲话。她们是真正地说闲话。因为她们都空着脚，空着手，空着眼，什么活儿都没干。秋庄稼收完了，新种的麦子出苗了，封闭式的除草剂打上了，从今年一冬，到明年一春，地里没啥活儿干，她们不凑到一起说说闲话干什么呢！这家院子，一半打了水泥地坪，显得很平整，很干净。一半开成了一个小菜园，菜园里种了蒜苗、菠菜和一些小油菜。都说春天是种菜的好季节，岂不知秋天种菜也很好呢。草枯了，树叶黄了，在枯草黄叶的衬托下，秋天长出的蔬菜显得更碧鲜，绿得更厚实。各种蔬菜也长有耳朵，蒜苗的耳朵是尖的，小油菜的耳朵是圆的，菠菜的耳朵又尖又圆。它们都把耳朵支棱着，似乎很喜欢听人们说闲话。刚才这几个妇女说的不知是哪方面的内容，小根的奶奶抱着小根一进来，她们就把刚才的话题中断了，转向跟小根的奶奶说话，逗小根玩。不能看电视，小根的奶奶想听先来的几个妇女把刚才的话题接着说，越是没听到的话，她越是关心。可人家不说了，她也没办法。

那几个妇女拉拉小根的小手，摸摸小根的小鸡鸡，逗小根玩儿了一会儿，就说小根长得很像他爹，鼻子、眼睛、嘴口儿，都像，一点都不走样儿。说儿子长得像爹，这是嘴边的话，也是好话。然而，小根的奶奶不愿听这样的话。一听到这样的话，她心里就发梗。儿子长得像爹，这话还用说嘛！不说没有事儿，若是把这事当事儿说，话背后就可能有别的话。说出的话少，没说出的话多；说出的话在上面漂着，没说出的话在下面藏着。她没有接话，说小根该撒尿了，把话题岔开了。

一个妇女对她说，他们给儿子冲喜真是冲对了，一冲就冲出来一个大胖孙子。什么冲喜不冲喜，这个话题对她来说更敏感。儿子外出打工，回来就生了病，身体状况一天不如一天。他们带着儿子到这儿看，到那儿看，到底没查出儿子得的是什么病。疮怕有名，病怕没名，生了无名的病是可怕的。儿子的骨骼凸出来，眼珠陷下去，眼看到了危险的边缘。这时，丈夫提出，把已下过定礼的儿媳娶过来，让儿媳为儿子冲喜。她不同意为儿子冲喜，儿子瘦成了一把柴，全身的力气不到四两，哪里还禁得起冲喜。不冲还好些，一冲，儿子恐怕死得快些。丈夫坚持为儿子冲喜。丈夫说，为了给儿子定亲，他们家给女方家送了干礼，又送了湿礼，合起来已花了一万多块。干礼指的是现金。湿礼指的是过年过节时给女方父母送的猪肉、活鸡、点心、水果、白糖、红糖等食品，还有成箱的火腿肠和方便面。要是不趁儿子在世时把儿媳要过来，那么多钱岂不是白花了。丈夫还说，儿子生了病，不等于儿子肚子里的种也生了病，儿子的种给儿媳种下，说不定儿媳能给他们家留下一个后代。丈夫打了一个比方，说马蜂的头死了，马蜂的毒刺还活着。谁要以为马蜂没能力了，不小心碰到马蜂，马蜂就会把毒刺刺进你肉里，蜇你一家伙。不管怎么说，儿子还是活着的儿子，儿子只要还有一口气，总比死了头的马蜂厉害些。按照丈夫的意见，到底把儿媳娶了过来。儿子结婚时，没有拜天地，没有拜父母，也没有夫妻对拜。儿子的腿萎缩得在病床上站不起来，没法儿拜。但儿子细脖子上的脑袋还是清醒的，听见迎新娘子进门的鞭炮声，儿子流了泪。妻子当时不太明白，过了一段时间才明白了，丈夫坚持为儿子冲喜，打一开始就另有主意。丈夫正当壮年，好胳膊好腿，一顿饭能吃两碗面条，外带一个馒头，他有的是力气。丈夫说的是为儿子娶媳妇，谁知道他是给谁娶的？名义上，小根是儿子留下的种。别人不清楚，她心里最清楚，这个种到底是谁留下来的。别人不说小根像她儿子还好，别人一说小根长得像她儿子，她心里先就虚得不行。

妻子虽和丈夫住一个屋，睡一张床，却不在一个被窝儿。两人也不睡一头，一个头朝南，一个头朝北。有时丈夫翻身时碰到了妻子，妻子也不干，说，别碰我！丈夫否认碰了妻子，说，谁碰你了，我没碰你。妻子说，刚才碰我的，那是狗的腿？丈夫说，可能吧。妻子说，你承认自己是狗了？丈夫没承认自己是狗，又翻了一个身说，我要是狗，你也差不多。妻子说，你自己说狗话，办狗事，不要扯上别人。

丈夫竟到妻子这头来了。妻子顿时很警惕，说，干什么？干什么？把自己的被头掖得很紧。丈夫没钻妻子的被窝儿，还是把腿伸进了自己的被窝。丈夫说，什么也不干，你不用紧张。咱俩说说话。妻子说，我跟你没啥可说的。丈夫叹了一口气，又叹了一口气，才说，当初咱俩要两个儿子就好了，只要一个儿子，一点儿保险系数都没有。你怎么样，咱加把劲儿，看能不能再生一个。妻子恼了，说，不要脸！你怎么这么不要脸呢！你连孙子都有了，还要儿子干什么！丈夫说，儿子是儿子，孙子是孙子，儿子和孙子不能互相代替。妻子想说"什么不能互相代替，我看你的孙子就是你的儿子"，话到喉头，她咽了下去。这个话不能说破，一说破，这个家也许就破了。好比一个充了气的气球，不把球皮捅破，气球还是圆的，还能飘。一旦把球皮捅破，气球就会烂在地上，再也飘不起来。

丈夫还有话说。丈夫说，我跟你说着玩呢，你就当真了。你欢迎我，让我进，我也进不去。跟你说实话吧，我早就不行了，儿子得病没多长时间我就不行了。谁的儿子谁心疼，我估计我是惜怜儿子惜怜的。妻子听得出来，丈夫在耍花招儿，又在蒙她。丈夫在掩盖着什么，也在否认着什么。有些话没有说破，丈夫害怕说破，就极力捂着盖着。要是几年前，丈夫说什么，她都相信。现在丈夫说的都是提前编好的鬼话，她不会相信了。她说，越说你不要脸，你越不要脸！丈夫说，你说话不要这么难听，我知道你不相信我。不信，你可以摸摸嘛！要是能把它摸起来，算你有本事。妻子当然不会摸，说，滚蛋，滚到你那头儿去！

停了一会儿，不见丈夫往那头儿滚，她自己到那头儿去了。她睡不着，成半夜睡不着。好不容易睡迷糊了，刮过一阵风，醒；树上掉下一片树叶，也醒。儿子死时，喘着气对她说，娘，娘，你不要埋怨俺爹，俺爹也是为这个家好。当时只顾心疼儿子，她没往深里想，就答应了。儿子死后，有一天她突然想到，对于丈夫的鬼鬼祟祟的行为，儿子显然是知道的。或许是儿子看到了，或许是儿子从儿媳身上察觉到了。不然的话，儿子不会那样说。替儿子想想，眼看着睡在身边的媳妇无能为力，媳妇的身体却一天一天起着变化，儿子是多么无奈，多么心痛！现在儿子去了，儿子变成了地里一个小小的坟包，啥都不知道了。啥都不知道最好，不知道心里就干净了。可她还活着，她还在替儿子难过，也替自己难过。眼不见，心不烦，她到什么时候才能啥都不知道呢！

悬在高杨树上的那三根棒槌样的丝瓜还没有掉下来。风一场，雨一场，霜一场，雪一场，受到侵袭的丝瓜，由青黄色变成了黑色，上面还起了点点梅花样的霉点儿。一天午后，儿媳看见丝瓜随口说了一句，吊着的丝瓜跟吊死鬼一样。院子上方吊着"吊死鬼儿"，终归不是很好。丈夫说，我上去把它拽下来。丈夫很把儿媳的话当话，儿媳说风，丈夫比风跑得都快；儿媳说云，到了丈夫那里雨都下来了。丈夫也是在儿媳面前逞能的意思，表示他的手脚还很利索，再高的地方他都敢上。结果怎么样呢，他两手抱着杨树的树干，上上，下来了；上上，又下来了。穿着鞋上不去，他脱掉鞋上。脱掉鞋也上不去，脱掉袜子再上。季节到了寒冬，光着脚丫子是很冷的。他不在意，费了九牛二虎之力，终于爬到了树上。到了树上，他仍不能把丝瓜拽下来，丝瓜在一枝横空的树枝的梢头吊着，他的手离丝瓜还远着呢。他让妻子给他找一根棍，他要用棍子把丝瓜梆下来。妻子没有找到长棍子，只从灶屋拿出了一棵玉米秸。妻子把玉米秸往上举了举，离他向下伸着的手差了一大截，他哪里够得着。没办法，他只得从树上下来。妻子有些笑话他，也想灭灭他的志气，说，你还以为你是个年轻猴儿呢，你早就是个老头子啦！这样的说法大概得到了儿媳的认同，儿媳笑了一下。

儿媳提出，她要外出打工。两口子一听，都吃了一惊。要是放儿媳外出，肯定是肉包子打狗，有去路，没有回路。妻子说，小根还小，小根还在吃奶，你要是出去打工，小根怎么办？儿媳说，小根都一岁多了，该断奶了。人家有的小孩儿，连一天人奶都没吃过，照样吃得胖胖的。妻子说，小根从小没了爹，是个可怜的孩子，你把他养大一些再出去吧。儿媳说，小根没了爹，他还有爷，还有奶奶。我生了他，就算对得起他了。总不能为了他，把我拴在家里一辈子吧！丈夫怕婆媳把话说多，说出不好的话来，忙拦住话头说，啥事儿都好商量，咱们回头再说。

当天夜里，堂屋里传来小根的哭声。小根哭得很厉害，老也不停止。丈夫对妻子说，你去看看咱孙儿哭什么，是不是哪儿不得劲了？妻子说，我去管什么用！丈夫说，你去怎么不管用，你哄哄他嘛！妻子说，我哄得了孩子，哄不了大人。大人要走，你不让人家走，人家当然要拿孩子出气，当然要弄出些动静。丈夫承认妻子说得有道理，这不是哄孩子的事，是劝大人的事。他说，我去劝她不合适吧？妻子说，你要是嫌我死得慢，你就别去。丈夫说，这可是你让我去的。

丈夫去了堂屋，不一会儿，小根就不哭了。丈夫去堂屋去得时间长些，直到天将明时，才回到东屋。这是一个开头。此后，只要小根一哭，丈夫就得到堂屋里去。现在小根还小，只会吃奶，只会哭，认不清谁是谁。等小根真正睁开了眼，认清了谁是谁，事情可怎么得了！

丈夫说过，他要借一辆架子车，把垛在地头的玉米秸拉回家。丈夫顾了东，顾不了西，说过的话可能忘了，剩下的玉米秸老也不往家里拉。一天夜里，不知名的人放了一把火，把他们家的玉米秸垛给点燃了。妻子早上听到消息，跑到地里一看，大半垛玉米秸烧得只剩一摊黑色的灰烬，一缕白烟正魂一样从灰烬上往空中飘。他们家的地头是一个苇子坑，坑边长着一棵桐树，玉米秸是靠着桐树垛起来的。玉米秸垛一着火，把桐树也烧死了半边。桐树枝子上搭有一座鸟窝，鸟窝的建筑材料都是易燃物，下面一着火，鸟窝也未能幸免。点柴火垛的事，村里每年都有发生。今年入冬以来，该村已有两家的柴火垛被放了火。她家是第三家。前两家，一家是村长家，一家是电工家。村长家的柴火垛被点，因为村长得罪了人。电工家的柴火垛被点呢，因为电工睡了别人家的女人。他们家的人，掏自家锅底的灰，垫自己的屁股，在村里一个仇人都没有，人家为啥要点他们家的柴火垛呢？难道是他们家的事被别人知道了，别人通过烧他们家的柴火垛，给他们家的人办一次难堪？是的，现在不缺烧的了，家家的柴火都是大堆小堆，烧掉一垛柴火，不算多大损失。可是，人要脸，树要皮，烧谁家的柴火垛，谁家人的面子都有些过不去。照例，谁家的柴火垛被点，这家的人都要破口骂一骂。妻子没骂，她悲从心来，坐在地上哭起来了。

丈夫听见妻子的哭声，赶紧跑到村外的地里劝她。丈夫说，别哭了，现在又不缺烧的，这点柴火不算什么。你别想那么多，可能是有的孩子调皮，不小心把柴火垛点着了。丈夫有些自责，说，都怨我，都怨我，我要是早点把柴火拉回家就好了。说着，往起拉妻子的胳膊。丈夫不劝不拉还好些，丈夫一劝她，一拉她，她哭得更悲痛了些。她本来坐着哭，这会儿脖子一梗，仰倒在地上，直哭得全身抽搐，两条腿直了杠子。村里不少人跑过来围观。丈夫让一个妇女赶快拉来一辆架子车，准备把妻子往医院拉。架子车拉来了，妻子拒绝往架子车上躺，走着回家去了。

没见儿媳到地里来。

她家的黑狗到地里来了，黑狗撩起一条后腿，对着灰烬滋了几股黄尿。

过罢年，妻子的肚子有些发胀，发撑。渐渐地，她的肚子鼓起来了。她以为吃多了，想饿一饿，让肚子瘪下去。她一天不吃饭，两天不吃饭，肚子不但没瘪，反面鼓得更高了。丈夫跟她开玩笑，说看样子她真的要再生一个儿子了。她说，你就等着吧，不是生，就是死。妻子怀孩子是不可能的，孩子会动，妻子肚子里的东西不会动。妻子肚子里积起来的像是水，一拍啪啪的。水是软的，积到一定程度就是硬的，硬得像石头一样。丈夫要带妻子到医院去看看，妻子死活不去，说，看啥看，早死早干净。

丈夫把一个自开诊所的医生请到家里来了，医生见妻子的肚子高得像鼓，脸色已经发黑，没用听诊器听，也没有号脉，搭眼一看就得出了诊断。医生把丈夫叫到背人的地方，说妻子不是肚子的病，是肝子的病。她想吃什么，就给她吃点什么吧。

丈夫回到床前，把妻子的手从被窝里拉出来握着，问妻子想吃点什么，有什么话要说。他喉头发哽，泪水湿了眼窝。妻子还没昏迷，医生一把丈夫叫出去，她就知道自己不行了。别看她老说死了干净，真的死到临头，她却有些舍不得。她说，他爹，他爹，我死得可是有点早啊！说着，眼泪一股一股涌出来。丈夫叫着妻子的名字，说，我对不起你呀，你能原谅我吗？妻子没有说话，她好像要想一想，最后的话该怎么说。

妻子弥留之际，才对丈夫说，不是你对不起我，是我对不起你，我应该陪着你。我目光短，见识浅，你别跟我一般见识……

2007年11月23日至30日北京和平里

梅花三弄

实　弄

　　我正在一间相对封闭的小屋里写东西，手机响了。我的手机铃声是雄鸡打鸣的声音，高亢嘹亮，有着不错的穿透力。雄鸡打鸣一般是在早晨，可我手机里的雄鸡把时空完全打乱了，随时随地都会鸣叫起来。我不知道雄鸡哪一刻会叫，它的叫声对我来说总是有一些突然性，几乎带有突然袭击的意思，让人被动。我不关机，在写东西时也开着机。妻子要求我把手机保持在畅通状态，方便她随时可以找到我，给我下指示，让我买面，买鸡蛋，或者是买西红柿、黄瓜、西蓝花等。我热爱家庭生活，乐于接受她的指示。我拿起手机一看，不是妻子打来的，是一个陌生的号码。有心不接，又怕是送递品的快递员打给我的，就摁下标有绿色听筒的接听键听了一下。当打电话的人确认我就是他要找的人，马上叫我老师，自称他是我的粉丝，铁杆的。他说他特别喜欢我的小说，只要看见杂志上登载有我的小说，就立即掏钱买来读。

这样的电话我一听就够了，想把电话挂掉。说来有些矛盾。我们写东西，是给读者看的，读者看了，我们希望有好的反馈。可是，一旦反馈真的来了，我们接受起来往往缺乏耐心，甚至会产生躲避的念头。这和叶公好龙不是一个性质，叶公也许真的好龙，而写作者和读者的关系要复杂得多，也微妙得多。还有粉丝的说法，也让我觉得别扭。你说自己是读者，前面顶多再加上忠实二字，完全可以说明问题。粉丝是什么？粉丝是用红薯或土豆的淀粉做成的细丝状的食品，跟读者根本不搭界。把读者说成是一种廉价的食品，是对读者的贬低，也是对汉字的不尊重。出于礼貌，我没有把电话挂掉，只说谢谢，谢谢。我口气冷淡，不愿多说一句话。我可不敢招惹打电话的人，不愿和陌生人瞎聊，倘稍不注意，一句话说不好，对方有可能跟我说个没完没了。说不定还会提到我的某篇小说，复述小说中的细节，以证明他确实读过我的小说。类似的电话我以前也接过一些，我从来不愿意在电话里多说我的小说，仿佛每篇小说里都包含一段隐秘的感情，提起小说只能让我感到羞怯。又好比每篇小说都是我的孩子，自己的孩子自己最了解，无须别人评头论足。

打电话的人倒是没有再拿我的小说说事，但他提出了一个要求，要见见我。

见我？没有这个必要吧。我又不是演员，不是明星，见我干什么呢？我说对不起，我正在写东西。我没有撒谎，这天是星期日，我一早骑车从家里出来，确实正在一家杂志社的编辑部里写东西。我写的是一个短篇小说，小说写到中段，正是需要奋力向前开拓的时候。

我知道您的时间很宝贵，我不会占用您过多的时间，给我十分钟可以吗？

不可以，坚决不可以。我知道，时间这东西最难掌握，他说是十分钟，到时候恐怕一个钟头都打不住。我的时间其实就是我生命的组成部分，我干吗把一部分生命随便给别人呢！我说，还是不见为好，见了我你会失望的。

我写过一篇走窑的汉子复仇的小说，一些读者看了小说，把我想象成一个高大威猛的汉子。及至有机会见到我，发现我的身材及面貌与他们的想象有很大差距。每当有人说出他的想象时，我只能说，很抱歉，让您失望了！

我很崇拜您，一直把您当成我的偶像，我不会失望的。如果您觉得十分钟太长，那就五分钟吧，三分钟吧？

麻烦，我遇上难缠的人了。蚂蟥吸不住鹭鸶的腿，你要缠我，我拒绝缠，你奈我何！我说好了，就这样吧。我把电话挂断了。

我拿起钢笔，刚要接续刚才被打断的思路，"雄鸡"又叫起来。这一轮的叫声似乎比刚才还大，比传说中的半夜鸡叫叫得还厉害。我估计，电话还是那个人打来的，他雄赳赳的，正在扮演"雄鸡"的角色。我一瞅，没错儿，还是那个电话号码。在我们老家，把雄鸡叫公鸡，公鸡的啼叫有催人起床的功能。在手机里，该功能可以忽略不计，"雄鸡"有叫的权利，我也有"不起床"、不理睬的权利。"雄鸡"的叫声没有一定限度，它叫一会儿就不叫了。我想，打电话的人应该知趣，他再次打来电话，我不接，他就不会再打了，再打就没意思了。不料他真够执拗的，"雄鸡"竟然一而再，再而三地叫起来。公鸡打鸣一般要叫够三遍，看来"雄鸡"不叫够三遍也不罢休。我相信，"雄鸡"的叫声不是电子合成的声音，应该是真正的公鸡的录音。被采集的公鸡当是一只脸上长着青春痘的青年鸡，不然的话，它的叫声不会这般元气沛然，直冲霄汉。我仿佛看见，那头打电话的人无异于一只"雄鸡"，正挺着腰身，梗着脖子，瞪着斗鸡一样的眼睛，在不屈不挠地冲我大鸣大叫。我怎么办？我的办法是把手机关掉。这样一来，等于我一把掐住了"雄鸡"的脖子，并把"雄鸡"的脖子掐断了。我看你叫，我看你还叫不叫，我就不信治不了你！

这样做犹不解烦，停了一会儿，我把手机打开，把陌生人的电话号码存在电话簿里，给陌生人起了一个名字，"讨厌"。以后，凡是"讨厌"打来的电话，我一看是"讨厌"，就不再接听。

我之所以在杂志社的编辑部里写东西，因为我是这家杂志的主编。我这个主编是挂名的，不看稿子，不编稿子，不管什么具体事。我对杂志社的社长说，我是借贵方一块宝地，在这里种点儿自己的东西。我本来可以在家里写东西，可家里有床，看见床我就想睡觉。我在一家报社上了二十多年班，上班已经成了习惯。虽说现在脱离了报社，不用再上班，但我每天做的还和正常上班一样，早早就挎上书包出门，到杂志社的编辑部去种自留地。我这样做，是意志自治，甚至带有强制性，为的是让自己克服懒惰，持续劳动。

这天又是星期天，编辑部的工作人员都在家里休息，只有我一个人在那里写东西。楼上静悄悄的，阳光从窗口照进来，外部世界的条件很不错。有了这样良好的外部条件，我才比较顺畅地走进了自己的内心世界。我正在自己的内心世界自由自在地散步，电话响了起来。这次不是手机里的"雄鸡"在叫，是放在桌子一角的座机在响。这部座机是老款式，没有来电显示，我不知道电话是谁打来的。自从我用"讨厌"为那个打电话的人命名，将近一星期过去了，他没有再打我的手机。我以为"讨厌"已经隐去，消失，不会再和我联系。我还以为，他只知道我手机的号码，不知道我桌上座机的号码，所以我没有任何犹豫，就接了电话。真讨厌，电话正是"讨厌"打来的，他说，老师不欢迎我，我打老师的手机老师关机，我只好打老师的座机，请老师能够理解一个铁杆儿粉丝的心情。

今天是星期天，我在编辑部里写东西。你到底有什么事？

我想给您讲讲我和女朋友的事，给您提供点儿素材，您要是写成小说，一定会很精彩。

免了，我自己的素材还没写完，不需要别人为我提供素材。有人知道我喜欢摆弄点儿小说，多少年来，已有若干人主动找到我，要给我讲他或她的经历。每遇到这种情况，我从不敢贸然答应。不但不敢答应，心里还稍稍有些抵触。我写东西，干的是私活儿，凭什么让人家给我提供材料呢！我借人家的米可以还，借人家的钱可以还，倘若借用了人家的材料，我拿什么归还人家呢！我当过多年记者，当记者的规矩我懂，你采访了人家，随后就得给人家说点儿好话。而作者不同于记者，写小说不同于写新闻，小说中的人名是虚构的，小说中的人物也经过改头换面，是张三的鼻子、李四的眼睛。人家给你讲了其经历，在小说里不但看不到什么好话，说不定连个影子都找不到。也许把影子找到了，却与人家的期望大相径庭，这如何面对人家呢！更让我心存疑虑的是，主动提出给我讲经历的热心人，都强调他们的经历如何复杂、如何新奇。在他们眼里，好像只有复杂和新奇的东西才适合写成小说。他们哪里知道，我的小说是简单的，我不需要过于复杂的东西；我写的是一些日常生活，不喜欢新奇的故事。

"讨厌"说，他已经来了，就在编辑部的门口外边站着。

我所在的屋子，屋门上方装有一块玻璃，我没有往玻璃上糊纸，玻璃是透明的。走在楼道里的人，若是个头高一些，踮起脚尖一看，就能看到我屋子里的一切。我觉出一个人影在玻璃外面晃了一下，不用说，是"讨厌"提前对我进行了侦察，已经看到我在屋里坐着。完了，看来我是躲不开了，继续写东西也不可能了，只好放下电话，把门打开。站在门外的是一个年轻人，个头至少在一米八以上。年轻人穿了一身牛仔装，显得有些瘦。年轻人的眉眼倒不怎么刁钻，低眉耷眼的，显得有些老实。我的口气是拒人的，开口就问，你怎么知道我的电话？

我捡到了一张您的名片，就知道了。

你是谁？

我叫胡晓君。

你是干什么的？

我在北京打工。

打什么工？

搞装修。

今天为什么没上班？

公司暂时没揽到业务，没活儿可干，就没上班。

你没活儿可干，就来干扰我，是不是？你知道不知道，没经我同意，你就找上门来堵我的门口，这样很不好，很不礼貌。

对不起，老师！我实在太想见您了，看见您，我特别激动。

我屋里有沙发，我用电热水器烧的也有开水，但我没让他到屋里去。他要是在我屋里坐下来，恐怕一时半会儿打发不走。对这样的不速之客，我没有必要客气。我说，你既然来了，咱们到楼下待一会儿吧。我回身穿上外套，拿上钥匙包和手机，带上屋门，向楼下走去。我的手劲失了节制，带门带得有些重。我不管胡晓君愿意不愿意下楼，连回头看他一眼都不看，只管到楼下去了。

楼门口两侧植有绿篱，绿篱前面是街边的人行道。绿篱缩进去的地方，布置有一些用合成的棕色木条搭成的座位。有人走累了，或无所事事，可以在座位上坐一会儿。我指一个座位，让胡晓君坐下。季节到了初秋，个别杨树叶子已开始下落。有一片杨树叶子落在座位上，像一只招风耳一样支棱着。叶子还是绿的，一点儿都不发黄。

胡晓君把杨树叶子扒拉在地上，坐下了。他坐在座位一头，留出比较宽的地方给我坐。

我见座位上灰土斑斑，似乎还有痰迹，没有坐。我不愿和他平起平坐。他手里拿着一本选刊类的文学杂志，两只手把杂志卷来卷去，卷成圆筒，放开；再卷成圆筒，再放开。看得出来，他的心情是翻卷的，有些紧张。这本杂志我看见过，上面选载有我新发表的一篇小说。胡晓君手持这本杂志来见我，可能准备拿我的小说当说话的引子，以证明他的确看过我的小说。只是他一紧张，就把说话的引子忘记了。我装作对杂志毫不关心，更不会提起其中的那篇小说。我看不惯一个人把杂志卷来卷去，通过这样的细节，我判断出他对读物不够爱惜。一个对读物不爱惜的人，很难说得上爱读。

胡晓君说，他有一个女朋友，他跟女朋友谈了两年多，到了谈婚论嫁的程度。今年过了春节，女朋友不跟他好了，他百般追求，女朋友都不再理他。他说他的一颗心都在女朋友身上，打工所挣的钱也差不多都花在了谈恋爱上。女朋友的背离，对他打击很大，让他非常伤心，看天天昏，看地地暗，他都不想活了。说着，他长叹了一口气，眼圈儿有些发红。

我说好了，我知道了，你不要再说了。这样的事情满大街都是，一点儿也不新鲜。

可是我很难接受。我是第一次谈恋爱，董小雨是我的第一个女朋友。

难接受也得接受。这就是现实，现实总是严酷的。

你说的是现实主义吗？

什么主义不主义，现实就是现实。

一个穿网眼黑丝袜的长腿女郎，牵着一条狼一样的爱斯基摩犬，从我们面前走过。高傲的女郎不看我们，两只眼睛不一样的大型犬也仿佛对我们不屑一顾，很快就走了过去。一个老爷子从我们面前匆匆走过，在后面紧追不舍的是一个老太太，老太太边走边骂：你这个不要脸的老东西，这么老了你还打野鸡。你给我站住，看我不把你的嘴巴子抽歪！老爷子回过头说，你不要瞎说，我不跟你一般见识。

胡晓君对我笑笑。我没有笑。

他还是想跟我讲他的故事，希望我把故事写成小说。

我说我再重复一遍，我不想听你讲故事，也不可能把你的故事写成小说。想写你自己可以写嘛，自己对自己的生活最熟悉。

你觉得我可以写吗？

我觉得没用，你自己觉得可以就可以。你以前写过东西吗？

上学的时候写过。我要是写了，您能给我发表吗？

这个我可不敢保证。

您不是主编吗？

我当主编是挂名的，不看稿子。不过你要是把稿子写出来，我可以让编辑帮你看一看。如果达到能用的水平，他们会用的。

这时有一个穿黑色西服的青年人冲我们走过来，向我们发放推销海景房的广告。我摆摆手，拒绝接受。他把广告发给胡晓君，说先生，看看吧。胡晓君见我是拒绝的态度，他也没接广告。直到这时，他好像才记起自己手里拿着的杂志，说杂志上登有我的小说，他专门给我买了一本。

我哪能要他的杂志，我说，杂志社已经给我寄了，你自己留着吧。我手上正干一样急活儿，不能陪你聊了。在我干活儿的时候，你最好不要再给我打电话。你要学会尊重别人，不要把自己的意愿强加给别人。说罢，我丢下胡晓君，转身上楼去了。

时间过去了一个多月，天气越来越凉。杨树叶子已经变黄，不管有风无风，都会有杨树叶子落下来。杂志社楼下的这条街道两旁除了栽有杨树，更多的是银杏树。银杏树的叶子已经黄透，黄成了明黄。我知道，银杏树在等待一场必然要到来的冷空气，冷空气一旦袭来，明黄的银杏树叶子会很快落满一地。胡晓君没有再给我打电话，手机座机都没打，我几乎把这个人忘掉了。说过要写东西的人不在少数，但说说就拉倒了，不一定真的动手写。写东西不是吃巧克力豆，也不是喝可口可乐，不是那么容易的。可是，我并没有把标有"讨厌"的电话号码从我手机上删除，反正我手机上电话簿的空间很大，多一个号码，少一个号码，无所谓。

在一个冷空气骤袭的星期天，胡晓君又到编辑部找我来了。他没有再打电话，而是直接到编辑部敲我的门。我没想到是胡晓君，问，哪位？

是我，小胡。

我已经在屋门上方的玻璃糊了报纸，胡晓君不可能再透过玻璃看到我。他可能摸准了我的作息规律，或者是躲到一个隐蔽的地方，看我上楼来了，就到门口堵我。其实这天我并没有写东西，正躺在沙发上睡觉。昨天晚上和一帮作家朋友喝酒喝多了，早上起来仍头昏脑涨，脑筋很难开动。打扰我睡觉和打扰我写作一样，都让我不悦。我极不情愿地从沙发上起来，给胡晓君开门。

老师，我已经把小说写完了。

这么快？

快吗？

够快的。

我让人家写东西，有时说的并不是真心话，只不过显示一下自己在写作方面的话语权。上次我说让胡晓君把自己的故事写下来，目的是尽快结束和他的谈话，把他打发走。说句心里话，我不相信胡晓君会写什么东西。一个人动嘴是一回事，动笔又是一回事，动嘴谁都会，会动笔写文章的只有少数人。胡晓君说他上学的时候写过东西，那些东西不能算东西，顶多算是学写字。再说，一个忙于跑来跑去打工的人，哪有时间静下心来写东西！出乎我意料的是，我的话把胡晓君给惹了，他真的给我送稿子来了。这次我仍没有让他进屋，还是带他到楼下去了。他穿的还是一身牛仔装，鞋上和裤腿上溅了许多白灰的斑点，这表明他已经找到了活儿，说不定是从装修现场过来的。我随手从屋里拿了两张废报纸，垫在人行道旁边的座位上，从胡晓君手里接过稿子，坐在座位上当场看起来。作者到杂志社送稿子，一般来说，编辑都不会马上看。编辑让作者把稿子留下，并留下联系方式，过一段时间，编辑看了稿子，再跟作者联系。我也可以让胡晓君把稿子留下，把稿子转交给有关编辑。那样的话，胡晓君放不下悬念，还会来找我。我的想法是，当场否定他的稿子，让他死了这份写稿子的心，不要再来找我。没有经过写作训练的人，不会写出什么像样的稿子，这事没有例外。为了不让他看出我的真实想法，我看得还算仔细。他使用的横格稿纸显然是从笔记本上扯下来的，纸面上留有圆珠笔划过的乱七八糟的印痕。他的字写得很生硬，好像写每一个字都很吃力。其中还有不少错别字，不是少了胳膊，就是少了腿。比如寒冷二字，他把寒多写了一点，把冷少写了一点。再比如嫉妒，他写成了鸡肚。鸡肚和嫉妒好像也沾点边，鸡的肚量是很小。我看着稿子，瞥见胡晓君在看我。他通过观察我的表情，试图判断他写的稿子是否成功。他心里肯定是打鼓的，他心里的鼓打得恐怕比鸡叨米还快。我不动声色，让他无"米"可叨。一阵秋风吹来，银杏树的叶子纷纷下落。有一片叶子落在我腿上，胡晓君赶快替我捡掉。

稿子看完后，我对胡晓君说，你写的这个故事还是有价值的，是值得写的。

胡晓君的眼里露出了欣喜。

但是，我知道胡晓君很担心我说但是，但是，我必须跟他说但是，我的但是是预设的。我说，但是，你写得线条太粗了，几乎看不到什么细节。我实话实说，你不要介意。目前来说，你写的这篇东西还构不成小说，离发表还有相当的距离。我把稿子还给了他。

胡晓君很不情愿地接过稿子，脸上顿时黯然失色。他说，老师能帮我改改吗？

这不可能。我能帮你看看稿子，提提意见，就不错了。我建议你也不要急着改，把稿子放下，好好看点书，把事情琢磨透了，再改也不迟。

老师，我在模仿您的小说，您没看出来吗？

我不爱听这个，我的小说难道这么糟糕吗？我说，我的小说不好，你不要模仿我的小说。另外我还建议，你好好给人家搞装修，先解决自己的生计问题。这时我手机里"雄鸡"叫起来。为了尽快摆脱胡晓君，这次不管是熟悉的号码，还是陌生的号码，我都要接听。我一边接电话，一边对胡晓君摆摆手，上楼去了。

北京很大，但我认识的人很少，满大街都是陌生的面孔。我老家的村子很小，只有几百口人。我在老家时，我们村子里的人我全都认识。这表明，地方越大，认识的人就越少；地方越小，认识的人就越多。和某个人在某次聚会上吃过一餐饭，喝过一次酒，之后很可能再也见不到他，一辈子都没有再见的机会。这使我想到我们常常挂在嘴上的"再见"这个词，作为一个礼貌性用词，人们说到它时，只当是打了一个招呼，很少在意它的含义和情感色彩。其实说了再见之后，有的人能再见面，有的人再也见不到面。

胡晓君就是这样，我对他摆摆手，表达了再见的意思，就再也没有见到他。一年过去了，两年过去了，三年过去了，四年过去了，楼下路边银杏树的叶子落了又生，生了又落，胡晓君再也没有来找我。我丢过一次手机，手机里标有"讨厌"的电话号码一并丢失。我换了新的手机，新手机的铃声不再是雄鸡打鸣，换成一支歌曲：夏天夏天悄悄过去，留下小秘密……也许我的话真的打消了胡晓君写作的念头，从那以后，他再也没有写什么小说。也许那个从外地来北京的高个子年轻人将永远从我的视野里消失。

每天，我还是照样到杂志社的那间小屋里写东西。花上十天半个月，写一篇短东西，投出去，大约能换回一顿酒钱。有一天，我突然对写作感到有些厌倦，觉得写一篇，再写一篇，都是实而又实的东西，老是摆脱不了现实的纠缠，有啥意思呢！现实里，该有的，都有了，不该有的，也发生了，我们只是把它换个地方，以文字的形式，搬到小说里。这样的东西，有什么新鲜的呢！还能玩出什么花样呢！算了，不写了，睡觉去。睡了一觉醒来，心里又空得慌，还有些许懊悔。睡觉，以后有的是机会，到了那一天，你不想也得睡，而且会永远地睡下去。趁着有生，脑子还转得动，手里还是抓挠点什么为好。我们能抓住什么呢？空气抓不住，风抓不住，云彩抓不住，月光也抓不住，我们能抓住的，只能是一些实的东西。好比我们生于现实的土地，长于现实的土地，一出生就被地球的万有引力牢牢地吸在地球上，只能在球体上进行有限的活动。我们可以不甘心，可以叹气，但我们不可自拔，不能提着自己的头发把自己提到空中。这是全人类的命，当然也是每个写作者的宿命。没办法，我们只能在现实的泥淖里继续挣扎。

某一日，我翻检以前的笔记，看到胡晓君来访的事我略略记有几笔。回忆起来，胡晓君给我看的那几页稿子，我还是留有一些印象的。把印象加以整理，加以想象，加以扩展，说不定真的能变成一篇有头有尾的故事性的东西，并能换回一顿酒钱。写作者难称厚道的地方也许就在这里。当了你的面，他从不会对你说，我要写你。但转过身去，他很有可能悄悄把你写进他的小说里。当你在他的小说里看到你的影子，向他求证时，他的头摇得像拨浪鼓一样，会矢口否认。

虚　弄

胡晓君和董小雨是在一家洗浴中心认识的。这家洗浴中心的规模不是很大，但里面的服务项目不算少，称得上应有尽有。洗浴的项目有淋浴、池浴、盆浴、桑拿浴、蒸汽浴、火石浴；保健项目有中国式、泰国式、韩国式、荷兰式等；另外还有拔罐、刮痧、足疗、掏耳和美容美发。洗浴中心是私人开办，所使用的员工都是从外地进京打工族中招聘而来。胡晓君是男宾部洗浴室里的服务生，有男宾拿着手牌进来了，他须热情招呼"欢迎光临"，帮人家打开更衣箱，并送上浴巾。这个工作没什么技术含量，只要态度好，腿脚勤快，有眼力见儿，就可以应付。董小雨是在休息室里为宾客捏脚，搞所谓的足疗。休息室面积挺大，放有若干排可坐可躺的软沙发。男女宾客洗澡洗累了，都可以躺在沙发上休息，同时可以看电视，喝茶，在手机上玩游戏。每进来一位客人，董小雨都会走上前去，叫着先生或阿姨，问人家要不要做一个足疗。人家若同意做，董小雨就会在沙发前面坐下来，搬过人家的脚，取出做足疗所需的一应物品，开始在脚底板上做起文章来。相比胡晓君在洗浴室里当服务生，董小雨上岗前受过培训，算是一个技术工人。她每做一篇"文章"，顾客都会付给洗浴中心六十块钱"稿费"。这笔"稿费"董小雨不可能全得，洗浴中心给她按两成提成，只给她十二块钱就完了。董小雨不嫌少，钱是一块一块攒起来的，只要她做的"文章"多，"稿费"就会越攒越多。不说太多，如果她一天能做上十篇"文章"，得到的提成就超过了一百块。因此，董小雨做"文章"的积极性颇高，看见一个人，就想把人家的脚底板翻过来。

两个人各干各的活儿，见面的机会不是很多。就算他们碰了面，从彼此所穿的工作服上认出对方也是洗浴中心的员工，并不一定多说话。在男员工看来，在洗浴中心打工的女员工总是有一些神秘，她们每个人都像是在和老板单线联系，只接受老板一个人的指令。作为一个男员工，你既不是老板，又不是进洗浴中心消费的服务对象，人家干吗搭理你呢！女员工看男员工也是如此，虽然在同一个洗浴中心工作，她们视男员工像是陌路人。不仅如此，女员工发现，男员工看她们的目光总是有些异样，像是要窥破什么秘密，这使她们不得不有所警惕。加之老板不愿跟招聘来的打工者签合同，致使来洗浴中心的打工者流动性很强，今天他来了，明天他走了，谁都难得真正认识谁。

　　是一个偶然的机会，促使胡晓君打定主意，要认识一下董小雨。如果有可能，他要把董小雨这个目标锁定，把董小雨发展成他的女朋友。这天下午，胡晓君去烘干房取回一抱热乎乎的浴巾，路过自助餐厅的门口时，隔着门缝，他听见有人在餐厅说话。乍一听，胡晓君几乎产生了错觉，以为他回到了老家，在听老家的人说话。但他很快反应过来，意识到自己身在北京，老家也没有人来找他。他听出来了，正说话的是一个女孩子，女孩子大概正在打电话。那么，用他老家的口音打电话的女孩子是谁呢？他得弄个究竟。他放下浴巾，装作到餐厅里找一样东西，推门到餐厅里去了。他一进餐厅就看见了，正打电话的是董小雨。洗浴中心备有自助餐，餐费在门票里包括着，到了就餐时间，客人换上浴服，可以到餐厅就餐。此时就餐时间已过，人去厅空，灯光调暗，只有董小雨一个人躲在里面对着手机说话。见有人进去，董小雨赶紧转过身去，并以手遮嘴，把说话的声音压低。胡晓君的目的达到，在餐厅转了一圈，就退了出去。

　　回到浴室，胡晓君看见一个中年男人扶着一位老人往汤池走，赶紧走上前去，扶住老人的另一只胳膊，说慢点儿，慢点儿。中年人夸他服务态度不错，对他说了谢谢。胡晓君和中年人一块儿把老人扶进汤池后，胡晓君又主动问中年人：你们要不要躺在按摩椅上按摩一下，挺舒服的。当中年人说了可以，胡晓君就把两张按摩椅的开关打开了，分布在按摩椅上的多个小孔立即咕咕嘟嘟冒出水来，在水面催出一朵朵小花。胡晓君得出判断，董小雨是他的一个老乡，这个老乡的家跟他家住得不会太远，不是一个乡，也是一个县。胡晓君理解董小雨，他们一来到北京，就想融入北京，不想让北京人知道他们是外地人。他们所做的第一件事，就是调整自己的舌头，把家乡的口音调整成北京人的口音。可一个人从小形成的口音好像已经在自己的舌头上扎根，调整起来并不那么容易。舌头这个东西看上去是柔软的、灵活的，有时却很生硬、很固执，稍不留神，隐藏在舌头里的家乡口音就会冒出来。特别是在接听家里亲人打来电话的时候，不知不觉间，口音就会跟着亲人走。当他们的耳朵听到自己说的是家乡话，意识到自己的口音与身处的语言环境不符，想扭转一下，又不大敢。他们要是扭转成北京话，亲人会说他们在撇京腔，还有可能听不懂他们撇的是什么。所以在跟亲人通电话时，他们不可避免地会带出家乡口音。北京这么大，来北京打工的人数以百万计，能碰到一个在同一块土地上长大的老乡难而又难。而胡晓君不但碰上了董小雨，他们还是同一个洗浴中心的同事，这怎么说呢，只能说这是老天爷的安排，认识董小雨对他来说是天赐良机。倘若他不主动接近董小雨，简直就是违背天意。

董小雨，咱俩是老乡。这天午后，胡晓君观察到董小雨在餐厅里吃自助餐，随便取了一点食品，坐在董小雨对面，开始跟董小雨搭讪。洗浴中心对员工的承诺是管吃管住。管吃，是指顾客可以吃自助餐，员工也可以吃。不同的是，顾客与员工用餐不在一个时间段，顾客先用，员工后用。拿午餐来说，顾客是十二点开始用餐，而员工必须等到下午一点之后方可用餐。如果哪个员工违反规定，胆敢与被称为上帝的顾客抢食，那是没有好果子吃的。

董小雨看了一眼胡晓君，遂低下眉，没有搭理胡晓君。董小雨餐盘里取的食品是生西红柿片和生黄瓜片，她用筷子夹了一片生黄瓜放进嘴里。

胡晓君报了自己所在的县，问董小雨家是不是也在那个县。

董小雨仍拒绝搭理胡晓君，没有说明她跟胡晓君是不是一个县，她心里说的是：你管呢！她在做足疗时，总会有一些男顾客爱说话，盯着她年轻的脸、年轻的胸，问她的老家在哪里。在哪里呢？有一回，她没有说实话，而是编了一个地方。问话的顾客当场指出：你这个丫头不诚实！把她弄了个大红脸，很是不好意思。北京好比一个大海，游进大海里的都是鱼，干吗非要问她是从哪里来的鱼呢！

小曲好唱口难开，女孩子开口总是难，胡晓君不着急。胡晓君说，董小雨，你吃得太少了，还想吃点儿什么，我去给你拿。说着，就要起身给董小雨拿吃的。

不用你管，想吃什么我自己会拿。

董小雨，你总算跟我说话了，我好感动好感动。这里没什么好吃的，哪天你给我一个机会，我请你到外边去吃。你喜欢吃什么？

我什么都不喜欢吃。

那可不行，咱们出门在外，得把身体放在第一位。要想身体好，就得注意饮食，注意营养均衡。既然咱俩是老乡，一拃没有四指近，今后有用得着我的地方，你只管找我，我有责任为你服务，也有责任保护你。谁敢让你受委屈，我绝对不答应！这样吧，要是不嫌弃的话，你把我手机号码记一下。胡晓君说罢，两眼看着董小雨放在餐桌上的手机。董小雨的手机是带盖子的那一种。

董小雨像是犹豫了一下，还是拿起手机，把手机的盖子翻开了。

胡晓君一组一组地说着号码，董小雨记了下来。

我的名字叫胡晓君，你就叫我小胡吧。有些人给别人的电话号码是假的，我给你的号码绝对是真的，不信你拨一下试试？

顺着胡晓君的指引，董小雨把电话号码拨了一下，胡晓君装在口袋里的手机果然响了起来。胡晓君的手机铃声是一支旋律相当欢快的曲子。董小雨哪里知道，胡晓君给予她电话号码的目的，是想得到她的电话号码。

胡晓君说，看看，没错儿吧！

董小雨这才想到，她一拨胡晓君的电话号码不要紧，自己的号码就跑到了胡晓君的手机上。她说，没事儿你不要打我的电话，更不要把我的电话号码告诉别人。

别人的说法让胡晓君心里一动，很受用。别人是别人，他就不是别人，是自己人，看来董小雨已经认了他这个老乡。他说，你放心，日久见人心，时间长了，你就知道我了。

时代到了数字化时代，人也被数字取代，人人都有代码。每个人的代码主要有两个，一个是身份证的号码，另一个是所使用的手机的号码。身份证的号码一报户口就确定下来，一辈子都不会改变。在互联网上输入你的代码，无论你走到哪里，都能网到你。手机的号码也差不多，要不是为了隐蔽，一般来说，人们不会改变自己的号码。手机用坏了可以再换一个，但手机的号码还是原来的号码。胡晓君把董小雨的手机号码存入自己的手机，仿佛同时存进了董小雨这个人，这让他一下子变得充实起来，好像连手机本身也大大增值。按董小雨的意见，胡晓君没有轻易给董小雨打电话，只给董小雨发些短信。下雨了，他给董小雨发了一条短信：终于下雨了，我最喜欢下雨。董小雨没有给他回信。接着，他又给董小雨发了一条短信，说要请董小雨到附近的一家餐馆吃烤鸭，并强调，烤鸭可是北京的名吃。这次董小雨回了信，信的内容只有两个字：不吃。胡晓君想，也许董小雨不爱吃烤鸭，爱吃洋餐。过了两天，他再给董小雨发短信，要请董小雨到外面吃意大利比萨。董小雨的回信还是两个字：不吃。那么董小雨到底爱吃什么呢？是不是最爱吃的还是家乡饭呢？他打听到一家小饭店有家乡的糊涂面，就请董小雨下班之后跟他一块儿去吃糊涂面。他在短信里说，近不近，故乡人，请董小雨给老乡一个面子吧！这次董小雨的回信倒没说不吃，说的是不去。这个董小雨，三请三不，是不吃他这一套啊，是不想和他交往啊，这可怎么办呢？想来想去，他只好给董小雨打了一个电话。打第一遍，董小雨不接；打第二遍，董小雨还是不接；直到打第三遍，董小雨才接了。董小雨一开口，口气就有些不耐烦，说我正忙着，你老打电话干什么！我不是跟你说过，不让你老给我打电话嘛，好了，就这样吧。啪地一下，董小雨把手机盖子扣上了。胡晓君看看自己的手机，手机的显示屏是黑的，拿在手里像一块生铁。他真想对着手机说，你忙什么，不就是在给人家捏脚嘛！人脚又不是猪脚，猪脚能吃，人脚上都是脚气，又不能吃，你有什么可牛的！

　　无论如何，胡晓君不会放弃对董小雨的追求。老板召集洗浴中心的全体员工点名和训话时，胡晓君看见过在洗浴中心打工的所有女工，他也巧妙地打听过那些女工的情况。别的女工来自四面八方，都不是他的老乡。只有董小雨是他的老乡，而且是近老乡。董小雨长得也不错，不高不低，不胖不瘦，一看就是一个适合谈对象的家常人。董小雨虽然来到城里干活儿，但她并没有赶城里人的时髦，不描眉，不画眼，没有染红头发、黄头发，连高跟鞋都不穿。董小雨一上班，就穿一身棉布工作服，一天到晚都是那身工作服。不管从哪方面看，董小雨都不失朴实，都是一个好好过日子的人。要是能把董小雨追到手，对他的一生来说将是一个巨大的胜利。村里年轻人外出打工，好几个年轻人都带回了外地的老婆。那些女人不是好吃懒做，就是脾气暴躁，胡晓君一个都看不上。爹对他说，你不要看不上人家，你小子要是有本事，也给我们带回一个儿媳妇，我和你娘就不用操心给你找对象了。爹的话他记住了，他争取找一个对象带回家。

　　胡晓君去餐馆买了一份烤鸭，分装在两个塑料餐盒里，带回洗浴中心。一个餐盒里装的是薄片鸭肉和甜面酱，另一个餐盒里装的是荷叶饼和葱条。这天吃晚饭时，他一见董小雨去餐厅吃饭，就赶紧把烤鸭拿了过去，小声对董小雨说，这是我给你买的烤鸭，你尝尝味道如何。

　　董小雨一见烤鸭，就皱起了眉头，说，我说过不吃，谁让你买的！谁买的谁自己吃。

　　我吃过了，这是专门给你买的一份。你说话小点儿声，别让别人听见。你把鸭肉和葱条卷在荷叶饼里吃，就当吃的是自助餐，吃的时候也最好别让人看见。好了，今天我不陪你了，你慢慢吃吧。

　　走到门外，胡晓君透过门缝看见，董小雨揭起一张荷叶饼，正把蘸了甜面酱的鸭肉和葱条卷在里面吃。很好很好，烤熟的鸭子外酥里嫩，是很好吃的，你就好好吃吧。

　　停了一会儿，胡晓君又到餐厅门外隔着门缝看了董小雨一眼，见董小雨没把烤鸭吃完，收拾起来带走了。洗浴中心规定，自助餐厅里的食品只能在餐厅里吃，不能带到外面去。因他送给董小雨的烤鸭是从外面带进来的，不在洗浴中心的规定范围，吃不完应该可以带走。董小雨吃了他送的烤鸭，这让胡晓君觉得，他和董小雨的关系又前进了一步。他对自己说，饭要一口一口吃，水要一口一口喝，他和董小雨的关系要一步一步走，慢慢来，不要着急。在老家时，他见过老母鸡孵蛋。老母鸡就那么俯着身子，围着翅膀，日日夜夜卧在一窝鸡蛋上，把自己身体里的热量，一点一点持续不断地传递到鸡蛋内部，使鸡蛋发生变化，孵出小鸡。胡晓君相信，董小雨不是一块石头，也是一个鸡蛋，他要向有耐心的母鸡学习，不断给董小雨以足够的温暖，把小鸡孵出来。就算董小雨是一块石头，他也有恒心、有能力，先把石头暖成鸡蛋，再把鸡蛋孵出小鸡。

说洗浴中心管住，是指洗浴中心同时开有三层楼的旅馆。客人住在旅馆里，为客人服务的员工不必到外面租房，也可以住在旅馆里。只不过，员工住得拥挤一些，六个人住一个房间，是上下铺。在房间里，年轻的男员工心痒手痒，喜欢拿女员工说事儿，对女员工评头论足，给每一个女员工打分。一天晚上，有人说到董小雨，说那丫头长得太死性，一点儿都不可爱。还有人说，董小雨名义上是给人捏脚，背地里不知给人家捏什么。这些话胡晓君不爱听，他说，你们不要议论董小雨，她是我的老乡。人家说，老乡不香，老乡算什么，要是女朋友还差不多。胡晓君没有否认董小雨是他的女朋友。

又过了一段时间，胡晓君从外面给董小雨买回一张比萨饼，事情就没有那么顺利。这天午后，当胡晓君把比萨饼放在董小雨面前的餐桌上时，被邻桌一个眼尖的小女孩儿看见了。一位白头发的老太太，带着一个小女孩儿，吃饭吃得比较慢，别的顾客差不多都走了，已经到了员工吃饭的时间，她们还没有离开餐厅。小女孩儿看见了比萨，嚷嚷着要吃比萨。老太太说，哪有比萨，这儿没有比萨。小女孩儿一指董小雨面前的比萨，说有，有。老太太也看见比萨了，对小女孩儿说，明天奶奶去比萨店给你买。小女孩儿不干，嚷嚷得更厉害：不，不，我现在就要吃！这时，胡晓君若把比萨分给小女孩儿一点，也许小女孩儿就不闹了。大概胡晓君心里只装着董小雨一个人，急于让董小雨吃比萨，完全忽略了小女孩儿的感受和要求。他不但没有分给小女孩儿比萨，还把身子坐过来，与董小雨坐并排，试图挡住小女孩儿的视线。这下把老太太给惹了，老太太不干了，老太太大声质问胡晓君和董小雨，你们是不是这儿的员工？

胡晓君和董小雨被北京老太太陡起的气焰吓住了，他们不敢面对老太太，没有回答老太太的问话。

谁让你们在这儿吃比萨的？有你们吃的比萨，就应该有顾客吃的比萨。不让顾客吃，你们自己吃，这是哪家的道理！把你们的老板找来，我要问问他！

眼看别的员工围过来看热闹，董小雨像是急于摆脱干系，丢下胡晓君，自己站起来走了。

胡晓君没有走，他硬着头皮，仍坐在那里坚持。他自己从未吃过比萨，只是听人说比萨好吃，才给董小雨买了一份。此时放在桌上的比萨已经凉了，但他觉得比萨变成了烫手的红薯，不知该怎样处理。

不知哪个嘴快的把老板找来了，老板进得餐厅，直奔胡晓君，问，怎么回事？谁让你在餐厅吃比萨的？回答！

我没吃。董小雨没吃过比萨，这是我给她买的。

你为什么要给董小雨买比萨？你们是什么关系？

我们是老乡，她是我的女朋友。

别的员工交换了一下眼神儿。

老板说，董小雨是不是你女朋友，另当别论，我只问你，本中心不许员工带食品在餐厅里吃，这个规定你知道不知道？

不知道。

那好，今天我让你知道一下，食品没收，罚款三百元人民币。

对胡晓君的处罚还没有完，第二天上班前，老板让浴室主管通知胡晓君，洗浴中心决定终止对他的聘用，上午九点之前，他必须走人。

胡晓君吃惊不小,说他很热爱洗浴中心的工作,正干得好好的,为什么要开除他呢?

浴室主管向他转达老板的话:你的行为已经构成对女员工的骚扰,在洗浴中心造成了不良影响,所以要开除你。

董小雨呢?把我们两个一块儿开除吗?

这个我不知道。

我去找董小雨问一问。

你不要问了,老板找董小雨谈过了,董小雨说她根本就不认识你。浴室主管撇着嘴,用讥讽的口气说,还说董小雨是你的女朋友,我看你是剃头挑子一头热。

胡晓君的情绪低沉下来。他想把自己的情绪再酝酿一下,湿一湿自己的眼圈。这样想着,他的眼圈真的有些泛潮。他对主管说,他收拾一下自己的东西,一会儿就走。说这些话时,胡晓君是在自己住的宿舍里,他已经换好了上班的工作服。他的打算是,等主管一离开,他就去董小雨的宿舍或休息室去找董小雨,跟董小雨说几句话。

主管似乎看破了他的想法,要他马上把工作服脱下来。也是洗浴中心的规定,只要脱下工作服,换上自己的衣服,就不许在工作场所走动。

胡晓君没有马上脱工作服,看看主管能把他怎样。什么主管不主管,不也是一个吃打工饭的外地佬嘛,有什么了不起的。

主管到门外打了一个电话,把洗浴中心的保安叫来了。保安是一个练过立起手掌切砖的家伙,切起人的脖子来相当厉害。保安说话的声调倒是不高,他对胡晓君说,走吧,哥们儿,最好别让我动手,我一动手,谁脸上都不好看。

胡晓君只好脱下工作服,换上自己的衣服,把零碎东西都收进拉杆箱里,拉起箱子走了。走到大门口,胡晓君似有些恋恋不舍,转过身来与董小雨大声告别：董小雨，我走了！

没有任何回应。两个穿黑色工作服的女服务员在柜台里面坐着，她们连动都没动。

胡晓君又喊了一声：董小雨，我爱你！

一直跟在他身后的保安举起了巴掌，命他赶快滚蛋！

来到大门外边，胡晓君没有马上离开，站在那里给董小雨打电话。他估计，洗浴中心只开除他一个，不会开除董小雨。因为董小雨会捏脚，可以为洗浴中心赚钱。电话打过去，很快有了回应，回应是一个女人的声音，但不是董小雨的声音，回应说，您拨打的电话已关机！

冬天来了。一个初雪的傍晚，有一个年轻人，手持一朵玫瑰花，跪在洗浴中心门外的地上，雪片落在年轻人的头发上，落在年轻人的肩头，落在年轻人的后背，几乎把年轻人变成了一个雪人。年轻人双手举着的玫瑰花似开未开，花上面也落了一层雪。落雪有声人无声，年轻人就那么不声不响地跪着，似乎要跪他个地老天荒。这个年轻人不是别人，是胡晓君。

有前来洗浴的顾客看见了胡晓君，有些好奇，问胡晓君跪在雪地里干什么？

胡晓君说，他来给他的女朋友献花。

你的女朋友在哪里？

在洗浴中心。

你怎么不进去找她呢？

他们不让我进。

你可以打个电话把你的女朋友约出来嘛。

她不接我的电话。

噢，所以你就在这里玩苦肉计，对不对？顾客说罢，摇摇头，进去洗浴去了。

保安发现了跪在雪地里的胡晓君，推开玻璃门，撩开棉布帘子，对胡晓君骂道，你怎么又来了，你真是一个癞皮，我看你比癞皮狗还劣！之前，胡晓君已来过几次，他几次前来，都被前台的服务员和保安及时发现，被保安赶了出去。有一次，他以顾客的身份，要自己花钱洗澡。保安通过打电话向老板请示，老板还是拒绝他进入洗浴中心。

胡晓君不说话，他把玫瑰举得更高些，想让玫瑰替他说话。他认为自己跪的是街边的雪地，并没有进入洗浴中心，保安不应该干涉他。他希望前台的服务员能看见他，并转告给洗浴中心的所有员工，让所有员工都知道他今天的非凡举动，其中包括董小雨。一颗红心向着董小雨，他不相信董小雨一点儿都不感动。

保安用脚点住胡晓君的肩头，只一蹬，就把他蹬得仰面朝天，倒在马路边上。

这时有一辆黑色的轿车开过来，下雪路滑，司机紧急刹车，发出一声尖叫。只差那么一点点，车的左前轮就碾到了胡晓君的头。司机从车窗里探出头来骂人：干吗呢？干吗呢？找死呢！

胡晓君没有爬起来，躺在雪地里哭起来。要是被车撞死，他就再也见不到董小雨了。他哭的声音越来越大，引得不少路人驻足围观。一些洗浴中心的员工闻声也出来看热闹，一个男人在街头大哭总是很少见。胡晓君虽然哭得涕泪横流，玫瑰花仍在他手里紧紧攥着。

有同事告诉董小雨，说她的男朋友给她献花来了。

董小雨否认她有男朋友，说，谁再这样说她就跟谁急。

老板出来了，一见老板板着脸，员工们赶紧把头缩进洗浴中心。老板对围观的路人说，大家散了吧，这人是个神经病，没什么好看的。他臆想一个女孩子是他的女朋友，其实根本没那回事。

见胡晓君还在哭，围观的人还不走，老板就打电话报了警，说有人在洗浴中心门口无理取闹，影响了他的生意。

不一会儿，警察就开着警车过来，把胡晓君带到附近的派出所讯问情况去了。

不知是实弄还是虚弄

十几年过去了。某个春天的下午，我在看一档名为《忏悔录》的法制电视节目时，听节目主持人提到了胡晓君的名字。主持人介绍说，胡晓君为北京一户居民搞完了装修，回头翻窗到这户人家行窃时，碰巧被这家回家取东西的女主人撞见了，当女主人指着鼻子斥责胡晓君时，胡晓君怕罪行暴露，就扑上去把女主人掐死了。胡晓君构成故意杀人罪，被判处死刑。

我不大爱看电视，除了看球赛和《动物世界》时偶尔激动一下，看别的节目我常常是有一搭无一搭。听到胡晓君这个名字时，我并没往心里去，没有把胡晓君这个名字和那个曾经让我帮他看稿子的青年打工者联系起来。我已经把那个胡姓青年的名字淡忘了。当胡晓君的形象在电视画面上出现时，我的注意力才不由自主地集中了一下，这个囚徒我看着怎么有些面熟呢？尽管胡晓君穿着囚服，戴着手铐，面貌已不是当年的面貌，我还是想起来了，这个胡晓君，不是和胡晓君重名的胡晓君，正是那个到办公室里找过我的高个子年轻人。主持人说他犯罪时在搞装修，他从事的工作也与我对他留下的印象重合。没错儿，就是他，就是那个曾经被我在手机上命名为"讨厌"的胡晓君。

面对电视镜头，胡晓君表示了忏悔和痛恨。他后悔不该去行窃，更不该剥夺他人的生命。他不恨别人，只痛恨他自己。要是有来生，下一辈子他一定要好好做人。

按照人道主义精神，在死刑犯伏法之前，监狱方面都会问一下犯人，最后还有什么要求。如果要求并不过分，监狱方面会尽量满足。胡晓君提出的要求是，临死前他要见一见他热恋过的女朋友，当面问一下女朋友，他那么苦苦追求，女朋友为什么看不上他？

狱政人员找到了胡晓君所说的女朋友。让我感到疑惑的是，她的名字不叫董小雨，叫冻小雪。冻小雪已结婚生子，成了人妻人母。冻小雪似乎记起了有胡晓君这么个人，但她不愿意去监狱见胡晓君，担心跟自己的丈夫无法交代。

人之将死，其言也善，将死的人总是占着一份死理。监狱工作人员只好找到冻小雪的丈夫，让其丈夫帮助做做冻小雪的工作，看能不能见胡晓君一面。冻小雪的丈夫倒很开通，也能够理解胡晓君的心情，说人家都是快死的人了，去看看人家有什么不可以。

至于二人见面后，胡晓君向冻小雪问了一些什么话，冻小雪又是怎么回答的，这个就不再想象了。

也许，冻小雪是董小雨的化名，也许不是。如果冻小雪的名字是真名真姓，这个胡晓君就不一定是那个胡晓君。我宁可相信，胡晓君还惦记着写东西，并有可能看到这篇不太像小说的小说。

银扣子

在现实生活中，现成的能够直接写进小说的故事总是很少。我们所写的故事，大都是经过我们绞尽脑汁、苦思冥想编织出来的。而关于一枚银扣子的故事，却是一个现成的故事，它起承转合，有头有尾，不用怎么加工改造，就可以搬进小说。当然了，就体量而言，它像一枚小小的银扣子一样，只能构成一篇短篇小说。同样的道理，弄好了，它或许会像银扣子一样，精致而有光彩。

关于银扣子的事，我曾在某篇作品里提到过，连我妻子都说她有印象。读者朋友不要以为我没什么可写了，在炒剩饭。不是的，我的写作资源还不到枯竭的时候，没写的素材还有很多。之所以要把银扣子的事作为一个独立的短篇小说写出来，是因为我觉得不写有些亏，对素材是一个浪费。我说在某篇作品里提到过，使用的文字大约只有几十个，对故事的叙述只是一个梗概。写成短篇小说呢，至少要写几千字或上万字，要加入对细节的描写。更重要的是，通过写这篇小说，我想纪念一个人。至于纪念的是哪一个，我先不说，您看到最后就知道了。您说我在卖关子，哎呀对不起，卖关子原本就是小说做法之一法，吃写小说这碗饭的人，谁能不卖一点儿关子呢！不过，破解关子可不是作者一个人的事，读者诸君须参与进来，承担一份破解的责任。不同的读者，有可能会读出不同的机关来。

闲言少叙，书归正传。有一个少年姓刘，我们姑且称他为刘少年。刘少年十四岁那年，娘送他到镇上的银匠炉当学徒。在此之前，他在村里读过两年私塾，教书的先生是他的姑父。因少年的爹老是去找少年的姑父，让少年的姑父点灯熬油，为其读闲书，以致姑父读闲书花的时间比教私塾用的时间还要多。少年的姑姑听说后有些烦，有些生气，就把丈夫唤回自己身边，不许丈夫再教书了。私塾停办，少年只得中断学业，学种庄稼。少年的爹对听人读闲书和到镇上听艺人唱小戏比较热心，种庄稼的心却一直热不起来。家里虽然有几亩地，每年的收成却总是不尽人意。爹干什么干得好，到了儿子这一辈往往不行，总是达不到父辈的水平；而爹干什么不行呢，到了儿子这一辈有可能会得到补偿，把父辈干不好的事情干得很出色。刘少年对种庄稼一点儿都不排斥，好像还有点儿喜欢。春播一粒种，秋收百颗粮，他觉得种庄稼是值得的。因爹种庄稼不在行，娘把爹说成是假斯文、二流子，成天把爹埋怨得灰溜溜的。娘对爹的埋怨，无意中对儿子也是一种教育。刘少年暗暗立下了一个志向，他一定要好好地学种庄稼，要成为一个种庄稼的好把式，扭转一下因家里种庄稼收成不好被人家看不起的状况。他还意识到，他是这个家的长子，长子当立，他有责任改变这个家庭的现状。他很快就学会了犁地、耙地、锄地，还学会了育红薯秧、栽红薯、刨红薯、窖红薯。一个人有了志向，跟着志向而来的必定是一股子狠劲。像刘少年这样的年龄，每天早上都愿意睡懒觉。有了志向之后，他的狠劲上来了，不再睡懒觉，每天鸡不叫就起床，到结满桑葚子的大桑树下去拾猪粪。那时候为防备土匪侵袭，每个村子都是封闭的，猪都是在村子里散养。猪们到桑树下去吃成熟后下落的桑葚子，一边吃，一边拉。刘少年瞅准了时机，每天早上都会拾回一筐猪粪。刘少年的狠劲，还表现在他夏天冒着烈日到地里锄地上。烈日炎炎似火烧，盛夏的太阳总是很毒辣，人一晒就会被烧掉一层皮。刘少年对自己狠，他不怕掉皮。午后村里不少人还在睡午觉，狗还在阴凉处吐着舌头散热，小孩子还在水塘里玩水，他一个人就扛着锄头到烈日下面锄地去了。他头上戴的是高粱篾子编的帽壳，经日晒雨淋，已经破了，遮阳的效果很有限。太阳先是把他的胳膊、后背晒得发黑、发紫，接着就起了一层白皮。他不怕脱皮。蝉要蜕皮，蛇要蜕皮，人一辈子哪能不掉几次皮呢！照这样的劲头干下去，可以预想，刘少年一定会成为一个出类拔萃的庄稼人，他家的田里所种的粮食，单位面积产量定会大幅度提高。

　　然而，命运不让刘少年留在地里种庄稼，命运对他另有安排。命运总是很厉害，人一出生就搭上了命运的车，谁都不知道命运之车会把自己运到哪里去。刘少年的娘大概看出儿子是一个有志气的孩子，不想让儿子在泥巴窝里种一辈子地。她认为种地不是手艺，种来种去，种不出什么出息。只有学一门手艺，一辈子才可能会有点儿出息。什么算是手艺呢？做木匠活儿、打铁、锔缸锔盆锔碗、戥秤、锻磨、擀炮、刻年画印版，算是手艺。剃头、吹大笛、捏糖人儿，也算是手艺。当然了，到银匠炉当银匠，做银子活儿，是更高级的手艺。刘少年娘的娘家跟镇上的老银匠拐弯抹角沾那么一点儿亲戚，她打定主意，要让自己的儿子到银匠炉去学艺。刘少年的妹妹手上放有一只羊，羊放了一年多，由瘦弱的少年羊长成了膘肥体壮的成年羊。刘少年的娘把羊牵到集上卖了，用卖羊的钱去给老银匠送礼。老银匠戴老花镜，留八字胡，是一个寡言的人。刘少年的娘把礼送了一次又一次，把"一只羊"都快送完了，老银匠还没答应收她的儿子当学徒。学徒的人拜师学艺，是要给师傅下跪磕头的。刘少年的娘再次给老银匠送礼时，秋风一阵紧似一阵，她自己几乎给老银匠磕了头。老银匠的口气这才松了一点儿，他问刘少年的娘：你儿子手脚子干净吗？

刘少年的娘心中一喜，听出老银匠总算开始考察她儿子了。老银匠考察的是她儿子的品行。所谓手脚子干净不干净，是问他儿子偷没偷过别人家的东西。她很能理解老银匠的考察。银匠炉过手的都是银子，加工的都是银子。银子是什么，银子就是钱啊，通用的银圆"袁大头"就是用银子做成的。说白了银匠炉跟银行也差不多，要招一个人到银匠炉当学徒，手脚子不干净可不行。她赶紧对老银匠说，我儿子的手脚子干净得很，用清水泡三遍，洗三遍，都比不上我儿子的手脚子干净。她打了一个比方，说她儿子从人家枣树底下过，如果有熟透的枣子从树上落下来，掉进她儿子的口袋里，她儿子都会把枣子从口袋里掏出来，还给人家。

老银匠把八字胡的一撇捻了一下，又把一捺捻了一下，说，你的话有些夸吧！

我说的话都是实话，一点儿都不夸。不信你让他到这里学一段儿，你就知道了。

哪天我见见他再说吧。

我明天就带他来见你吧？

老银匠摆了摆手，说不，你不要带他来，让他自己来。咱把丑话说在前头，我要是看他不适合学这门手艺，你就不用再来找我了。

刘少年自己去银匠炉见老银匠，不知老银匠对少年发问了什么，也不知少年回答了什么，反正老银匠答应试用刘少年一年。一年是试用期，也是考验期。待老银匠认为少年经受住了考验，试用合格，才正式举行拜师仪式，收下他这个徒弟。

"一只羊"没有白送，刘少年的娘很高兴，高兴得像儿子中了举一样。她的娘家在一个小镇上，小镇每逢单日就有集市，每逢集市便有不少人云集到集市上做生意。她从小就在集市上穿行，看做生意的看多了，比单纯的庄稼人多了一点儿生意意识。她一心一意送儿子到银匠炉学手艺，理想是，等儿子把手艺学到手，也在镇上开一个店铺，做银货生意。她不让自己的后代再当庄稼人了，要到镇上当生意人。在她的想象里，有朝一日，她的儿子也会成为像老银匠那样的银匠炉掌柜，手上开的花是银子，结的果也是银子，家里再也不会为缺钱花犯愁。她见过别的女人戴的银模梳、银簪子、银耳环、银手镯等，她一样银首饰都没戴过。等儿子当了掌柜，她一定让儿子亲手为她打制一把银光闪闪的银模梳，她要天天把银模梳戴在头上。

少年的娘哪里知道，她的儿子要学到一个银匠应知应会的手艺，不是那么容易的，恐怕还要付出很多很多的代价，都不一定能接触到银了，更不要说学手艺了。少年也是到了银匠炉才知道，老银匠说的试用期，是让他到这里干杂活儿来了，当长工来了。娘给老银匠送礼，不算交学费。他以劳动代学费，先交一年"学费"再说。少年干些什么杂活儿呢？可以说除了有关银子的活儿不能摸、不能干，别的杂活儿都归他干。挑水、扫地、烧锅、刷碗、洗衣服、倒尿罐子、看孩子、给孩子擦屁股，不一而足。

老银匠并不老，还不到五十岁。老银匠的老婆比老银匠还要年轻一些。以前，老银匠家里的杂活儿，还有银匠作坊里的活儿，都是老银匠的老婆干。自从少年来到之后，老银匠的老婆就袖了手，能让少年干的，她就不干了。比如每天早上倒尿罐子，以前都是她倒，现在她不倒了，留给少年倒。她站在门口嗑着葵花子，一边吐瓜子皮，一边对少年说，去，倒尿罐子！少年在自己家里不倒尿罐子，尿罐子都是他娘倒。娘把盛满尿水的尿罐子提到地里，倒在麦子地里或菜地里去。少年不想替老银匠的老婆倒尿罐子，放了一夜的黄尿有些难闻，给人家倒尿罐子也让他觉得有伤自尊。但是，不倒尿罐子就碰不到银罐子，为了能早日碰到银子，早日学到手艺，他一声不吭，就去把尿罐子倒掉了。老银匠家只"种"银子，不再种地。尿水无地可倒，少年只好把尿水倒进街边的公共厕所里。老银匠家的尿罐子与他家的尿罐子也不一样，他家的尿罐子是陶制的，灰突突的；老银匠家的尿罐子是木制的，尿罐子里外都刷了红漆。他家的尿罐子口是蛤蟆大张嘴；老银匠家的尿罐子口有些往里收。木制的尿罐子当然好，冬天蹲在上面撒尿不会太凉。少年把尿水倒掉后，不是把尿罐子送回原处就完了，老银匠的老婆还要让少年把尿罐子刷一刷。刷尿罐子用水塘里的水是不行的，水塘里有小鱼小虾，还有蚂蟥，万一有蚂蟥吸附在尿罐子里就不好了。必须用清水刷洗尿罐子。少年看了看，水缸里的清水已经不多了，于是他挑起水筲，到背街的井口去挑水。挑一担水不够用，他需要挑两担水，才差不多能把水缸灌满。两只水筲都不小，挑水用的钩担穗子也有些长，而少年的个子还没长开，还有些瘦，水筲盛满水后，重担压得少年走起来有些晃悠，水筲几乎碰到了地面。连街面上的人都有些可怜少年，觉得银匠炉上用徒工用得太狠了。少年感到了别人可怜的目光，但他不能让别人把可怜的话说出来。要是听到别人说出可怜的话，也许他会垮下来。他咬紧牙关，提着心劲儿，一趟一趟，日复一日，把清水挑进了银匠炉。

　　银匠炉承接来料加工。有人拿来了银块子或银圆，指定加工成什么银饰品，银匠炉就给人家加工，只收取加工费。银匠炉还承接对现成银饰品的清洗工作。有的银饰品戴得时间长了，上面生了锈，没了光彩。送到银匠炉一清洗，银饰品就会焕然一新。清洗收取的费用低一些。银匠主要赚钱的做法，是根据市场的需求，预设性地制成多种多样的银饰品，供顾客欣赏、购买。他们制作的银饰品有银项圈、银锁、银手镯、银铃铛等。柜台里面立有一块木板，木板上钉着钉子，那些银饰品就挂在钉子上，挂得琳琅满目。顾客想买哪一款，用手一指，老银匠的儿媳就把那一款取下来，拿给顾客看。如果顾客相中了，经过讨价还价，就把银饰品买下来。银匠炉是一个家族式的作坊，在作坊里做银饰品的都是老银匠的家里人。相比之下，刘少年就是一个外人。在老银匠的家人眼里，刘少年就好像是一个入侵者，他们都对刘少年保持着警惕，似乎一不小心，刘少年就会把他们赖以生存的手艺偷走。这天刘少年正在作坊里擦桌子，见老银匠的儿子已把一锭银子在炉子上化开，不知要铸成一件什么银品。刘少年低着眉，装作对铸造过程并不关心，只对擦桌子有兴趣。其实他心里的眼睛大睁着，在"看"银子是怎样变成铸件的。尽管他没有抬眼，老银匠还是不让他待在作坊里，让他带孩子到外面去玩。孩子是老银匠的孙子，才三岁多一点儿，正是贪玩的时候。刘少年只好牵着孩子的手，带孩子到街面上看耍猴的去了。

  刘少年给老银匠家洗了床单，晒了被子，他并不在老银匠家里睡，还是回到村里自己家里去睡。不管刮风，还是下雨，他都得来回跑。少年给老银匠家烧好锅，帮助老银匠的老婆做好了饭，他并不能在老银匠家里吃饭，还得跑三里多路，回到自己家去吃。老银匠家有米有面，有蛋有肉，做出的饭闻起来很香。少年烧锅时，已是饥肠辘辘。闻见饭香呢，他更是饿得几乎晕倒在锅灶前。老银匠的老婆从不让他吃一口饭，饭一做好，她就挥挥手让少年走了。少年家的生活与老银匠家的生活差得很远，常常是吃了上顿，还不知下一顿吃什么。有时少年中午回到家了，家里还是冷锅冷灶，娘还在为中午吃什么发愁。少年觉得委屈，眼里含了泪。他在银匠炉不含泪，到娘面前，不知不觉就含了泪。含泪的少年有些赌气，他不等娘做饭了，饿着肚子又回到了银匠炉。娘知道儿子心中的委屈，儿子的委屈不在吃没吃到饭上，在于儿子在老银匠家受人奴使，干了那么多的活儿，吃了那么多的苦，还连一点儿手艺都没学到。待儿子晚上回到家里，娘特地从地里扒了一块红薯蒸熟了给儿子吃。娘劝儿子千万要忍着，不管受多少委屈，都要忍着，只有忍到一定时候，才有可能学到手艺。娘不会劝人，翻来覆去只会说一句话：吃不得苦中苦，哪有甜上甜呢！

也许刘少年吃苦吃得差不多了，连老银匠也有些过意不去，少年在银匠炉下满一年之后，老银匠开始让少年接触银子。但拜师仪式尚未举行，少年也不能正式开始学习制作银器的手艺，老银匠让他干的不过是"擦边"的工作。所有的银饰品从模具里取出后，表面都有些粗糙，不是很光滑，需要经过后期的反复打磨，银饰品才会变得细腻光滑起来。还有，银饰品铸造成型后，都乌突突的，没有光彩，需要经过反复擦拭，白银应有的光彩才会焕发出来。老银匠让少年干的就是打磨和擦拭的工作。

手上总算摸到银子了，不管是打磨银项圈，还是擦拭银手镯，刘少年都干得兴致勃勃，又小心谨慎。想到日后要长期跟银子打交道，他见每一样银饰品都觉得有些亲切，拿在手里老也看不够。在擦拭一只银镯子时，趁旁边无人，他把银镯子戴在手上试了一下。他的手腕子有些细，银镯子一戴就戴上了。银镯子就是往手腕子上戴的，手腕子一戴上银镯子，手腕子果然显得不同。好比一匹马，没配鞍子前马一点儿都不好看。而戴上了银镯子，好像给马配上了鞍子，马一下子就神采奕奕。不过，他很快就把银镯子从手腕上取了下来。平生第一次戴这么好看的东西，让他觉得有些不好意思，脸红得像一个初试银镯子的少女一样。

现在该说到银扣子了，刘少年命运的转折发生在一枚银扣子上。不知银扣子是为少年扣上了，还是为少年解开了，有一点是肯定的，刘少年的命运因一枚银扣子而发生了改变。

银扣子一共是五枚，是一位财主为他即将出嫁的女儿定制的。双方说好明天上午财主派人到银匠炉把银扣子取走，银匠炉在明天上午之前必须把五枚银扣子的制作任务全部完成。银匠炉赶急活儿赶多了，这份活儿要得并不算特别急。老银匠亲自动手，在头天下午就把五枚扣子全部制作出来。剩下的事情，就是把五枚扣子逐枚擦拭一下，擦出光亮来，便可以按时交活儿。擦拭不需要多大力气，也无须多少技术，花费的主要是时间和耐心。老银匠要刘少年晚上不要回家了，在作坊里加一个班，连夜把银扣子擦拭出来。

加个夜班不算什么，夜里不睡觉就是了。刘少年认为这是师傅对他的信任，愉快地把任务接下来。银扣子小小的，比一个人的指甲盖儿大不了多少。也许就是因为小，银扣子显得分外精致，格外漂亮。银扣子分正面、背面。正面是纯粹的白银铸成的，图案是缠枝莲。背面镶嵌的是一点红铜，红铜上留了小孔，是穿针线缀扣子所用。正面和背面，白银和红铜，结合得天衣无缝，浑然天成。少年擦拭银扣子用的东西是一块生白布。所谓生白布，是用当地出产的棉花纺成线，织成布，布从织布机上取下来，截取一块，没有洗过，没有浆过，就是生白布。生白布拿在手里绵绵的、软软的，似乎还可以闻到阳光照在棉花朵子上的味道。柜台上放着一盏煤油灯，少年就坐在柜台里面的煤油灯下，轻轻地、反反复复地擦拭着银扣子。

生白布是洁白的，少年用生白布把第一枚银扣子擦了一会儿，还没看出银扣子明显发亮，却见生白布上面有些发灰。比如生白布是一张白纸，拿在少年手里的银扣子是一支画笔，"画笔"画在"白纸"上的画是一点一点描上去的，一开始是浅灰，慢慢地就变成了深灰。随着生白布上的灰逐渐加深，银扣子扣面的光亮就逐渐显现出来。这样给人的感觉，好像银扣子上的光亮不是本身就有的，而是从生白布上借来的，它不仅借了生白布的白，还借了棉花朵子的亮，借了阳光的魂。也就是说，银扣子光亮的生发，是以生白布变灰为代价的。换一个说法，你说生白布是盖在银扣子上的幕布也可以，幕布一揭开，银扣子便闪亮出现在人们面前。

擦拭银扣子，须借助煤油灯的灯光，检验银扣子擦拭得怎样了，也需要在灯光下面进行。为了省油，老银匠把煤油灯的灯头弄得很小，如一粒小小的黄豆。"黄豆"顶在灯芯子上，颤颤巍巍的，似乎随时都会掉下来。还好，"黄豆"像是玩杂技的高手，总算没有从高处掉下来。少年把银扣子擦拭一会儿，就把银扣子拿起来，凑近灯光照一照。顶在灯芯子上的"黄豆"是一粒，映在银扣子上的"黄豆"也是一粒。待把银扣子擦拭得像一面小镜子一样，映在"镜子"里面的"黄豆"比顶在灯芯子上的"黄豆"还要饱满，还要光鲜，这枚银扣子就算擦拭好了，可以擦拭下一枚。

少年穿的是粗布衣服，扣子和扣鼻儿也都是用粗布折成的布条做成的。他从没有把银扣子和自己的衣服联系起来，没想过把银扣子缀在破旧的衣服上会是什么样的。什么样的衣服才配得上这么好的银扣子呢？当然是绫罗绸缎做成的嫁衣。什么样的姑娘才配用这样精美的银扣子呢？当然是有钱人家的姑娘。手上捏着银扣子，少年不免把那个不知名的待嫁的姑娘想象了一下。他一想二想，老也想象不出那个待嫁的姑娘长什么样，却只把缀在姑娘衣服襟子上的银扣子想象到了。"看到"五枚银扣子在姑娘衣服上闪闪发光，他心里有些美，真想告诉别人，银扣子的光亮还是他擦拭出来的呢！

后半夜起了风，大风把外面的街筒子吹得呼呼响。银匠炉的店铺打烊时，门口是把一块块活动的门板拼接起来当门用的。门板与门板之间拼接得并不严密，风把头一偏，就可以钻进来。当一股风钻进来时，波及了煤油灯的灯头，灯头摇晃得更厉害。季节到了霜降，天气一天比一天寒。少年禁不住打了一个寒噤，身上感到了阵阵寒意。少年穿得有些薄，下面只穿了一条夹裤，上身只穿了一件夹袄。夹袄是他们这里特有的说法。一般来说，凡是叫袄的衣服，里面都应该套有棉花。可他们这里的夹袄，夹层里一点儿棉花都不套，只有薄薄的两层棉布。拿少年穿的夹袄来说，他的夹袄内层麻麻花花，薄得不能再薄，是靠一块块同样很薄的补丁连缀起来的。那么，他夹袄的外层应该完整一些吧，应该讲点儿面子吧？可是也不行，外层也是补丁连补丁，比内层好不到哪里去。有的补丁也破了，就那么如鲇鱼的嘴巴大张着，像是一口接一口喘气。这样的夹袄亏得里面没套棉花，要是套了棉花的话，不知"开花"会开成什么样子呢！老银匠的老婆对少年穿得如此破烂很看不惯，不知对少年撇了多少次嘴。她悄悄地对老银匠说过，说少年穿得像个叫花子。她也对刘少年说过，让刘少年的娘把刘少年夹袄上的补丁再补一补。刘少年的娘也想给儿子的夹袄补上一些新的补丁，可补丁需要的是布，而不是树叶儿，家里哪儿找得出一块可以做补丁的布呢。

擦拭到最后一枚银扣子时，少年的瞌睡袭来了，两只眼的上下眼皮先是发涩，然后像抹了胶一样，老是往一块儿黏。眼皮一黏到一块儿，他的头就往下一磕。头差点儿磕在柜台的台面上，他惊了一下，就醒了过来。他意识到自己困了，对自己说，这不好，这不好，活儿还没有干完，怎么能睡觉呢！他把精神像打懒牛一样打了打，继续擦拭银扣子。不料困是很厉害的，困劲儿压过来了，人很难抗拒。人说死最厉害，人到该死的时候，谁都扛不住，谁都躲不过去。岂不知困也相当厉害，人到该睡觉的时候，自己也很难控制自己。如果睡觉有一个开关的话，你不把睡觉的开关关上，到了一定的时候，它自己就把开关关上了。和死相比较，死是第一厉害，困就是第二厉害。不过，死的厉害只厉害一次，而困的厉害是经常性的厉害，是日复一日的厉害。少年又把银扣子擦拭了一会儿，瞌睡再次袭来。他有点儿生自己的气，在心里对自己下命令：不许困，再困我揍你！他想起了头悬梁锥刺股的说法，仰脸把梁看了看，低头把自己的大腿也摸了摸，心说没那个必要吧。然而当瞌睡第三次袭来时，他再也抵抗不住，头一歪，就趴在柜台上睡着了。

是公鸡打鸣把他打醒的。老银匠家的后院里养有一只公鸡，公鸡的打鸣声像号角一样嘹亮。他激灵一下，脑子像水洗一样，彻底清醒过来。醒过来的第一反应是接着擦拭银扣子。可是他手上空空的，银扣子不见了。他看了左手，又看右手，左手五根手指头一根不少，右手的五根手指头也一根不缺，独独不见了银扣子。已经擦拭好的放在旁边的银扣子是四枚，他数了数，还是四枚，一枚都不多。第五枚银扣子到哪里去了呢？银扣子是金属制品，又没长翅膀，又不会飞，它能到哪里去呢？一觉醒来，少年应该感到冷，可他一着急，身上竟忽地出了一层汗。煤油灯里的灯油经过一夜煎熬，所剩已经不多。可小小的灯头还亮着。它不再像是黄豆，倒像是一个未曾熄灭的梦，"梦"显得有些朦胧。店铺里还是黑的，他端起"梦"来，在柜台后面的地上寻找。银扣子既然不在台面上，很可能是睡着时一松手，银扣子掉在了地上。他把地上照了一遍，没有发现银扣子。找东西是一种想象，找东西的过程也是一种想象的过程。在他的想象里，带有弹性的银扣子落地时会弹跳一下，一跳有可能会跳到柜台下面。于是他双膝跪在地上，用"梦"往柜台下面照。按他的想象，银扣子就在柜台下面藏着，银扣子的样子有些调皮，他照到银扣子时，银扣子还眨着眼冲他笑。他伸手就把银扣子捏住了。事实没有跟着他的想象走，柜台下面的地上只有灰尘，连一点闪光的东西都没有。

老银匠是个习惯早起的人，鸡叫第二遍时，少年听见了老银匠的开门声。少年一惊，拿起笤帚，装作开始扫地。他把希望寄托在扫地上面，看看通过扫地的搜索，能不能把银扣子搜出来。

老银匠通过店铺的后门，走到店铺来了，他问少年，扣子都擦好了？

擦好了。

怎么只有四颗，那一颗呢？

可能掉在地上了，我正在找。

那你赶快找出来吧，取扣子的人一会儿就来了。擦扣子的时候，你是不是睡着了？

少年没敢承认他睡了觉。他的头一蒙，突然间觉得自己的头变得很大，大得像一只斗。头突然间又缩小了，小得像一枚银扣子。

老银匠的脸越拉越长，八字胡也似乎越来越浓重，他问，昨天晚上屋里进来过老鸹吗？

没有，我没有看见老鸹进来，我敢保证……

银扣子没被老鸹叼走，那会被谁叼走呢？五颗扣子缺了一颗，你让我跟取扣子的人怎么交代！银扣子又不是金扣子，一颗银扣子值不了多少钱。

刘少年听出了老银匠对他的怀疑，眼里即时涌满了泪水。他让老银匠搜他的身吧。他夹袄上没有口袋，夹裤上也没有口袋。如果两只鞋算两只口袋的话，他把两只布鞋都脱下来了，口朝下磕给老银匠看。两只光脚丫子从布鞋里拿出来后，鞋壳里空空的，什么东西都没磕出来。

老银匠表示不会搜刘少年的身，说搜身没用。

银扣子确实找不到，老银匠对刘少年说，你走吧，你可以走了。老银匠还对刘少年说，你再也别到银匠炉来了，我可不敢收你这样的人当徒弟。

刘少年回到家，只说在银匠炉干了一夜活儿，没跟娘说他弄丢了一枚银扣子的事。娘让他吃早饭，他不吃，躺到床上蒙头睡觉去了。该吃午饭了，他也不起来吃，他说他不饿。不饿也得起来，再睡就把天睡黑了。不想吃饭可以，学徒必须学下去。学手艺跟上学识字一样，功课一天都不能落。娘让少年尽快回到银匠炉里去。娘似乎看出了儿子的情绪不大对劲，问儿子，没出什么事吧？你没跟师傅闹气吧？这本来是他和娘沟通的一个机会，也是对娘诉说心中委屈的一个机会，可他犹豫了一下，像是怕娘生气似的，把机会放弃了，他说没事儿。这样，等于他自己把自己逼到了一个墙角，后面无路可退。

　　天下起了小雪。临出门时，娘让他把夹袄脱下来，给他换上了一件拆洗过的棉袄。他走走停停，仰脸看一会儿落雪的灰色的天空，又看一会儿茫茫的旷野，还是走到了镇上。他不会再到银匠炉去。老银匠说了那样的话，他怎么好意思再踏进银匠炉呢！少年在街上走来走去，走到了一个走投无路的境地。

　　天将晚时，少年在街头看见两个穿军装的人，打着小旗，在那里招兵。少年从没想过去当兵。好铁不打钉，好男不当兵，这种说法在当地流传甚广。当银匠是没戏了，不当兵当什么呢？在目前这种情况下，当兵或许是一条出路。他鼓起勇气对招兵的人说，我想去当兵，行吗？人家把他打量了一下，说他个子太低了，人也太瘦了，恐怕上不了战场。

　　人家没答应招他，他并没有走，一直站在那里看着。尽管招兵的人说到了军队有吃有穿，半年之后每月还发钱，应招的人还是不多，他们一共才招到了两个青年。

　　招兵的人带着两个青年往县城走时，少年在后面跟着。大概因为招兵的人没招够人数，想拿少年充一个数，没有撵少年回去。

　　少年的娘两天不见少年回家，第三天到银匠炉问情况。这一问，少年的娘大惊失色，银匠炉的一颗银扣子不见了，她的儿子不见了。

老银匠话里藏话，说银扣子可以换盘缠，有的人有了盘缠，就可以往外走。少年的娘不相信他的儿子会拿走银扣子，她痛痛地哭了一场。

那枚银扣子还是一个悬念，它到底到哪里去了呢？

有一天，少年的娘要把少年留在家里的夹袄洗一洗。搓洗的时候，她觉出有个硬硬的东西硌了一下她的手。什么东西呢？可能是一颗杏核吧？她从一个开了口的补丁里把硌她手的东西剥出来，呀，天哪，是一枚银扣子。别看银扣子湿了水，看上去仍光彩熠熠。一见银扣子，当娘的叫了一声我的儿，眼泪就下来了。不用说，是儿子夜里擦扣子时，一打盹儿，一不小心，扣子就掉进补丁的缝子里去了。该死的烂补丁，真是害人不浅哪！

少年的娘为证明儿子的清白，赶紧把那颗银扣子送回了银匠炉。

直到两三年之后，少年给家里写了信，家里人才知道他到外边当兵去了。

小说写到这里，前面卖的关子就可以解开了。少年当了二十多年兵，从少年当成了青年，又当成了壮年。他很幸运，那时兵荒马乱的，他不但没死在战场上，还当上了一个小军官，并在外地娶了太太，生了孩子。

他，就是我们的父亲。

杏花雨

这年的立春和春节没有合上拍，立春立得早，春节来得晚，春天早就化好了妆，节日的锣鼓还没敲起来。这样也有好处，等春节终于闪亮登场时，天气已经不太冷。往年过春节，天也寒，地也冻，早上锅里碗里都结有冰碴子。这年过春节，云也开，河也开，处处暖意融融。

院子里有棵老杏树，安子君带女儿从北京回老家过春节，一进院子就看到了杏树枝头的花苞苞。杏树哪里都不去，无论她走到哪里，杏树都一直站在老地方等她。只要她回到老家，杏树总是一如既往地欢迎她。杏树所举的虽说不是盛开的鲜花，但满树颗粒饱满的花苞苞也足以让她心生欢喜。她走到树下，仰脸把数不清的花苞苞欣赏了一下，见每粒花苞都毛茸茸的，花苞的顶端都露出了一点胭脂色。莫道杏花无动静，胭脂一点报消息。照这样的势态来看，说不定在过节期间，或一场春雨后，杏花就会嫣然开放。

果然，过罢春节，当安子君携女儿再次辞别父母离家北上时，杏花已经开了一朵，两朵，三朵。她一步三回头，对杏花有些不舍。

春雨细如愁,她没有把雨伞撑开。母亲让她把雨伞打起来,她摇头,说不用,任细雨落在她的头发上,落在她的衣襟上。

在行进的列车上,安子君收到了董云声发给她的一条短信:子君,我爸去世了!安子君看了短信,像是把董云声爸爸的样子简短回忆了一下,没有显得太吃惊,也没有给董云声回短信。车窗外的小雨还在下,遍地刚返青的麦苗一片油绿。停了一会儿,董云声又给安子君发来一条短信:我再也没有爸爸了,我心里好难过,我该怎么办呢?子君,你安慰安慰我吧!

人死如流水,一去不复回,安子君不知怎样安慰董云声才好。她由董云声的爸爸联想到自己的父亲,反正她父亲的身体挺好的。父亲树要自己栽,鱼要自己逮,一个人掀翻一头肥猪还不成问题。除夕那天,父亲还亲自下灶,为她烧了一道她最爱吃的臭鳜鱼。董云声死了至亲的人,老不搭理人家,似乎也不合情理。安子君想了想,还是给董云声回了一条短信。在短信中,她除了按常规礼节说了节哀之类的话,还对董云声说,谁的孝谁戴,求人不如求己。遇到这样谁终究都会遇到的事,别人都不能代替你,也无法安慰你,只能是你自己安慰自己。

安子君和女儿在北京租住的是一间高层居民楼的地下室,她们和众多住在地下空间的人们一起,被说成是"地下一族"。同是一幢楼,人家进楼是往高处走,她和女儿进楼是往低处走。离地下室出口不远处,建有一个小花坛。在花坛一角,也有一棵杏树。杏树不大起眼,住在高处的人眼高,也许会对杏树忽略不计。而安子君所处的位置低一些,杏树在她眼里还是高的,她每次从地下室里走出来,都愿意仰脸把杏树看一看。更深层的原因或许是,她小时候在老家院子里看杏花看惯了,心里有眼里就有,到哪里只要看到杏树,心里一明,就格外留意。她老家在长江边,那里的春暖早,杏花自然也开得早。北京在长城边,杏花就开得迟一些,大约会比老家的杏花迟开六七天吧。安子君注意到了，北京的杏树枝头也在喷码儿。喷码儿不是北京的说法儿，是她老家的说法儿。好一个喷字，无声胜有声。等码儿喷得差不多，接下来就该喷花儿了。如果以杏花开作为春天的标志的话，她在老家过了一个春天，到北京可以再过一个春天。

晚上，董云声给安子君打来了电话，希望安子君能跟他一块儿回一趟老家，跟他爸爸做最后的告别，为他爸爸送葬。安子君给董云声回过短信后，以为事情已经过去了，董云声的爸爸已经远行。听董云声的意思，事情还在那里摆着，还有一些后事需要办理。安子君一听董云声的电话就有些不悦，说话就有些急，她说，那不可能，我算老几？她没说董云声算老几，眼睛向内，说自己算老几。安子君这样说，因为一年前他们已经解除了婚约，不再是夫妻关系。那，他们现在是什么关系呢？按安子君的说法，她和董云声现在的关系也就是路人之间的关系，大路朝天，各走一边，谁都不必再搭理谁。试想想，如果跟一个路人去参加路人爸爸的葬礼，那成何道理？！

你是我女儿董泉的妈妈呀，这一点你不能不承认吧！董云声说。

安子君不想承认也不行，她单方面生不出女儿，女儿的确是属于他们两个人的，这是永远都不可能改变的事实。还有，为了保护女儿的心灵不受伤害，他们离婚的事儿没让女儿知道，一直对女儿瞒得严严实实。董云声还担负着抚养女儿的责任，每个月都会按时打到安子君银行卡上一千元钱。女儿董泉呢，也会经常说到爸爸。安子君在有些事情上一不高兴，董泉就会说，她想爸爸了，她要去银川找爸爸。可安子君对董云声说，一码儿归一码儿，这是两码儿事。你不要把两码儿事混为一谈。

董云声说，任何事情都不是孤立的，码子与码子之间都是有联系的，不可能分那么清。有时候要一分为二，必要的时候还要合二为一。你实在不愿意跟我一块儿回去也可以，我不勉强你。我带董泉一个人回去就行了，让董泉见她爷爷最后一面。

女儿可是安子君的心尖子，像是她生命的一部分，从女儿出生，到如今女儿长到五岁多，她从没有让女儿离开过自己。若是让董云声把女儿带走，带到一个陌生的地方，去参加一场悲哀的活动，那是不可想象的。安子君对董云声说，亏你想得出来，我怎么可能会让你把我女儿带走呢！你要弄清楚，董泉的法定监护人是我，是安子君，而不是别的任何人。

这我都知道，我非常尊重你，也非常感谢你，可是……

你不要跟我说可是，可是可不是，现在跟我说可是是没有意义的，可是后面构不成任何转折。

董泉可能从妈妈的手机里听见了爸爸的声音，她看着手机问，是爸爸打来的电话吗？还没等妈妈回答，她就大声喊，爸爸爸爸！

董云声在手机里听到了董泉的声音，他说，我听见董泉喊我了，让董泉跟我说句话可以吗？

安子君赶紧把手机捂在耳朵上，免得女儿听见董云声说的话。她没让董云声跟女儿说话，却对女儿说，好好在屋里看书，不要出去！地下室信号不太好，我出去接个电话就回来。说罢，带上门就出去了。她一边沿着长长的地下通道往上走，一边继续和董云声说话：咱事先达成的不是有协议嘛，要互相尊重，互相理解，互不干预对方对今后道路的选择，互不干扰对方的生活。你这是干什么？要撕毁协议吗？

实在对不起，这不是特殊情况嘛！死去的可是我亲爸爸呀，我想我此时的心情你一定能够理解。谁没有爸爸妈妈呢！

在地下室的出口停下来，安子君听出董云声的声音不大对劲，像是双重的声音，既像云中的声音，又像耳边的声音，这是怎么回事呢？带着疑问她不由得往小花坛那边看了一眼，见花坛一角的杏树下立着一个人，也在打电话。那个人的身影有些熟悉，安子君再一看，那个人不是别人，正是董云声。自从和董云声分手后，董云声只身一人离开北京，去了银川，她和董云声已经一年多没见面了。不用说，董云声得到他爸爸去世的消息后，已匆匆从银川赶到了北京。董云声没敢贸然走进他们共同住过的地下室的小屋，就先用电话跟她联系。董云声身旁立着一只大号的拉杆箱，拉杆箱的拉杆没有压进去，两根金属拉杆还是拉出的状态。董云声就那么一手握着拉杆上面的手把，一手在给她打电话。这事情意外吗？好像一点儿都不意外。在这个充满意外的时代，什么意外的事情都有可能发生。而意外多了，什么意外都不算意外，都变得很普通。好比移动电话的普遍使用，使人与人之间变得很近，又很远。说很近，是说两个人哪怕相距千里万里，电话一打，就互相听到了对方的声音。说很远呢，是说两个人哪怕近在眼前，电话信号也要先传到卫星上，在无垠的天空中绕一个很大的弯子，再反射回来，才能送进对方的耳朵。董云声和安子君目前的情况就是如此。

几乎在安子君看见董云声的同时，董云声也看见了安子君，他们都把手机从耳边拿了下来。居民小区的路灯不是很亮，他们两个人又都是在暗影里，身影有些朦胧。春天的潮气从地下往上涌，地面显得湿乎乎的。一位提前穿了短裙的摩登女士，边快走边对着手机大声嚷：休想，休想，你就死了你那颗狼心吧，我早就把你看透了！安子君和董云声没有往一块儿走。他们刚才还在电话里隔空交涉，这会儿竟无话可说。不说难，说亦难，是两难。不走难，走亦难，还是两难。两难复两难之际，若不是董泉等妈妈等不及，从地下室里走了出来，说不定安子君会转身走进地下室，把小屋的门对董云声关上。董泉从地下室里一走出来，局面顿时不大一样。董泉看见了爸爸，欣喜异常，叫着爸爸爸爸，蝴蝶一样张着双臂，跑着向爸爸扑去。

董云声一下子把董泉抱了起来，说我闺女又长高了，爸爸好想你呀！

我也好想你，我都想死你了，你怎么老也不回来呢！董泉像是怕失去爸爸似的，把爸爸的脖子搂得紧紧地。董泉又把爸爸的脖子松开了，两手捧着爸爸的脸，在爸爸腮帮子上亲了一下又一下。

安子君哎呀了一声，说，行了行了，我说了不让你出来，谁让你出来的！你这孩子，就是不听话。

孩子的作用是强大的，孩子总是父母之间的桥梁、纽带和黏合剂。孩子一出来，他们就把注意力转移到孩子身上去了。既然离婚的事一直瞒着董泉，他们就得做出还是夫妻的样子，把戏接着演下去。如果说他们曾经的夫妻戏是纪实版，那么他们目前的夫妻戏就是虚构版，演得有些貌合神离。虚构的东西需另起炉灶，比纪实的东西要来得艰难。好在他们两个都不愿意当主角，不约而同地把主角的位置让给了董泉，跑龙套似的一切围绕着董泉转。刚来到地下室的小屋，董云声就把拉杆箱打开了，一样一样往外给董泉掏礼物。那些礼物有裙子，有玩具，有图画书，还有食品，都是董泉所喜欢的。每得到一样礼物，董泉都高兴得近乎欢呼。

不管如何，董云声对董泉还算不错，让安子君无可挑剔。不过，安子君可高兴不起来，她看得有些眼冷。

不要以为小孩子什么都不懂，小孩子有时是敏感的。董泉问，妈妈，你高兴吗？

只要你高兴，妈妈就高兴。你说谢谢爸爸了吗？

董泉说，谢谢爸爸！

董云声说，自家的闺女，不用谢。

董泉问爸爸：你给妈妈买礼物了吗？

还没等董云声回答，安子君先答：妈妈什么都不要，妈妈只要你。有了你，妈妈什么都有了。

爸爸，你这次回来，是带我去银川吗？

不是，爸爸这次是带你回咱们的老家。

是长城外古道边的老家吗？

我闺女记性真好，爸爸只跟你说过一遍，你就记住了。

我还会唱长城外古道边的歌呢！

董云声没让董泉把歌唱出来，他说，我这次带你回老家，是因为你爷爷死了。

我爷爷是谁？在董泉还不会走路的时候，董云声和安子君曾抱着董泉回过一趟董云声的老家，董泉对老家的爷爷奶奶都没有留下什么记忆。从那以后，董云声再也没带董泉回过老家。

你看我闺女，连自己的爷爷都不知道是谁。你爷爷就是我爸爸呀！我爸爸死了，是昨天夜里死的。

我爸爸没死，我不让爸爸死。

你爸爸也会死的，只是暂时还没有死。董云声说着，看了一眼正在看电视的安子君，见安子君也在用眼角瞥他。安子君拧着眉头，目光有些严厉，意思是说，什么死呀活的，孩子还小，你少跟孩子说这个。

有些细节是可以想象的，而有些细节想象得太细也不好。当晚，不知董云声对安子君说了什么样的软话，做了什么样的举动，给了什么样的许诺，反正安子君松了口，答应第二天一早，就带着董泉，随董云声到董云声的老家去奔丧。也许他们的离婚是以协商的方式进行的，彼此并没有造成很深的伤害和裂痕，对有些事情还留有回旋的余地。还有一个原因不能不说，那就是，他们离婚的事不但没对董泉说，也没对双方的父母说。结婚，由他们自己承担。离婚，也是由他们自己承担。不管是穿鞋还是脱鞋，都是他们两个人的事，没必要让家里人为他们多操心。也就是说，在安子君父母心目中，董云声还是他们的女婿。在董云声父母的心目中呢，安子君还是他们的儿媳妇。如今公爹去世了，当儿媳妇的倘若不露面，大面上无论如何都说不过去。

董云声的老家不像安子君的老家，安子君的老家在农村，董云声的老家不在农村。要说董云声的老家在城市，恐怕也有些勉强，因为董云声的老家在山窝里的一个矿区。矿区周围除了连绵的群山，就是众多的农村。矿区好比是外来的城里人插进农村的一只脚，一抬脚就到了农村，不抬脚也被农村包围着。什么树开什么花，什么土地长什么庄稼。煤矿既然开在了这个山窝窝，入山随俗，其婚丧嫁娶的文化和礼仪就难免会染上当地的色彩。董云声爸爸妈妈所住的两间平房是早些年自建的，与一大片低矮的房子连在一起，构成所谓棚户区。董云声他们刚走进棚户区的入口，随着一声高喊：老三一家回来了，起乐！唢呐、笙管便吹奏起来。吹奏者吹奏的曲调一点儿都不复杂，高上来，低下去；低下去，又高上来，跟人类的哭声差不多。吹奏者吹出的音响一点儿都不华丽，朴素得甚至有些沙哑。但正是这样的音响，直入肺腑，直抒胸臆，有着催人悲痛的效果。董云声的眼圈开始发红，安子君的眼里也有了湿意。

棚户区的夹道内白影幢幢，董云声的哥哥、嫂子、姐姐、妹妹等迎上来，不由分说，就用孝布把董云声、安子君和董泉扎裹起来。顷刻间，他们被穿上了孝服，戴上了孝帽，扎上了孝带，几乎都变成了雪人。

安子君哪里感受过这样的气氛，哪里见过这样的阵势，她有些不大适应，还有那么一点抵触情绪。她的头脑是清醒的，知道自己已经不是董家的儿媳妇，但她得做出还是董家儿媳妇的样子，对董家安排的一切不能拒绝，不能流露出任何别扭的情绪，只能是接受和配合。

爸爸的尸体在屋当门的一张小床上停着，董云声见爸爸的脸色是黑色的，黑得像一块刚从矿井下采出的原煤。爸爸挖了一辈子煤，刚退休就得了尘肺病。煤尘沉淀在爸爸的肺叶子里了，使爸爸的肺似乎也变成了两块煤。爸爸的肺失去了呼吸功能，连被称为严重污染的最糟糕的空气爸爸都呼吸不成了，以致爸爸连睡觉都无法正常睡，只能坐着睡，或跪着睡。最终，爸爸还是被活活憋死的。董云声叫了一声再也不会答应的爸爸，就跪在床前的地上哭起来。他双膝跪地，双手支地，连头也抵在水泥地上，一边哭一边磕头。他们这里雨水不是很充沛，但到了夏天，山洪暴发的情况还是有的。雨水在山上越聚越多，就会顺着山沟倾泻而下，形成山洪。山洪在下山过程中，众多支流式的山洪都会积极响应，参加进来。很快，山洪就形成了奔腾咆哮之势，不可遏止。董云声的大哭恰似山洪暴发，呈现的也是不可遏止之势。他浑身哆嗦，失声号啕，泪水奔涌，显示出前所未有的悲痛能力和悲痛能量。

董云声自己的耳朵听见了自己的哭声。如果自己的哭声也是一种动力的话，他像是从哭声中获得了新的动力。这种动力推动着他，使他在为苦命的爸爸痛哭的同时，也在为自己痛哭。董云声在某个沿海城市大学毕业后，选择的第一个目标就是去北京，一心要在北京找工作、找对象。他在北京一家公司找到了工作，一个月可以挣三千多块钱。在业余时间，他用撒网的办法在网上找对象，最后网住了美丽的安子君。和安子君成家后，他春风得意，踌躇满志，决心靠自己的奋斗让心爱的子君过上幸福的生活。他们的打算是，在北京买一套房子，而后再买一辆汽车。为了多挣钱，董云声跳了一次槽，又跳了一次槽。可他每次跳槽的效果都不理想，"槽"里都没有多少薪水可涨。照这样算下来，把二十年的工资攒到一起，都不够买一间房子，更不要说买汽车。生下女儿董泉后，为了有一个固定的住所，他们不得不在阴暗沉闷的地下室租了一间屋子。这时，随着生活往"低处"走，安子君对他的热情也开始降低。安子君先说自己瞎了眼，后来就说他徒有其表，上了他的当。有一次，因他嫌安子君买的一样东西太贵了，安子君就跟他翻了脸，提出和他分手。如果安子君提一次两次也就罢了，此后安子君像是把分手的话挂到了嘴边，越提越频繁。董云声也是要面子的人，脸上一挂二挂挂不住，也是一气之下，就答应了安子君的要求。

听一个亲戚说，银川的生意比较好做，董云声就去了银川。他在银川找到的工作是在一家快递公司当快递员，每天骑一辆箱式电动三轮车，穿行在大街小巷，给人家送快递。作为一名学经济管理的本科毕业生，当快递员只是他的权宜之计，他的目的是尽快积累一定的资本，办一家自己的快递公司，自己当老板，自己管理公司。为了多挣钱，他每天早出晚归，马不停蹄。就说今年过春节吧，别的快递员都回家过年了，只有他一个人还在奔忙，连除夕和大年初一都不休息。为了省钱，他对自己很苛刻。饿得不行了，他常常是泡一碗方便面充饥。鞋底子磨穿了，他舍不得买新鞋，就到垃圾堆里捡一双人家丢弃的旧鞋穿。爸爸那一辈是不容易，别人哪里知道，到了他这一辈，过得也很不容易，也有道不完的委屈，连老婆孩子都保不住啊！董云声从没有这样哭过，这一次他是彻底放开了。如果为爸爸而哭只是由外而内，到了为自己而哭，就变成了由内而外。谁都是一样，只有从内心生发，只有为自己而哭，才会哭得这样持久，这样惊天地、泣鬼神。爸爸死了，他把自己所有的痛苦都集中在一起，干脆也哭死算了。

董泉被吓坏了，见爸爸跪地大哭，她吓得也哇哇大哭起来。她还没有痛苦的概念，的确是害怕。她以前没见爸爸哭过，爸爸突然间这样大哭，一定是遇到了危险。爸爸的危险就是她的危险，她只能跟爸爸一起面对危险，一起大哭。爸爸哭的是爸爸，她喊着爸爸，爸爸，哭的也是爸爸。

安子君怎么办？来之前，她没打算下跪，没打算哭，要保持自己的形象。按她的设想，她给董云声一点面子，配合董云声走一下过场，也就完了。她万万没有想到，董云声上来就给她来了这一手。以前，董云声在她面前以硬汉子自居，遇事极少掉眼泪。她看书掉眼泪，看电视剧掉眼泪，董云声还笑话她泪窝子浅，泪水子多。她和董云声办离婚手续的那天，董云声的情绪虽说有些低落，但一滴子眼泪都没掉。看来董云声并不是不会哭，也并不是不会掉眼泪，他一哭竟哭得这般霹雷闪电，一流泪竟流得如此泪水滂沱。安子君见不得别人哭，见董云声哭得这样痛心，她的眼泪呼地就下来了。她特别听不得女儿哭，女儿和她是连心的，女儿是吓坏了，她是心疼坏了。她对董泉说，董泉，董泉，不要害怕，妈妈在这里！这样劝着女儿，她膝盖一酸，不知不觉就跪了下来。一跪下来，她就加入了与董云声、董泉的合哭。他们的合哭是三重，有男声、女声，还有童声。

董云声的哥嫂和姐妹没有劝他们别哭，哭是孝心的表达，是葬礼的重要组成部分，也是一种仪式，哭是必要的。他们已经哭过了，该老三一家子哭一哭了。

安子君与董云声的爸爸只见过短暂的两次面，谈不上有多少感情。她的哭只能从内部挖掘动力，只能为自己而哭。她为自己哭过很多次了，再哭一次也没什么。安子君高中毕业后，就随着一帮"北漂"漂到了北京，应聘到一家安全生产培训中心工作。她的主要优势，除了聪慧好学，长相还相当出众。她的一双大眼睛老是水灵灵的，清澈而明亮。培训中心的一位副主任对她颇有好感，就托人给其儿子介绍，希望安子君能成为他的儿媳妇。副主任家的条件当然不错，有大房子，好汽车，存款恐怕也不是小数。除了副主任的儿子个头稍低一些，说话有些居高，别的无可挑剔。

然而，安子君的想法是浪漫的，甚至带有一些艺术性。干吗要别人给她介绍对象呢，网上海阔天空，她要到网上自己谈。生活上干吗要依靠别人呢，她要靠自己的劳动，开创属于自己的新生活。于是，她操纵长尾巴的鼠标，在网上寻寻觅觅，就寻到了也在网上东张西望的董云声。董云声明鼻亮眼，长腿长身，那叫一个帅气。人说某个香港的歌星长得帅，董云声比那个歌星还要帅三分。董云声是正儿八经的大学毕业生，不光中国话说得有条有理，外国话也说得一嘟噜一串，让安子君不得不佩服。结婚前，他们双双来到婚纱影楼，光艺术照就照了两大本子。翻开每一页，他们的形象无不光彩照人。他们的婚姻是浪漫了，也艺术了，可在铁的现实面前，浪漫的东西总是易碎的，艺术的东西总是虚幻的，浪漫和艺术都不堪一击。它们既不能代替柴米油盐，更不能代替房子。京华丰富的物质世界炫目，同时也让他们失落。在经济主导一切的情况下，让他们感到担忧的正是他们的经济命运。琐碎的日常生活没能磨炼他们的意志，却对原有的意志有所消磨。渐渐地，安子君有些扛不住了。每次和参加培训班的学员一块儿喝酒，那些学员就对安子君的美发出恭维之声。有人问安子君有对象没有，要是没有的话，就给安子君介绍一个。当听说安子君已经有了孩子时，问话的人不愿意相信。更有甚者，当有人知道了安子君找的对象只是一个无根的"北漂"，直言不讳地替安子君惋惜，说像安子君这样的条件，怎么着也应该找一个北京的富二代呀！

让安子君伤心的事正是发生在这里，让安子君借机为自己痛哭不已的事也是发生在这里。和董云声分手后，有人真的给安子君介绍了一个有北京户口的男人。男人请安子君喝咖啡、看电影、吃西餐，还带安子君到外地旅游，出手就像个有钱人。可惜男人的有钱没维持多久，就开始张口跟安子君借钱，说是遇到了急事。跟安子君借一次钱不够，过了不几天，再次跟安子君借钱，而且至少要借一万。安子君意识到坏了，她可能是遇到骗子了。她拿不出那么多钱借给人家，人家果然不再搭理她。这件事情让安子君深受打击，深感委屈。但她把委屈埋在心底，没跟同事说，没跟父母说，当然更不能跟董云声说。委屈也是种子，遇到合适的时机，迟早会发芽儿。安子君的委屈这会儿显然是遇到了时机，不发芽儿则已，一发就是爆发的状态。疯长的状态，一发而不可收。

一些围观的人纷纷对安子君的哭做出评价，认为她的哭是真哭，不是应付。他们说，老三媳妇儿真是有孝心哪，老三两口子真不错啊！

安子君听到了别人对她的评价，像是受到了鼓励和推动，悲上加悲，哭得更深远些。

这场前所未有的哭，使安子君加深了对董云声的理解，也使她对董云声的看法发生了一些转折。董云声不是不会哭，董云声哭起来是很惊人的。董云声有硬汉子的一面，也有柔软的一面。董云声不伤心的时候很坚强，一伤心也很脆弱。总的来说，作为一个男人，董云声的责任更重，压力更大，痛苦也更多，比她活得还不容易。

一场春雨后，当地下室门口的杏花开满一树时，董云声向安子君和董泉发出邀请，请她们母女五一放长假时到银川游一游。

安子君明白，董云声表示的是想修好和复婚的意思。安子君没有马上答应，但也没有拒绝，她回信说，到时候再说吧。

后来者

祝艺青不愿意承认自己是保姆,一提起保姆,她老是想起电视剧里的那些老太太,还会联想到下人这个词。她才二十出头,风华正茂,跟老太太根本不搭界。什么下人,简直就是侮辱人的说法,这个词应该从词典里删除,让它永远消失。好在现在有了一个新的叫法,把保姆叫成家政服务人员,从两个字变成了六个字。增加了字数的叫法里,有政,还有服务,都是大词、热词,这下祝艺青该满意了吧?祝艺青还是不满意。她认为新的叫法不过是一种稀释,汤换了,药并没有换。祝艺青听见过,当有的保姆自称是家政服务员时,北京人有些撇嘴,说哟嗬,你直接说你是保姆不就得了,转(zhuǎi)什么转,再转就转到中南海里去了!外出买菜,或干别的什么事,有话多的人问她,在北京做什么工作?她情绪有些抵触,说没做什么。那人还要问,没工作靠什么生活呢?你管靠什么呢,反正不是靠乞讨!这是祝艺青肚子里的回答,嘴上不会这样回答。她嘴上倘是这样没好气,说不定问话的人会说难听话。须知北京人说难听话嘴儿溜得很,好听话不轻易说,难听话却张嘴就来。祝艺青本想蒙一把,说她的家就在北京,她就是北京人。因担心她未改的口音被别人道破，就没敢蒙，只说她来北京是走亲戚。

说是到北京走亲戚，祝艺青的话不算太离谱，因为她给人家当保姆的这家男雇主是她的表舅，还是妈妈的同学。祝艺青的老家在黑龙江的双鸭山，那是一个产煤的地方。他爸爸在井下当矿工，死于一场瓦斯爆炸事故。祝艺青大专毕业后，妈妈求了人，给她在爸爸工作过的矿上找到了一份工作。可祝艺青不愿到矿上去工作，说是不愿步爸爸的后尘。妈妈解释说，给她安排的工作是坐办公室，安全是有保障的，谈不上步爸爸的后尘。祝艺青说那也不行，只要一走进煤矿的大门，她就会想起爸爸，就难过得想哭。妈妈就她这么一个女儿，当然舍不得让女儿过不愉快的日子，妈妈说，那怎么办呢？你大学也毕业了，总得找一份工作吧！这时祝艺青提出，她要到北京去找工作。妈妈说，你这孩子，心可真够高的。北京是什么地方，那是首都啊！人的头发很多，每个人的头只有一个。首都好比是中国人的脑门子，可不是谁想去就能去的。再说了，北京人生地不熟的，我可不能让你一个人去瞎摸。祝艺青提醒妈妈：你不是说我有一个表舅在北京当司长嘛，你不是说司长是你同学嘛！妈妈想起来，她确实说过，祝艺青有一个表舅叫李海平，在北京一个国家机关当司长，李海平还是她的同学。那是当闲话说的，不承想被女儿记到心里去了。妈妈说，你把李海平叫表舅是不错，只是表得有些远，恐怕拐七个弯八个弯都挨不上。我跟李海平是矿中的同学也不错，我们不是一个班的，我知道他，他不一定知道我。加上人家调到北京当了官，我多少年都没跟人家联系过，谁知道人家会不会搭理我。祝艺青说，那我不管，你要是联系不上李海平，我去北京打工也没什么！

妈妈问这个，问那个，总算问到了李海平的电话。妈妈在电话里跟李海平套了半天近乎，才把女儿祝艺青想在北京找工作的事对李海平说了。李海平说，一个大专毕业生，想在北京找工作恐怕有些难度，因为北京有很多博士、硕士都找不到工作，整个国家都存在着就业压力。妈妈把李海平叫表哥，又叫老同学，说，孩子的爸爸死得早，我没有别的依靠，只有依靠您了。我让孩子去找您，您看看这个孩子，只管帮她找一下试试吧。孩子也没有过高的要求，只要是一个工作就行。找到了，当然好。实在找不到我也不会埋怨您，孩子也死心了。孩子还是上小学的时候，我带她去过一趟北京，到天安门广场看升旗。从那以后，孩子再也没去过北京。可能是那一次看升旗给孩子留下了美好印象，孩子特别喜欢北京。她哪个城市都不想去，一心一意就想去北京。

祝艺青来到北京后，住在李海平家里。李海平家三口人，住的楼房是四居室，祝艺青住在李海平家里不成问题。祝艺青一见面就把李海平叫舅，把李海平的妻子夏百合叫舅妈，把表字都省略了。夏百合把祝艺青叫小祝，她见小祝长得高高挑挑，鼻子眼儿都没什么毛病，说话还算懂理，没有反对让小祝暂时住在他们家。她心里有了一个打算，这个打算她得先跟丈夫李海平商量一下，征得李海平的同意后，再跟小祝说明。夏百合跟随被提拔的丈夫，从双鸭山煤矿调到了北京。调到北京后，夏百合不愿让原单位的任何人找李海平。她认为，凡是找李海平的人，都是让李海平为其办事，都是给李海平添烦。李海平只能付出，得不到什么好处。小祝的妈妈一给李海平打来电话，李海平跟夏百合一说，夏百合就有些反感。小祝来到北京后，她不同意李海平给小祝找什么工作，说要是给小祝找了工作，小祝就会留在北京。小祝要是留在北京，说不定下一步还要李海平帮她找什么，会给李海平带来一系列麻烦。夏百合甚至以半真半假的口气，对李海平与小祝妈妈的关系提出了质疑：我以前怎么没听你说过有这样一个表妹，你的嘴真够严的，你们两个不会有什么秘密吧？李海平说，开玩笑！表妹是从哪儿表起来的，连我自己都说不清楚。我们是矿中的同学倒是不错，因为不在一个班，在学校时也没什么来往。她嫁了一个丈夫死于井下事故，这一点挺让人同情的。夏百合说，值得同情的人多了，你真要给她女儿找工作呀？李海平说，我哪儿有权力给她找工作。现在招工都是招聘制，都得通过考试，考试通不过，谁都没办法。以后我们的女儿参加工作，也得走这条路。夏百合说，那你答应小祝来北京干什么？李海平说，你这话我不爱听，北京是全国人民的北京，又不是你一个人的北京，你能来，人家为啥不能来？！人家说孩子想来北京看看，我怎么好意思拒绝！要是你家的亲戚找到你，提出要到北京看看，你能拒绝人家吗？这时，夏百合把她的打算跟李海平说了出来。小祝十天半个月不会走，她不能让小祝在家里白吃白住。她家早就想雇一个保姆，帮着做家务，因没找到合适的人选，就没雇。她看小祝身体条件还不错，也受过教育，不妨就雇小祝来给他们当保姆。当保姆也是工作，这样就等于给小祝一个工作的机会。李海平说，这个我不管，想让小祝当保姆，你去跟小祝谈。夏百合说，当然是我跟她谈。李海平说，不过我要说三点，希望你能记住：第一，要尊重人家的意愿，不要勉强人家；第二，聘人家当保姆，必须给人家发工资；第三，大家人格平等，不要居高临下，看不起人家。对了，我还要补充一点，这一点也很重要。我们是有女儿的人，小祝也是她妈妈的女儿，我们要将心比心，学会换位思考。夏百合有些不耐烦，说得得得得，张口就是一二三，官僚！

就这样，祝艺青成了舅妈夏百合所雇用的一个保姆。

来北京之前，祝艺青对要找的工作有过多种设想，但她从没有想过要当保姆。舅妈跟她谈话时，也没有明确说雇她当保姆，只是说让她帮忙做点家务。帮忙不是白帮忙，是有报酬的帮忙，舅妈承诺每个月给她一千五百块钱。祝艺青想了想，明白了，舅妈是想让她在家里当保姆。保姆是干什么的，保姆干的是伺候人的活儿。从小长到这么大，祝艺青还没伺候过别人。在家里，倒是妈妈把她照顾得周周到到的。祝艺青心里有些抵触，但她不能推辞。舅妈说了，老家把李海平传得十个八个，好像李海平在京城做了多么大的官，好像什么事都能办。其实李海平不过是某个局下面的一个副司长，没有什么权力，不可能给她安排工作。要是给她安排工作的话，李海平还得求别人，别人还得瞅机会。所以给她找工作的事不是短时间内所能解决，最后能不能解决也很难说。关键是，舅妈在话语里对她传递了一个不客气的信息，倘若她不愿帮忙，舅妈绝不勉强她，她爱去哪里都可以。她爱去哪里呢？她能去哪里呢？在表舅没给她找到工作之前，她最好还是住在表舅家里。舅妈答应每月给她一千五百块钱，对她来说也是一个不大不小的诱惑。她手上正用的手机是五百多块钱买的，把舅妈给她的工资攒下来，两个月之后就可以换一部高级一点的手机。

祝艺青当保姆的活儿并不重，上不用伺候老人，下不用照看小孩儿，每天的硬任务就是给舅妈正上高中的女儿晓灵做一顿午饭。舅舅和舅妈一上班就是一整天，中午不回家吃饭。晓灵自己不愿做饭，也不爱吃妈妈给她留的饭，往往泡一碗方便面完事儿。有祝艺青在家里当保姆，晓灵就不用泡方便面了，她想吃什么，祝艺青就给她做什么。有时晓灵还是想吃方便面，祝艺青就给她煮。晓灵对祝艺青说，不要把她吃方便面的事告诉妈妈。祝艺青答应，这个没问题，就说中午吃的是手擀面，里面放了西红柿和鸡蛋。因为祝艺青和晓灵年龄大小差不多，祝艺青感到了晓灵对她的信任，这让她感到很欣慰。除了给晓灵做饭，她每天的任务还有洗碗、洗衣服、擦桌子、擦地等家务劳动。这些事情都不难做，上班的和上学的一走，她一会儿就把该做的事情做完了。她有足够的时间看手机，看电视，看书，写笔记，逛大街，熟悉周围的环境。她看到附近有一处高档商业区，商业区里有一家高档的电影院。有一天下午，她买票走进电影院，看了一场电影。这里的电影院比双鸭山的电影院高级多了。地上铺的是厚地毯，座位是软沙发。电影院小小的，也就一二百个座位。给人的感觉是华美、高贵、舒适。她观察了一下，去看电影的人，穿戴都很讲究，说话轻声敛气，表现出不俗的文明素质。她还看到了两个高鼻子、白皮肤的外国年轻人，是一男一女，他们刚落座，就互相亲吻了一下。电影里的故事让她感动。走出电影院，看到绿茵茵的草地，看到喷泉，看到小花园里的各色正开放的花朵，还有翩然而至的鸽子，她仍然感动着。她几乎产生了一个错觉，好像自己已经融入这个城市，成了北京人的一员。当她意识到眼下的自己不过是北京的一个保姆，和北京还是一种游离的状态，她并没有丧气，觉得来北京找工作真是来对了。

　　夏百合对祝艺青的表现不是很满意。祝艺青刷碗时，她嫌祝艺青老是开着水龙头，任自来水哗哗地流。她说，你这样刷碗，得浪费多少水呀。水是一种资源，是宝贵的资源，你懂不懂？多交一点水费我不在意，我在意的是要为国家节约资源。你知道国家为什么要搞南水北调的工程吗？就是因为北京缺水。北京目前不缺人，缺的是水。来北京的人越多，水的缺口就越大。祝艺青擦完了地，她认为祝艺青擦得不到位，不彻底。她指着门后的一个角落，让小祝过去一下，说你看看，这地方你就没有擦到，灰毛毛还存在着。不论干什么工作，都不能留死角，留下一个死角，等于一只老鼠坏一锅汤。还有，你擦地的程序也不对，擦之前应该先扫一遍。你不扫，灰尘一湿，会黏在地板上，擦地的效果就不会好。晓灵中午回家有时吃方便面的事，也被夏百合发现了。为这件事，夏百合专门找祝艺青谈了话，谈得相当严肃。夏百合问，你为什么还让晓灵吃方便面？祝艺青说，不是我让晓灵妹妹吃，是她自己要吃的。夏百合说，她自己要吃，你是干什么的？我留你的主要目的是什么？你知道不知道，一个高中生，老吃方便面，是会缺乏营养的。方便面里面的防腐剂对孩子的身体也不利。要是让你天天吃方便面，你受得了吗？在这个事情上，我认为你是不负责任的，也是失职的。你说说吧，我听听你对这个问题的认识。祝艺青一时不知道对这个问题怎样认识，她低下了头，没有说话。夏百合问，你为什么不说话，是不是有抵触情绪？祝艺青想起了妈妈，她的眼圈儿渐渐地红了。

祝艺青不会给妈妈打电话，诉说她心中的委屈。前几天妈妈给她打电话，她说她在北京一切都很好，舅舅对她很好，舅妈对她很好，妹妹晓灵跟她也很合得来，她生活得很愉快。妈妈问，要不要再给她的卡里打点钱？她说不用，她花不了多少钱。妈妈嘱咐她在舅舅家里要长眼色，勤快点儿，帮舅妈干点儿活儿。她说会的。她没有跟妈妈说在舅妈家里当保姆的事，只是说舅舅在托人给她找工作，她需要等待。有些话她不能跟别人说，甚至不能跟妈妈说，但跟自己是可以说的。人的好多话不是跟别人说的，都是跟自己说的。人跟自己说的话，要比跟别人说的话多得多。一个人要是不跟自己说话，恐怕谁都会憋得受不了。祝艺青跟自己说话的方式是写笔记。舅妈跟她谈话的当晚，她睡不着觉，就悄悄爬起来，扭亮台灯，打开笔记本，拿起笔，开始跟自己"说话"。她上来就说，太压抑了，太累了，简直想哭一场。但她不能哭，若真的哭出声来，让别人听见就不好了，只会引起别人的反感。她有些想妈妈了，在这个世界上，只有妈妈才是她真正的亲人，要哭，只能在妈妈跟前哭。她觉出来了，舅妈对她是排斥的，对她干活儿是挑剔的。不知为什么，她有点儿害怕舅妈。舅妈长得很好看，穿戴也很讲究，但她不敢看舅妈，更不敢直接看舅妈的眼睛，总觉得舅妈的目光里有一种逼人的气势。舅妈一回家，她不由自主地就有些紧张。舅舅虽然当官，但舅舅对人亲和，没有官气。舅妈虽然没当官，却有官太太的脾气，比当官的还厉害。她猜到了，让她当保姆一定是舅妈的主意。当保姆倒也没什么，作为一个过渡期也是可以的，问题是，当保姆当到什么时候呢，过渡期什么时候才能过渡完呢？每次见到舅舅，她都想问一问，什么时候才能给她找到工作。她没有问，好像一问就是催舅舅似的。她相信舅舅不会忘记帮她找工作的事，舅舅要是给她找到了工作，自然会告诉她的。她在笔记里写到了发愁，说真愁人啊，愁死了，愁死了，刚下眉头，又上心头，有谁知道她的愁呢！

星期天，祝艺青出去买菜，夏百合到祝艺青住的屋子，看到了祝艺青放在枕边的笔记本。一个人的笔记，等于是一个人的内心世界，内心世界和外部世界是不一样的，外部世界都差不多，内心世界却千差万别。既然发现了祝艺青的内心世界，夏百合禁不住要看一看，她主要想看一看，祝艺青的笔记是否涉及她，她在祝艺青的内心世界里是什么样子。刚看了一篇，她的行为就被女儿晓灵发现了，晓灵说，干什么呢？老毛病！看人家的笔记毕竟心虚，女儿的话把她吓了一跳，她赶紧把祝艺青的笔记本合上，按原样放好。但女儿拿眼睛瞪着她，对她不依不饶。夏百合以前看过女儿的笔记，曾被丈夫李海平严厉批评过，知道看人家的笔记是理亏的，不文明的。她对女儿说，对不起，对不起，我就是随便翻翻，其实也没看见什么。女儿说，没看见什么也不行，说明你有侵犯人家隐私的动机，等爸爸回来我要告诉爸爸。夏百合说，喊，这孩子，我疼你真是疼值了，竟然管到你妈妈头上来了。女儿说，我坚持正义。夏百合只得软下来，说，灵灵，你千万不要告诉你爸爸，惹你爸爸生气，对谁都没好处。我以后不看她的笔记了还不行吗？！

夏百合有一个朋友叫白斯娥，是一个富婆。白斯娥也是从双鸭山到北京来的，称得上是夏百合的闺中密友。她俩来北京的途径有所不同。夏百合是夫贵妻荣，作为李海平的家属，从东北随迁到北京。

而白斯娥完全是靠自己打拼，一步一步在北京站稳了脚跟。她先是在北京的餐馆给人家打工，当服务员，当领班。经验积累得差不多了，手里也攒了一些钱，就开始自己开餐馆。先是开小餐馆，之后开大餐馆，把自己开成了女老板。白斯娥的丈夫在矿上当科长，她劝丈夫辞掉公职，向她靠拢，一块儿在北京发展。大概是丈夫舍不得丢掉那个小官，不愿意离开体制，拒绝到北京来。这样两口子就离了婚，白斯娥成了自由之身。说夏百合与白斯娥是闺密，不仅因为她们在煤矿时就认识，就是好朋友，更在于她们到北京后走得更近，关系更密切，两个人还有了一些共同的秘密。她们一块儿在健身房办了健身卡，在美容院办了美容卡，还结伴出国旅游。去年国庆长假期间，她们就一块儿去了一趟印度尼西亚的巴厘岛，在那里做了豪华按摩。提起那次按摩，两个女人至今还两眼放光，脸色发红。比如按摩这样的事，夏百合是不会对丈夫说的。还有家里的一些事，她不能跟丈夫说，但可以对白斯娥说。

　　这天中午，夏百合到白斯娥的餐馆吃饭，就顺便把看了祝艺青笔记的事对白斯娥讲了。她说保姆小祝在笔记里说她的坏话，把她说成是官太太。白斯娥一听就笑了，说，人家说你是官太太有什么亏的，你本来就是官太太嘛！海平哥的官位相当于地方上的一个市长，你不是官太太是什么！夏百合说，反正我一看见这丫头心里就别扭，上一个破大专，好像多么了不起似的，好像就成了贵族似的。我让她当保姆，她成天跟我拉着个脸子，好像受多大委屈似的。白斯娥说，姐们儿，你要是不想看见她，那还不好办。她不是出来找工作嘛，让她到我这儿来，我给她找个活儿干不就得了。夏百合说，你不知道，她的眼刁得很呢。她说她来北京之前，她妈妈跟她说了，对工作要有所选择，到商场当营业员，不干；到饭店当服务员，不干；歌厅、美容院等，那些地方更不能去，就是一天给一块金砖都不去。白斯娥一听这话，稍稍有些吃惊，也有些急眼，她骂了一句脏话，说，她看不上这个，看不上那个，她算老几？我看她连那些浑身脏兮兮的流浪猫都不如。一个人，吃不得苦中苦，就得不到甜上甜；做不了人下人，就做不了人上人。我们到北京苦苦打拼，现在把北京整得繁荣了，她初来乍到，就想赚现成的，就想享受，做她的白日梦去吧！她以为她来北京是来当格格呢，是候选皇妃呢，把我的大牙酸掉吧！夏百合说，我跟你的观点完全一致，反对有些人动不动就想往北京跑。把北京的煎饼摊得再大，也禁不起全中国的人都跑来吃。哪个地方的资源都是有限的，要是他们都跑来吃，我们就得少吃，就会影响我们的生活质量。白斯娥说，这样吧，你把她交给我，我治治她。夏百合说，那我跟李海平怎么说呢？白斯娥说，你就说我这边最近人手有些紧张，让小祝到我这里帮一段时间的忙。小祝要是干得好，我给她发奖金。夏百合又说，你打算怎么治她呢？白斯娥说，这个你就不用管了，我自有办法。我要是整不出她的尿儿来，她就不知道自己是谁。姐放心，我不会让她见我，她没资格见我。你让她找我的餐厅经理胡丽华就行了。

让祝艺青去饭店帮忙，夏百合没有直接跟祝艺青谈，而是让丈夫李海平跟祝艺青谈的。李海平简单跟祝艺青介绍了白斯娥的个人奋斗史，说白斯娥这人很不简单，她既为国家创造了税收，又安排了不少人就业，对社会是有贡献的。李海平说，白老板是咱们的老乡，我和你舅妈跟白老板都很熟，她一定会关照你。年轻人嘛，到社会上锻炼一下也有好处。出于对舅舅的尊重，也是不想天天看舅妈难看的脸色，祝艺青同意去白斯娥的饭店帮忙。

到了饭店，胡丽华没有安排祝艺青当收银员，也没有安排祝艺青当门迎，甚至连服务员都没让祝艺青当，给她安排了一项最简单、最粗、最笨重的活儿，收盘子洗碗。哪个餐桌上的食客吃完了饭，祝艺青的任务是及时把盘子、碗、分酒器、酒杯、筷子、勺子、剩汤、剩饭、烟灰缸等收走，并用抹布把桌子擦干净，给下一拨食客使用。祝艺青把盘子碗等拿到后厨，须及时清洗干净，以便厨师们循环使用。胡丽华给祝艺青安排任务时，满脸笑意，口气相当客气，说妹子，不好意思，辛苦你了。我听说你是我们白老板的朋友介绍你来的，对你有照顾不周的地方，请你多担待。一旦开始干活儿，胡丽华对祝艺青盯得很紧，"照顾"得很周到。饭店里的工作人员穿的都是由饭店统一配发的工作服，那些工作服有黑的，有紫红的，也有白的。只有祝艺青穿的还是自己的衣服，她穿的是一件牛仔式的连衣裙。因为祝艺青穿的衣服比较特殊，无论她出现在哪里，胡丽华一眼就能把她找到。需要对祝艺青进行指点时，她喊，小祝，你过来一下。她把小祝叫到后厨，说，你的动作太慢了，这样会影响整个饭店的节奏。你干活儿，走路，都得加快速度，跟上饭店的节奏。过了一会儿，胡丽华又把祝艺青叫到后厨，说，我把你叫过来，不当着顾客的面说你，是给你留面子，知道吧！你老拉着个脸子给谁看，是给我看，还是给顾客看！你要笑，要学会微笑服务。微笑暖人心，微笑出效益。你哭丧着脸子，会影响饭店的上座率和经济效益。来，看着我，你笑一下给我看看。祝艺青看了胡丽华一眼，眨了好几下眼皮，没有笑出来。胡丽华说，只有动物不会笑，凡是人都会笑。你难道没照过相吗，你照相的时候也板着脸吗？你不要塌着眼，绷着嘴，眼要张开，嘴要张开，像春天的花朵一样，脸要张成开放的状态。同时，你在心里要把高兴的事攒到一块儿，保持内心的愉快。只有内心愉快了，脸上的笑才是真实的。比如你要这样想，现在我在北京工作，北京有皇帝住过的故宫，有天安门广场，有人民大会堂，还有国家大剧院，那些地方都很宏伟，漂亮，是别的地方所不能比的。祝艺青没有顺着胡丽华给她提供的思路走，她想，我算在北京工作吗？我不过在饭店里帮人家收盘子洗碗而已。这样想着，她倒是笑了一下，笑得有些自嘲。祝艺青的笑被胡丽华捕捉到了，胡丽华说，好，很好，看来你还是会笑的。人的长处就在于人会笑，你一笑好看多了。一定要把你的笑保持住。

祝艺青刚把一个包间的餐桌收拾干净，胡丽华就到包间检查。祝艺青想到卫生间解一个小手，裤带还没解开，胡丽华就把她喊了回来。这一次胡丽华没有把她喊到后厨，而是喊到了包间，她问祝艺青，这个包间收拾完了吗？祝艺青点点头，说收拾完了。胡丽华说，你再看！祝艺青往餐桌上看了一遍，桌子擦得干干净净，不知道胡经理让她看什么。胡丽华提示她：把眼界放宽，往窗台上看！祝艺青一看，见窗台上放着一个烟灰缸，里面扔着一些烟蒂。祝艺青承认她刚才没看见，没想到客人会把烟灰缸放到窗台上。胡丽华说，没想到可不行，想不到你就做不到。有的客人很挑剔，人家一看烟灰缸没收拾，很可能会扭头走人。如果那样的话，给饭店造成的损失算谁的？祝艺青把烟灰缸拿走清洗去了。

饭店晚上下班的时间是十点半，员工们到十点才能吃晚饭。别人能吃，祝艺青不能吃，她必须把所有的餐具都洗完，才能考虑吃饭的事。胡丽华不招呼她吃饭，饭店别的人也不理她，丢下她一个人在后厨洗碗。也许在别人看来，祝艺青初来乍到，是一个生人。生人到一个新地方干活儿，总是要辛苦些。等祝艺青把餐具全部洗完，员工们已经把熬菜吃完了，只剩下一点米饭巴在桶底。祝艺青明显感到了别人对她的歧视和排斥，她负气似的，什么都没吃，饿着肚子就走了。晚上，别的员工大都是在饭店里打地铺睡，好在祝艺青还可以回到舅舅家去睡，还算有一个独立的空间。

几天干下来，祝艺青每天都很疲惫，胳膊腿儿似乎都细了，眼睑也有了暗影。这天是周六，祝艺青回到舅舅家，正在客厅里看电视剧的舅妈问她干得怎么样。其实，对于祝艺青在饭店的情况，白斯娥与夏百合几乎每天都有交流。她们认为，初长成的小驴子刚上套拉磨都有些犟，都不好好拉。越是这样，越要把它拴在磨道里，并用小鞭子抽它的屁股，好好磨磨它。小驴子不磨不老实，人不磨也不会有好脾气。她们一边交流一边乐，每次交流得都很得意。祝艺青还没回答干得如何，夏百合就说，我听说你干得很不错，很能吃苦，一点儿大学生的架子都没有，别的人也很尊重你。祝艺青问，您听谁说的？夏百合说，你别管我听谁说的，反正我一直关心着你，你表舅也希望你能不断进步，我们对你是负责的。祝艺青又问，舅舅跟我说的白阿姨，我怎么一直没看见她呢？夏百合说，白老板很忙，除了开饭店，她还经营别的生意，很少到饭店里去。你见不见她都没关系，她跟手下的经理交代一下，经理会关照你的。祝艺青听出来了，舅妈说的都是假话，跟事实一点儿都不相符。她怀疑，让她去饭店帮忙，可能是舅妈的主意。她还怀疑，是舅妈和白老板在背后商量好的，利用白老板手下的人对她进行打压，把她从北京赶回老家。不然的话，白老板怎么连面都不露一个呢！不然的话，那个狐假虎威的胡丽华对她为何如此苛刻呢！还有饭店里的那些员工，为什么都对她如此冷漠呢！要是那样的话，舅妈的做法未免太过分了一点，也太恶毒了一点。

胡丽华对祝艺青打压的力度继续增加。这天晚上饭店临下班时，胡丽华指着一摞盘子，说没刷干净，要祝艺青重刷。祝艺青正用抹布擦手，说，哪儿不干净，我看挺干净的。胡丽华说，你说干净不算，我说干净才算干净。我让你重刷，你就得重刷。胡丽华的故意刁难使祝艺青对舅妈的怀疑几乎得到证实，她的一口气也顶上来了，说，我要是不重刷呢？胡丽华说，你不重刷不行，你以为你是谁，不就是一个保姆嘛！祝艺青说，当保姆怎么了，人格一点儿都不比别人低。胡丽华说，低不低你自己知道，反正到这里就是我管你，我就是比你高！祝艺青认为可笑，太可笑了！

祝艺青失踪了。祝艺青没有再去白斯娥的饭店帮忙。白斯娥把消息反馈到夏百合那里,夏百合给祝艺青打电话,祝艺青的手机一直处于关机状态。夏百合回家看过,祝艺青人也没在家里,她的拉杆旅行箱也不见了。夏百合把情况汇报给丈夫李海平,李海平问,是不是饭店的人欺负祝艺青了?夏百合说,没有呀,我听说大家都对她挺好的。李海平说,对她挺好,她为什么走?你现在去把孩子找回来!夏百合说,她的手机关着,我到哪里去找?!李海平说,你向公安局报案,让公安局帮你找。夏百合说,要报案你去报,小祝是你的亲戚,是你答应让她来北京的。

  李海平在公安局里有朋友,他把祝艺青失踪的情况跟朋友讲了,请朋友帮助查找。公安局马上布置了警力,在全市范围内查找祝艺青的下落。警察又是去车站调看监控录像,又是去旅馆查住宿登记,直到第三天才把祝艺青找到了。祝艺青没有离开北京,警察找到她时,她正在一处由居民楼地下室改成的小旅馆里睡觉。

2013年2月26日至3月13日 北京和平里

鞋

有个姑娘叫守明，十八岁那年就定了亲。姑娘家一定亲，就算有了未婚夫，找到了婆家。未婚夫这个说法守明还不习惯，她觉得有些陌生，有些重大，让人害羞，还让人害怕。她在心里把未婚夫称作"那个人"，或遵从当地的传统叫法，把未婚夫称为哪哪庄的。那个人的庄子离她们的庄子不远，从那个人的庄子出来，跨过一座高桥，往南一拐，再走过一座平桥，就到了她的庄。两个村庄同属一个大队，大队部设在她的庄。

那个家里托媒人把定亲的彩礼送来了，是几块做衣服的布料，有灯心绒、春风呢、蓝卡其、月白府绸，还有一块石榴红的大方巾。那时他们那里还很穷，不兴买成衣，这几样东西就是最好的。听说媒人来送彩礼，守明吓得赶紧躲进里间屋去了，手捂胸口，大气都不敢出。母亲替女儿把东西收下了。母亲倒不客气。

媒人一走，母亲就把那包用红方巾包着的东西原封不动地端给了女儿，母亲眼睛弯弯的，饱含着掩饰不住的笑意，说："给，你婆家给你的东西。"

对于婆家这两个字眼儿，守明听来也很生分，特别是经母亲那么一说，她觉得有些把她推出去不管的味道，她撒娇中带点抗议地叫了一长声妈,说:"谁要他的东西,我不要!"

母亲说:"不要好呀,你不要我要,我留着给你妹妹做嫁妆。"

守明的妹妹也在家,她上来就叫出了那个人的名字,说她才不要那个人的破东西呢,她要把那个人的东西退回去,就说姐嫌礼轻,要送就重重地来。

"再胡说我撕你的嘴!"守明这才把东西从母亲手里接过来了。她有些生妹妹的气,生气不是因为妹妹说的礼轻礼重的话,而是妹妹叫了那个人的名字。那名字在她心里藏着,她小心翼翼,自己从来舍不得叫。妹妹不知从哪里听说的,没大没小,无尊无重,张口就叫出来了。仿佛那个名字已与她的心有了某种联结,妹妹猛不丁一叫,带动得她的心疼了一下。她想训妹妹一顿,让妹妹记住那个名字不是哪个小丫头片子都能随便叫的,想到妹妹是个心直口快的人,说话从来没遮拦,说不定又会说出什么造次话来,就忍住了。

守明正把东西往自己的木箱里放,妹妹跟过来了,要看看包里都是什么好东西。

姐姐对她当然没好气,她说:"哪有好东西,都是破东西。"

妹妹嬉皮笑脸,说刚才是跟姐姐说着玩儿呢,然后向姐姐伸出了手。

守明像是捍卫什么似的,坚决不让妹妹看,连碰都不让妹妹碰,她把包袱放进箱子,啪嗒就上锁了。

妹妹被闪了手,觉得面子也闪了,脸上有些下不来,她翻下脸子,把姐姐一指说:"你走吧,我看你的心早不在这家了!"

"我走不走你说了不算,你走我还不走人呢。"

"谁要走谁不是人!"

母亲过来把姐妹俩劝开了。母亲说:"当闺女的哪个不是嘴硬,到时候就由心不由嘴了。"

家里只有守明一个人时，守明才关了门，把彩礼包儿拿出来。她一块一块地把布页子揭开，轻轻抚抚摸摸，放在鼻子上闻闻，然后提住布块两角围在身上比画，看看哪块布适合做裤子，哪块布做上衣才漂亮。她把那块石榴红的方巾也顶在头上了，对着镜子左照右照。她的脸早变得红通通的，很像刚下花轿的新娘子。想到新娘子，她把眉一皱，小嘴一咕嘟，做出一副不甚情愿的样子。又觉得这样子不太好看，她就展开眉梢儿，耸起小鼻子，轻轻微笑了。她对自己说："你不用笑，你快成人家的人了。"说了这句，不知为何，她叹了一口气，鼻子也酸酸的。

有来无往不成礼，按当地的规矩，守明该给那个人做一双鞋了。这对守明来说可是一件了不得的大事，平生第一次为那个将要与她过一辈子的男人做鞋，这似乎是一个仪式，也是一个关口，人家男方不光通过你献上的鞋来检验你女红的优劣，还要从鞋上揣测你的态度，看看你对人家有多深的情义。画人难画手，穿戴上鞋最难做。从纳底，做帮儿，到缝合，需要几个节儿，哪个环节不对了，错了针线，鞋就立不起来，拿不出手。给未婚夫的第一双鞋，必须由未婚妻亲手来做，任何人不得代替，一针一线都不能动。让别人代做是犯忌的，它暗示着对男人的不贞，对今后日子的预兆是不祥的。为这第一双鞋，难坏当地多少女儿家啊！有那手拙的闺女，把鞋拆了哭，哭了拆，鞋没做成，流下的眼泪差不多能装一鞋窠了。做鞋守明是不怕的，她给自己做过鞋，也给父亲和小弟做过鞋，相信自己能给那个人把第一双鞋做合脚。在给父亲和小弟做鞋时，她就提前想到了今天这一关，暗暗上了几分练习的心，如今关口就在眼前，她的心如箭在弦，当然要全神贯注。

守明开始做鞋的筹备工作了。她到集上买来了乌黑的鞋面布和雪白的鞋底布，一切都要全新的，连袼褙和垫底的碎布都是新的，一点旧的都不许混进来。她的表情突然变得严肃起来，让母亲觉得有些好笑，但母亲不敢笑，母亲怕笑羞了女儿。母亲悄悄地帮女儿做一些女儿想不到，或想到了不好意思开口的事情，比如：女儿把做鞋的一应材料都准备齐了，才想起来还没有那个人的鞋样子。不论扎花子、描云子，还是做鞋，样子是必要的，没样子就不得分寸，不知大小，便无从下手。女儿正犯愁，母亲打开一个夹鞋样的书本，把那副鞋样子送到了女儿面前。原来母亲事先已托了媒人，从那男孩子的姐姐手里把男孩子的鞋样子讨过来了。女孩不相信这是真的，但从母亲那肯定的眼光里，她感到不用再问，只把鞋样子接过来就是了。她心头涌出一股说不出的感动，遂低下头，不敢再看母亲。

拿到鞋样子，终于知道了那个人的脚大小。她把鞋底的样子放在床上，张开指头拃了拃，心中不免吃惊，天哪，那个人人不算大，脚怎么这样大。俗话说脚大走四方，不知这个人能不能走四方。她想让他走四方，又不想让他走四方。要是他四处乱走，剩下她一个人在家可怎么办？她想有了，应该在鞋上做些文章，把鞋做得比原鞋样儿稍小些，给他一双小鞋穿，让他的脚疼，走不成四方。想到这里，她仿佛已看见那人穿上了她做的新鞋，那个人由于用力提鞋，脸都憋得红了。

她问："穿上合适吗？"

那个人吭吭哧哧，说合适是合适，就是有点紧，有点夹脚。

她做得不动声色，说："那是的，新鞋都紧都夹脚，穿的次数多了就合适了。"

那个人把新鞋穿了一遭，回来说脚疼。

她准备的还有话，说："你疼我也疼。"

那个人问她哪里疼。

她说："我心疼。"

那个人就笑了，说："那我给你揉揉吧！"

她有些护痒似的，赶紧把胸口抱住了。她抱的动作大了些，把自己从幻想中抱了出来。她意识到自己走神走远了，走到了让人脸热心跳的地步，神都回来一会儿了，摸摸脸，脸还火辣辣的。

　　瞎想归瞎想，在动剪子剪袼褙时，她还是照原样儿一丝不差地剪下来了。男人靠一双脚立地，脚是最受不得委屈的。

　　做鞋的功夫在纳鞋底上，那真称得上千针万线，千花万朵。在选择鞋底针脚的花形时，她费了一番心思：是梅花形好，枣花形好，还是对针子好呢？她听说了，在此之前，那个人穿的鞋都是他姐姐给做，他姐姐的心灵手巧全大队有名，对别人的针线活儿一般看不上眼。待嫁的闺女不怕笨，就怕婆家有个巧手姐。这个巧手姐给她摊上了。不用说，等鞋做成，必定是巧手姐先来个百般验看。她说什么也不能让婆家姐姐挑出毛病来。守明最后选中了枣花形。她家院子里就有一棵枣树，四月春深，满树的枣花开得正喷，她抬眼就看见了，现成又对景。枣花单看有些细碎，不起眼，满树看去，才觉繁花如雪，枣花开时也不争不抢，不独领枝头。枝头冒出新叶时，花在悄悄孕育。等树上的新叶浓密如盖，花儿才细纷纷地开了。人们通常不大注意枣花，是因远远看去显叶不显花，显绿不显白。白也是绿中白。可识花莫若蜂，看看花串中间那嗡嗡不绝的蜜蜂就知道了，枣花的美，何其单纯、朴素。枣花的香，才是真正的醇厚绵长啊！守明把第一朵枣花"搬"到鞋底上了。她来到枣树下，把鞋底的花儿和树上的花儿对照了一下，接着鞋底上就开了第二朵、第三朵……

　　那时生产队里天天有活儿，守明把鞋底带到地上，趁工间休息时纳上几针。她怕地里的土会沾到白鞋底上，用拆口罩的细纱布把鞋底包一层，再用手绢包一层，包得很精致，像是什么心爱的宝贝。她想到姐妹们和嫂子们会拿做鞋的事打趣她，不知出于何种心理需求，她还是忐忐忑忑地把"宝贝"带到地里去了。那天的活儿是给棉花打疯杈子，刚打一会儿，她的手就被棉花的嫩枝嫩叶染绿了，像扑克牌上大鬼小鬼的手。这样的手是万万不敢碰上白鞋底的，若碰上了，鞋底不变成鬼脸才怪。工间休息时，她来到附近河边，团一块黄泥作皂，把手洗了一遍又一遍。这还不算，拿起鞋底时，她先把手可能握到的部分用纱布缠上，捏针线的那只手也用手绢缠上，直到确信自己的手不会把鞋底弄脏，才开始纳了一针。

守明是躲到一旁纳的，一个嫂子还是看到了。底是千层底，封底是白细布，特别是守明那份痴痴迷迷的精心劲儿，一看就不同寻常。嫂子问她给谁做的鞋。

守明低着眉，说："不知道！"

她一说"不知道"，大家都知道了，一齐围过来，拿这个将要做新娘的小姑娘开玩笑。有的说，看着跟笏板一样，怎么像个男人鞋呢！有的问，给你女婿做的吧？有人知道那个人的名字，干脆把名字指出来了。

守明还说"不知道"。

她的脸红了，耳朵红了，仿佛连流苏样的剪发也红了，剪发遮不住她满面的娇羞，却烤得她脑门上出了一层细汗。她虽然长得结结实实，饱饱满满，身体各处都像一个大姑娘了，可她毕竟才十八岁，这样的玩笑她还没经过，还不会应付。她想恼，恼不成。想笑，又怕把心底的幸福泄露出去，反招人家笑话。还有她的眼睛，眼睛水汪汪、亮闪闪的，蕴满无边的温存，闪射着青春少女激情的火花，一切都遮掩不住，这可怎么办呢？后来她双臂一抱，把脸埋在臂弯里了，鞋底也紧紧地抱在怀里。这样，谁也看不见她的眼睛和她的"宝贝"了。

姐妹们和嫂子说："哟，守明害羞了，害羞了！"

她们的玩笑还没有完，一个嫂子惊讶地哟了一声，说："说曹操，曹操就到，守明快看，路上过来的那人是谁？"说着对众人挤眼，让众人配合她。

众人说，无巧不成书，真是的！

守明的脑子这会儿已不会拐弯儿，她心中轰地热了一下，心想，路上过来的那个人一定是她的那个人，那个人在大队宣传队演过节目，和大队会计又是同学，来大队部走走是可能的。她仿佛觉得那个人已经到了她跟前，她心头大跳，紧张得很。别人越是劝她，拉她，让她快看，再不看那个人就走过去了，她越是把脸埋得低。她心里一百个想看，却一眼也不敢看，仿佛不看是真人真事，一看反而会变成假人假事似的。

守明的一位堂姐大概也受过类似的蒙蔽，有些看不过，帮守明说了一句话，让守明别上她们的当。又说，我守明妹子心实，你们逗她干什么！

守明这才敢抬起头来，往地头的大路上迅速瞥了一眼，路上走过来的人倒是有一个，那是一个戴烂草帽、光脊梁，像吓唬老鸹的谷草人一样的老爷爷，哪里是她日思夜想的那个人。心说不看，管不住自己，还是看了，一看果然让人失望。守明觉得受了欺负，跃起来去和那位始作俑者的坏嫂子算账。那位嫂子早有防备，说着"好好，我投降"，像兔子一样逃窜了。

又开始给棉花打杈子时，守明的心里像是生了杈子，时不时往河那岸望一眼。河里边就是那个庄子的地，地尽头那绿苍苍的一片，就是那个庄子，她的那个人就住在那个庄子里。也许过个一年半载，她就过桥去了，在那里的地里干活，在那个不知多深多浅的庄子里住，那时候，她就不是姑娘家了。至于是什么，她还不敢往深里去想。只想一点点开头，她就愁得不行，心里就软得不行。棉花地里陡然飞起一只鸟，她打着眼罩子，目光不舍地把鸟追着，眼看着那只鸟飞过河面河堤，落到那边的麦子地里去了。

麦子已经泛黄，热熏熏的南风吹过，无边的麦浪连天波涌。守明漫无目的地望着，不知不觉眼里汪满了泪水。

第一次看见那个人是在全大队的社员大会上，那个人在黑压压的会场念一篇大批判的稿子，她不记得稿子里说的是什么，旁边的人打听那个人是哪庄的，叫什么名字，她却记住了。那个人头发毛毛的，唇上光光的，不像个成年人，像个刚毕业的中学生。她当时想，这个男孩子，年纪不大，胆子可够大的，敢在这么多人面前念那么长一大篇话，要是她，几个人抬她，她也不敢站起来，就算能站起来，她也张不开嘴。再次看见那个人是大队文艺宣传队在他们村演节目的时候，那个人出的节目是二胡独奏，拉的是一支诉苦的曲子："天上布满星、月牙儿亮晶晶……"那个人拉时低着头，抹搭着眼皮，精神头儿一点儿也不高，想不到他拉出的曲子那样好听，让人禁不住地眼睛发潮，鼻子发酸。以后宣传队到别的村演出，到公社去演，她跟别的姐妹搭成帮，都追着去看了，看到那个人不光会拉二胡、吹笛子，还会演小歌剧和活报剧。演戏时脸上是化了妆的，穿的衣服也是戏中人的衣服，这让守明觉得那个人有点好看。要是舞台上有好几个人在演，守明不看别人，专挑那一个人看。她心里觉得和那个人已经有点熟了，她光看人家，不知人家看不看她。她担心那个人看她时没注意到，就不错眼珠地看着那个人的一举一动。她这个年龄正是心里乱想的年龄，难免七想八想，想着想着，就把自己和那个人联系到一块儿去了。她不知道那个人有没有对象，要是没对象的话，不知那个人喜欢什么样的……她突然感到很自卑，有一次戏没看完就退场了，在回家的路上她骂了自己，骂完了她又有点可怜自己，长一声短一声地叹气。

有一天，家里来个媒人给守明介绍对象，守明正要表示心烦，表示一辈子也不嫁人，一听介绍的不是别人，正是让她做梦的那个人，她一时浑身冰凉，小脸发白，显得有些傻，不知如何表态。媒人一走，她心说，我的亲娘哎，这难道是真的吗？！泪珠子一串一串往下掉。母亲以为她对这门亲事不乐意，对她说，心里不愿意就不愿意，别委屈自己。守明说："妈，我是舍不得离开您！"

守明相信慢工出巧匠的话，她纳鞋底纳得不快，她像是有意拉长做鞋的过程，每一针都慎重斟酌，每一线都一丝不苟。回到家，她把鞋底放在枕头边，或压在枕头底下，每天睡觉前都纳上几针，看上几遍。拿起鞋底，她想入非非，老是产生错觉，觉得捧着的不是鞋，而是那个人的脚。她把"脚"摸来摸去，揉来揉去，还把"脚"贴在脸上，心里赞叹：这"脚"是我的，这"脚"真是不错啊！既然得了那个人的"脚"，就等于得了那个人的整个身体。有天晚上，她把"那个人的脚"搂到怀里去了，搂得紧贴自己的胸口。不料针还在鞋底上别着，针鼻儿把她的胸口高处扎了一下，几乎扎破了，她说："哟，你的指甲盖这么长也不剪剪，扎得人家怪痒痒的，来，我给你剪剪！"她把针鼻儿顺倒，把"脚"重新搂到怀里，说："好了，剪完了，睡吧！"她眯缝着眼，怎么也睡不着，心跳，眼皮儿也弹弹地跳。点上灯，拿着小镜子照照脸，她吓了一跳，脸红得像发高烧。她对自己说："守明，好好等着，不许这样，这样不好，让人家笑话！"她自我惩罚似的把自己的脸拍打了一下。

媒人递来消息，说那个人要外出当工人。守明一听有些犯愣，这真应了那句脚大走四方的话。看来手上的鞋得抓紧做，做成了好赶在那个人外出前送给他。那个人此一去不知何时才能回还，她一定得送给那个人一点东西，让那个人念着她，记住她，她没有别的可送，只有这一双鞋。这双鞋代表她，也代表她的心。她有点儿担心，那个人到了外边会不会变心呢？

这时妹妹插了一手。向守明一错眼神，拿起鞋底纳了几针。她一眼就发现了，一发现就恼了，她质问妹妹："谁让你动我的东西，你的手怎么这么贱！"她把鞋底往床上一扔，说她不要了，要妹妹赔她。

妹妹没见过姐姐这么凶，她吓得不敢承认，说她没动鞋底子，连摸也没摸。

"还敢嘴硬，看看那上面你的脏爪子印！"她过去一把捉住妹妹的手，捉得好狠。拉妹妹去看。

妹妹坠着身子使劲往后挣，嚷着坚持说没动，求救似的喊妈，声音里带了哭腔。

母亲过来，问她们姐妹俩又怎么了。

守明说妹妹把她的鞋底弄脏了。

母亲把鞋底看了看，这不是干干净净的嘛！

守明说："就脏了，就脏了，反正我不要了，她得赔我，不赔我就不算完！"她觉得母亲在偏袒妹妹，把妹妹的手冲母亲一扔，扔开了。

母亲说："不算完怎么了，你还能把她吃了？你是姐姐，得有个当姐姐的样子。"母亲又嚷妹妹，"愣在那里干什么，还不下地给我薅草去！"

妹妹如得了赦令，赶紧走了。

守明把母亲偏袒妹妹的事指出来了，说："我看你就是偏向她！"她隐约觉出，母亲开始把她当成人家的人了，这使她伤感顿生。

母亲说："你们姐妹都是我亲生亲养，我对哪个都不偏不向。我看你这闺女越大越不懂事，不像是个有婆家的人。要是到了婆家，还是这个脾气，说话不照前顾后，张嘴就来，人家怎么容你，你的日子怎么过？"

母亲的话使守明的想法得到印证，母亲果然把她当成人家的人了。她说："我就是不懂事……我哪儿也不去，死也要死在家里……"说着一头扑在床上就哭起来了。哭着还想到了那个人，那个人要远走，也不来告诉她一声，不知为什么！这使她伤心伤得更甚。

母亲坐在床边劝她，说鞋底别说没脏，脏了也不怕，到时用漂白粉擦一遍，再趁邻家在大缸里用硫黄熏粉条时熏一遍，鞋底保证雪白雪白的，比戏台上粉底朝靴的漆白底都白。

守明把母亲的话听到了，也记住了，但她的伤感并不能有所减轻。

在一个落雨的日子，守明把鞋做好了，做得底是底帮是帮的，很有鞋样儿。她把鞋拿在手上近看，靠在窗台上远观，心里还算满意。

鞋做成后，守明不大放得住。那双鞋像是她心中的一团火，她一天不把"火"送出去，心里就火烧火燎的。还好，那个人外出的日期定下来了，托媒人传话，向她约会，她正好可以亲手把鞋交给那个人。

约会的地点是那座高桥，时间是吃过晚饭之后。当晚守明没有吃饭，她心跳得吃不下。等别人吃过晚饭，天已经黑透了。那天晚上月亮很细，像一支透明的鸽子毛。星星倒很密，越看越密。守明心想，一万颗星星也顶不上一轮月亮，要这么多星星有什么用！地里的庄稼都长出来了，到处是黑树林，有些吓人。母亲要送她到桥头去。她不让。

守明把一切都想好了，那个人若说正好，她就不许他脱下来，让他穿这双鞋上路——人是你的，鞋就是你的，还脱下来干什么！临出门，她又改了主意，觉得只让那个人把鞋穿上试试新就行了，还得让他脱下来，脱下来带走，保存好，等他回来完婚那一天才能穿。她要告诉他，在举行婚礼那一天，她若是看不见他穿上她亲手做的这双鞋，她就会生气，吹灭灯以后也不理他。当然了，就这个事情守明会征求他的意见，他要是点头同意了，守明就等于得到一个比穿鞋不穿鞋意义深远得多的重大许诺,她就可以放心地等待他了。

守明的设想未能实现,她两次让那个人把鞋试一试,那个人都没试。第一次,她把鞋递给那个人时,让那个人穿上试试。那个人对她表示完全信任似的,只笑了笑,说声谢谢,就把鞋竖着插进上衣口袋里去了。二人依着桥上的石栏说了一会儿话,守明抓了一个空子,再次提出让那个人把鞋试一试。那个人把他的信任说了出来,说不用试,肯定正好。

"你又没试,怎么知道正好呢?"

那个人固执得真够可以,说不用试,他也知道正好。直到那个人说再见,鞋也没试一下。那个人说再见时,猛地向守明伸出了手,意思要把手握一握。

这是守明没有料到的。他们虽然见过几次面,说过几次话,但从来没有碰过手。和男人家碰手,这对守明来说可是一件了不得的大事,她心头撞了一下,犹豫了一会儿,还是低着头把手交出去了。那个人的手温热有力,握得她的手忽地出了一层汗,接着她身上也出汗了。她抬头看了看,在夜色中,见那个人正眼睛很亮地看着她。她又把头低下去了。那个人大概怕她害臊,就把她的手松开了。

守明下了桥往回走时,见夹道的高庄稼中间拦着一个黑人影,她大吃一惊,正要折回身去追那个人,扑进那个人怀里,让她的那个人救她。这时人影说话了,原来是她母亲。

怎么会是母亲呢!在回家的路上,守明一直没跟母亲说话。

后　　记

我在农村老家时,人家给我介绍了一个对象。那个姑娘很精心地给我做了一双鞋。参加工作后，我把那双鞋带进了城里，先是舍不得穿，想留作美好的纪念。后来买了运动鞋、皮鞋之后，觉得那双鞋太土，想穿也穿不出去了。第一次回家探亲，我把那双鞋退给了那位姑娘。那姑娘接过鞋后，眼里一直泪汪汪的。后来我想到，我一定伤害了那位农村姑娘的心，我辜负了她，一辈子都对不起她。

清汤面

原煤从井下提到装煤楼上,需要先过一遍用钢丝网做成的震动筛。一踏上振动筛,碎煤和块煤相混的原煤仿佛兴奋不已,呈现的是跳跃的状态。振动之后,碎煤漏下去了,筛子上留下的都是块煤。这是选煤的第一道工序,叫筛选。选煤的第二道工序是手选。人手长在人身上,手选当然需要人工。进行手选的都是一些女工,临时工,她们分站在不停运行的皮带运输机两侧,负责把混杂在煤块里的个别矸石拣出来。矸石黑头黑脸,表面像煤,实质不是煤,是石头。一块矸石坏一车煤,只有把矸石拣出来,才能保证煤质的纯净。

向秀玉就是一位在装煤楼拣矸石的女工。

她头上包着方巾,嘴上戴着天蓝色的口罩,脸上只露出一双眼睛。向秀玉的目光是锐利的,对矸石零容忍,伪装再好的矸石都别想逃过她的目光。对拣矸石这个活儿,她早就有了心得。煤是亮的,晶面闪耀着熠熠的微光。矸石是乌涂的黑灰色,暗淡无光。块状的物质从面前的皮带上流过,她目光一扫,就把隐藏在煤块中的矸石捕捉到了。煤是轻的，矸石是重的，哪怕向秀玉闭上眼睛，只用手稍一衡量，就可以分清哪是煤，哪是矸石。有了心得还不够，向秀玉还做到了全神贯注，眼疾手快。心无二用，眼无二用，手无二用，倘若稍一走神儿，矸石就有可能从眼前溜走。上班期间，向秀玉心在眼上，眼在手上，心到眼到，眼到手到，称得上是一个敬业的、称职的拣矸工。

向秀玉上的是白天班，早上八点上班，到下午四点才能下班。皮带连续运转，她中午怎么吃饭呢？向秀玉对拣矸石在意，对吃饭不是很在意，有空就吃一口，没空就不吃。上班时她会用饭盒带半盒剩饭，或带一个馒头，趁皮带有时空转，她就抓空子吃一点。她手上沾了煤，满手都是黑的，吃饭时，她没时间洗手，手一捏馒头，馒头上就沾了煤粉。她和拣矸石的姐妹们都认为，煤是黑的，也是干净的，煤不会闹肚子。所以馒头上捏有黑手印的地方她也舍不得扔掉，连同煤粉一块儿吃了下去。渴了，她拿起矿泉水瓶子，对着瓶口喝一气水。一瓶矿泉水两块钱，她可舍不得花那个钱。矿泉水瓶子是她捡来的，里边装的是她自己烧开后又放凉的白开水。

她自己吃饭可以凑合，问题是，女儿喜莲中午怎么吃饭呢？喜莲在矿上的学校上小学三年级，脖子里用线绳挂着一把白钥匙，中午只能一个人回家吃饭。向秀玉把米饭盛在碗里，放上菜，盖在蒸锅里，让女儿回家后把饭菜蒸热了吃。她们家烧的是蜂窝煤，有时喜莲嫌煤火上来得太慢，不等火苗长起来把锅烧热，凉着就把饭菜吃了下去。当妈的对煤火是有数的，她回家掀开火炉一看，见放在最上面的那块煤还是黑的，就知道女儿中午没有开火热饭。她对女儿说，秋天来了，你吃凉饭可不好，还是把饭蒸热了再吃好一些。她还对女儿说，你不要心急，一定要有耐心。树没有耐心，就长不成树；煤没有耐心，就变不成煤；人没有耐心呢，啥事都做不成。我的话你明白吗，女儿点点头，像是明白了。

有一天，向秀玉因上班走得匆忙，忘了给女儿留饭。直到下班回到家，女儿才对她说，妈，你今天没给我留吃的。是的，是的，她昏了头了，竟把给女儿留饭的事忘记了。她自己一顿饭两顿饭不吃都没关系，正长身体的女儿中午没饭吃可不行。她愧疚坏了，也心疼坏了，一把将女儿搂在怀里，眼里顿时涌满了泪水，说对不起，妈妈错了。

女儿说，没事儿，没事儿的。

第二天，向秀玉做出了一个决定，中午不再给女儿留饭，每天给女儿三块钱，让女儿到矿街上的小饭店里买饭吃。

矿上从生产区到生活区有三里多路，一路两旁都盖了房子，形成了一条矿街。街上的房子都是门面房，矿街其实就是商业街。街上卖肉的、卖粮的、卖水果的、卖日用百货的等，称得上应有尽有。矿上的人下班后，从生产区往生活区走，想买什么东西，顺手就买到了。矿街上还有美容美发、洗浴桑拿、足疗按摩、卡拉OK等，你想进去享受一下，没有人会反对。当然了，矿街上的小饭店也不少，胡辣汤、水煎包、羊肉汤、热火烧、米饭、炒菜、馄饨、油条等等，你想吃什么都可以。有的矿工升井洗过澡后，拐进一家小酒馆，要一份水煮花生，一盘凉拌肚丝，喝上二两小酒儿，那是相当的自在。向秀玉把三块钱装进女儿的口袋后，特别跟女儿交代，这个钱专款专用，不许省下钱不吃中午饭，更不许拿这个钱买别的东西。她问女儿，记住了？女儿点点头，说记住了。向秀玉向女儿建议，最好去杨旗阿姨的小饭店买一碗清汤面吃，听说杨阿姨做的清汤面味道很好，也热乎，一碗清汤面的价钱正好是三块钱。

矿上的小学校建在生活区，杨阿姨开的清汤面馆离生活区很近，中午放学后，喜莲遵照妈妈的建议，到杨阿姨的清汤面馆去买清汤面。杨阿姨一见喜莲，样子有些欣喜，说，这不是喜莲嘛，我的孩子！你妈那个小抠儿，怎么舍得给你钱让你出来买饭吃呢！喜莲还没说话，杨阿姨就指了一个座位，让喜莲坐下，说，阿姨马上给你下面吃。

喜莲掏出三块钱，递向阿姨，说，杨阿姨，给你钱。

杨阿姨没有接钱，说，钱你先拿着，等吃了面再给钱。

喜莲看见了，杨阿姨身边案板上放的面不是机器轧的面，也不是手擀面，而是一大块和好醒好的面坨子。杨阿姨揪下一块面，在案板上搓巴搓巴，搓成一根圆圆的面棍，双手就开始抻面。杨阿姨抻面抻得很熟练，也很好看，她张着双臂，一折一抻，一折一抻，面就抻细了。当把面抻得像粉丝一样，杨阿姨就把细丝面下到锅里去了。杨阿姨备有两口锅，一口大锅，一口小锅。大锅稀饭小锅面，是说大锅熬稀饭好喝，小锅下面条好吃。杨阿姨的大锅里熬的不是稀饭，是棒骨汤。棒骨汤一直滚得咕咕嘟嘟，需要下面时，杨阿姨把汤舀到小锅里，用小锅下面。面里不放肉，也不放什么菜，起锅时只放一点芝麻油腌制的葱花。杨阿姨把做好的一碗面端到喜莲面前的小桌上，对喜莲说，汤热，慢慢吃，别烫着。喜莲先尝了一点汤。别看汤是清汤，汤的味道却十分鲜美。一碗清汤面，把喜莲吃得汗津津的，小脸儿都红了。

吃完了面，喜莲付给杨阿姨钱时，不料杨阿姨说，阿姨不收你的钱，钱你自己留着吧，可以买本买笔。

喜莲说，那不行，我妈知道了会吵我的。

杨阿姨说，你这孩子，回家别跟你妈说嘛。好了，吃饱了就回家吧，别耽误上学。

平日里，喜莲帮妈妈买东西，哪怕剩下一毛钱、一分钱，她都会及时交给妈妈。她吃了面，杨阿姨没收她的钱，要她别告诉妈妈，那是不可能的。妈妈下班回到家，喜莲一见到妈妈，就把杨阿姨不收她饭钱的事说了，并把三块钱掏了出来。向秀玉没有吵女儿，她心里一沉，马上就明白了怎么回事。自从孩子的爸爸在井下的瓦斯爆炸中遇难后，周围的人对她和她的孩子就不一样了。中秋节还没到，张师傅就给她们家送来了一盒月饼，说儿子给他买的月饼他吃不完，就请她和喜莲帮帮忙，把月饼消灭掉吧。秋风刚凉一点，王奶奶就给喜莲送来了一件布衫和一条裤子，说布衫和裤子是她孙女穿过的旧衣服，如今孙女长高了，衣服穿不着了，就送给喜莲穿吧。她一看，哪是旧衣服，分明是刚从商场买回的新衣服。她本来没有工作，矿上为了照顾她们家的生活，就在装煤楼上给她安排了一份拣矸石的活儿，每个月可以挣一千多块钱。更让向秀玉想不到的是，某个早上，她开门一看，门口放了一壶花生油和一兜刚掰下来的嫩玉米，她至今也不知道是谁送给她们家的。不用说，喜莲去杨旗的面馆吃面，杨旗不收喜莲的钱，也是同情孩子照顾孩子的意思。可是，下雨还水，播种还苗，哪有吃饭不花钱的道理呢！向秀玉又拿出三块钱，和上次给的钱加在一起是六块，口气严肃地对女儿说，你明天中午再去吃饭，一定要把这六块钱一块儿交给杨阿姨。每个人都要吃饭，但不能白吃饭。花自己家的钱买饭，饭吃起来才香。你爸虽说不在了，国家每月给我们发的有抚恤金，妈妈也挣着一份工资，咱们家的生活不会有问题。吃个饭连钱都交不出去，这怎么能行呢。你不能太面，给杨阿姨交钱时态度要坚决一些，你就说，杨阿姨，你不收我的钱，我以后就不来你这儿吃饭了！

第二天下午，向秀玉下班回到家，喜莲一见她就哭了，哭得很伤心的样子，一边哭，一边说，妈妈，妈妈，我明天不去外边买饭吃了，中午我不用吃饭了。

向秀玉一听就知道，喜莲又没有把钱交出去，她说，好了，别哭了，小孩子总是拗不过大人，这事儿也不能全怪你。擦擦泪，写作业去吧，我去找你杨阿姨。

去找杨旗之前，向秀玉重新梳了头，洗了脸，换上了一件白色的外套。她在装煤楼上班，一天到晚跟煤打交道，跟矿工在井下采煤差不多，弄得身上脸上都是黑的。每天下班后，她来到矿上的女工澡堂，把自己洗得干干净净。煤里有油分，沾在皮肤上很难清洗，特别是眼圈儿、鼻洼儿和鼻孔，稍不仔细，就会留下煤的印迹。她总是洗了又洗，把小拇指伸进鼻孔里，连鼻孔都洗得一尘不染。家里的顶梁柱倒了，她得把责任接过来，把这个家支撑起来。丈夫走了，她的心气儿不能散，更不能撤，得打起十二分的精神，笑着面对生活面对未来。她对着镜子，还把项链戴上了。丈夫曾是矿上的劳动模范，有一年矿上组织劳动模范到海滨疗养，丈夫回来时就给她买了这串项链。项链是用珍珠穿成的，每一粒珍珠都闪耀着晶莹的光辉。

来到杨旗的面馆，向秀玉见杨旗一个人忙上忙下，顾不上收拾放在餐桌上的饭碗，暂没提还钱的事，先替杨旗收拾碗筷，擦桌子。

杨旗说，秀玉，你别动手了，看你穿得周吴郑王的，像赴宴一样，把你的衣服弄脏了怎么办！

向秀玉说，什么像赴宴的，我就是来赴宴的。你不请我，我只好自己来。

你帮我干活儿，我怎么给你开工资呢？

杨姐的生意这么好，你给我一个金马驹子，我也不反对。向秀玉看见了，来面馆吃饭的人不少，座位都坐满了。后来的人没空位可坐，就站在那里等座位。矿街上的饭店不算少，他们为啥非要吃这一口呢！

杨旗说，我正想找你跟你说呢，我看你别去拣矸石了，成天煤一身汗一身的，也挣不了多少钱。你过来给我打下手吧，姐保证让你比在装煤楼上拣石头挣得多。拣石头又不是拣元宝，有什么可拣的呢!

向秀玉说,我就是一个拣石头的命,你让我拣元宝,我还不敢呢!她把碗筷收拾到一个大盆子里,接着就用清水清洗。把一批碗筷洗干净,她才把六块钱掏出来,说,这是我女儿这两天在这里吃饭的钱,请杨姐收下。

杨旗一见向秀玉掏钱就急眼了,她一急眼,眼泪就在眼里打转转,她说,秀玉妹子,你不能这样,你要是跟姐分这么清,姐就不理你了。

向秀玉说,杨姐你得理解我,我不能让孩子惯下毛病。

杨旗说,咱两个,你是谁,我是谁?你的孩子就是我的孩子。自家孩子在这里吃碗面条,我让孩子花钱,我还有一点人心嘛!别的我不说,谁让咱姐妹是一样的命呢!

当着饭馆那么多人,向秀玉没让杨姐说下去。杨姐的丈夫和向秀玉的丈夫是同一场事故中遇难的,那场事故死了八十多人。提起那场突如其来的事故,向秀玉担心,她们都管不住自己的情绪。向秀玉硬起心肠,把钱放在杨姐面前的灶台上,说,杨姐,孩子的路还长,我不能跟她一辈子。我想让她从小就能够自强,能像别的孩子一样过正常的生活,不能让孩子成为例外,变成可怜虫。这六块钱,你一定得收下。你要是收下,我明天还让孩子来你这里吃饭,你要是不收,我再也不会让孩子到你这里吃饭了。

杨旗只得妥协,说好好好,这个钱我收下。明天一定还让孩子过来吃饭啊。我这个妹子哟,真是个一根筋哪!

喜莲再去清汤面馆吃饭时,杨阿姨倒是没有拒绝收她的钱,但她给喜莲下面时,另外加了一个荷包蛋,埋在了面条下面。喜莲用筷子一挑面条,白生生的荷包蛋扑棱就跳了出来。喜莲知道杨阿姨是额外照顾她,样子有些为难,她说,杨阿姨,我不爱吃鸡蛋。

杨阿姨走过来小声对她说,傻孩子,你正是长身体的时候,吃鸡蛋会增加营养。赶快吃了吧。

喜莲说,我真的不爱吃鸡蛋。喜莲把面条吃完了,把清汤喝干净了,独独把荷包蛋留在了碗里。

晚上见到妈妈,喜莲对妈妈说,杨阿姨在面条碗里给我卧了一个荷包蛋。

妈妈问,你吃了吗?

喜莲说,我没吃。别人碗里都没有荷包蛋,只有我自己碗里有荷包蛋,我不能吃。

妈妈有些感动,说,不吃是对的,喜莲真懂事,真是我的好孩子。

喜莲提出,她明天中午不去杨姨的面馆吃饭了,她一去吃饭,杨阿姨老是看着她,别的吃饭的人也光看她,看得她头都不敢抬。

妈妈同意了。妈妈给了喜莲五块钱,建议喜莲到另一家羊肉烩面馆去吃烩面,一碗烩面五块钱。

中午放学后,喜莲没有去吃羊肉烩面。烩面五块钱一碗,她觉得太贵了。她去一家卖馄饨的小饭店,花两块钱买一碗馄饨,再花五毛钱买一个火烧,就吃饱了。这样,妈妈给她的钱可以省下一半,五块钱够她吃两天的。

喜莲把省下的钱拿给妈妈看。妈妈问她中午吃饱了吗,她说吃饱了,吃得挺饱的。妈妈要她一定要吃饱,不要想着为家里省钱。

喜莲说,有的同学中午不好好吃饭,只啃一包方便面。

妈妈说,干啃方便面不好,方便面里没什么营养,里面还有防腐剂。

喜莲说,妈,你中午也不能光吃凉饭,得把饭热一热再吃才好。

妈妈心中的热浪翻了一下,说,你不用管我,管好你自己就行了。

一天晚上,杨旗找到向秀玉家里来了,她进门就说,秀玉,我错了，你骂我吧！

向秀玉说，没什么，孩子不过是想换换口味。就算你做的清汤面再好吃，孩子也不能天天中午吃面条吧。

杨旗说，还是让孩子到我那里吃饭吧，我不少收孩子一分钱还不行吗，我再也不给孩子碗里打鸡蛋了还不行吗？孩子再不去我那里吃饭，说不定哪一天我的面馆就停办了。

向秀玉问，这话怎么说的，有谁为难你了吗？

杨旗说，不是有谁为难我，是人家对我太好了，我有点受不了。杨旗随口举了几个例子。有一个人吃了一碗面，给了她十块钱。她正低头在钱盒里给人家找钱，人家摆摆手就走了，喊都喊不回来。还有一个人吃了一碗面，一下给了她一百块钱。那人管她叫嫂子，不让她找钱，说一百块钱预存在嫂子账上，他还会来吃面，吃一次，嫂子扣除一次就是了。可是，好多天过去了，那个叫她嫂子的人再也没到面馆露面。她一开始每天和十斤面，不够卖。后来每天和三十斤面，还是不够卖。现在她才明白了，那么多人到她的面馆吃饭，不是因为清汤面有多好吃，是矿上的人在抬她的生意。杨旗说，再这样下去，我得欠矿上的那些弟兄们多少情啊！

向秀玉没有说话，她一手捂嘴，转过脸去，眼泪漉漉地流了下来。

杨旗说，秀玉，我的面馆不能再开了，你跟矿上装煤楼的领导说说，我跟你一块儿去拣矸石得了。

向秀玉轻轻摇摇头，还是没有说出话来。

2013年10月1日至10月3日（国庆节期间）于北京和平里

生人

华学敏在徐州中国矿业大学完成本科学业，到北京某国家部门参加了工作。工作三年之后，一位京生京长的姑娘，成了他的老婆。

信息传到华学敏的老家，村里人都觉得这事情了不得，不得了。北京，在以前那可是皇城。在皇城里出生的姑娘，恐怕跟皇姑也差不多。娶了"皇姑"做老婆的人，不是成了"驸马爷"嘛！华学敏的父亲在村里民办小学当过老师，乡亲们习惯叫他华老师，有人说，华老师，你就等着抱北京的孙子吧，你可是北京人的爷呀！华老师咦了一下，说不敢不敢，不着急。又说，两个孩子工作忙，工作要紧，一切为工作让路。

华学敏的老婆叫白燕明，原是机关办公室的一名打字员。她当打字员那会儿，使用的还是那种老式的打字机，啪哒啪哒往卷在滚筒上的蓝色蜡纸上打字。打字的工作机械、单调，让白燕明不胜其烦，要是捏着打字机的手柄打一辈子汉字，他姥姥的，那可惨到家了。情况还算不错，过了没多久，就有了电脑，人们开始用电脑打字。用电脑打字比用打字机打字方便多了，可以用五笔，也可以用拼音，一个指头或几个指头，捣巴捣巴就会了，人人都可以上手。不管什么技术，一旦普及，就不算技术了。好比人人都会吃饭、穿衣，那还叫什么技术呢！白燕明及时扔掉了打字员的帽子，调到一家新成立的报社，当上了一名收发员。报社作为信息吞吐单位，来往信件当然很多。报社专门为白燕明配备了一只大提包，她每天都能从部机关总收发室那里提回一提包报纸和信件。白燕明像邮局的分拣员那样，对取回的报纸、信件做二次分拣，然后一一送给总编、副总编和各部室。有人问白燕明在哪里高就？她说在报社。一般理解，在报社工作，不是编辑，就是记者。白燕明一说她在报社工作，人家就把她当成了编辑或记者。白燕明没有否认别人对她的理解，说嘿，凑合活着吧！一副很谦虚、很低调的样子。

白燕明和华学敏结婚时，男的二十六岁，女的二十五岁，不算早婚，也不算晚婚，算正当其时吧。从生孩子的角度看，两个人都处在最佳生育期。可白燕明的态度是，三年之内她不打算生孩子。说出这样的打算时，白燕明的态度显得十分坚决，像是一"妇"当关，万夫莫开。华学敏的态度不是很明确，或者说有些暧昧，他说，顺其自然吧！

什么叫顺其自然？你给我说清楚！两条长胳膊正吊在华学敏脖子里的白燕明，把华学敏松开了。

好歹你也是读过高中的人，难道连顺其自然都不懂吗？

不懂，怎么啦？我没你学问大，行了吧！我要是什么都懂，要你干什么！

华学敏只好给白燕明解释，刮风，下雨，就是自然。风来了，雨来了，谁都挡不住，只能顺着风，顺着雨，就是顺其自然。

我要是不顺其自然呢，刮风，我穿上风衣；下雨，我打上雨伞，自然能把我怎么样！

自然不能把你怎么样，你也不能把自然怎么样，风该刮，照样刮；雨该下，照样下。

那，刮风下雨跟生孩子有什么关系呢？

关系是有的，就算你下雨天打着雨伞，风一吹，个别雨点也会溅到你身上，你就可能会怀孕。

白燕明笑了，说你别逗了，要是雨点溅到我身上我就会怀孕，我不知道怀过多少次孕了。

我的话只是一个比喻，我的意思是说，咱不急着要孩子，万一怀上了呢，咱就把他生下来。

那不行，要生你自己生，我不生！我还没玩儿够呢，我妈说我自己还是一个孩子呢，自己还管不好自己呢，生什么孩子！

这个你不用发愁，要是你不想看孩子，到时候让我妈来，帮咱们照看。

白燕明把华学敏推了一下，说华学敏，你少给我提你们家的人，我知道你爸你妈急着要孙子，急着把我变成你们华家的生殖机器，没门儿！

白燕明喜欢去歌厅唱歌，还喜欢去舞厅跳舞。因天赋条件有限，她唱歌唱得不怎么样，该拔高的时候老是拔不上去。而她跳舞跳得不错，每次跳舞都能吸引不少艳羡的目光。白燕明最喜欢、最拿手的是独舞，跳迪斯科。她腿长，腰长，胳膊长，脖子长，外加头发长，跳起来如风中的小白杨一样修长、漂亮。她知道自己的长处所在，长了还要长。跳着跳着，她会将双手高高举起，指尖搭成敦煌壁画的飞天舞蹈那样，扭动着腰肢矮下去，矮下去。她矮下去的目的，是为了展现从低到高的优美过程。矮到一定程度，她伴随着快节奏的舞曲，开始大幅度扭动身体，由矮里往高处长。在多彩的、闪烁的、变幻的旋转灯光和激光灯光照耀下，白燕明简直就像是一条在水中游动的美女蛇，酷极了，妖冶极了！这里那里传出喝彩声：好！够浪！够味儿！

华学敏也喜欢看白燕明跳舞，白燕明每次去舞厅跳舞，他都愿意跟白燕明一块儿去。当白燕明把自己跳成一条"美女蛇"时，华学敏看得甚至有些怀疑：这个挺不错的女人是我老婆吗？为了打消自己的怀疑，每次跳完舞回到家，华学敏都急于做那件事。那件事是好事，白燕明也不拒绝。但白燕明提出一个前提，要求华学敏必须提前把保险套儿戴上。白燕明不说保险套儿，她有时说成"气球儿"，有时说成"紧箍咒儿"，说去，先把"气球儿"戴上！或者说去，先把"紧箍咒儿"戴上。华学敏总是有些磨叽，说一开始不必戴。白燕明说绝对不可以。她说你戴不戴？不戴拉倒！

华学敏可不愿拉倒，他说好好好，戴戴戴。

为了证实白燕明的确是自己的老婆，华学敏这晚在白燕明身上还问，请问这位美女，你是我老婆吗？

你说呢？

我不说，就让你说。

白燕明的回答是：我不是你老婆。

不是我老婆，那你是谁的老婆？

我是狗的老婆。

华学敏高兴得癫狂了几下，说，能娶到这样一个老婆，当狗也风流。

我要是怀了孕，你还能这样吗？还能当狗吗？

不能。

我要是腆着个肚子，还能去舞厅跳舞吗？还能保持这么好的身材吗？

但是……

但是是个蛋，还是个臭蛋，你少跟我玩儿这个。

华学敏在"但是"后面本来想说，孩子总是要生的，生完了孩子，好身材还可以恢复。白燕明不爱听"但是"，他就不说了，他说好老婆，你不会对我念紧箍咒吧，你是要念紧箍咒，我会很疼的。

就念。白燕明把紧箍咒紧了一下。

哎呀，疼死我了！

白燕明把紧箍咒念得更快些，一箍接一箍。

华学敏装作受疼不过，说师父师父，别念了，疼死徒儿了，徒儿再也不敢了！

疼死你个臭猴子，看你今后还调皮不调皮！

尽管白燕明防范严密，每次都让华学敏戴"紧箍咒"，一年多之后，白燕明还是怀了孕。当白燕明到医院证实自己确实怀了孕，把一切责任都推到华学敏头上，把华学敏埋怨得鼻子不是鼻子，脸不是脸，说，都怨你，都怨你！

老婆怀了孕，华学敏内心深处是高兴的，这表明他们的生命得到了真正的结合，并将孕育出新的生命。可华学敏的高兴一点儿都不敢表现出来，好像一切都很意外。按白燕明的另一个说法，他把保险套说成了气球，说他反正每次都把气球戴得好好的。

那你的东西是怎么钻出来的？是不是你偷偷用大头针在气球上扎了眼儿？你必须老实交代！

华学敏的表情严肃起来，说燕明，咱俩认识好几年了，结婚也一年多了，你这样说话，说明你对我还是不了解。我历来主张，做人要诚实，行为要端正，我怎么会做那种偷偷摸摸的小动作呢！你这样说简直就是对我的诬蔑，我万万不能接受。

那是怎么回事，难道是孙悟空搞的鬼？

华学敏像是想了一下，说：我认为不排除产品质量有问题。现在很多产品都有掺假，谁能保证保险套儿只只都是合格产品呢！一百只保险套儿里如果有一只是冒牌货，那就不保险了。

对于华学敏这样的判断，白燕明没有提出异议。他们使用的保险套儿都是单位免费提供的，每逢节假日前夕，两个人所在单位管计划生育的人，就把保险套成盒成盒地发给他们，足够他们用的。便宜没好货，不要钱的货恐怕更值得怀疑。白燕明问华学敏，那怎么办呢？

华学敏说，我的意见是，既来之，则安之。

讨厌，你跟我说话，能不能不转文！

华学敏否认他跟白燕明转了文，说，我认为这是天意。

还说不转文，这不是转文是什么！虚头巴脑的，跟姑奶奶显摆你的学问大是不是！

华学敏把一根指头竖在嘴前嘘了一下，提醒白燕明说话小声点儿，别让爸爸妈妈听见。入冬后，北京开始供暖，华学敏让他的爸爸妈妈到北京来了。他们家的房子是华学敏的单位分给华学敏的，只有一室一厅。华学敏本来安排二位老人睡在客厅的折叠沙发上，因白燕明每天在客厅里看电视剧看到很晚，而二位老人的生活习惯是早睡早起，为了不影响儿媳看电视剧，华爸爸就提出到阳台上去睡。华学敏拗不过当过老师的爸爸，只得临时买了一张钢丝折叠床，把爸爸妈妈安置在阳台上。华学敏之所以不想让爸爸妈妈听见他和白燕明的对话，是暂时不想让二位老人知道白燕明怀了孕。不知道白燕明怀孕时，爸爸妈妈已对白燕明宠得不成样子，要是知道白燕明怀上了他们的孙子，还不得把白燕明当神仙敬。关键的问题还在于，在结婚之后三年内，白燕明不打算要孩子，现在虽说白燕明怀了孕，但身孕能不能保住还很难说。从白燕明以往玩儿心很大的态度判断，保住身孕的可能性很小。倘若爸妈知道白燕明怀孕了，还没来得及高兴呢，白燕明又把身孕流掉了，对二老的打击不知有多严重呢！

白燕明不但没有把声音放小，反而加大了音量，她说，我从来不会小声说话，谁爱听见谁听见！

明明，我的小姑奶奶，你听我慢慢跟你说好不好！我说的天意，不是人的意思，是老天爷的意思。咱们还不想要孩子呢，是老天爷认为咱们该要孩子了，你该当妈妈了，就给咱们送来了一个孩子。你知道吗，老天爷送来的可是天使呀，天使来了，谁都不能拒绝。

你蒙我的吧？

我亲爱的老婆，我怎么会舍得蒙你呢，你是谁，我是谁，你是天使的妈妈，我就是天使的爸爸呀！

我明白了，你的意思是让我把孩子怀到底，生下来，对不对？

我老婆就是聪明，一点就透。

白燕明冷笑了一下，又冷笑了一下，说什么天使地使，你少跟我来这一套，那是不可能的。她和一家整容医院约好了，下周就去那家聘有外国整容医师的医院做整容。她这次整容的项目是把下巴颏儿加长一些。她的几个要好的女同事一致认为，她的身体哪里都长，只是下巴颏儿梢短那么一点点，倘若把下巴颏儿适当加长一些，那就更加协调、更加完美，变成无可挑剔的大美女。到时去京城之冠摄影楼做一套写真集，恐怕这明星那名模都得被她比下去。白燕明反复去医院咨询过了，人家告诉她，手术挺简单的，只把下巴里侧拉一个小口儿，装进一个用特殊材料做成的柔性下巴，再把小口儿缝合就完了。手术全部完成后，一点手术的痕迹都不露，只见下巴大大改观。白燕明对整容后的面貌已经有了美好的想象，并与整容医院约好了做手术的时间，现在肚子里怀了孕，不知整容手术还能不能做。要是她正在手术台上，医师正给做手术，她的妊娠反应上来，又是呕又是吐的，那该如何是好！还有，她的下巴加长了，手术成功了，她的肚子却大了起来，那叫什么形象！这样想着，白燕明突然变得狂躁起来，她骂了一些脏字儿，说，没法儿活了，我不活了，我去死了算啦！说着双手狠狠抓住华学敏的胳膊，歇斯底里似的长啊了一声。

睡在阳台上的华爸华妈，都被白燕明的叫声惊醒了。因折叠床又窄又小，老两口儿只能一人睡一头儿。华妈问华爸，你听见了吗？

华爸没有说话。

华妈只好用脚趾动了动华爸的耳朵，说，你就睡那么死吗？

三更半夜的，不好好睡觉，你乱动什么！

刚才我听见有人叫了一声，我听着怎么像咱家燕明的声音呢？孩子没什么事吧？

华爸睡觉很轻，窗外的风吹起一只塑料袋子，他都听得见，何况白燕明发出的那么大的叫声呢。可华爸却说，他没听见什么声音，让老伴儿闭上眼睛闭上耳朵好好睡觉吧，不要操那么多心。

我睡不着。我看咱们的儿媳好像是怀孕了。

你怎么知道的？

谁像你们这些男人，成天价吃热不管凉，吃凉不管酸。女人对女人总是更知道一些，我一看燕明的脸色，一看她吃啥啥不香的样子，就约莫着她可能怀孕了。

噢，你只是约莫着，那是不科学的。

不约莫怎么着，我又不能摸她的肚子。我约莫也能约莫个八九不离十。华妈说着，长出了一口气，又说，咱们的孙子，一定跟爷爷奶奶亲。

这话从何说起？

你想啊，两个孩子结婚都一年多了，咱们不来北京的时候，孙子老也不来。咱们刚来北京，孙子跟着就来了，这不是跟咱们亲是什么！

八字还没有一撇呢，你不要老是说孙子，孙子，要是来个孙女儿怎么办呢？

孙女儿也是孙子辈,来个孙女儿我也喜欢。不像你,老脑筋。

窗外刮起一阵风,把窗玻璃刮得抖索着响起来。有一个窗户缝关不严,寒风从窗缝儿透了进来。阳台上没有暖气片,不能抵御寒风。头发细的缝儿透进门板大的风,寒风很快在阳台上扩散开来。华爸把华妈的两只脚握了握,拉得靠近自己的身体,并把被口掖得严实一些,说,这个事儿你最好不要问孩子。

为啥?这不是好事儿吗?

好事儿是好事儿,你还是别问好一些。现在的孩子都是有思想的人,有些事情他们想跟你说,你就听着;他们要是不想跟你说,你问了,他们会不高兴。

我不问燕明,问问学敏还不行吗?

学敏也不一定了解情况。

看你这话说得,我怀孩子的时候,你能说你不了解情况吗?

你老说那时候,现在跟那时候能一样嘛!那时候你们家生了八个孩子,我们家生了六个孩子,现在能生那么多孩子吗?不能吧!

华妈还是不服,说羊生羊,人生人,这都是老天爷安排下的事儿。羊生羊该生多少还生多少,人生人倒成了难事儿。

天还不亮,楼下的清洁工刚开始清理垃圾桶,老两口儿就起床了,轻手轻脚地在厨房里做早饭。儿子和儿媳都习惯睡懒觉,每天早上都有工作赶着,再不起床就要耽误上班,才不得不起床。他们起床后,从来不做早饭,或是上班路上买点什么垫补垫补,或干脆什么都不吃。老两口儿来到北京后,天天给小两口儿做早饭。干的有时蒸馍,有时蒸包子,有时煎面糊饼;稀的有时熬大米粥,有时熬小米粥,有时打红薯稀饭。不管爸妈做什么饭,华学敏都爱吃,都能吃出老家的味道。白燕明就不行了,她还是愿意吃北京风味的早点。这好办,华爸就每天早上到街上给白燕明买早点,每天都不重样。如果昨天买了炒肝儿和小笼包儿，今天就买豆浆和油条。去买炒肝儿和豆浆时，华爸都是端口小锅出去，买了东西就赶快把锅盖儿盖上，以免东西着凉。这天早上，华爸给白燕明买的早点又换了样，干的是糖油饼，稀的是豆腐脑。早饭在客厅里摆上了桌，华学敏也坐到了桌边，白燕明还在卫生间里没出来，正蹲在马桶上抽烟。他们家华爸和华学敏都不抽烟，只有白燕明抽烟。白燕明抽的是细细的女士烟，烟味不是很呛。华学敏隔着卫生间的推拉门对白燕明说，爸今天给你买的是糖油饼和豆腐脑儿，快出来吃吧。

白燕明说，你们先吃吧，我不饿。

不着急，我们等你。

白燕明干呕了几声。

华爸华妈互相看了一眼，又一同把目光转移到华学敏的脸上。

华学敏觉得爸妈的目光在读他，似乎要从他脸上读出某种内容。他是爸妈的"作品"不假，但他不想让爸妈再读他，遂把眼皮塌下了。他说，咱们先吃吧。

华爸说，还是等等燕明吧。又说，你想先吃你吃，趁热。

华学敏端起爸妈熬的红薯花生稀饭喝起来。

等到白燕明从卫生间出来，又从卧室里出来，她已经化好了妆，穿上了羽绒服，围上了羊绒围巾，并提上了提包，是准备出门上班的样子。

华爸华妈都有些诧异，不知道昨天晚上到底发生了什么事。华爸说，燕明，吃了饭再去上班吧。我听学敏说你喜欢吃糖油饼，就让人家给你炸了糖油饼。

白燕明笑了一下，说，谢谢爸！我今天真的不饿，真的不想吃。拜拜！白燕明摆摆手，只管出门去了。

华爸问华学敏，燕明怎么了？

怎么也不怎么，别管她！华学敏推开饭碗，也上班去了。

华学敏和白燕明中午都是在单位食堂吃饭，中午在家吃饭的只剩下老两口儿。老两口儿对午饭一点儿都不重视，他们的意思，吃也可以，不吃也可以。吃也就是吃点剩饭，应付一下自己，也是避免剩饭浪费。这天中午，他们两个心事重重，连剩饭也不想吃。白燕明不吃早饭就走了，显然有些不正常。至于为什么不正常，他们无论如何都想不明白。世界变化快，年轻人的变化也快，谁知道如今的年轻人是咋想的呢！拿怀孕来说，以前谁怀孕了，说是有喜了。有喜带来的是喜讯，一人有喜，全家都欢喜。从白燕明早上的表现看，老两口儿进一步得出判断，他们的儿媳确实像是有喜的样子。然而，儿媳的表现不是喜，像是烦，是忧。儿媳不欢喜，他们暂时也不敢欢喜，只能把欢喜压抑着。

午饭他们可以不吃，晚饭是要准备的，因为两个孩子回家吃晚饭。晚饭做什么，他们颇有些犯难。他们想炖鸡，烧鱼，给儿媳增加点儿营养，可又不敢。儿媳为了保持身材的苗条，晚饭从来不沾荤腥，只吃一点点素食。商量来，商量去，他们顺着儿媳的口味，最后选择了包饺子，包韭菜鸡蛋馅儿的素饺子。

买韭菜，炒鸡蛋，和面，拌馅儿，老两口儿从半下午就开始忙活。他们像在老家时合作一样，华妈擀皮，华爸包馅儿。离两个孩子下班还有一个多钟头，他们就把饺子全部包好了，整整齐齐地排列在他们从老家带来的用高粱莛子做成的盖板上，单等孩子一进家，他们就往锅里下饺子。

儿子按时回来了，儿媳没有回来。儿子说，别等燕明了，她今天不回来了。

闻听此言，华爸华妈不再是诧异，简直有些吃惊，他们望着儿子，一时连为什么都忘了问。

儿子解释说，燕明回她家看她爸她妈去了，她两周都没回去了。

燕明的爸爸妈妈只有燕明这么一个女儿，她回去看望爸爸妈妈也是应该的。华爸对燕明回娘家表示理解。但他又说，你妈为燕明包了素馅儿的饺子，燕明不回来吃饭，你应该提前跟我们说一声。

我一忙，就忘了。实际情况是，白燕明临下班时才给华学敏打了个电话，告诉他要到爸爸妈妈家里去。华学敏为白燕明打了掩护，把责任揽到了自己身上。

吃饭期间，华妈没有管住自己，还是问了一句，燕明是不是怀孕了？

华学敏嘴里正吃着一个饺子，他把饺子咽下去才说，可能吧。

可能是咋说？你带燕明去医院检查了吗？你这孩子，我看你对燕明一点儿都不关心！

华爸对华妈说，你不要着急嘛，听孩子说嘛！说着冲华妈皱了一下眉头。

你让我说什么？华学敏的眉头也皱起来。

你想说什么，就说什么，说说你们的打算也可以。

我们没什么打算。燕明说，三年之内她不打算要孩子。

华爸拿出了当老师的派头，脸上变得难看起来，他说华学敏，你不要老是强调燕明怎么说，作为一个丈夫，你就不能在家里发挥一点儿主导作用吗？

你这个观点我不同意，都什么时代了，你还抱着老皇历不放，还在奉行大男子主义。现在的夫妻关系是平等的，谁能主导谁呢！

夫妻平等我赞成，依我看你们的夫妻关系并不平等，是白燕明在主导你，你承认不承认？

华学敏当然不会承认，他拧了一下脖子，站起来到自己的卧室去了，并关上了房门。

白燕明回娘家，去了一周，两周，三周，都没有回来。其间华学敏到岳父岳母家去了两次，仍没有把白燕明接回来。直到第四周，白燕明才回来了。这时的白燕明已把肚子里的孩子流掉了，却把自己的下巴颏儿加长了。做了整容手术的白燕明，自我感觉不错，愿意一遍又一遍照镜子，还愿意逮谁跟谁笑。她笑的目的，是希望别人注意到她面貌的改观。

在床上，白燕明接受了上次怀孕的教训，对华学敏的防范更加严格。在使用"气球"前，她让华学敏当面把"气球"吹一吹，检查一下"气球"是否漏气。华学敏取出一个"气球"吹饱了，饱得像一根黄瓜一样。白燕明让他再吹。华学敏把"气球"又吹了几口，吹得像一个茄子一样。白燕明还嫌"气球"不够大，让华学敏再吹，再吹。直到华学敏把"气球"吹得差不多像一个冬瓜，再吹就有可能爆炸，白燕明才说，就这样吧。不过她还让华学敏捏紧"气球"的口别撒手，确认"冬瓜"不会变小，等一会儿再撒手不迟。等白燕明宣布可以了时，华学敏一撒手，可笑的一幕出现了，由于"气球"快速收缩所产生的喷气作用，推动有着生殖器形状的"气球"打着吐噜向高处飞去，飞到房顶的吸顶灯那里，才落了下来。"气球"变成了飞行器，让白燕明觉得太神奇了，太美妙了，太好玩儿了，她乐得直拍床铺。她小时候也偷偷拿爸爸妈妈的保险套儿当"气球"玩过，但从没有玩出这样的效果。她让华学敏再飞一个。按照白燕明的要求，华学敏这次把"气球"吹得更大，让"气球"飞得更高。白燕明乐得嘎嘎的，说乐死我了！

华爸华妈都听到了白燕明的笑声，他们不明白白燕明为何如此高兴。他们的孙子眼看着就要来了，还没来得及高兴，他们的孙子就没有了，不知到哪里去了。好像生命走到了尽头，他们觉得一点儿盼头都没有了，别提多失望了。窗外下起了雪，映得阳台上白花花的。华妈身上哆嗦了一下，说，他爸，我有点儿冷。

华爸说，你要是嫌冷，就到我这头儿来睡吧，我帮你暖暖。

华妈没有到华爸那头儿去睡，她说，我连想死的心都有。说着轻轻哭泣起来。

华爸劝妻子说，你不用这样悲观，孩子又没说不要孩子，他们只是晚点儿要而已。见劝不住妻子，他又说，你要是实在不想在这儿住，咱就回去过年。

再过几天就是农历的小年，华爸此时提出带妻子回家，显然带有赌气的性质。但他对华学敏的解释是：果果想姥姥了，哭着喊着要到北京找她姥姥。果果来，你姐就得来，来了又要给你们添麻烦。他们来，还不如我们回去。华爸华妈一共生有两个孩子，一个闺女，一个儿子。华爸所说的果果，是他们的外孙女。华学敏心中明白爸爸妈妈要回老家的真正理由，无非是想抱孙子没抱成呗。一代人有一代人的难处，老一辈人哪能理解新一辈人的难处呢！两位老人执意要回老家，华学敏知道留也留不住，就随他们去吧。

白燕明问华爸，你们不是说好在这儿过春节吗，怎么说走就走呢？

华爸说，不过了。

我听说老家挺冷的。

老家再冷也没有北京冷。

老两口回到老家，村里有人问，华老师，怎么不在北京过年呢？

华老师的解释是：北京没有熟人，不热闹，不如在家里过年热闹。

怎么样，有孙子了没有？

快了，儿媳妇已经怀上了。

那好，那好！

回头再说北京的小两口儿。每次房事前，白燕明都让华学敏吹"气球",这让华学敏觉得有些麻烦,也多少有失一个男人的尊严,他提出让白燕明吃避孕药。白燕明不干,说还没怎么着呢,先吃药,太麻烦了!

你麻烦我就不麻烦嘛,每次把我的腮帮子都吹疼了。

白燕明乐了一下。

还好意思笑,你不要太以自我为中心!

我怎么以自我为中心了?你不是说过我就是你的中心嘛!怎么,变卦啦?

你再这样我就不干了!

不干正好,我正想当单身贵族呢!

就你,还想当贵族,八竿子都打不到你,可笑!

听你的口气,你是不是想找小三儿呀?

无可奉告!

僵持了两天,这次白燕明做出了让步。她不是吃避孕药,是到医院妇产科让人家往她子宫里放了一个节育环。这下问题解决了,因节育环占据了子宫的中心位置,先入为主,后来者谁都进不去了。也就是说,不管华学敏和白燕明如何可劲儿折腾,白燕明都不会怀孕了。

白燕明说的是结婚三年之内不要孩子,三年过去了,四年、五年、六年也过去了,他们还没有生孩子。到了他们结婚后的第七年,两个人都超过了三十岁。华学敏问白燕明,怎么样,玩儿够了吧?

你啥意思?这不是挺好的嘛!

已当上副处长的华学敏说,好个屁!再不生孩子,你就废了,连狗都嫌你!

白燕明嘻嘻乐,说干脆,咱们养只狗吧!

扯淡!少跟我提狗,谁提养狗我跟谁急!

白燕明去医院把避孕环取了出来，给未来的孩子腾出了位置。华学敏鼓足干劲，甚是勤奋。白燕明也积极配合，做的是全盘接收的样子。然而，他们耕耘了一年多，播种也播了一年多，竟没有一点儿收获。有说只管耕耘，不问收获。但耕耘毕竟是为了收获，如果老是耕耘，不见收获，恐怕耕耘者的积极性也难以维持。华学敏问白燕明，怎么回事？

你问我，我还问你呢！

华学敏建议白燕明去医院检查一下。

白燕明对自己的身体充满自信，不愿去医院检查。

华学敏一字一句对白燕明说，你必须去！

不就一个副处长嘛，你牛什么牛！

华学敏带白燕明到医院一检查，两个人都有些傻眼。检查的结果表明，白燕明子宫内部发生了病变，长了别的东西，怀孩子是不可能了。换句话说，地，还是那块地，以前可以长庄稼，现在完全荒漠化了，别说长庄稼，连草都不会长了。

华学敏不愿回家了，称要加班，就住在了办公室。或以到基层调查研究的名义，住在外地。

白燕明的爸爸妈妈也知道了女儿的情况，为了安慰女儿，他们送给女儿一样礼物，一只金毛狗。金毛狗是大型狗，在家里比一个小伙子还要占地方。白燕明忘了华学敏一贯反对在家里养狗，她给华学敏又是发短信，又是打电话，说金毛狗挺可爱的，你回来看看嘛！

华学敏的答复是：我看以后你就跟你的狗过吧！

什么意思，你是要离婚吗？

这可是你先说出来的。

让华学敏没想到的是，白燕明对他一点儿都不留恋，说离就离，现在谁离开谁都能过。她举了报社几个老姑娘的例子，说人家每个人都过得挺好的。白燕明开出的条件是：把房子和房子里的东西全部给我留下，你净身出户！

华学敏也很爽快，说好，一言为定，明天咱就去签离婚协议，办离婚手续。

离婚后，华学敏拿出自己小金库里的积蓄，又贷了一部分款，很快买了一套二居室。他的目标是，尽快找一个新的老婆，让老婆给他生孩子。爸爸已经去世了，爸爸去世前对他说的一句话让他痛心不已，也自责不已。爸爸说的是：华学敏，你不孝！他在爸爸面前落的是不孝，不能再让妈妈说他不孝。房子是他的资产优势，副处级升为正处级，是他的地位优势，加上北京不缺女性资源，找一个新老婆应该不成问题。

为了适应新形势，华学敏采取了新的策略。他不急于和任何一位女性办结婚登记手续，先试验一下再说。这种办法类似先尝后买，尝了也不一定买。华学敏的目的很明确，试婚对象不论高低，不管胖瘦，谁怀了他的种，他就跟谁结婚。遗憾的是，华学敏试了一个又一个，其中有没结过婚的，有结过婚的，还有生过孩子的，没有一个试婚对象的子宫因他的努力而大起来。这是怎么回事，难道自己的生殖能力出了问题？只想到一点点，华学敏就不敢再想。他还要继续试下去。

2015年12月18日至2016年元月2日（跨年度）
于北京和平里（期间去了深圳和大屯煤矿）
（载《北京文学》2016年第9期）

醉酒之后

　　酒为粮食精，酒既有物质性，也有精神性。只看重酒的物质性的饮者不是很多，人们重视的往往是酒的精神性内涵。举杯邀明月也好，斗酒诗百篇也好，表现的都是酒对人类精神的提升作用，说明人喝酒与不喝酒精神的确不在同一个层面。

　　不是每个人都能享受酒的精神作用。有的一家几口，过节连一瓶啤酒都喝不完。还有的人高马大的男人，别说让他喝酒了，他只在酒席上坐一会儿，弥散的酒分子就能把他熏得面红耳赤，醉眼蒙眬。有人说这是缺乏锻炼所致，其实不是的，这是先天的因素决定的。有人天生能喝酒，十杯八杯不当一回事儿。也有人生来就缺乏对酒的抵抗和消解能力，后天再怎么锻炼都无济于事。

　　项云中之所以喝得一塌糊涂，是因为他对自己不太了解，不知道自己的喝酒水平如何。没有人劝他，是他一个人在宿舍里喝的。他什么下酒菜都没就，连一根黄瓜和一粒花生米都没吃，就那么人嘴对着瓶嘴，一口气喝了小半瓶。他这种喝法，有借酒浇愁的意思，还有一点儿自虐的倾向。喝了酒，他甩掉脚上的旅游鞋，在床上躺下了。人说睡觉如小死，借助酒精的麻醉作用，他打算小死一回。季节到了初秋，傍晚的阳光有些发黄。宿舍门前有一个苹果园，每棵树上都结了不少苹果。苹果还没有发白、发红，不到成熟期。苹果园里有斑鸠在叫，听来像是远古的声音。项云中闭上眼睛，还没有睡着，酒分子迅速变成无数个活跃分子，开始在他的血管里欢呼雀跃起来。活跃分子无处不在，血液到哪里，哪里同时就是它们施展身手的舞台。它们仿佛在喊：我来了，我快乐；我跳舞，我唱歌！项云中本人并没有感到快乐，他没有唱歌。他不但没有快乐感，心底的痛苦和委屈却翻了上来。他虽然也发了声，但肺腑里发出的不是歌声，却是哭声。他哭的声音很大，也很难听，完全可以用号啕来形容。他好像压抑已久，早就想哭，只是没有哭的机会。是酒给了他机会，也给了他勇气，使他终于打开了痛哭的闸门，让哭声奔涌而出，滚滚而下。他的哭声盖过了斑鸠的叫声，斑鸠还以为哪里在打雷，吓得赶紧飞走了。

  项云中所住的那间宿舍，也是他的办公室。办公室隔壁，就是初中二年级的教室。初二只有一个班，项云中既是初二班的语文老师，也是该班的班主任。这天下午的第四节课是自习，上完了自习，同学们就可以放学回家。有同学听见了项老师的哭声，吃惊之余，难免从教室里溜出来，踮起脚尖，往项老师办公室的窗子里看了一眼。有一个同学趴在老师的窗口往里看，接着就有好几个同学挤在窗口往里看。项老师的办公室前面有一个窗子，后面还有一个窗子。前面的窗口挤不进去了，有的同学赶紧跑着绕到后面的窗子，从后面的窗口往屋里看。很快，项老师办公室的前窗后窗都趴满了他的学生，像结了两块很大的蜂团子一样。

  教室前面的墙上有黑板，平日里，项老师的脸板得也像黑板。项老师天天用白粉笔在黑板上写字，黑板有时像是露出了笑脸，可项老师自己很少露笑脸。项老师偶尔笑一下，很快就板了回去，好像笑多了就会失去师道尊严似的。别管如何，同学们总算看见过项老师的笑，可是，谁都没听见过、也没看见过项老师的哭。堂堂的项老师，居然还会哭，这未免太稀罕了吧，也太震撼了吧！

项老师办公室的前后窗都被捷足先登的同学们挤满了，迟到一步的同学，包括那些不善抢槽的女同学，只好挤在老师门外，隔着门板听一听老师的哭声。不料老师的门是虚掩的，同学们前面一挤，后面一拥，竟把老师的门推开，蜂拥到屋里去了。平时，他们到老师的办公室，是要先敲门后喊报告的，这次他们没有敲门，也未及喊报告，就收脚不住，到了老师面前。

对于他们的不讲礼貌，老师顾不上批评他们了，老师还在哭。老师不只是哭，还在诉，挤着眼诉。老师反复喊的像是一个女孩子的名字，哭诉道，太绝情了，太绝情了，你怎么能这样呢！咱们说得好好的，你等我三年，三年后我调到市里，咱们就结婚。这才一年多，你为啥就不理我了呢！我天天想着你、念着你，没有任何对不起你的地方啊！一打电话你不接，再打电话你关机，三打电话你停机，你让我怎么办？我没法儿活了，干脆死了算了……

项老师床头的墙上挂着一幅镶嵌在玻璃镜框里的美女图，那是一个女孩子的艺术写真照片。同学们都看见过这张照片，据说照片上的女孩子是项老师上大学时谈的女朋友。此时，项老师的女朋友没有从镜框里走下来，没有劝项老师别哭。项老师在痛心痛肺地哭，项老师的女朋友却笑模笑样，项老师的哭好像跟她一点儿关系都没有。

一个成年人的哭，一个成年男人的哭，一个当了老师的成年男人的哭，把他的学生们吓着了。同学们都呆呆的，不知怎么办才好。他们没有你看我，我看你，都目不转睛地看着老师。有的女同学眼里含了泪水。好比老师跟他们的家长一样，家长在孩子面前总是很坚强，很少掉眼泪。"家长"突然间哭成这样，"孩子"只有害怕的份儿，只有吓得瑟瑟发抖的份儿。

校长闻讯赶了过来。一进屋，校长就闻到了酒气。校长说，项老师，你喝酒了吧？上着班喝什么酒！这会在学生面前造成很不好的影响。说到学生，校长严厉地对学生们说，都回到教室里去，各就各位，继续上你们的自习！学生们还没有离开，校长又对项老师说，不要再哭了，喝点水，镇静一下，醒醒酒。校长提起暖瓶往茶杯里倒水，暖瓶里空空的，连一滴水都没有。校长把暖瓶递给班长余红霞，说快去食堂打点儿水，不要太烫。

余红霞一路跑着把水打来了，并把不热不凉的温开水倒进茶杯里。

校长把项老师拉得坐起来，把水杯放在项老师嘴边，说，项老师，来，喝点儿水，喝点儿水就好了。

不喝，不喝，我就是想不通！项老师一把推开了校长手中的茶杯，推得茶杯中的水激荡出来，洒在了床上。

项老师说了不喝水，却伸手去抓桌上的墨水瓶。那是一瓶红墨水，是项老师批改作业时用的。墨水还有多半瓶，瓶口没有盖瓶盖儿。他把墨水当成了水，抑或当成了酒，抓住瓶子就往嘴里倒。校长抢夺不及，项老师已把红色的墨水倒了出来，墨水不但流到了项老师的嘴唇上，还哩哩啦啦，流到了项老师的下巴上、脖子里、衣服上和床单上。得亏墨水不是血液，要是血液的话，那就更可怕了。

酒对项老师的作用就是这样。不能说酒对项老师的精神没有提升作用，只是提升得有些大发了，有些过头了。过头的结果是，酒的力量打败了项老师意志的力量，并主导了项老师的精神，使项老师对自己的精神失去了有效的控制，变得云里雾里，不知所以。什么事情就怕过头，过犹不及，甚至有可能会走向事情的反面。

当晚，校长专门安排食堂为项老师做了他最爱吃的酸汤面叶儿。校长说，平日里他对项老师的生活关心照顾不够，心里很是歉疚。项老师酒醒之后，学校的教导主任也到项老师的宿舍来了，校长和主任一块儿跟项老师谈了话，对项老师班中喝酒提出了严肃批评。校长指出，当老师的应行为世范，以身作则，在同学们面前树立作为人民教师的良好形象。前一向，项老师的形象还是不错的。这次酒后一哭一闹，项老师在同学中的形象恐怕要大打折扣。校长要求，项老师今后再也不能这样了，应尽快挽回在同学们面前造成的不良影响。校长说，我们学校地处偏远山区，师资力量薄弱，项老师是到我们学校来的第一位大学本科毕业生，我们还指望项老师能挑起学校的大梁呢！说到挑大梁，校长和主任都颇有深意地轻轻拍了拍项老师的肩膀。教导主任还笑着对项老师说，云中老师，酒不是不能喝，你什么时候想喝酒，跟我说一声，咱到镇上的小酒馆里去，我陪你喝。

　　项云中的情绪有些低沉。酒分子作为活跃分子不可能老是那么活跃，也有退场的时候。项云中的低沉属于亢奋之后的低沉。不管校长和教导主任对他说什么，他都低着头，没有说话，或是懊悔地苦笑一下，或是自我否定似的摇摇头。项云中心里想的是：不能在这个学校继续待下去了，该写一份请调报告了。

　　第二天上午的第一节课是语文课，当项云中老师走上讲台，班长喊了起立，同学们齐声问了老师好，项老师答了同学们好，请坐下！一切与往日似乎没什么不同。窗外的阳光很好，黄黄的阳光照在教室门前的苹果园里。在阳光的照耀下，苹果在悄悄地发生着变化，一天比一天接近成熟。飞走的斑鸠又飞了回来，在果园深处发出类似远古的声音。看来项老师的自我调整能力还可以，夜里睡了一觉，便云开雾散，恢复了正常状态。

　　有所变化的，是初二班的同学们。因同学们都不住校，有的同学家离学校比较远，每天上第一节课时，总会有一两个同学迟到，总会有一些座位是空的。而这天不一样了，全班的同学到得齐刷刷的，都提前坐到了自己的座位上。拿一个外号叫铁头的王大牛同学来说，他的爸爸下小煤窑被砸死了，他的妈妈丢下他，不知道到哪里去了，他只好跟着爷爷奶奶过生活。他对上学一点儿都不热心，上得有一搭，无一搭。加上他上学要翻山越岭，走的都是山路，迟到是经常性的，旷课也不算稀罕事儿。今天王大牛总算没有迟到，早早地就做好了听课的准备。

项老师是启发式教学，每节课都会提出一些问题，让同学们在课堂上回答。为了更好地和同学们交流，也是为了提高同学的专注度和自信心，在同学回答问题时，他要求同学必须看着他，看着他的眼睛。这堂课，有的同学在这方面表现得不是很好，他们像是躲避着什么，不敢与老师的目光对视。特别是有的女同学，低着眉，红着脸，连眼睛都不敢抬。项老师说，我怎么要求你们的？回答问题时要看着我！回答问题的女同学像是把勇气鼓了鼓，才把眼睛抬起来了。可女同学的眼睛刚抬了一下，又把头低下了。

以前课间休息时，同学们都爱打王大牛的头，这个打一下，那个打一下，把王大牛的光头打得啪啪响。王大牛学习不怎么样，挨打不成问题。他把自己当成了同学们的开心果，似乎一点儿都不反对同学们打他，不管谁打他，他都说不疼，不疼。王大牛铁头的外号因此而得名。项老师批评过打王大牛光头的同学，并上升到维护王大牛同学生命尊严的高度，不许同学们再打王大牛同学的头。可是，有的同学没把项老师的批评当回事，课间休息时照样打王大牛的头，他们不当着项老师的面打了，背着项老师把王大牛的头打得更响些。老师的话当然很多，老师的一些话不知在什么时候、什么情况下会被同学记起。然而就在今天项老师上完语文课之后，也是在昨天项老师喝醉酒痛哭之后，同学们才顿悟似的把项老师的话记起来了，没有一个同学再打王大牛的头。王大牛刚剃过的光头就在他们面前晃，打起来很方便的，可他们不再打了，可能永远都不会打了。王大牛还纳闷呢，同学们这是怎么啦？

余红霞带着几个当天值日的同学，到项老师的宿舍帮着打扫卫生。项老师整天忙于教学，对卫生不是很讲究，他很少擦桌子和窗台，不是每天扫地，起床后也不叠被子。同学们分工合作，有的擦桌子，有的擦窗台，有的扫地，有的叠被子。项老师说，同学们，可以了，可以了，我自己来。同学们事前像是商量好了，他们都不说话，干得执拗而坚决。老师昨天的哭，仿佛使他们知道了老师也有痛苦的时候，也有弱势的一面。而在帮助老师打扫卫生的事情上，他们完全可以表现得强势一些。他们甚至有些生自己的气，以前怎么就没想到帮老师打扫卫生呢！余红霞在扫床底下的地时，看到床下扔着一双翻毛皮棉鞋。因床底下的地面有些潮湿，鞋底上还沾有黄泥巴，棉鞋已经发霉，翻毛上面像是又长了一层毛。余红霞把棉鞋拎到门外去晒，发现缝鞋的皮线都沤糟了，有的地方鞋帮脱离了鞋底。她想，这样的鞋恐怕不能再穿了。

随后发生的事让项老师颇有些不解，他发现几个班干部凑在一起，像是商量什么事。他一走过去，班干部就不说话了，各自散开，都像无事人一样。他是班里的班主任，所有班干部都归他领导，班干部背着他，会商量什么事呢？他准备找班长余红霞谈一次话，了解一下情况。

项老师还没有找余红霞谈话，一天放学之后的晚上，一位同学的家长给项老师打来了电话。家长一上来就给项老师道辛苦，还说谢谢项老师。到山里对一些贫困学生的家庭家访时，项老师除了给学生家长留下了自己的电话号码，还记下了一些有电话的学生家长的电话号码。项老师对那些学生家长说，有什么事只管给他打电话。然而山里人还不大习惯动不动就给老师打电话，尊重老师的办法，是尽量不打扰老师。项老师呢，也极少给学生家长打电话。他也是从学生时代走过来的，他的老家也在农村。他知道，如果老师给学生家长打电话，家长会把事情看得比较重大，会给家长增加很大压力，也会使学生产生逆反心理。项老师所奉行的教育理念是负责任的理念，也是处处为家长和学生着想的换位思考的理念。学校本来就是教书育人的地方，当老师的，理所当然应当把教书育人的责任承担起来。如果动辄就把教育的责任推给学生的家长，那是不负责任的表现。项老师不知打电话的家长谢他什么，说没什么。家长说，这几天他的孩子每天都回家挺晚的，说是在学校里上晚自习。项老师教了一天书，下课后还要安排学生上晚自习，真够辛苦的。项老师听出来了，这是家长在打听自家孩子的情况，目的是想证实孩子是否说了实话，如果没说实话，孩子晚回家的原因到底是什么。项老师顿时有些警惕。为了给学生减负，项老师很少给学生留家庭作业，更不安排学生在放学后再上晚自习。可项老师和家长交谈时必须谨慎，一句话说不好，有可能给他的学生造成被动，他的学生还有可能会受到家长的责罚。他没有承认安排了晚自习，但也没有否认，他说的是：您的孩子学习挺自觉的，表现挺好的，您放心吧。

就在那位学生家长给项老师打电话的第二天，上午第一节课还是语文课。项老师一走上讲台，同学们一在各自的座位上落座，项老师就发现了新的情况：王大牛同学的脸是肿的，肿得比平时面积大出许多，像一只小面盆一样。王大牛的脸一肿，上下眼皮也跟着肿了起来，肿得把眼珠子都包住了。王大牛像是使劲睁眼，才能把眼睛睁开一条缝，才能看老师。项老师问，王大牛，你的脸是怎么回事儿？

王大牛站起来了，说没事儿。

要不要去医院看一下？项老师走下讲台，一直走到王大牛课桌旁边，要把王大牛的脸看得更仔细些。

见老师向他走来，王大牛赶紧低下了头。他一低头，两只眼像两只发面包子一样，连眼缝几乎都看不见了。王大牛说，老师，真的没事儿，我就是被一只马蜂小小不言地蜇了一下。

一只马蜂蜇一点，十只马蜂蜇一片。王大牛的整个脸肿得如此之胖，如此变形，还说被一只马蜂小小不言地蜇了一下，是不是有些可笑呢！若搁以前，听到王大牛这样说，不知同学们会笑成什么样呢！孩子们正是爱笑的年龄，在没什么可笑的时候，他们都要笑。若得到一点儿笑料，他们总是把笑料的价值吃干榨净，笑得很是夸张。可眼下的事情有些奇怪，面对王大牛整出来的这么一大块笑料，同学们竟然没有笑，连一个发出笑声都没有。项老师意识到了，同学们一定有什么事瞒着他，所瞒之事应该与放学后晚回家有联系。

一下课，项老师就对余红霞说，你到我办公室来一下。

来到项老师的办公室，余红霞觉出项老师有话要问她，低头站着，不敢抬头看老师。余红霞的样子像是有些紧张，她的双手先是垂着，又把双手拿起来，用右手的手指搓几下左手的手指，然后又把双手垂了下来。

余红霞，你喝水吗？

余红霞赶紧摇头，说不喝。

我看你今天可是有些紧张啊，你紧张什么？

我也不知道。

你是一个称职的班长，工作做得挺好的。特别是最近几天，同学们都能按时上课，作业完成得也很好，这与你这个当班长的所做的工作是分不开的。最近学校放学后，同学们都能按时回家吗？

余红霞脸上红了一下，又白了一下，没有做出回答。

项老师转了话题，问余红霞，我那天喝多了酒，你和班里的同学是不是都看见了？

余红霞点了点头。

老师的表现很不好，同学们是不是觉得老师很可笑？

余红霞这才开口说话，她没说老师可笑，说，项老师，是不是因为我们这里穷，你到这里当老师，你的女朋友才不理你了？这样说着，余红霞才抬起头来看了项老师一眼。余红霞的眼里已涌满了泪水，眼看泪水就要流出来。

项老师轻描淡写似的嘿了一下说，这不是穷不穷的问题，原因很复杂，不是一会儿半会儿就能说清。这是大人之间的事，跟你们说你们也不懂。我那天说的都是醉话，都说了些什么，连我自己都想不起来了，你们千万不要当回事。项老师没让余红霞把眼泪流出来，接着跟余红霞谈班里的事。余红霞承认，这几天放学后，的确有一部分同学没有按时回家，同学们一块儿到山林深处采中草药去了。采到药材卖给镇上的药材收购点，攒点儿钱为交下学期的学杂费做准备。余红霞说到了王大牛，解释了王大牛脸肿的原因。马蜂窝也是中草药，王大牛爬到山崖上摘一只马蜂窝，就被疯狂的蜂群蜇到了。

项老师对同学们自挣学费的行为表示理解，但项老师对余红霞提了两条要求：一要注意安全，在安全上不能出任何问题。比如说谁都知道马蜂窝捅不得，王大牛怎么能摘马蜂窝呢！二是要跟家长说实话，不要隐瞒家长。现在每个家长都是恐惧的家长，不要让家长为你们担心。

过了星期天是星期一。这个星期一的早上，余红霞和几个班干部到校比较早。一轮红日刚刚升起，霞光把苹果都映红了。学校八点钟开始上课，他们提前一个钟头就到了学校。他们在教室里碰了头，一块儿来到项老师的办公室。余红霞提着一样用绿方巾包着的东西，对项老师说，我们代表全班同学送给您一样东西，请您一定要收下。

项老师说，我什么都不缺，怎么能要同学们的东西呢！

余红霞把东西放在一只方凳上，解开方巾，露出一个硬纸盒。又把盒盖打开，盒子里放的是一双皮鞋。皮鞋是黑色的，闪着漆黑的亮光。当同学们把皮鞋像揭宝一样呈现在项老师面前时，同学们的眼睛无不亮闪闪的。按这些山区孩子们的理解，项老师的女朋友之所以不理项老师了，是因为项老师没穿城里人最爱穿的皮鞋。等项老师穿上他们送给项老师的皮鞋，说不定项老师的女朋友就会和项老师重归于好。

看到皮鞋，项老师马上想起，同学们前几天放学后去山里采药材卖钱，并不是为自己攒学费，而是为给他买皮鞋。这些孩子们啊，这些山区的孩子们啊，这些还不了解外面世界的孩子们啊，让他说什么好呢！这一次项云中老师并没有喝酒，可他又有些想掉泪的感觉。他说，同学们，谢谢你们，谢谢同学们！你们的心意我领了，这双皮鞋我收下。下不为例，你们千万不要再给买我任何东西了。

当晚，项云中老师从抽屉里找出已经写好的请调报告，慢慢撕掉了。

2016年2月8日（丙申大年初一）至15日（正月初八）
于北京和平里

（载《人民日报》2016年5月18日《大地》副刊）